Robyn Carr wurde 1951 in St. Paul, Minnesota, geboren und lebt heute mit ihrem Mann und ihren beiden Kindern in Sacramento, Kalifornien.

Von Robyn Carr sind außerdem erschienen:

»Das Geheimnis des Gobelins« (Band 1435)
»Herz auf falscher Spur« (Band 2054)
»Der königsblaue Falke« (Band 2053)
»Der Liebeshandel« (Band 1433)
»Das Lied des Troubadours« (Band 1434)

Dieses Buch wurde auf chlor- und säurefreiem Papier gedruckt.

Deutsche Erstausgabe Februar 1992

Titel der Originalausgabe »The Everlasting Covenant«

Originalverlag Little, Brown and Company Inc., Boston
Umschlaggestaltung Manfred Waller
Umschlagillustration Harry Burman
Satz MPM, Wasserburg
Druck und Bindung Ebner Ulm
Printed in Germany 5 4 3 2 1
ISBN 3-426-03111-6

Robyn Carr

Das Glück in deinen Armen

Roman

Aus dem Englischen von Traudl Weiser
und Ingeborg Ebel

Knaur

Für meine Mutter, Bette Crandall Henrichs –
mit Liebe

TEIL I

12. April 1460

1

Anderswo in England und auf der Welt wurden Schlachten geschlagen, während Anne vom Zelt ihrer Eltern aus dem Wettkampf der Ritter zuschaute. Lord Shay, Herr von Wymount Castle, nur wenig nördlich von Pontefract Castle — der Residenz des Königs — gelegen, war Gastgeber dieses Turniers. Es war das erste, dem Anne beiwohnte, und es war der aufregendste Tag in ihrem jungen Leben. Es hatte bereits viele Waffengänge gegeben, die von prächtigen Rittern bestritten wurden, doch nun hatten die Kämpfe ihren Höhepunkt erreicht. Wüßte Annes Familie, *wem* sie ihr Herz geschenkt hatte, würde sie ausgepeitscht werden, aber dieser Gedanke entlockte ihr nur ein heimliches Lächeln.
Allein die Tatsache, daß Anne insgeheim liebte, würde zu ihrer Bestrafung führen, falls ihr Geheimnis bekannt werden sollte. Gewiß hätte sie niemals dem Turnier zuschauen dürfen, doch dieses Mal hatte Lord Gifford, ihr Vater, darauf bestanden: »Sie soll noch ein wenig die Welt kennenlernen, ehe sie den Schleier nimmt«, hatte Ferris Gifford beharrt. Es war beschlossen, daß Anne Gifford in ein Kloster eintreten würde, sobald ein passendes gefunden worden war. Glücklicherweise brauchten derlei Entscheidungen Zeit, und ihre Familie hatte wichtigere Dinge zu tun.
Anne sprang begeistert auf, als zwei Ritter auf ihren Streitrössern heftig gegeneinanderprallten und gleichzeitig zu Boden stürzten. Die beiden — verarmte Adlige aus Burgund —

kämpften um Ruhm und Geld. Sie kamen sofort wieder auf die Füße und hieben mit Breitschwertern aufeinander ein.

»Madam, seht nur, die unseren machen ihre Pferde bereit.«

Anne wandte den Kopf, als sie die von ihrem Vater an ihre Mutter, Lady Marcella, gerichteten Worte hörte. Aber sie wandte ihre Aufmerksamkeit nicht den Gifford-Rittern zu, sondern ließ ihren Blick verstohlen zu den Männern der deFraynes schweifen. Und sie entdeckte ihn sofort. Doch schnell sah sie wieder in die andere Richtung, aufs entgegengesetzte Ende des Turnierplatzes, wo Sir Quentin, ihr ältester Bruder, mit den Mannen ihres Vaters gerade die Pferde bestieg. Röte überzog Annes Wangen, denn Dylan hatte sie angesehen! Er war so jung und kühn. Obwohl sie stolz auf ihn war, zitterte sie manchmal um ihn, weil er zu große Risiken einging.

Aber Dylan hatte zu ihr gesagt: »Die anderen schenken uns überhaupt keine Beachtung, Geliebte. Du bist nichts als die zweitgeborene Tochter und ich ein drittgeborener Sohn. Wir zählen nicht, und wenn wir zusammen fliehen, wird niemand merken, daß wir fort sind.«

Aus dem Augenwinkel hatte Anne ihre Mutter beobachtet. Doch Lady Marcella hatte den geheimen Blickkontakt ihrer Tochter mit Dylan nicht bemerkt, denn sie starrte das Zelt der deFraynes mit kalter Verachtung an. Die deFraynes hatten vor ein paar Jahren im Kampf Marcellas Vater erschlagen, so wie die Giffords bei jeder sich bietenden Möglichkeit deFrayne-Ritter erschlugen. Seit fünfzehn Jahren hatte es zwar keinen gewaltsamen Todesfall mehr gegeben, aber die Erinnerung an vergossenes Blut war ständig in beiden Familien präsent, und Marcella haßte die deFraynes, vor allem Daphne, Lady deFrayne. Deren Söhne waren nicht nur älter, sondern sie erwarben auch größeren Ruhm als die

Gifford-Söhne. Marcella war deswegen von einem zehrenden Neid erfüllt.

Anne schaute zu ihrer älteren Schwester, Divina, hin. Sie stand winkend da und schickte Küsse zu den Männern ihres Vaters hinüber. Divina war bereits neunzehn und durfte sich derartige Freiheiten herausnehmen, da sich bisher noch kein passender Bewerber um ihre Hand gefunden hatte, das heißt, ein Mann, der nicht zuviel Mitgift verlangte und trotzdem den Einfluß der Familie am königlichen Hof vergrößern konnte. Das jedenfalls war Lady Marcellas Vorstellung. Anne mußte bei diesem Gedanken lachen, denn diese Erwartung war selbst für ein schönes Mädchen nur schwer zu realisieren, und Divina war nicht sehr hübsch.

Sie sah ihren Vater an und erschrak, als sie seinem Blick begegnete. In seinen dunkelbraunen Augen lag ein wissender Ausdruck. Fast fürchtete sie sich, und sie fragte sich kurz, ob ihr Vater ihre Gedanken lesen konnte. Aber dann wandte Sir Ferris den Blick wieder ab.

Irgendwie muß ich Dylan davon abbringen, weiter ein so gefährliches Spiel zu spielen, dachte Anne. Ihre Familien waren seit Urgroßvaters Zeiten verfeindet; wann immer die Männer einander begegneten, kam es zum Kampf. Die Feindseligkeiten hatten im Lauf der Jahre nicht abgenommen, sondern waren heftiger geworden. Eheschließungen fanden nur im Hinblick auf diesen Zwist statt. Wenn ein Vasall der Gifford-Familie den Treueeid leistete, schwor er gleichzeitig, gegen die deFraynes zu kämpfen. Und diese Feindschaft hatte vor langer Zeit begonnen, als John of Gaunt, Herzog von Lancaster, den Thron König Richards II. beanspruchte. Die deFraynes hatten immer auf der Seite des Usurpators gestanden, während die Giffords König Richard Treue geschworen hatten.

Damals hatte die Fehde zwischen den Häusern Lancaster und York und deren getreuen Gefolgsleuten begonnen, und somit waren auch die beiden Familien verfeindet. Deshalb durfte Anne Dylan nicht lieben. Sie durfte überhaupt keinen Mann lieben, sondern mußte der Kirche dienen, da jede adelige Familie dazu angehalten war, eines ihrer Mitglieder in deren Dienst zu stellen. Und sie vermutete wohl zu Recht, daß dieser Beschluß der Familie Geld sparen würde, denn ihre Mitgift für den Eintritt in ein Kloster war gering, geringer, als wenn man sie verheiratete. Auch wußte sie, daß ihre Mutter nicht einen ihrer Söhne für ein geistliches Amt vorgesehen hatte, denn Lady Marcella plante Großes für ihre männlichen Nachkommen: Sie sollten Ruhm und Reichtum erlangen.

Hörner erschollen, der Kampfplatz war jetzt leer. Die deFraynes und die Giffords waren zum Angriff bereit. Gespannte Erwartung beherrschte die Zuschauer, denn ein Kampf zwischen diesen beiden Familien versprach immer aufregend zu werden. Die Pferde scharrten ungeduldig mit den Hufen und stürmten dann auf ein Kommando ihrer Reiter aufeinander los. Bald herrschte völliges Durcheinander. Manche Ritter kämpften noch hoch zu Roß, andere waren gestürzt und zogen ihre Schwerter. Anne stand auf, um besser sehen zu können, doch sie konnte Dylan in dem Getümmel nicht ausmachen. Die grün gekleideten Gifford-Männer bildeten ein wildes Knäuel mit den blau gekleideten Leuten der deFraynes — man glaubte, auf ein aufgewühltes Meer zu blicken, dessen Tosen das Schlagen der Schwerter auf Metall war.

Bald löste sich das Gewirr in Mann-gegen-Mann-Kämpfe auf. Zur Begeisterung aller kämpften der älteste Gifford-Sohn, Quentin, und der älteste deFrayne-Sohn, Wayland, in der Mitte des Turnierplatzes miteinander. Anne hielt angestrengt nach der Pfauenfeder auf Dylans Helm Ausschau, schließlich entdeckte sie ihn. Er behauptete sich gegen einen der Vasallen der Giffords. Gott sei Dank kämpfte er nicht gegen einen ihrer Brüder. Und wie elegant er das Schwert schwang! Seine Bewegungen waren geschmeidig und schnell. Sein Gegner stürzte, ein stolzer Augenblick für Dylan.

Auf einen erstickten Ausruf ihrer Mutter hin wandte Anne ihre Aufmerksamkeit Quentin und Wayland zu. Ein Ritter in grüner Rüstung traf Waylands Rücken. Wayland drehte sich blitzschnell um, der Schlag hatte seine Kampfeskraft nicht beeinträchtigt, ihn aber ärgerlich gemacht. Nun richtete er sein Schwert gegen den zweitgeborenen Gifford-Sohn, Bart, der auf so unritterliche Weise seinen Gegner angegriffen hatte.

»Der deFrayne-Bastard hat unsere Söhne ausgetrickst«, fauchte Marcella wütend. Anne starrte ihre Mutter verwundert an. Hatte sie denn keine Augen im Kopf? Bart hatte nicht fair gekämpft, weil er schwächer als Quentin und die deFrayne-Söhne war. Lady Marcella hätte die offensichtliche Unehrenhaftigkeit ihres Sohnes verurteilen müssen, wie konnte sie ihn verteidigen? Wie konnte sie einen deFrayne beschuldigen? Doch der Kampfrichter teilte Lady Marcellas Ansicht nicht. Er ritt auf den Platz und verwarnte Bart. »Milord, Ihr müßt Einspruch dagegen erheben«, forderte Marcella von ihrem Mann.

Aber ein Protest war nicht mehr nötig, denn Dylan hatte seinen Gegner geschlagen und lief schnell seinem Bruder zu Hilfe. Er attackierte Quentin, den größeren und stärkeren der Giffords. Klirrend prallten die Breitschwerter aufeinander. Die deFraynes waren offensichtlich die Überlegenen, und Anne wurde von Angst ergriffen. Tränen traten ihr in die Augen, ohne daß sie es merkte, und sie zerknitterte nervös den Stoff ihres Kleides. Noch nie hatte ihr etwas soviel Angst eingejagt. Quentin stürzte zu Boden. Er stürzte und konnte nicht wieder aufstehen.

Plötzlich wurde ihr bewußt, wie unkontrolliert sie sich benahm. Sie sah sich schuldbewußt um. Wieder begegnete sie dem Blick ihres Vaters. Was war in seinen Augen zu lesen? Schmerz und Mitgefühl? Zorn? Er streckte die Hand aus und drückte beruhigend die seiner jüngsten Tochter. »Du brauchst keine Angst um deine Brüder zu haben, meine Kleine. Ihnen wird nichts geschehen«, sagte er freundlich.

»Ich habe keine Angst, Papa«, entgegnete sie. »Doch einen Moment vergaß ich, daß es nur ein Wettstreit ist.«

»Ja, Anne, nur ein Wettstreit.«

»Papa, aber Bart ...«

»Bart kam nur seinem Bruder zu Hilfe, wie es seine Pflicht ist«, fuhr Lady Marcella dazwischen, die eisblauen Augen voller Haß.

Lord Ferris starrte seine Frau nur schweigend an. Dann wandte er seine Aufmerksamkeit wieder dem Turnierplatz zu, wo den deFraynes gerade der Sieg zugesprochen wurde. Sir Dylan, einer der jüngsten Kämpfer, streckte Sir Quentin die Hand hin, um ihm aufzuhelfen, doch die freundliche Geste wurde barsch abgewiesen. Ohne seine Frau anzusehen, sagte Lord Ferris zu ihr: »Ihr solltet besser Euren Sohn wegen seines unehrenhaften Verhaltens zurechtweisen — denn auf mich hört er ja nicht.«

Lady Marcella sah ihren Mann nicht an, noch antwortete sie, doch ihr Mund preßte sich zu einer schmalen Linie zusammen, als sie zum Zelt der deFraynes hinüberblickte, wo Dylans Mutter ihren siegreichen Söhnen zuwinkte. Lady deFrayne war eine schlanke Schönheit und noch immer begehrenswert. Anne fragte sich plötzlich, ob ihre Mutter nicht Lady deFrayne hauptsächlich deswegen haßte, weil sie so gut aussah.

Bis zum Ende des Turniers verhielten sich alle Giffords ruhig. Man konnte es als ein Zeichen werten, daß sie wußten, daß einer ihrer Leute unehrenhaft gekämpft hatte, obwohl sie es nie zugeben würden. Noch einmal trat Sir Quentin gegen Sir Wayland an, und dieses Mal gewann Quentin, somit konnte er wenigstens einen Teil der Familienehre wiederherstellen. Aber Anne war darüber nicht glücklich, denn sie spürte, wie groß der Haß ihrer Mutter auf diese Familie war. Und ihre Mutter beherrschte das Haus viel mehr als ihr Vater.

Nach dem Turnier gab Lord Shay ein großes Fest in der Halle seiner Burg. Freund und Feind versammelten sich an den langen, mit Speisen und Getränken gedeckten Tafeln. Akrobaten und Gaukler unterhielten die Gäste während des Mahls, danach wurde zum Tanz gebeten. Fröhlichkeit herrschte überall, und die Spannung des Tages verflog. Doch Anne war erst glücklich, als Dylan ihr heimlich einen Blick zuwarf.

Anne Gifford war ein neues Gesicht für die Anwesenden, und ihr galten wegen ihrer Schönheit nicht wenige bewundernde Blicke junger Ritter und auch älterer Lords. Sie trug ihr schönstes Kleid aus rosa Samt mit silberner Borte, und ein durchsichtiger Schleier derselben Farbe brachte ihr glänzendes schwarzes Haar vorteilhaft zur Geltung. Ihre Wangen glühten vor Aufregung, und in ihren dunklen Augen war eine geheimnisvolle Verheißung zu lesen. Da nie ein Familienmitglied je eine Bemerkung über ihr Aussehen gemacht hatte, wußte sie nicht, daß sie schön war. Viele Männer fanden sie begehrenswert, aber sie kannten nicht einmal ihren Namen.

Später am Abend, als das Fest lauter und lärmender wurde, weil mancher Ritter schon etliche Becher geleert hatte, entbrannte am Ende einer steinernen Treppe ein Streit, den Anne beobachten konnte.

»Diese Beleidigung verlangt Sühne. Das Schwert wird entscheiden!« hörte sie Bart rufen. Sie sah, daß ihr Bruder den größeren und stärkeren Cameron deFrayne gegen die Wand gestoßen hatte.

»Beleidigung?« gab Cameron zurück. »In Wahrheit bist du ein Feigling, Gifford«, sagte er hitzig mit vom Wein gerötetem Gesicht.

Die Umstehenden merkten schnell, daß es Händel geben würde. Ja, an ihren Augen konnte man ablesen, daß sie geradezu darauf hofften. Ein Gifford gegen einen deFrayne, das war immer interessant.

»Das wird sich zeigen, wenn wir uns mit der Klinge in der Hand gegenüberstehen«, rief Bart herausfordernd.

»Hach, als ob du überhaupt ein Schwert heben könntest«, gab Cameron zurück.

Bart hob den Arm, als wollte er zuschlagen, aber da bahnte sich Sir Quentin einen Weg durch die Menge, ergriff Bart beim Handgelenk und zerrte seinen Bruder weg.

»Der Wein macht Männer tapfer!« schimpfte Quentin. »Alkohol vernebelt das Gehirn. Am Morgen können wir immer noch entscheiden, ob ein Kampf nötig ist. Unser Gastgeber verdient Besseres als zerbrochene Möbel in seiner Halle.«

Bart starrte Cameron dumpf an. »Bis morgen früh dann«, sagte Cameron.

Quentin hielt seinen Bruder noch immer fest und dirigierte

ihn in eine Ecke. Anne tauchte im Schatten der Treppe unter und konnte hören, wie Quentin Bart zurechtwies.
»Narr«, sagte ihr ältester Bruder wütend flüsternd. »Reicht es nicht, daß du dich wie ein Idiot beim Turnier aufführst? Mußt du die deFraynes noch weiter reizen?«
»Der Schiedsrichter war gegen mich«, wandte Bart ein. »Warum müssen sie mich denn noch beleidigen? Ist es nicht genug, daß wir verloren haben?«
»Ein weiser Mann reagiert nicht auf Unsinn, wenn er zuviel getrunken hat. Ich bin sicher, auch du hast deinen Teil zu diesem Streit beigetragen.«
»Wie kannst du dich auf ihre Seite stellen?«
»Hier gibt es keine Seite. Aber eines laß dir sagen, kleiner Bruder. Solltest du diese Familie noch einmal auf diese Weise entehren, werde *ich* zum Kampf gegen dich antreten. Such dir eine Frau, die deine lose Zunge zu schätzen weiß. Ich habe heute genug gekämpft.«
Anne lehnte sich gegen die Wand. Auch sie hatte für heute genug. Sie wollte sich zurückziehen und suchte nach ihren Eltern. Als sie sie fand, knickste sie vor ihnen und bat, mit ihrer Zofe Minerva das Fest verlassen zu dürfen.
Die alte Minerva war froh, als sie endlich in ihrer Schlafkammer waren. Anne brachte ihrer Dienerin einen großen Becher schweren gewürzten Weins, den diese leerte. Kurz darauf schlief sie fest und schnarchte laut. Anne stand schnell wieder auf, schlüpfte in einen Mantel und hastete aus der Kammer.
Sie eilte zur Hintertreppe und nach unten. Diesen geheimen Weg hatte sie während des Tages erkundet, doch jetzt, nachts und nur spärlich beleuchtet, erwiesen sich die steilen Stufen als schlüpfrig und gefährlich. Sie durchquerte die Vorratskammer und öffnete die Hintertür, deren Knarren we-

gen des Lärms der noch immer Feiernden nicht gehört wurde. Der Vollmond stand am Himmel und leuchtete ihr. Als sie die Stalltür öffnete, schlug ihr ein warmer Geruch nach Tierleibern entgegen. Sie zitterte in der plötzlichen Dunkelheit.

Noch ehe sich ihre Augen daran gewöhnt hatten, umfaßten sie seine Arme von hinten. Nur kurz dauerte der Schreck; sie drehte sich um, und schon preßten sich seine Lippen auf ihre. Atemlos lag Anne in Dylans Armen; für immer wollte sie ihn festhalten. Schließlich gab er ihren Mund frei, doch nur, um in ihr volles Haar zu greifen und dessen süßen, schweren Duft begierig einzuatmen.

»Anne, Geliebte ... mein Engel ...«

»Dylan, dies ist der schiere Wahnsinn. Man wird uns beide deswegen töten.« Doch ihr Protest war halbherzig, denn sie war ja gekommen — wie immer, wenn er es von ihr verlangt hatte. »Wie hat das alles angefangen, Dylan? Und wie soll es enden?«

Er lächelte sie an und küßte flüchtig ihre Nasenspitze. »Es begann auf dem Markt zu Lincoln, du kleines Biest. Als du mich dort brüskiert hast. Und im Jahr darauf, als du wegen des Regens von der alten Minerva getrennt wurdest und mir im Zelt des Gärtners ausgeliefert warst.«

Annes Augen schimmerten feucht. »Schon ein Jahr ist vergangen, Dylan. Und ein dutzendmal habe ich dich heimlich getroffen. Was soll aus uns werden? Ich habe noch niemals soviel Angst gehabt wie heute.«

Sie fing leise an zu weinen, obwohl sie lieber stark und tapfer gewesen wäre. Bei jedem ihrer verbotenen Treffen fürchtete sie, es könnte ihr letztes sein.

Dylan hielt sie in seinen Armen, streichelte zärtlich ihren Rücken und ließ sie weinen. Er wußte, daß diese Bürde zu schwer für sie wog, aber er konnte nicht anders handeln. Jedesmal, wenn er mit ihr zusammen war, wurde seine Sehnsucht nach ihr stärker; jedesmal, wenn er sie berührte, wollte er mehr. Und Anne, die ihn so liebte, konnte ihm diese Treffen nicht abschlagen, so gefährlich sie auch waren. Er wünschte sehnlichst, sie beide hätten ein einfacheres Leben, doch das ließ sich im Moment nicht einrichten.

»Bitte, Dylan. Hab Mitleid mit mir. Laß uns fliehen — noch heute nacht.«

Trotz der ernsten Lage konnte er ein Kichern nicht unterdrücken. »Jetzt? Soll ich dich etwa während des Turniers entführen? Weißt du denn nicht, wie viele Ritter dann hinter uns her wären? Ach, Geliebte, Lord Gifford würde sie alle hinter uns herhetzen. Eine Jungfrau, dazu noch der Kirche versprochen ...«

»Dann muß es bald sein, Dylan.«

»Ja, bald, Geliebte.«

»Ah«, seufzte sie und lehnte den Kopf gegen seine Brust. »Ich verfluche unsere Ahnen, Dylan. Ich würde sogar in die Hölle gehen, um sie zu verfluchen.«

»Das, was jetzt geschieht, hat wenig mit unseren Ahnen zu tun«, sagte Dylan betrübt. »Trotz allem glaube ich, daß ich eine gute Nachricht für dich habe. Vielleicht führt es zu nichts, aber wir haben jemanden, auf dessen Verständnis wir zählen können. Meine Mutter.«

Anne sah ihn mit vor Schreck geweiteten Augen an. »Hast du es ihr erzählt?«

»Nein. Aber Daphne hat Augen wie ein Luchs und, Gott sei Dank, das Herz eines Engels. Sie hat gemerkt, wie ich dich ansehe. Sie sagte mir, sie verstünde es — und wenn es eine Möglichkeit gibt, mir zu helfen, ohne meinen Vater herauszufordern, wird sie es tun.«

Enttäuscht ließ Anne wieder ihren Kopf an Dylans Brust sinken. »Ach, Dylan, dein Vater wird einer Verbindung zwischen unseren beiden Häusern niemals zustimmen. Und sollte ich eine deFrayne werden, würde meine Familie gegen eure einen Krieg beginnen. Wir müssen beide unsere Familien verlassen. Eine andere Möglichkeit gibt es nicht.«
»Dann werden wir es tun.« Er hob ihr Kinn, so daß sie ihm in die Augen sehen mußte. »Wenn es sein muß, dann überlassen wir sie eben ihrem törichten Krieg. Ich bin ein guter Kämpfer, ich kann überall für unser Auskommen sorgen. Mein Erbe würde ohnehin nur gering ausfallen, das deine ebenso. Verliere nicht den Mut, Geliebte, denn bald werden wir einander für immer angehören.«
Da mußte sie lachen. »Mein Erbe? Du meinst meine Mitgift. Ach, Dylan, ich soll doch ins Kloster gehen. Hast du das nicht gewußt? Das wurde schon bei meiner Geburt beschlossen. Ich war ein störrisches Kind, und meine Mutter hätte, als sie mich auf die Welt brachte, fast ihr Leben verloren. Armer Vater — drei Söhne mußte er großziehen, und zwei Töchter muß er versorgen.«
Dylan lächelte breit. »Du? In einem Kloster? Mein Gott, die Schwestern wären entsetzt. Du bist die schönste und leidenschaftlichste Frau im ganzen Königreich.«
Er küßte sie wieder, und ihre Reaktion auf seinen Kuß strafte ihre Berufung zur Nonne Lügen. Er kicherte. »Du eine Braut Christi? Unmöglich! Ich muß mich zusammenreißen, dich nicht zu entehren, und Lady Gifford will dich zur Nonne machen.«
»Ach, Dylan. Ich weiß, daß du mich liebst. Und ich werde nie eine Nonne. Ich werde deine Frau. Oder deine Mätresse. Ich möchte nur bei dir sein.«
»Der Plan, den deine Familie mit dir hat, gefällt mir nicht

schlecht. So verliere ich dich wenigstens nicht an einen anderen Mann. Und vielleicht ist es sogar einfacher, dich aus dem Kloster als aus dem Haus deines Vaters zu entführen.«
»Versprichst du mir das, Dylan, Geliebter?«
»Ich schwöre es. Auch wenn ich wünschte, die Dinge lägen für uns anders. Ich liebe dich, Anne. Ich werde dich immer lieben.«

Der Markt zu Lincoln war immer ein großes Ereignis, zu dem allerlei Volk herbeiströmte: Edelleute, Bürger, Ritter, Kaufleute und Mönche. Der Markt, der vor zwei Jahren stattgefunden hatte, war für immer in Annes Erinnerung eingegraben. Sie besuchte ihn mit ihrer Schwester, er mit seinen Brüdern. Anne hatte nur mitgehen dürfen, weil sie inständig darum gebeten hatte. Damals war sie dreizehn und Dylan einige Jahre älter gewesen. Die Straßen waren eng und überfüllt, und als die zwei Schwestern am Karren eines Lederwarenhändlers vorbeikamen, verlangsamte Divina ihren Schritt, drehte sich zu Anne, die hinter ihr ging, um und sagte: »Da drüben sind die deFraynes. Schau nicht zu ihnen hin.«
Das sagte sie jedoch so laut, daß der älteste deFrayne es hören konnte, worauf er eine Bemerkung über die Häßlichkeit der Schwestern machte. Wären ihre Brüder an ihrer Stelle gewesen, es wäre augenblicklich zum Kampf gekommen. Das war oft genug während der vergangenen Jahrzehnte so geschehen.
Doch bei dieser Begegnung zwischen den Kindern der verfeindeten Familien passierte etwas Seltsames. Divina Gifford rauschte mit gerafften Röcken und hochnäsigem Gesicht an den deFraynes vorbei. Wayland ignorierte sie, während Cameron ihr einen arroganten, verächtlichen Blick zuwarf. Doch der jüngste Sohn sah sie nur einfach an.

Anne gelang es nicht, das hochmütige Gebaren ihrer Schwester zu imitieren, sosehr sie sich auch bemühte. Noch nie war sie einem deFrayne begegnet, obwohl sie ihr Leben lang Schauergeschichten über diese verachtenswerte Familie gehört hatte. Sie sah die jungen Männer neugierig an und war erstaunt, daß sie weder Fangzähne noch Hörner besaßen. Doch dann machte Cameron eine Bemerkung, die sie erröten ließ.

»Die Kleine hat Courage. Eines Tages werde ich sie gefangennehmen, um ihre Brüder, diese Bastarde, zu reizen. Dann müssen sie sich mit mir schlagen, wenn sie sie befreien wollen.«

»Wenn du sie anrührst, bringe ich dich um«, sagte da eine Stimme. Anne drehte sich nach dem Sprecher um und blickte direkt in Dylans Gesicht. Er war ein gutaussehender Bursche, der schönste junge Mann, den sie jemals gesehen hatte. Seine Augen funkelten wie Edelsteine, sie waren von einem dunklen Graugrün, und sein leicht geöffneter Mund enthüllte makellose weiße Zähne. Sein dickes Haar hatte die Farbe von Weizen. »Sie ist ein Engel«, sagte er mit einer Stimme, die zugleich scherzhaft und verführerisch klang.

Anne hatte spontan gelächelt. Nur eine Sekunde trafen sich ihre Blicke, und von diesem ersten Moment an hatte sie sich so in ihn verliebt, daß ihr Leben sich von Grund auf ändern sollte.

»Sie ist doch nur ein Gifford-Balg«, bemerkte Cameron.

»Nein. Sie wurde als Baby gestohlen und wartet auf ihre Befreiung«, entgegnete Dylan. »Sieh doch, sie ist nicht blaß und blond wie ihre Schwester und Mutter, sondern schwarz wie ein Rabe. Sie gehört nicht zu ihnen. Sie ist ein Engel.«

»Anne!«

Divina hatte den Zauber gebrochen — so kurz er auch war —,

als sie merkte, daß die Aufmerksamkeit ihrer Schwester den deFraynes galt. Sofort reckte Anne die Nase in die Höhe, versuchte, Divinas königliches Benehmen nachzuahmen, und folgte ihr. Doch dann warf sie einen Blick über ihre Schulter zurück und sah, daß Dylan sie anlächelte. Später, zu Hause, machte man ihr Vorhaltungen, weil sie ein Mitglied der deFraynes beachtet hatte, und Bart erbot sich, den Bastard zu töten, der seine Schwester beleidigt hatte. Bart wäre wohl empört gewesen, hätte er gewußt, daß Annes Herz immer noch heftig klopfte, wenn sie an das Lächeln dachte, das Dylan ihr geschenkt hatte.

Ein Jahr verging, und wieder war es auf dem Markt zu Lincoln, wo sich Anne und Dylan zum zweitenmal begegneten. Plötzlich ging ein heftiger Schauer nieder, und jeder suchte irgendwo Schutz vor dem Regen. Ein junger Mann ergriff Annes Arm und zog sie unter das Dach eines Gärtnerzelts. Und zwischen den Kübelpflanzen machte sie die Bekanntschaft ihres angeblichen Erzfeindes, Dylan.

Damals war Anne erst vierzehn, doch sie hatte das ganze letzte Jahr von diesem gutaussehenden jungen Mann geträumt. Sie fand ihn aufregend, und das Verbotene an ihrer Beziehung reizte ihre Neugier noch mehr. Diese Neugier und auch die nähere Kenntnis des uralten Zwists der beiden Familien hatten sie reifer werden lassen — ihre kindlichen Tagträume wandelten sich in das Begehren einer Frau.

Wäre Dylan das Oberhaupt seiner Familie gewesen, hätte er die Fehde beigelegt. Er war freundlich, geistreich, charmant und höflich. Er kümmerte sich nicht um alte Familiengeschichten, wußte nicht einmal, wer einst den Streit vom Zaum gebrochen hatte. »Vielleicht würde ich anders denken, wäre ich der Erstgeborene. Wayland wurde sein ganzes Leben im Haß auf deine Familie erzogen. Doch ich bin unwichtig und wurde von einer solchen Belastung verschont.«

»Wie es heißt, tötete dein Urgroßvater meinen«, sagte Anne.

Dylan lachte. »Und bei uns heißt es, deiner brachte meinen um. Doch sollte es stimmen, was du sagst, entschuldige ich mich dafür«, fügte er, sich tief verneigend, hinzu.

Die beiden genossen die Stunde ihres Zusammenseins, doch dann hörte der Regen auf. Dylan wurde wieder ernst. »Ich habe das ganze Jahr an dich gedacht«, sagte er.

»Hast du das? Ich weiß nicht, warum ...«

»Hast du an mich gedacht?« fragte er.

»Ein- oder zweimal«, log sie und errötete.

»Du darfst deiner Familie nicht erzählen, daß wir uns getroffen haben. Deine Brüder würden mich gefangennehmen und hängen lassen.«

»Wirklich?«

»Das gebietet ihnen ihre Ehre. Meine Brüder würden dasselbe tun. Doch für uns gilt diese Fehde nicht. Wir ignorieren sie einfach. Bist du damit einverstanden?«

Ihr Herz fing vor Aufregung an zu klopfen. Sie konnte sich nicht mit dem Gedanken abfinden, daß dieser charmante Freund nicht von ihrer Familie akzeptiert wurde. »Wenn sie dich kennen würden, Dylan, dann ...«

Er schüttelte traurig den Kopf. »Nein. Sie würden sofort ihre Schwerter ziehen. Es bliebe gar keine Zeit, mich kennenzulernen. Es gibt nur ein ehrenwertes Verhalten zwischen unseren beiden Familien: Alle Männer achten die Frauen ihrer Feinde. Aber deine Brüder würden verhindern, daß ich dich je wiedersehe. Du darfst auch ihnen nicht trauen.«

»Ich werde niemandem etwas erzählen, Dylan.«

Plötzlich nahm er sie in die Arme und küßte sie leidenschaftlich. »Ich muß dich unbedingt wiedersehen.«

»Das ist unmöglich!«

»Mir fällt schon etwas ein. Bewahre dein Geheimnis, geliebter Engel. Bis wir uns wiedersehen — und wir sehen uns wieder —, werde ich von dir träumen, Anne.« Und mit diesen Worten ging er und verschwand in der Menge. Bald darauf kam Minerva, die sich um ihren Schützling schon große Sorgen gemacht hatte.

Getreu seinem Wort hatte Dylan sie wieder getroffen. Das geschah anläßlich einer Pilgerreise zu einem nahegelegenen Kloster, die Anne mit ihrer Mutter gemacht hatte. Sie wurden nur von wenigen Männern begleitet. Als sie den Stallburschen erkannte, der sich um ihr Pferd kümmerte, hätte sie fast vor Überraschung einen lauten Ruf ausgestoßen. Doch sie merkte schnell, daß nur sie ihn erkannt hatte. Als ihre Mutter schlief, stahl sie sich aus der Kammer und eilte in den Stall. »Wie hast du nur herausgefunden, daß ich hier bin?«

»Ich folgte euch von Anfang an und hörte, wie deine Mutter das Ziel eurer Reise erwähnte. Dann bestach ich den Stallbesitzer mit ein paar Münzen.« Er grinste fröhlich.

»Du bist ein frecher Bursche. Die armen Schwestern wären empört«, hatte sie ebenso fröhlich geantwortet, denn ihr gefielen die Heimlichkeiten hinter dem Rücken ihrer Mutter, die ausschließlich an das Fortkommen ihrer Söhne dachte und ihre älteste Tochter, Divina, möglichst vorteilhaft verheiraten wollte. Anne hingegen war von ihr nie beachtet worden.

Anne war von einer Dienerin genährt und dann in Minervas Obhut gegeben worden, als sie entwöhnt war, während Divina ständig von ihrer Mutter verwöhnt worden war. Deshalb hatte Anne eine viel innigere Beziehung zu Minerva als zu ihrer Mutter. Manchmal schien ihr, ihre Mutter wüßte gar nicht, daß sie existierte. So war sie nur allzu bereit, Dylan ihre Liebe zu schenken, als sie ihn kennenlernte.

Anne hatte sich von der ersten Sekunde an in den jungen Ritter verliebt, doch erst in jener Nacht ihres Treffens in den Stallungen des Klosters wandelte sich ihre bis dahin noch kindliche Zuneigung in die verbotene Liebe erwachsener Menschen. Dylan merkte es als erster. Er berührte ihre Wange mit der Hand und küßte sie zärtlich, flüchtig. Seine Lippen bebten, als er leise sagte: »Ich liebe dich, Anne. Und ich habe Angst, dein Leben zu ruinieren. Geh, geh schnell. Wir dürfen uns nie wiedersehen.«

»Oh, Dylan, nein. Das *kann* ich nicht! Auch ich liebe dich!«

Er seufzte schwer. »Unsere Familien könnten von unserem Geheimnis erfahren. Dann würden sie uns auf jeden Fall auseinanderbringen, liebste Anne. Versprich mir, daß du nie verbittert wirst, was immer wir auch wegen unserer Liebe zu ertragen haben. Sie soll uns nur Freude bringen, sollte sie auch von kurzer Dauer sein.«

Seit jenem Unwetter in Lincoln hatten sie sich wohl ein dutzendmal getroffen. Und jedes Treffen war gefährlicher als das vorhergehende. Daß sie dabei noch nicht überrascht worden waren, grenzte an ein Wunder, und daß Dylan nicht der Versuchung nachgegeben hatte und Anne noch unberührt war, war das zweite Wunder. Das erste war auf reines Glück zurückzuführen, das zweite jedoch auf seine Charakterstärke, denn Anne liebte ihn derart, daß sie ihm nichts verwehrt hätte.

Jeden Abend vorm Einschlafen dachte sie an ihn, rief sich jede kleinste Einzelheit ihrer flüchtigen Treffen ins Gedächtnis zurück. Heute abend nach dem Turnier war es nicht anders. Sie war in das Alkovenbett gekrochen, das sie mit Minerva und ihrer Schwester teilte. Minerva schnarchte gleichmäßig weiter, und Divina träumte von einem Ritter, der ihr während des Fests den Hof gemacht hatte. Anne glitt in einen Schlummer voller süßer Träume. Es war bereits kurz vor Morgengrauen, als sie sich schlafen gelegt hatte. Sie dankte Gott für dieses Turnier, denn es dauerte fünf Tage, und wenn sie vorsichtig war, konnte sie jede Nacht kostbare Augenblicke in Dylans Armen verbringen.

Ihr schien, als habe sie kaum die Augen geschlossen, als jemand sie rüde wach rüttelte. »Anne, wach auf. Wach auf«, sagte ihre Mutter barsch. Und als Anne die Augen öffnete, sah sie, wie sich die rosige Morgendämmerung am Himmel abzeichnete.

»Madam?« fragte sie schläfrig und verwirrt. »Bin ich zu spät für die Messe?«

Marcella sah ihre Tochter nachdenklich und etwas traurig an, doch in ihren Augen war auch feste Entschlossenheit zu lesen. Anne kannte diesen Ausdruck und fragte sich, welchen Plan ihre Mutter diesmal wohl im Schilde führte und ob sie Teil dieses Plans war.

»Nein, nein. Die Messe hast du nicht versäumt. Wie es scheint, hast du bei den Rittern Eindruck gemacht, und ein Freund des Herzogs von York, ein wohlhabender Mann, interessiert sich für dich.«

»Für mich? Aber ...«

»Ja, für dich. Nicht für Divina. Beeil dich jetzt. Er wird uns heute morgen seine Aufwartung machen und möchte dich kennenlernen.«

Annes Augen wurden groß vor Erstaunen. »Madam?«

Marcella war aufgestanden und blickte mit verkrampftem

Lächeln auf ihre Tochter hinunter. Anne versuchte im Gesicht ihrer Mutter zu lesen. Sie vermutete, daß die Verheiratung einer ihrer Töchter mit einem einflußreichen Mann ihr gefiel, aber es ihr Mißfallen erregte, daß sie und nicht Divina die Braut sein sollte. »Zieh dich hübsch an. Es will jemand bei deinem Vater um deine Hand anhalten.«

»Aber, Madam, das Kloster! Die Nonnen!«

»Wie es aussieht, kannst du unserer Familie mehr nützen, wenn du heiratest. Beeil dich! Und kleide dich dezent. Wenn alles gutgeht, bist du bald verheiratet, und unsere Familie wird von der Verbindung profitieren.«

2

Sir Ferris Gifford sah aus, als wäre er von seiner Frau aus denselben dringenden Gründen aus dem Schlaf gerissen worden wie seine Tochter Anne. Mit dunklen Ringen unter den Augen saß er in einem Stuhl, einen Krug Ale neben sich, der den bohrenden Kopfschmerz vertreiben sollte, unter dem er nun wegen des gestrigen ausgiebigen Zechgelages litt. Als Anne eintrat, richtete er sich auf, und seine Augen begannen zu leuchten. Er klopfte auf den Hocker neben sich, und seine jüngste Tochter setzte sich mit einem nervösen Lächeln.

»Hättest du nicht ein hübscheres Kleid anziehen können?« fragte Lady Marcella.

Annes Blick glitt über ihr mauvefarbenes Samtkleid. Für ein Mädchen, das dem Kloster versprochen ist, wird keine Aussteuer genäht, und dieses Kleid war schon ein Jahr alt und zu eng, zu kurz und spannte über ihrer Brust. »Es ist eins meiner besten, Madam«, entgegnete sie ruhig.

»Dann hättest du dir eins von Divina ausleihen sollen.«

»Aber Madam, Ihr selbst habt mir verboten, an ihre Sachen zu gehen. Und sie leiht nicht gern etwas aus.« Eine künftige Novizin brauchte keine teuren Kleider, aber ein Mädchen, das heiraten wollte, brauchte eine exquisite Garderobe. Und Annes Garderobe bestand aus abgelegten Kleidern ihrer Schwester, die geändert wurden. Ein neues Kleid bekam sie selten.

»Nun denn«, sagte Lady Marcella verärgert, »gleich kommt ...«
»Laß das Mädchen in Ruhe«, befahl Sir Ferris mürrisch. »Auf der ganzen Welt gibt es keine schönere Frau, wie Graf Ayliffe bestätigen wird.«
»Graf Ayliffe?« flüsterte Anne und sah ihren Vater an.
Lady Marcella wühlte emsig in ihrer Truhe; ihrem Mann und ihrer Tochter hatte sie den Rücken zugekehrt. Sir Ferris sprach liebevoll und tröstend zu seiner Tochter. »Er ist ein reicher Mann, meine Kleine. Und mächtig. Es ist ein großes Glück, daß er dich bemerkt hat, aber das allein macht noch keinen perfekten Ehemann. Doch er ist auch ein guter und freundlicher Mann, ein Mann, den ich bewundere.« Bei den letzten Worten drückte Ferris Annes Hand.
»Aber Vater, das Kloster ...«
»Fürs Kloster bist du zu schade, Anne. Und ein solch großzügiges Angebot des Grafen kann unsere Familie nicht ignorieren.«
»Dann ist meine Vermählung also beschlossene Sache?«
Sir Ferris sah seine Tochter liebevoll an. »So gut wie, Mädchen. Deine Mutter war nicht untätig.« Sein Blick schweifte zu Lady Marcella, und Anne sah, daß ihr Vater unglücklich war. Marcella kümmerte sich um alles, und oft mischte sie sich in Dinge ein, die nur ihren Ehemann etwas angingen. Doch ausschließliche Macht über die Familie zu gewinnen war ihr nie gelungen. »Deine Mutter hat sich nicht mit mir besprochen, aber es stimmt: Eine Verbindung unseres Hauses mit dem des Grafen wäre für uns von großem Vorteil.«
Da kam Lady Marcella und hängte Anne eine mit Diamanten besetzte Goldkette um. »Wenigstens hast du eine hübsche Figur, wenn du auch etwas zu dünn bist.«

»Sie ist nicht dünn, Marcella. Sie ist jung. Und das Kleid ist für ihren wachsenden Busen zu eng.«

Anne errötete, als an die Tür geklopft wurde. Marcella betrachtete prüfend Annes Ausschnitt und zerrte den Stoff dann mit einem scharfen Ruck nach unten, so daß mehr von ihren Brüsten zu sehen war. Auch Sir Ferris wurde vor unterdrücktem Zorn rot. Marcella eilte hastig zur Tür und öffnete sie, während Ferris den Stoff vom Kleid seiner Tochter wieder nach oben zog. Anne saß stumm da und betrachtete ihre Hände in ihrem Schoß. Tränen der Hilflosigkeit brannten in ihren Augen.

»Guten Morgen, Milord«, flötete Marcella und knickste tief, während ihr samtenes Gewand anmutig ihre Gestalt umfloß.

»Madam«, entgegnete der Graf.

Lord Gifford stand langsam auf, und Anne warf einen scheuen Blick auf den Mann, mit dem ihre Eltern sie verheiraten wollten. Sie beobachtete, wie die beiden Männer aufeinander zugingen, wobei sich beide wortlos verneigten. Dann reichte der Graf ihrem Vater die Hand. Er lächelte leicht.

Anne sah sofort, was ihre Mutter für den Grafen eingenommen hatte. Er war ein stattlicher Mann, etwa Mitte vierzig, mit vollem, dunklem Haar, das erst an den Schläfen zu ergrauen begann. Seine Kleidung war kostbar, und er trug sie mit lässiger Eleganz, was ihn viel jünger wirken ließ, obwohl er fast so alt wie ihr Vater war. Trotzdem war Anne von ihm beeindruckt.

»Und dies ist Anne, Eure bezaubernde Tochter?«

Sir Ferris trat zur Seite, damit der Graf Anne betrachten konnte. Er sah sie eindringlich an. Seine blauen Augen wurden dunkler, als er sie anschaute. Ein Lächeln breitete sich langsam auf seinem Gesicht aus, dann reichte er ihr die Hand. Anne ergriff sie langsam und fühlte ihn zittern. Oder zitterte sie? Er neigte sich tief über ihre Hand und streifte mit den Lippen ihre kühle Haut. »Ich fühle mich geehrt, Mademoiselle.«

»Die Ehre gebührt mir, Milord«, sagte sie leise und nervös.

»Eure Eltern haben Euch sicher erzählt, daß ich heiraten möchte?«

Sie nickte zaghaft und sah ihm in die Augen. Er schien kein grausamer Mann zu sein. Im Gegenteil, sein Gebaren strahlte Freundlichkeit aus. Trotzdem fühlte sie sich beklommen. In Dylans Armen war sie glücklich, doch jetzt kam sie sich wie ein Stück Vieh auf dem Markt vor.

»Habt Ihr Angst vor mir, Anne?« fragte er freundlich. »Oder ist es der Gedanke an die Ehe, der Euch angst macht?«

»Ich ... ich sollte ins Kloster gehen ...«

Sein Gesichtsausdruck wurde ernst, doch er lachte verwirrt und drückte ihre Hand beruhigend. »Ich weiß, daß ich nicht wie ein junger Galan aussehe, noch wie eine Mutter Oberin, aber Ihr braucht Euch nicht zu fürchten.« Der Graf sagte zu Sir Ferris: »Eure Tochter ist atemberaubend schön und doch sanft. Es wäre mir eine Ehre, sie zur Frau zu nehmen. Aber sie ist zu jung. Zu unerfahren. Ich möchte nicht, daß sie durch eine zu früh geschlossene Ehe Schaden nimmt.«

»Aber Milord, sie wird ...«

Mit einer Geste brachte Graf Ayliffe Marcella zum Schweigen und sprach weiter zu Lord Gifford. »Ich glaube, es ist im Interesse der jungen Dame, wenn wir uns für eine längere Zeit als die übliche verloben. Wenn ich vor unserer Eheschließung ihr Vertrauen erringen kann, wird das für uns beide von Vorteil sein. Falls Ihr einverstanden seid, Sir, können wir den Ehevertrag bereits jetzt aufsetzen und ein paar Monate später heiraten. Während des nächsten halben Jahres muß ich in Staatsgeschäften viel reisen und kann Euch auf Burg Raedelle von Zeit zu Zeit einen Besuch abstatten. So lernen wir einander besser kennen. Und Anne wird die Erfahrung machen, daß eine Ehe mit mir für sie nicht zur Tortur wird.«

»Eine Tortur?« murrte Marcella. »Lord Forbes, solltet Ihr den Wunsch haben, noch heute zu heiraten, wird Eure Braut diesem Wunsch entsprechen. Es ist nicht nötig, sie derart zu verwöhnen. Sie ist ein kräftiges Mädchen. Und sie kann Französisch und Latein lesen und sprechen. Sie ...«

Marcella hielt mitten im Satz inne, als sie sah, daß Graf Forbes die Stirn runzelte. »Milady, ich denke, Ihr könnt die Jugend Eurer Tochter und ihre Unerfahrenheit besser beurteilen als ich. Doch ein paar Monate Wartezeit schaden sicher keinem von uns.«

Anne mußte lächeln. Noch nie hatte jemand mit so deutlichen Worten ihre Mutter zurechtgewiesen. Und der Graf ließ ihr Zeit. Er wandte sich an sie. »Findet dieser Vorschlag Eure Zustimmung, meine Liebe?«

»Ihr seid sehr großzügig, Milord.«

Er griff wieder nach ihrer Hand, und diesmal überließ sie sie ihm bereitwillig. »Mein Name ist Brennan Forbes. Nennt mich so. Trotz Eurer Jugend seid Ihr mir mit Würde und Eleganz begegnet, Anne. Ich danke Euch. Euer ergebenster Diener, Mademoiselle.«

Dann sagte er zu Marcella: »Sollte Eure Tochter irgend etwas brauchen, wendet Euch ohne Zögern an mich. Ich komme für alle ihre Reisekosten und Garderobe auf.« Mit diesen Worten nickte er Lord und Lady Gifford kurz zu und ging.

Anne tat dieser höfliche Aristokrat leid. Er sah gut aus und

war trotz seines Reichtums und seiner Macht sensibel und einfühlsam. Brennan Forbes war sicherlich einer der anständigsten Männer im ganzen Königreich.
Trotzdem sprach Anne ein stummes Dankgebet, weil er ihr Zeit gelassen hatte. Nie würde sie Lord Forbes' Ehefrau werden; sofort mußte sie Dylan von dem Geschehen unterrichten. Ihre Flucht duldete keinen Aufschub mehr.
»Nun, meine Tochter?« fragte Sir Ferris.
Anne antwortete mit erzwungener Ruhe: »Ich kann es kaum glauben, daß sich ein solcher Mann für mich interessiert. Ich bin doch viel zu jung für ihn. Außerdem könnte er sicher ein hübscheres Mädchen finden.«
Ferris schüttelte den Kopf, und seine Frau runzelte ärgerlich die Stirn. Anne war bei weitem die Bestaussehendste in der Familie, und ihr Vater hielt sie für die schönste Frau in England. Zu ihrer Schönheit kamen ein freundliches, aufrichtiges Wesen, Klugheit und Ernsthaftigkeit, während sich ihre Schwester Divina in eitler Oberflächlichkeit verlor. Marcella hatte sich nie um ihre jüngste Tochter gekümmert, außer, um mit ihr zu schimpfen, und Ferris konnte sich nicht in dem Maße um sie kümmern, wie er wollte. Nur die alte Minerva hatte sie zeit ihres Lebens geliebt und verwöhnt.
Schon seit einer geraumen Weile hatte mehr als ein ältlicher Lord Ferris wegen Anne bedrängt, doch er hatte seiner Frau nichts davon erzählt. Marcella schien den Gefühlen ihrer Kinder gegenüber unsensibel zu sein und hätte Anne gewiß sofort an den großzügigsten Aspiranten verschachert. Wie seine Frau seine jüngste Tochter behandelte, verletzte ihn zutiefst.
»Ich bringe dich zu deinem Zimmer, meine Kleine«, sagte er und streckte Anne die Hand hin.
Marcella hielt sie zurück und nahm die goldene Halskette

wieder an sich. »Benimm dich wie ein Edelfräulein«, sagte sie barsch, »oder du wirst bestraft.«

»Ja, Madam«, entgegnete Anne. Ferris sah seine Frau strafend an.

Dann gingen Vater und Tochter durch die verlassenen Gänge des Schlosses. Es war noch sehr früh und kaum jemand auf den Beinen. Plötzlich blieb Ferris stehen.

»Es könnte dir Schlimmeres als eine Ehe mit dem Grafen passieren, Anne.«

Sie lächelte ihn an. Es schmerzte sie, daß sie diesem liebenswerten Mann Kummer machen mußte. »Das weiß ich, Vater. Der Graf scheint ein netter Mann zu sein.«

»Dann bist du also mit dieser Verbindung einverstanden?«

»Ja, Vater. Wenn es dein Wunsch ist.«

Ferris seufzte erleichtert, doch er sah seine Tochter prüfend an. »Anne, eine solche Entscheidung mußt du deinen Eltern überlassen. Du darfst deine Liebe nicht einem jungen Mann deiner Wahl schenken. Einem Mann ... einem Mann, den wir nicht akzeptieren können.«

»Nein, Vater«, sagte sie und starrte zu Boden.

»Klammere dich nicht an Hoffnungen, die niemals in Erfüllung gehen können.«

Bei diesen Worten fingen ihre Wangen an zu brennen; noch immer starrte sie auf den Boden. Wußte er es? Aber wenn er es wußte, würde er sie bestrafen. Sir Ferris Gifford war wegen dieser uralten Familienfehde nicht besonders aktiv, aber er hatte nie die Tatsache verheimlicht, daß er Sir deFrayne verachtete.

Sir Ferris hob Annes Kinn, damit sie ihm in die Augen sehen mußte. »Wenn wir lieben, werden wir nicht immer von Weisheit geleitet, mein Kind. Ich muß dir etwas sagen, und ich sage es nur einmal. Solltest du dem falschen Mann dein

Herz schenken, ruinierst du nicht allein dein Leben, sondern ebenso das deiner Familie und das des Mannes, den du liebst. Viel Unglück kann aus solch einem Irrtum erwachsen, Anne — Leid, Krieg, Armut, selbst der Tod. Doch eine Ehe mit Brennan Forbes wird dich vor all diesem Unglück bewahren. Und glaube mir, er wird alles tun, um dich glücklich zu machen.«
»Wenn Ihr wollt, daß ich ihn heirate, tue ich es, Milord«, sagte sie und wußte, es war eine Lüge, denn nun wußte sie ebenfalls, daß ihr Vater gesehen hatte, wie Dylan ihr zulächelte.
»Ich wünsche es mir von ganzem Herzen, denn der Graf ist dem Herzog von York verbunden. Und der Herzog wird eines Tages die Krone Englands tragen. Vielleicht schon bald.«
»Papa«, sagte sie leise, überrascht, und berührte seine Hand. »Schmiedest du ein Komplott gegen ...«
»Still, Kind!« flüsterte Ferris warnend. »Nur soviel will ich verraten: Deine Verbindung mit dem Herzog und andere Dinge werden unserer Familie wieder zu dem Einfluß und der Macht verhelfen, die wir früher einmal besaßen — falls alles gutgeht. Wenn du dich jetzt beeilst, kannst du noch zur Messe gehen. Nur wenige besuchen heute früh die Messe«, fügte er in verschwörerischem Ton hinzu. »Und soviel ich weiß, ist niemand aus unserer Familie dabei.« Er neigte den Kopf und küßte sie auf die Stirn. »Kann ich dir vertrauen, Anne? Wirst du das Richtige tun und im Sinne deines alten Vaters handeln?«
Sie stellte sich auf die Zehenspitzen, um ihn auf die Wange zu küssen. Seine Bitte erfüllte sie mit Trauer. »Ich liebe dich, Papa«, sagte sie, drehte sich um und eilte in die Kapelle.

Ihre Kehle war wie zugeschnürt, und Tränen brannten in ihren Augen. Ihr Vater wäre über ihren Verrat entsetzt, aber sie mußte ihn verraten, denn sie konnte keinen anderen Mann so wie Dylan lieben. Nie würde sie ihr Herz einem anderen schenken. Seit einem Jahr verzehrte sie sich nach ihm und hatte Gefahren auf sich genommen mit dem einzigen Ziel, ihm allein zu gehören.
Und ihr Vater wußte von ihrer heimlichen Liebe, dessen war sie sicher. Er hatte sie sehr höflich, doch unmißverständlich gebeten, auf Dylans Liebe zu verzichten und den richtigen Weg zu wählen. Er hatte ihr sogar empfohlen, allein zur Messe zu gehen, wo sie wahrscheinlich unbeobachtet Dylan treffen konnte.
Oh, Vater, vergib mir, denn ich bin dir eine schlechte Tochter, ich bin Lord Forbes eine ungetreue Verlobte, ich sündige und lüge, weil ich dem folgen möchte, den ich liebe, dachte sie.
Mit gesenktem Kopf setzte sie sich hinter die wenigen Frommen, die heute früh zur Messe gekommen waren. Hinter sich hörte sie das leise Klirren einer Rüstung, und ihr Herz begann wild zu schlagen. Als der Priester das Gebet sprach, warf sie verstohlen einen Blick über ihre Schulter und sah Dylan in Kettenhemd und Brustpanzer, den federgeschmückten Helm unter den Arm geklemmt. Warum hatte er seine Rüstung heute angelegt? Es fanden doch keine Waffengänge statt.
Als die Messe zu Ende war, stand sie auf, bekreuzigte sich und schlüpfte leise aus der Kapelle. Schnell ging sie durch die Gärten auf das kleine Schutz bietende Wäldchen zu. Dort gab es einen Pfad, der auf eine Lichtung führte, durch die ein Bach plätscherte. Zu dieser frühen Stunde hoffte sie, niemanden hier anzutreffen.

Im Schutz eines Baums blieb sie stehen und wartete auf Dylan. Als er auf sie zukam, sah sie, daß sein Gesicht von Sorgen gezeichnet war.
»Wir reisen schon heute ab, Geliebte. Ich habe den Aufbruch meiner Familie bereits verzögert, denn niemand konnte mich finden.« Er zuckte mit den Schultern. »Wahrscheinlich nahmen sie an, daß ich das Lager mit irgendeiner Dirne teilte. Außer meiner Mutter vielleicht, deren Augen voller Schmerz waren. Denn sie schickte mich zur Messe. Und ihr Schmerz, Anne, glaube ich, gilt dir.«
»Dylan, warum? Wohin reitet ihr?«
»Gegen König Heinrich wird ein Komplott geschmiedet. Herzog Richard von York hat ein Heer aufgestellt. Und wenn der König unterliegt, ist auch das Schicksal meiner Familie besiegelt.«
Sie warf sich weinend in seine Arme. »Dylan, das ändert alles. Wir müssen sofort fliehen. Meine Mutter hat einen Bräutigam für mich gefunden — und mein Vater steht auf der Seite des Herzogs von York. Ach, bitte, laß uns fliehen!«
»Zur Zeit werden überall Verschwörungen geschmiedet, meine Schöne.«
Anne konnte diese komplizierten politischen Verstrickungen innerhalb des Adels nicht begreifen. Sie verstand nur, daß sie deshalb Dylan nicht angehören durfte. »Dylan, wenn wir zusammen sind, brauchen wir doch nur ein und demselben Herrn zu dienen.«
»Anne ...« brachte er mühsam hervor.
Sie trat abrupt einen Schritt zurück. Zum erstenmal hatte Dylans Stimme zögernd geklungen. Sie fragte ihn angstvoll: »Gilt unser Schwur nicht mehr? Muß ich diesen Grafen heiraten, und mußt du für König Heinrich kämpfen? Antworte mir, Dylan!«

Sanft nahm Dylan sie wieder in die Arme und rieb seine Wange an ihrer.

»Wenn du mich nicht mehr willst, Dylan, mußt du es mir jetzt sagen. Wir haben uns geschworen, für immer einander anzugehören, auch gegen den Willen unserer Familien.«

»Anne, Geliebte ...«

»Wenn du diesen Schwur brichst, will ich dich deswegen nicht richten. Aber ich brauche deine Antwort jetzt. Wir haben nicht viel Zeit.«

»Ich kann nicht ohne dich leben, Anne.«

»Jetzt schützt mich kein Kloster mehr, Dylan. Der Graf von Ayliffe gewährt mir noch eine Frist von wenigen Monaten ...«

»Ayliffe? Gütiger Gott ...«

»Du kennst ihn?«

Dylan lachte bitter. »Ich bin erstaunt, daß du ihn nicht heiraten möchtest. Er ist sehr reich und hat dir mehr zu bieten, als ich jemals haben werde.«

Sie berührte seine Wange. »Aber ich liebe dich, Dylan. Und ich weiß auch, daß du eine reichere Frau heiraten könntest. Entbindet uns das jetzt von unserem Schwur, nachdem wir soviel für unsere Liebe gewagt haben?«

»Nein, Geliebte. Ich komme und hole dich. Es mag eine Weile dauern, aber ich komme.«

»Und ich werde warten.«

»Vertrau mir, Anne. Du mußt Vertrauen haben.«

Sie küßte ihn und fürchtete, dies würde ihr letzter Kuß sein.

»Bleib hier. Jetzt will ich mich von dir verabschieden, sonst könnte mein Gesicht meine Liebe zu dir den anderen verraten.« Er küßte sie schnell und ging. Anne sank auf das grasbewachsene Ufer des Baches und weinte.

Nach einer Weile versiegte Annes Tränenstrom, aber sie blieb am Bach sitzen. Es war ein wunderschöner Morgen, strahlend, voller Vogelsang. Bald machte ihr Trennungsschmerz neuer Hoffnung Platz. Dylan würde kommen und mit ihr fliehen. Sie pflückte einen Strauß Frühlingsblumen, und dabei fiel ihr Blick auf die Narbe auf ihrer Hand. Sie hatte die Verletzung als einen Unfall beim Weben dargestellt, doch sie rührte von der Schneide eines Messers her. Es war in einer dunklen, mondlosen Nacht im Wald von Raedelle — der Burg der Giffords — geschehen, als Anne sich heimlich dort mit Dylan getroffen hatte.
Sie war fünfzehn gewesen, und ihr Körper erwachte langsam zu dem einer Frau. Sie sehnte sich nach Dylans Zärtlichkeiten und bot ihm ihre Jungfräulichkeit an, doch Dylan widerstand der Versuchung. Er wollte sie weder entehren noch einer eventuellen Schwangerschaft aussetzen, denn dann wäre sie von ihrer Familie verstoßen worden. »Sollten sie herausfinden, daß wir uns getroffen haben, wäre das schon schlimm genug für uns, doch sollten sie erfahren, daß wir das Bett geteilt haben, müßten wir einen Preis zahlen — vor allem du —, der zu hoch ist. Doch leg dich neben mich und versprich mir, daß du eines Tages mir gehören wirst.«
Da hatte sie schnell das Messer aus seinem Gürtel gezogen und sich auf dem Handrücken einen tiefen Schnitt zugefügt, aus dem sofort tiefrot ihr Blut hervorquoll. »Mit Blut will ich diesen Schwur besiegeln«, hatte sie gesagt. »Es ist das Blut einer Jungfrau. Ich werde dich niemals verlassen, Dylan, und bis zu meinem Tode lieben.«
Er brauchte einen Moment, bis er sich von dem Schrecken erholt hatte, doch dann merkte er, wie mutig sie gehandelt hatte. Nicht einmal gezuckt hatte sie, als sie sich tief in die Hand geschnitten hatte. Er nahm das Messer und fügte sich

einen ebensolchen Schnitt bei. Dann preßten sie ihre blutenden Hände aneinander. »Ein solcher Pakt wird eigentlich nur zwischen Männern geschlossen.«
»Ich bin mir sicher, daß Liebende früher das auch taten«, hatte sie geantwortet.
Und dieses Versprechen war eines der vielen, an die sich beide seitdem gebunden fühlten.
Seit vielen Jahren schon waren die Familien deFrayne und Gifford verfeindet, denn die deFraynes unterstützten König Heinrich VI. aus dem Hause Lancaster, während die Giffords auf der Seite des Hauses York standen und Richard, Herzog von York, zum König machen wollten.
Diese konträren politischen Positionen ihrer Familien hatten Dylan und Anne bisher nicht berührt, hatten nicht wirklich in ihr Leben eingegriffen. Doch nun mußte Dylan für das Haus Lancaster kämpfen. Trotzdem hatte er Anne seine unverbrüchliche Liebe und Treue geschworen. Dieser Gedanke tröstete sie, obwohl die politischen Wirren beider Existenz bedrohten, dessen war sie sich bewußt. In Gedanken verloren saß Anne da und schrak plötzlich zusammen, als eine männliche Stimme sagte: »Ist dies der rechte Ort, wo sich ein junges Mädchen aufhalten sollte?«
Sie blickte hoch und sah den Grafen von Ayliffe vor sich stehen. Ihre Wangen glühten, als hätte er ihre Gedanken lesen können.
»Macht Ihr Euch um Eure Sicherheit keine Sorgen, Anne? Was könnte geschehen, wenn Euch ein Mann hier allein sitzen sieht?«
»Genau das ist wohl jetzt geschehen, Milord. Muß ich denn Angst haben?«
Er lächelte und setzte sich ins Gras neben sie. Wieder fiel ihr seine jugendliche Erscheinung auf. Als Zwanzigjähriger

mußte er wohl ebensogut wie Dylan ausgesehen haben, denn auch jetzt war er noch ein stattlicher Mann.
»Wollen wir etwas plaudern, Anne?«
Sie legte den Kopf auf die Seite. Mit Männern hatte sie kaum Erfahrung, doch ein Lord, der um Erlaubnis bat, mit ihr reden zu dürfen, weckte ihre Neugier. »Ihr seid zu gütig, Milord. Auch möchte ich Euch noch einmal dafür danken, daß Ihr mir etwas Zeit laßt, mich auf die Ehe vorzubereiten. Sicherlich hättet Ihr auch auf einer sofortigen Hochzeit bestehen können.«
Er lachte leise. »Sicher, das hätte ich tun können. Aber habt Ihr einmal darüber nachgedacht, Anne, daß man mit Gewalt nichts erzwingen kann? Und ich möchte, daß Ihr mich eines Tages liebt.«
Sie sah ihn überrascht an und errötete wieder. Dann blickte sie verwirrt in eine andere Richtung.
»Ich nehme an, daß Euch dieses Ansinnen im Augenblick absurd erscheint, denn Ihr seid so jung, und ich bin fast so alt wie Euer Vater. Aber Ihr werdet erfahren, Anne, daß Alter wenig mit der Liebe zu tun hat. Oder es ist sogar von Vorteil. Wäre ich ein junger Ritter und hätte mich in Euch verliebt, wäre ich kaum geneigt, den Hochzeitstermin aufzuschieben. Doch ich bin kein junger, ungeduldiger Mann mehr, und ich respektiere Eure Jugend und Reinheit. Und«, sagte er und legte sanft seine Hand an ihre Wange, damit sie ihn ansehen mußte, »ich wünsche mir, daß Ihr mit mir so glücklich werdet, wie ich es mit Euch zu sein hoffe.«
»Eine solche Güte verdiene ich nicht, Milord.«
»Warum denn nicht?« fragte er, wieder lachend. »Weil Ihr Euer Herz bereits verschenkt habt? An irgendeinen jungen Galan? Ich kann Euch versichern, Demoiselle, ich habe genug Lebenserfahrung, um zu wissen, wie es um die Herzen junger Män-

ner und Mädchen bestellt ist. Ihr seid ein junges, bezauberndes Mädchen. Alles, was Ihr braucht, ist Zeit. Und ich werde Euch beweisen, daß Euer Leben als Gräfin von Ayliffe ein sehr angenehmes und glückliches sein wird. Alle jungen Ritter, die bis heute Eure Träume bevölkert haben mögen, werden dann verblassen, und die Liebe eines guten und generösen Mannes wird an ihre Stelle getreten sein.« Er zuckte mit den Schultern. »Bald werdet Ihr zur Frau herangereift sein, Anne. Und das soll in meinem Haus geschehen.«

Sie lächelte ihn an, denn er war ein so sanfter und zärtlicher Mann. Wäre sie Dylan nicht begegnet, hätte sie Brennan Forbes sicher lieben können. »Ich danke Euch, Milord, für Eure außergewöhnliche Güte.«

»Nennt mich doch beim Namen, Anne. Ich bitte Euch.«

»Brennan«, sagte sie schüchtern und lachte dabei.

»Ihr braucht mir nicht zu danken. Ich war zweimal verheiratet und hatte das Glück, beide Male von guten Frauen geliebt zu werden. Ich fürchte, ich war meinen Frauen nicht so ein guter Gemahl, wie sie mir Gemahlinnen waren. Aber beide taten das ihre, um mir etwas Schliff beizubringen. Ich bin kein junger, egoistischer Spund mehr und kann nun ein guter Ehemann sein. Wenn Ihr es zulaßt, kann ich Euch sehr glücklich machen.«

»Eure Gemahlinnen? Sind sie gestorben?«

»Ja. Die erste vor über zwanzig Jahren, da war ich selbst noch sehr jung. Sie starb im Kindbett und mit ihr mein Erstgeborener. Ich brauchte lange, um über diesen Verlust hinwegzukommen. Meine zweite Frau schenkte mir einen Sohn, der nun zehn Jahre alt ist. Ein Fieber raffte sie vor zwei Jahren hinweg. Ich habe sehr um sie getrauert und konnte mir bis vor kurzem nicht vorstellen, ein drittes Mal zu heiraten.«

»Es tut mir leid, daß Ihr Eure Gemahlinnen verloren habt, Brennan«, sagte Anne aufrichtig. »Ich kann mir gar nicht vorstellen, wie es ist, einen geliebten Menschen zu verlieren...« Allein beim Gedanken an die Möglichkeit, Dylan könnte sterben, fühlte Anne Tränen in sich aufsteigen.

»Ja, es war eine harte Prüfung. Man geht immer ein Risiko ein, wenn man liebt. Ich lernte Eure Eltern kennen, und sie sprachen von ihrer Tochter, aber...« Seine Stimme verlor sich, und er sah sie prüfend an. »Ich war erfreut, Euch beim Turnier zu sehen. Sonst hätten wir uns nie kennengelernt.«

»Ich habe eine Schwester...«

»Ja, Divina.«

»Geplant war, daß sie heiraten und ich ins Kloster gehen sollte.«

Brennan sagte lachend: »Lady Gifford ist nicht so töricht, einen derart schrecklichen Fehler zu machen. Warum hat sie Euch bis zu diesem Turnier daheim versteckt?«

Anne zuckte mit den Schultern. Sie dachte, wie besser es doch für sie gewesen wäre, hätte ihre Mutter sie noch etwas länger versteckt. Aber sie mußte innerlich bei dem Gedanken lächeln, weil sich Divina auf diesen Mann Hoffnungen gemacht hatte, dessen Ansprüche sie trotz ihres Schmucks und ihrer prächtigen Kleider bei weitem nicht erfüllen konnte, obwohl sie eitel war und sich wichtig machte. Anne hatte oft gemerkt, daß Divina der Liebling ihrer Mutter war und ihre Schwester stets bevorzugt wurde. Sie versuchte, ihre Zurücksetzung immer damit zu erklären, es sei die Verpflichtung ihrer Mutter, ihre ältere Schwester zuerst zu verheiraten, aber diese Erklärung war nicht ausreichend. Obwohl sie keinen Wert darauf legte, daß der Lord sie heiratete, schmeichelte es ihr gleichwohl, von ihm erwählt worden zu

sein. Sie wußte, Divina würde die Wendung der Dinge als skandalös empfinden.
»Wie lange sitzt Ihr schon hier allein?«
»Seit die Messe zu Ende ist«, sagte sie geistesabwesend.
»Und Ihr denkt wohl über die schwere Bürde nach, die Ihr als meine künftige Frau zu tragen habt?«
»Ich machte mir schon vorher Sorgen. Früher war es das Kloster ...«
»Ich kann euch besser beschützen als die Nonnen, Anne.«
Sie nickte, sah ihn aber nicht an.
»Kommt Ihr gern zu mir, Anne?« fragte er.
Wieder nickte sie. Dann sah sie ihm in die Augen. »Ihr seid so lieb zu mir, Brennan. Ich möchte nicht, daß Ihr denkt, ich wäre undankbar.«
»Aber?« fragte er. Anne zögerte. »Kommt, Anne. Wir wollen unser Leben nicht mit einer Lüge beginnen. Ich sagte Euch bereits, ich will Eurer Jugend Rechnung tragen. Wenn Ihr mir die Wahrheit sagt, kann ich Euch vielleicht helfen.«
Anne wußte, daß Brennan Forbes niemals die Wahrheit akzeptieren konnte. Sie liebte einen anderen und würde ihn immer lieben. Doch sie war kühn genug, ihre Empfindungen auszudrücken, wohl auch, weil sie sehen wollte, wie weit das Verständnis dieses Mannes ging. »Ihr seid so freundlich und höflich, auch seht Ihr gut aus. In der Tat besitzt Ihr alle Eigenschaften, die sich ein Mädchen nur bei einem Ehemann wünschen kann. Vielleicht seid Ihr zu nett, Brennan. Ihr wirkt auf mich ...« Sie schwieg, schloß halb die Augen und holte tief Atem, ehe sie weitersprach, »... eher wie ein Vater.«
Er schwieg. Sie öffnete vorsichtig die Augen und sah, daß er lächelte. Er stand langsam auf und hielt ihr die Hand hin, um ihr aufzuhelfen. Dann legte er ihre Hand auf seinen

Arm und führte sie auf den schmalen Pfad zurück in Richtung Gärten.

»Seid Ihr böse mit mir, Milord?« fragte sie während des Gehens.

»Nein, meine Liebe. Manche Eigenschaften, die Ihr von einem Vater erwartet, werde ich Euch auch als Euer Ehemann geben können. Ich werde Euch beschützen und verwöhnen, auch in finanzieller Hinsicht, wie ein Vater es mit seiner Lieblingstochter tut. Ihr werdet meinem Namen Ehre machen, so wie Ihr dem Namen Eures Vaters Ehre verliehen habt, als Ihr noch unter seinem Dach lebtet.«

Er blieb stehen und sah ihr in die Augen. »Doch dann wird eine Zeit kommen, Geliebte, wo wir als Mann und Frau zusammenleben, und dann müßt Ihr in mir den Ehemann und Geliebten sehen, nicht mehr einen Vater, der Euch ins Dasein der Erwachsenen geleitet.« Er küßte sie leicht auf die Stirn. »Ihr habt Zeit genug, Eure Ansicht über mich zu ändern. Und wenn diese Zeit gekommen ist, werden alle Zweifel in Euch zerstreut sein — meine Zuneigung zu Euch ist nicht väterlicher Natur.«

»Mutter wird es *nicht* erlauben!« schrie Divina. »Niemand *weiß* davon!«

Anne starrte ihre Schwester mit weitaufgerissenen Augen an. War eine solche Reaktion von ihr zu erwarten gewesen? Divina hatte mürrisch geschwiegen, bis die Familie zu ihrem Stammsitz Raedelle zurückgekehrt war, doch jetzt flogen die Fetzen. Anne war Divina in ihr gemeinsames Zimmer gefolgt, wo ihre wütende Schwester ihre Kleider aus der gemeinsam benutzten Truhe aufs Bett warf.

»Divina, ich kann nichts dafür. Es tut mir leid, daß du eifersüchtig bist.«

»Eifersüchtig? Ich bin nicht eifersüchtig, sondern empört. Was hast du getan, um ihn zu umgarnen? Was hast du ihm versprochen?«

»Nichts!« rief Anne. »Ich habe ihn nie zuvor gesehen.«

»Das stimmt nicht. Du lügst.«

»Du hast ihn gesehen, Divina, und er dich. Dies war mein erstes Turnier, das ich besuchte.«

»Nicht einen Tag länger teile ich mit dir dieses Zimmer. Ich sage dir, du lügst. Du hast dich schamlos aufgeführt und ihm Versprechungen gemacht!« Die Tür ihres gemeinsamen Schlafzimmers schwang langsam auf, und Marcella betrat stirnrunzelnd den Raum. »Mutter, sagt ihr, daß Ihr diese Verlobung verbietet. Sie ist ungerecht mir gegenüber.«

Marcella sah Divina an, dann Anne und wieder Divina. »Es ist beschlossene Sache. Der Graf von Ayliffe hat um die Hand deiner Schwester angehalten. Eine andere Frau kommt für ihn nicht in Frage.«

»Aber *warum?*« jammerte Divina.

»Das ist seine Sache«, sagte Marcella schulterzuckend und lächelte vage. »Er ist reich und nicht auf eine Mitgift angewiesen. Seine Beweggründe gehen mich nichts an. Doch ich bin interessiert an dieser Verbindung, denn unser Haus wird dadurch an Einfluß gewinnen.«

»Aber Mutter ...«

»Sprich leiser! Ich kann dieses Geschrei nicht ertragen.«

»Ich gehe nicht an ihrer Stelle ins Kloster. Auf *keinen* Fall!«

»Es ist nicht zu spät, um für dich einen passenden Mann zu finden. Ich war fast zwanzig, als ich heiratete. Außerdem haben wir bereits eine beträchtliche Summe für dich investiert. Deine Kleider wären kaum in einem Kloster angebracht.« Sie schaute Anne an und runzelte wieder die Stirn. Nie war ihr in den Sinn gekommen, Anne so vorteilhaft und ohne Anstrengung verheiraten zu können. Sie war klein und mager und hatte immer lieber mit den Jungen gespielt, als sich um häusliche Angelegenheiten zu kümmern. Divina, die in allem ihre Mutter imitierte, schien viel besser in die Rolle einer Ehefrau zu passen. Trotzdem hatte Anne einen reichen Grafen durch ihr einfaches Wesen gewonnen, eine Tatsache, die über Divinas Verstand ging.

Marcella kniff die Augen zusammen. Wie Daphne. Ja, Anne glich Daphne, das fiel ihr jetzt auf. Vielleicht kommen sich Männer an der Seite zarter, schüchterner Frauen stark vor.

Sie mochte ihre Tochter nicht, aber der Einfluß und die Macht, die sie durch diese Ehe mit dem Grafen gewinnen konnte, waren ihr höchst willkommen.

»Ich teile das Zimmer nicht mehr mit ihr!« keifte Divina.

Marcellas Mund wurde zu einem schmalen Strich. »Benimm dich, sonst wirst du jetzt doch noch ins Kloster gesteckt.«

»Wie konntet Ihr das nur zulassen, Mutter? Ihr hättet ihn abweisen müssen.«

»Das hätte geheißen, eine Truhe voller Gold zurückzuweisen«, sagte Marcella.

»Mutter, sagt ihr doch, daß ich nichts dazu kann«, bat Anne. »Sie soll mich nicht so hassen. Ich habe ihn nicht ermutigt ...«

»Du hast uns immer nur Ärger gemacht«, unterbrach Marcella ihre Tochter. »Sei froh, daß dir ein solches Glück zuteil wird, das dir unverdient in den Schoß gefallen ist.« Dann wandte sie sich an Divina. »Zieh in ein anderes Zimmer, wenn du willst. Aber hör mit deinem Gezeter auf. Ich habe weitaus wichtigere Dinge, um die ich mich kümmern muß.«

Anne sah ihrer Schwester zu, die ihre Sachen ausräumte.

»Ich würde dir die Verlobung schenken, wenn das ginge«, sagte sie.

Divina starrte ihre Schwester an. »Vielleicht geschieht das noch«, entgegnete sie eisig.

3

Der Sommer kam und ging. Die Tage wurden kürzer und kälter, und Kerzen und Fackeln brannten bis spät in die Nacht auf Schloß Raedelle, denn die Giffords hielten geheime Versammlungen ab. Sendboten wurden hin und her geschickt und Truppen zusammengezogen. Der Herzog von York plante, London durch eine Belagerung einzunehmen, und zu seinen Getreuen zählten die Giffords. Marcella spielte in allen diesen Aktivitäten eine nicht unwichtige Rolle: Sie plante, koordinierte, organisierte.

So war das kleine Heer innerhalb der Burgmauern darauf vorbereitet, täglich zu den Waffen gerufen zu werden.

Während dieser Zeit hörte Anne nichts von Dylan. Sein Bild lebte nur in ihrer Erinnerung fort. Es war berichtet worden, daß die deFraynes an der Seite der Königin — Margarete von Anjou — ritten. Anne betete jeden Abend, daß Dylan nicht dabeisein möge, obwohl sie es besser wußte. Seit über fünf Monaten wartete sie nun schon und hoffte auf ein unerwartetes Zusammentreffen mit ihm. Noch nie zuvor war eine solch lange Zeit verstrichen, bis sie ihn wiedergesehen hatte.

In diesen fünf Monaten hatte der Graf von Ayliffe Raedelle fünfmal einen Besuch abgestattet. Jedesmal blieb er etwas länger, und Anne hatte bei jedem seiner Besuche mehr Mitleid mit ihm. Er begehrte sie immer heftiger, das konnte sie deutlich an seinen Augen ablesen. Doch alles, was sie ihm gewährte, war ein höfliches Entgegenkommen. Sein beharrliches Werben um dieses schöne junge Mädchen hatte ihm nichts als Annes Bewunderung eingetragen — als Ehemann wünschte sie ihn nicht.

Bei seinem letzten Besuch hatte Brennan Forbes ihr einen Kuß gestohlen. Und sie hatte diese Zärtlichkeit mit geschlossenen Augen über sich ergehen lassen. Hungrig hatte er sie geküßt, doch sie war seiner Leidenschaft mit Gleichgültigkeit begegnet. An jenem Abend im Bett weinte sie vor Scham, denn sie hatte nichts empfunden. Er verdiente eine bessere Frau. Er war ein guter Mann. »Es ist nicht Eure Schuld, Brennan«, hatte sie gesagt. »Es liegt an mir. Ich fürchte, ich werde Euch nicht gefallen.«

Das war die Wahrheit, denn sie verfluchte jetzt ihre Unfähigkeit, ihr Glück zu akzeptieren. Es gab keinen Mann im Land, der einen besseren Ehemann als Brennan Forbes abgegeben hätte. Selbst Dylan konnte ihr nicht soviel bieten, das wußte sie jetzt. Er hatte ein aufbrausendes Temperament und würde kein umgänglicher Gefährte sein. Auch fragte sie sich, ob er eines Tages nicht ihrer müde werden könnte, wenn sie beide ständig auf der Flucht waren. Sie mußte sehr stark sein, wenn sie Dylans Lager teilen wollte, während Brennan sie verwöhnte und auf Händen trug. Doch Dylan war der Mann, den sie liebte — mit einer Liebe, der sie hoffnungslos ausgeliefert war. Sie hoffte, dieses Gefühl würde nicht zu ihrer beider Untergang führen.

Trotzdem kam Dylan nicht, aber Brennan besuchte sie regelmäßig. Und im Oktober wurde Minerva, Annes Kindermädchen, krank und mußte das Bett hüten. Ihre einsam verbrachten Tage wurden noch länger, während sie an Minervas Krankenlager saß. Die übrige Familie war mit Kriegsvorbereitungen und Intrigen beschäftigt.

Ihre ganzen siebenundsechzig Jahre hatte Minerva auf Raedelle verbracht. Sie hatte schon Sir Ferris aufgezogen und später alle seine Kinder. Doch nur Anne und ihr Vater machten sich Sorgen um die alte Frau, als sie krank wurde. Sie hatte Fieber und atmete nur noch mühsam; beide wußten, daß sie bald sterben würde.

Sir Ferris stand vor ihrem Bett, eine Hand auf der Schulter seiner Tochter, und schaute auf seine sterbende Amme hinunter. »Geh jetzt, Mädchen«, sagte er liebevoll. »Ich bleibe eine Weile bei meiner alten Liebe.«

»Ihr geht es nicht besser«, flüsterte Anne. »Sie hat noch immer hohes Fieber und kann kaum atmen. Wir wissen nicht mehr, was wir tun sollen, Papa.«

»Ich weiß, Anne. Sie hat ein langes Leben gehabt. Du hast treu an ihrem Lager gewacht.«

Anne mußte weinen. Sie wußte, daß ihre alte, geliebte Minerva sterben würde. Diese Frau, nicht ihre Mutter, hatte ihr Liebe und Zärtlichkeit geschenkt. Und es verletzte sie zutiefst, daß weder ihre Geschwister noch ihre Mutter der treuen Dienerin ihre Aufwartung in ihrer letzten Stunde machten.

Minerva bewegte schwach die Hände und schlug dann die Augen auf. Ihr Blick war trübe, doch dann erkannte sie Sir Ferris und Anne. Sie lächelte. »Ferris, mein Junge«, flüsterte sie. »Du mußt dieses süße Geschöpf von hier fortbringen. Der Ort ist verrottet.«

Anne nahm Minervas knochige, fiebrige Hand und streichelte sie. »Ich bleibe. Hier, bei dir, Minerva.«

»Der Tod ist häßlich genug und nichts für jemanden, der so voller Leben steckt«, sagte die alte Amme. »Laß mich mit meinem Jungen reden. Komm in einer Stunde zurück.«

Anne sah ihren Vater fragend und voller Sorge an.

»Ein Spaziergang in frischer Luft wird dir guttun, Mädchen. Komm später wieder. Minerva hat recht.«

Anne tat wie ihr geheißen und schlenderte gedankenverloren durch das Schloß. Sie blieb kurz stehen, um Quentin und seinen Männern zuzuschauen, die zur Übung ihre Schwerter kreuzten. Quentin würde der nächste Baron von Raedelle sein, und Anne konnte sich ihn gut in dieser Rolle vorstellen. Obwohl er seiner Mutter sehr ähnelte, war sein Temperament doch viel ausgeglichener. Quentin liebte das Ritterhandwerk, und er liebte Raedelle. Er besaß eine faire Gesinnung, wie er schon anläßlich des Turniers bewiesen hatte, als er Bart wegen seines hinterhältigen Verhaltens zurechtwies. Er war ein brillanter Kämpfer, vor allem wegen seiner natürlichen Stärke und Gewandtheit Aber er hatte keinen Ehrgeiz. Er würde Raedelle erben, und das genügte ihm.

Dann hörte Anne, wie Bart mit scharfen Worten eine Gruppe Knappen rügte, die nicht sein Gefallen fand. Bart sah Quentin sehr ähnlich, doch er war schmaler und kleiner. Deshalb mußte er sich in den Kämpfen doppelt soviel wie sein Bruder anstrengen, wenn er gewinnen wollte. Und Bart war hitzköpfig und verzehrte sich vor Ehrgeiz, wie es oft der Fall bei zweitgeborenen Söhnen war. Er strebte nach Reichtum und Macht, doch Raedelle gehörte Quentin, also mußte Bart auf andere Weise versuchen, sein Glück zu machen. Und es war klar, daß er dieses Ziel nicht durch seine Kampfeskraft erreichen würde, sondern durch kluges Planen. Anne hatte seit ihrer Verlobung bemerkt, daß er sie manchmal abschätzend ansah, so als wollte er abwägen, welche Vorteile er aus ihrer Verbindung mit dem Grafen ziehen könnte. Dieses Glitzern in seinen Augen jagte ihr dann einen Schauder über den Rücken. Ohne daß man es ihr gesagt

hätte, wußte sie, daß Bart bereits diesbezügliche Pläne schmiedete.
Trenton stand in einer Ecke des Schloßhofes und überprüfte die Waffen, die in einer Reihe schimmernd in der Herbstsonne lagen. Als er seine Schwester entdeckte, lächelte er sie an. Er war ein netter Junge von siebzehn, zu jung für diese Verschwörung, zu jung für den Krieg. Aber er hatte keine Wahl: Entweder er folgte seinen Brüdern oder man stempelte ihn als Feigling ab. Was er natürlich nicht war. Eines Tages würde er so groß und stark wie Quentin sein, aber Trenton war ein guter, aufrechter Mensch, weder hinterhältig noch ehrgeizig.
Anne und Trenton hatten als Kinder zusammen gespielt, bis Trenton als Knappe in die Dienste eines Ritters auf einer anderen Burg gestellt worden war. Als er wiedergekommen war, hatten sich seine Interessen natürlich verändert, doch ihre gegenseitige Zuneigung war geblieben. Abends sang Trenton oft in der großen Halle Lieder zur Laute. Diese Stunden waren Anne kostbar. Und nur Trenton sah ihr ähnlich. Auch er hatte das rabenschwarze Haar und die dunklen Augen. Anne hatte große Angst, ihn in einem sinnlosen Krieg zu verlieren. Sollte sie jemals jemandem aus ihrer Familie etwas von Dylan erzählen, dann würde es Trenton sein. Doch unglücklicherweise hatte man ihn, ebenso wie ihre beiden anderen Brüder, gelehrt, die deFraynes zu hassen und zu verachten.
Da es im Schloßhof so geschäftig zuging, änderte Anne ihren Entschluß, dort einen Spaziergang zu machen, und schlenderte in die Halle. Von dort aus ging sie in die Küche und sah Divina eine Weile zu, die die Pflichten ihrer Mutter übernommen hatte und die Aufsicht führte, da Marcella mit der Korrespondenz so beschäftigt war. Divina war ebenso

streng wie Marcella und herrschte die Dienstboten in demselben barschen Kommandoton an. Sie bellte ihre Befehle wie eine adelige Matrone, obwohl sie erst neunzehn war. Hunderte von hungrigen Mäulern mußten gestopft werden — gewiß keine leichte Aufgabe —, und sie schalt die Köche und Küchenmädchen der Faulheit, wenngleich alle ihr Bestes gaben und fieberhaft arbeiteten. Divina gab sich alle Mühe, den Anforderungen ihrer Mutter gerecht zu werden, sie imitierte sie bis ins kleinste Detail. Plötzlich bedauerte Anne sie. Lange Jahre hatte sie ihre Schwester um die enge Beziehung zu ihrer Mutter beneidet, doch jetzt erkannte sie, daß diese augenscheinliche Nähe gar nicht existierte. Divina war nicht glücklich, sie war nicht einmal verlobt und plagte sich nun mit den Pflichten ihrer Mutter.

Raedelle war eine stattliche Burg, vor zweihundert Jahren erbaut und mit mächtigen Festungsanlagen versehen. Tagsüber wurde das Tor geöffnet, um Truppen und Dorfbewohner hereinzulassen. Die Stadt lag südlich, im Norden erhob sich ein bewaldeter Hügel. Auf den Brüstungen waren neue Geschütze installiert worden, und Bogenschützen patrouillierten ständig auf und ab. Krieg lag in der Luft. Anne konnte nicht begreifen, daß sich Menschen wegen Geld oder Macht bekämpften, während die alte Minerva allein im Sterben lag. Doch ihre Brüder schienen von einer freudigen Erregung ergriffen zu sein. Es wurde von Lehen geredet, die neu verteilt werden würden, war das Haus York erst einmal an die Macht gelangt. Und über den unfähigen König Heinrich wurde offen gelacht, denn wie es hieß, hatte ihn seine Frau mit dem Herzog von Somerset betrogen. Der Prinz, so lautete das Gerücht, war von Somerset gezeugt worden, denn der König gab sich nur dem Gebet und der Dichtkunst hin.

Anne wanderte durch die Gärten, wo die Frauen gerade Kräuter schnitten, die als Gewürze dienten und aus denen auch Arzneien gewonnen wurden, mit denen die Wunden der Ritter nach der Schlacht behandelt wurden. Bei den Stallungen wurde Vieh zusammengetrieben; es galt, viele Menschen zu ernähren. Überall herrschte eine emsige Geschäftigkeit. Schließlich blieb Anne nur noch die Kapelle, um etwas Ruhe zu finden. Sie kniete und betete für Minerva — und Dylan.

Erst nach geraumer Zeit hob sie wieder den Kopf. Es drängte sie, zu Minerva zurückzukehren. Nur hinten, auf einer der Bänke, saß ein Bauer aus dem Dorf, die Kapuze tief ins Gesicht gezogen. Dann beendete der Bauer sein Gebet und sah sie mit seinen strahlend blauen Augen an. Fast wäre ihr das Herz stehengeblieben. Dylan! Innerhalb der Burgmauern von Raedelle!

Wie versteinert stand sie vor Schreck da. Hier konnte sie nicht mit ihm sprechen. Jeden Augenblick konnte der Priester aus der Sakristei kommen. Sie senkte den Blick und eilte aus der Kapelle. Sie wußte, er würde ihr folgen. Aber wohin? Überall waren Menschen, es gab keinen sicheren Ort, wo sie allein sprechen konnten. Und Dylan war innerhalb der Burgmauern in Gefahr.

Doch gerade weil soviel Betrieb herrschte, hatte sich Dylan unbemerkt in seiner ärmlichen Verkleidung hereinschleichen können. Anne lenkte ihre Schritte in Richtung Burgtor, durch das pausenlos Bauern, Knappen, Ritter ein und aus gingen.

»Wohin, Jungfer Anne?« fragte sie der Wachposten am Tor.

»Ich habe am Sterbebett meiner Amme, Minerva, gewacht und möchte etwas frische Luft schöpfen«, entgegnete sie. »Bald bin ich wieder zurück.«

»Entfernt Euch nicht zu weit«, riet ihr der Mann.
»Überall hier in der Gegend wimmelt es von unseren Leuten. Macht Euch keine Sorgen. Ich will mir nur die Beine vertreten.«
Dagegen hatte die Wache nichts einzuwenden. Anne wagte es nicht, über die Schulter zu sehen, um zu wissen, ob Dylan ihr folgte. Sie schlenderte den Pfad um die äußere Burgmauer entlang, bis sie sie halb umrundet hatte. Dort grenzte die Mauer an den mit Bäumen bestandenen Hügel, ein Platz, der weder vom Turm noch vom Rundgang eingesehen werden konnte. Und dort war auch die Lichtung, auf der sie einst Blutsbrüderschaft geschlossen hatten.
Sie mußte eine ganze Weile warten, bis er kam. In einer Hand trug er eine Sense. Sofort ließ er sie fallen und nahm Anne in die Arme.
»Dylan, mein Gott, welches Risiko bist du eingegangen«, stöhnte sie und bedeckte sein Gesicht mit Küssen.
»Wir dürfen keine Zeit verlieren, Geliebte. Ein Trupp von einem Dutzend Männern erwartet uns. Komm mit mir. Sofort.«
»Sofort?«
»Ja. Meine Leute erwarten uns. Vielleicht ist das unsere letzte Chance.«
»Ach, Dylan! Wie mutig du bist, dich als Bauer zu verkleiden.«
»Du hast so lange gebetet, ich brachte kaum noch Geduld auf.« Er küßte sie wieder leidenschaftlich, sein Herz klopfte wild. Dann preßte er sie so fest an sich, daß sie kaum noch atmen konnte.
»Ich hatte Angst, du würdest nie mehr kommen«, flüsterte sie. »Noch nie hatte ich solche Angst.«
»Hör mir zu, Anne. Wir müssen jetzt fliehen, bei Tages-

licht. Ich habe eure Burg beobachtet. Nachts gibt es keine Möglichkeit für dich, sie zu verlassen. Kannst du jetzt mit mir kommen?«
»Ja«, sagte sie und küßte ihn wieder. Endlich würden sie eins sein.
»Hast du Angst?« fragte er.
»Nein, Dylan. Ich habe nur Angst, dich zu verlieren.«
»Nur noch einmal will ich dich ganz festhalten, ehe wir...«
»Die alte Minerva«, sagte sie plötzlich. »Dylan, Minerva liegt im Sterben.«
»Wir haben keine Zeit, Anne. Wir müssen *jetzt* fliehen.«
»Warte, Dylan, warte. Der Torwächter hat mich gesehen, und mein Kleid hat eine so helle Farbe. Nur eine Stunde, Geliebter. Warte hier auf mich. Ich muß Minerva noch einmal sehen, und dann will ich mir etwas Dunkles anziehen und einen Schal umbinden, damit ich unerkannt die Burg verlassen kann.«
Er dachte nach. »Es ist mir nicht recht, daß du dorthin zurückkehrst. Vielleicht verspielen wir unsere einzige Chance. Es herrscht Krieg im Land.«
»Aber, Dylan, wir haben jetzt über ein Jahr auf diese Gelegenheit gewartet. Nur eine Stunde. Bitte.«
Er hielt sie in seinen Armen und streichelte ihr langes, seidiges Haar. »Der Krieg ist so nah«, sagte er. »Du hast keine Ahnung, wie entsetzlich er ist.«
»Wir werden ihn fliehen.«
»Hoffentlich. Gott möge uns dabei helfen. Ich glaube nicht, daß der König den Sieg davontragen wird.« Er sah ihr in die Augen. »Anne, wenn es uns nicht gelingt...«
»Sei still, Dylan. Es ist kein Problem, das Burgtor zu durchschreiten. Alle sind so beschäftigt, und es herrscht ein sol-

ches Durcheinander, daß niemand meine Abwesenheit bemerken wird.«
Sie sah ihm in die Augen. Nackte Angst war darin zu lesen.
»Komm jetzt mit mir«, bat er eindringlich.
»Gib mir nur eine Stunde, Dylan. Es ist sicherer so. Warte hier auf mich.« Sie küßte ihn auf den Mund. »Ich liebe dich.«
Anne stürmte klopfenden Herzens zurück zur Burg, und es gelang ihr, unbemerkt durch das Tor zu schlüpfen. Sie haßte ihre Familie für den Verrat am König, denn dieser Krieg wurde nicht zum Wohle Englands geführt, sondern aus rein eigennützigen Interessen, allein, um Macht und Wohlstand zu erlangen.
Sie eilte durch die langen, verwinkelten Gänge der Burg, die Treppen hoch, zu Minervas Zimmer.
Sir Ferris stand betrübt da, eine Träne rann über seine Wange. Er hob den Kopf, als er Anne eintreten hörte. »Sie ist tot«, sagte er.
»Nein!« hauchte sie und schüttelte den Kopf.
Sir Ferris nahm seine Tochter in die Arme und küßte sie auf die Stirn. »Es war, als hätte sie während deiner Abwesenheit sterben wollen. Sie hat dich so geliebt.« Er sah ihr in die Augen. »Du mußt sie waschen und ankleiden, Anne. Nur liebende Hände dürfen diesen letzten Dienst an ihr verrichten. Und du bist die einzige, die das tun kann.«
»Oh, Papa, das *kann* ich nicht!« weinte sie, in Panik geraten. Ferris sah seine Tochter eindringlich an. »Nicht Minerva«, sagte sie, und jetzt strömten die Tränen über ihre Wangen, Tränen, die sie zu ihrer Scham nicht um die alte Amme vergoß, sondern weil sie nicht sofort mit Dylan fliehen konnte.
»Du willst das nicht für Minerva tun?« fragte er betrübt.

»Papa, ich ...« Fast hätte sie ihm alles erzählt. Eine schwache Hoffnung, daß er alles verstehen würde, keimte in ihr auf, ja, daß er ihr sogar helfen würde. Obwohl ihr Vater ein Gefolgsmann des Herzogs von York und mit den deFraynes verfeindet war, hatte er seine Söhne nie ermutigt, die alte Fehde fortzusetzen. Ihm waren solche unsinnigen Feindschaften zuwider. Doch er konnte die Haßgefühle anderer Menschen nicht kontrollieren, und er durfte die Familienehre nicht aufs Spiel setzen. Wüßte er, daß Dylan hier war, um seine Tochter zu entführen, wäre er gezwungen, ihn gefangenzunehmen. Deshalb durfte sich Anne ihrem Vater nicht anvertrauen.

»Ich tue es, Papa. Geh für mich in die Kapelle und bete. Und sage es dem Priester.«

Sir Ferris nickte. Müde ging er. Anne trat ans Sterbelager und blickte in das friedliche Antlitz ihrer Amme und Freundin. Minerva hatte ihr Leben lang schwer gearbeitet. Nun hatte sie Ruhe und Frieden gefunden. Fast schien es, als würde sie lächeln. Anne beugte sich über das Bett und küßte Minerva auf die Stirn. »Vergib mir«, flüsterte sie und wandte sich schnell ab.

Aus der Truhe am Fußende des Bettes nahm sie hastig einen Schal und eilte in ihr Zimmer. Sie zog ihr helles Kleid aus und schlüpfte in ein dunkelfarbiges Gewand. Ihr Haar versteckte sie unter einer Kappe. Aus ihrem Schmuckkästchen nahm sie die paar Preziosen, die ihr gehörten, und steckte sie in ihre Tasche. Solche Dinge konnte man verkaufen, wenn Dylan kein Geld hatte. Dann huschte sie über die Gänge und hoffte, niemandem zu begegnen.

Vor dem Turm wurde Alarm geblasen, und Anne blieb erschrocken stehen. Dann zwang sie sich, langsam weiterzugehen. Oh, mein Gott, betete sie stumm, oh, mein Gott, laß

mich fliehen, und ich will dich nie wieder um etwas anderes bitten.
Wider besseres Wissen klammerte sie sich an die Hoffnung. Denn schon liefen die Männer zu ihren Posten. Die Kanonen auf der Brüstung wurden geladen. Quentin saß bereits auf seinem Schlachtroß, das ungeduldig tänzelte, und wartete auf die Öffnung des Burgtors. Annes Herz klopfte zum Zerbersten. Flügel, verleih mir Flügel, lieber Gott, betete sie weiter, damit ich diese Mauern überwinden kann.
»Ein deFrayne-Trupp«, hörte sie einen Mann rufen. Sie sah, wie etwa zwanzig Reiter durch das geöffnete Tor sprengten, worauf es sofort wieder hinter ihnen geschlossen wurde.
»Nein!« murmelte sie. »Nein, das darf nicht sein!«
Auf den Burgmauern standen jetzt die Bogenschützen, bereit zur Verteidigung. Sie warf einen Blick in die Runde. Ihr Haar löste sich unter der Kappe und fiel ihr auf die Schultern. Ein Schluchzen drang aus ihrer Kehle, und sie bedeckte ihren Mund mit der Hand. Sie konnte nicht aus der Burg gelangen, sie konnte nicht zu ihm gehen. War er wenigstens in Sicherheit? Würde er getötet werden? Sein Begleittrupp würde von den Giffords angegriffen werden. Doch Dylan war nicht dabei. Er hatte sich im Wald versteckt.
Doch da erscholl der Ruf: »Ein Mann auf der Flucht!« Ein Pfeilhagel folgte.
»Nein!« rief sie. Instinktiv ahnte sie, daß Dylan diese Pfeile galten. »Nein!« rief sie wieder und fürchtete, den Verstand zu verlieren. Er war nicht bewaffnet, hatte keine Rüstung, nichts außer der Sense, mit der er sich verteidigen konnte.
»Ist es ein deFrayne?«
»Der Mann trägt keine Farben, Milord. Aber da er flieht, wird er sterben.«
»Er überquert gerade das Feld. Schießt, Bogenschützen!«

»Zu spät. Er ist im Gebüsch untergetaucht. Schickt die Reiter aus!«
Voller Entsetzen preßte Anne ihre Hand vor den Mund. Sie zitterte am ganzen Körper. Jeder, der sie in ihrer improvisierten Verkleidung näher betrachtet hätte, wüßte, daß sie fliehen wollte. Und plötzlich lastete eine Hand schwer auf ihrer Schulter. Sie blickte auf und in die zornigen Augen ihres Vaters.
»Mein Gott!« schnaubte Sir Ferris wütend. »Es ist also wahr. Du wolltest uns verraten!«
»*Euch* verraten?« rief sie in schmerzlichem Zorn. »*Was* verraten? Euren Krieg gegen den König? Euren sinnlosen Haß? Was verrate *ich*, Vater? Niemals mein Herz. Niemals!«
Sir Ferris sah seiner Tochter in die Augen, Augen voller Trauer, Entsetzen und Hoffnungslosigkeit. Er wußte, es war zu spät. »Wärst du geflohen, hättest du getötet werden können«, flüsterte er und schüttelte sie.
Anne schluchzte. Sie hatte ihre Chance vertan. Der Tod hatte in ihrer Verzweiflung seinen Schrecken verloren. »Es ist mir gleich«, weinte sie. »Ich *liebe* ihn!«
»Ach, Anne, wie habe ich gebetet, du würdest es nicht tun...«
»Vater«, schluchzte sie und fiel ihm voller Angst in die Arme. Sir Ferris trug sie in die Halle. Sie klammerte sich in ihrem Elend an ihn und weinte voller Verzweiflung. Noch nie hatte sie sich so einsam gefühlt. Am liebsten wäre sie gestorben.
»Was ist denn mit *ihr* los?« fragte Marcella mit scharfer Stimme, als Sir Ferris Anne hereintrug.
»Minerva ist gestorben. Anne ist verzweifelt.«
»Dann sag ihr, sie soll sich zusammennehmen. Wir haben andere Sorgen als die alte Minerva. Die deFraynes stehen vor unserem Tor.«

»Laß das Kind in Ruhe«, sagte Sir Ferris und trug Anne zur Treppe.
»Um Himmels willen, Ferris. Kümmere dich nicht um das Mädchen, sondern steig auf dein Pferd. Sind die deFraynes denn nicht wichtiger als der Tod einer alten Frau?«
»Marcella!« rief er, und sein Gesicht wurde purpurrot. »Du hast kein Herz.« Er schüttelte den Kopf. »Laß meine Tochter in Ruhe!«

Seit dem Scharmützel zwischen den deFraynes und den Giffords waren zehn Tage vergangen. Annes Trauer wurde für Kummer um Minervas Tod gehalten. Sir Ferris enthüllte den wahren Grund nicht; er bemitleidete seine Tochter. Und er war beunruhigt.
Vier Tote, die die Farben der deFraynes trugen, wurden in die Burg gebracht, doch Dylan war nicht unter ihnen. Anne war erleichtert, doch Hoffnung, ihn wiederzusehen, hatte sie nicht, denn die Wachen waren verdoppelt worden. Kein Fremder konnte sich unbemerkt Raedelle nähern.
Anne zog sich warm an, nahm ihren Korb und ging zum Burgtor. Die Oktoberluft war schneidend kalt, aber sie spürte die Kälte nicht. Noch immer weinte sie, ihre Augen waren rot und geschwollen. Nie mehr würde sie mit Dylan fliehen können, in England drohte ein Bürgerkrieg.
»Niemand darf die Burg verlassen, Anne.«
»Ich möchte Blumen für Minervas Grab im Wald pflücken«, sagte sie ärgerlich zu dem Wächter.
»Aber, Anne...«
»Laß das Mädchen gehen!« befahl da Sir Ferris' rauhe Stimme. Anne sah kurz ihren Vater an. Er wußte, sie konnte nicht weglaufen; seine Männer würden sie zurückbringen.

Anne ging in den nahe gelegenen Wald und pflückte unter Tränen Blumen. Sie spähte in das Dickicht. Sie murmelte seinen Namen. Dylan, Geliebter. Wenn er nur käme und sie in die Arme nähme. War ihre Liebe zu Ende, noch ehe sie richtig begonnen hatte? Könnte sie ihn doch nur noch einmal sehen, nur noch ein einziges Mal...

Sie war so in ihren Schmerz versunken, daß sie den Hufschlag des sich nahenden Pferdes nicht bemerkte. Erst als sich sanft eine Hand auf ihre Schulter legte und sie seine Stimme hörte, wurde sie sich seiner Gegenwart bewußt.

»Oh, mein armes Mädchen, hast du einen solch großen Kummer?« fragte Brennan voller Mitgefühl. Er sprang vom Pferd und nahm sie tröstend in die Arme.

»Ach, Brennan, noch nie habe ich einen solchen Verlust erlitten.«

»Ich kenne dieses Gefühl, Liebste. Wir können nichts tun, um uns dagegen zu schützen. Und ich kann dir wenig helfen. Aber wenn du es erlaubst, will ich dich ganz fest halten, bis dein Kummer vorbei ist.«

»Warum ist er nur so schwer zu ertragen?«

»Im Leben gibt es Freude und Schmerz, geliebte Anne. Alles zu seiner Zeit.«

Sie ließ sich von ihm trösten, bis ihre Tränen versiegt waren. Dann, als die Nachmittagssonne im Sinken begriffen war, stieg er auf sein Pferd, hob sie zu sich in den Sattel und hüllte seinen Mantel um sie, damit sie nicht fror.

Anne hatte Brennans Trost gutgetan, er beruhigte sie allein durch seine Anwesenheit. Sie stützte sich auf seinen starken Arm, als sie die große Halle betraten, denn der Kummer hatte sie erschöpft. Am Fuß der breiten Treppe wollte er sich gerade von ihr verabschieden, als Marcella die Stufen herunterkam. »Du meine Güte! Weint das Mädchen noch immer um seine Amme? Noch nie habe ich ein solches Theater erlebt.«

Brennan runzelte die Stirn und sah Marcella voller Abscheu an. »Madam, Ihr habt ein derart kaltes Herz, daß ich kaum glauben kann, Ihr habt ein Mädchen mit einem so gütigen Herzen geboren.« Er sah Anne zärtlich an. »Iß etwas Leichtes und trink einen Becher Wein dazu. Gutes Essen und Ruhe werden besänftigend wirken, und den Rest wird die Zeit heilen.« Er küßte sie auf die Stirn. »Geh nun, Liebes. Ich bin in der Nähe.«

Anne warf ihrer Mutter einen verstohlenen Blick zu. Zorn und Feindseligkeit waren in Marcellas Augen zu lesen. Sie hatte sich an die Gleichgültigkeit ihrer Mutter so gewöhnt, daß sie die Feindschaft nicht verstehen konnte. Konnte man jemanden hassen, dem man nie Beachtung schenkte? Auch hatte sie ihres Wissens nach ihre Mutter nie verletzt. Doch in Marcellas eisigen blauen Augen standen kalte Verachtung — und Haß. Ein Schauder lief Anne über den Rücken. Sie hatte Angst.

»Bleibt noch ein wenig länger hier, Brennan«, sagte sie, denn sie spürte, daß er im Moment hier ihr einziger Freund war.

»Ich bleibe, bis es dir bessergeht«, antwortete er. Seine Augen strahlten, als wäre er dankbar, daß sie ihn brauchte.

»Danke«, flüsterte sie. Ohne ihre Mutter anzusehen, ging sie an ihr vorbei die Treppe hoch. Sie folgte Brennans Rat, aß und trank, soviel sie konnte, und suchte Zuflucht im Schlaf. Zu ihrer großen Erleichterung verbrachte sie die Nacht, ohne von Alpträumen gequält zu werden.

4

Anne wäre wohl nicht von ihrer tiefen Depression genesen, hätte sich Lord Forbes nicht in rührender Weise um sie gekümmert. Sein geduldiges Verständnis half ihr über die schweren Wochen nach Dylans Flucht hinweg. Sie lernte ihn immer mehr schätzen, ja, auf eine gewisse Weise fing sie an, ihn zu lieben. Niemand konnte einem so ergebenen und zärtlichen Mann gegenüber gleichgültig bleiben. Doch Anne liebte ihn nicht wie eine Frau ihren zukünftigen Gemahl — die verzehrende Sehnsucht, die sie Dylan gegenüber empfand, fühlte sie für Brennan nicht, obwohl er sich diese Leidenschaft wünschte. Aber Brennan Forbes hatte einen kleinen Platz in Anne Giffords Herz gewonnen.
Brennan blieb seinem Versprechen getreu vierzehn Tage auf Raedelle und ritt dann widerwillig davon, weil er zur Unterstützung des Herzogs von York Truppen um sich scharen mußte. Ein paar Tage vor Weihnachten kam er zurück — und er kam mit Geschenken beladen. Viele dieser Geschenke hatte er für Anne ausgewählt, es aber nicht vergessen, auch verschwenderisch an die übrige Familie zu denken.
Anne begrüßte Brennan voller aufrichtiger Freude, denn sie hatte nicht erwartet, ihn so bald wiederzusehen, da sie annahm, er sei zu beschäftigt — sei es mit der Politik oder mit seinem Sohn. Bis zu seiner Ankunft war sie sehr allein gewesen. Minerva lebte nicht mehr, und Trenton kümmerte

sich um das Kriegshandwerk. Als er kam, wartete sie ihm auf und entschuldigte sich dann, weil sie sich ein schöneres Kleid anziehen wollte.

Brennan hatte für Anne ein ganz besonderes Geschenk mitgebracht: den Ehering seiner Mutter, den bereits seine beiden verstorbenen Frauen getragen hatten. Allmählich wurde er ungeduldig und wollte nicht mehr viel länger mit der Hochzeit warten. Und er dachte voller Vorfreude an das Strahlen in ihrem Gesicht, wenn sie den prächtigen Diamantring sehen würde.

Er bat sie, neben ihm Platz zu nehmen, und reichte ihr das kleine verschnürte Päckchen. Als sie so neben ihm saß und die Bänder von dem Geschenk löste, sah er, daß ihr Kleid am Saum ausgefranst und an den Ellbogen durchgescheuert war. Anne sah nicht schäbig, aber etwas vernachlässigt aus, und er runzelte ärgerlich die Stirn.

»Oh, Brennan«, seufzte Anne begeistert, als sie den prächtigen Ring sah. »Wie schön er ist. Ich habe nie etwas Schöneres gesehen.«

Der Ring aus dunkelgrünem Beryll, den Marcella trug, wirkte armselig dagegen, und in einer plötzlichen Aufwallung von unbändigem Neid vergaß sie sich. »Du meine Güte, Milord, wie Ihr dieses kleine Frauenzimmer verwöhnt! Wie könnt Ihr erwarten, von Anne geachtet zu werden, wenn Ihr sie mit Schmuck behängt?«

Lord Forbes fuhr herum und entgegnete scharf: »Eure Tochter ist kein Frauenzimmer, sondern die künftige Gräfin von Ayliffe. Außerdem verdient sie es, verwöhnt zu werden, da Ihr es offensichtlich nicht tut.«

»Milord?« sagte Marcella beleidigt und verschränkte die Hände im Schoß.

Brennan war nur beunruhigt gewesen, doch nun wurde er

zornig. »Gab ich Euch nicht Geld für die Aussteuer? Trotzdem trägt sie ein Kleid, das alt und abgetragen ist. Madam, ist diese Garderobe etwa einer Gräfin angemessen?«
Marcella runzelte die Stirn, wagte aber den Zorn ihres zukünftigen Schwiegersohns nicht weiter herauszufordern und mäßigte ihre Antwort. »Ich bitte um Verzeihung, Lord Forbes, aber unsere Familie hatte in letzter Zeit viel zu tun, Verpflichtungen zu erfüllen, die dringender waren als die Ausstattung meines jüngsten Kindes.«
»Anne, ist dies das beste Kleid, das du besitzt?« fragte Brennan, noch immer voller Zorn.
»Bitte, Brennan«, bat Anne leise. »Es spielt keine Rolle. Ich habe andere, schönere Kleider. Bitte.«
Das Flehen in ihren Augen überzeugte ihn erst recht vom Gegenteil. Und als er wieder zu Marcella blickte, sah er hinter ihr eine mürrische Divina stehen, die ein sehr elegantes, dunkelgrünes Samtkleid und eine wertvolle goldene Kette trug. Anne wurde von dieser Familie eher wie ein Dienstbote und nicht wie eine Tochter behandelt. Als Brennan die beiden Schwestern miteinander verglich, wurde er noch ärgerlicher. Um Annes Schönheit zu unterstreichen, brauchte es wenig, aber die arme Divina war verschwenderisch gekleidet, jedoch ohne Erfolg. War Lady Gifford denn blind? Warum hatte sie es überhaupt erwogen, dieses bezaubernde Geschöpf ins Kloster zu stecken?
»Verpflichtungen zu erfüllen?« schnaubte er. »Sie meinen wohl die Politik damit. Normalerweise kümmert sich der Herr des Hauses um solche Dinge, Madam. Aber ich frage Euch, wer kümmert sich um die Bedürfnisse der Kinder? Ihr habt mit Freuden einem vorteilhaften Ehekontrakt zugestimmt, doch um das Aussehen Eurer Tochter kümmert Ihr Euch nicht.« Marcella wollte ihn unterbrechen, doch er

gebot ihr mit einer Geste Einhalt. »Schon gut. Da mir dieser Zustand nicht gefällt, werde ich mir das Vergnügen machen, Anne Kleider nähen zu lassen, Kleider, die ich für eine Gräfin passend erachte. Und ich verbiete Euch, Madam, von meiner zukünftigen Frau jemals wieder als Frauenzimmer zu sprechen.« Er holte tief Luft. »Hütet mir dieses kostbare Juwel, Lady Gifford, so als würde Euer Leben davon abhängen.«

Lord Gifford verteidigte seine Frau nicht, sondern war dem Grafen von Ayliffe für die scharfe Zurechtweisung dankbar. Noch vor ein paar Monaten war er über Marcellas Arrangement mit dem Lord bezüglich der Ehe seiner Tochter nicht glücklich gewesen, aber jetzt freute er sich darüber. Ebenso freute er sich über die Demütigung seiner Frau; sie hatte die Fassung verloren. Nun wußte Sir Ferris, daß Anne in guten Händen sein würde. Wenn es einen Mann gab, der sie liebte, wie sie es verdiente, und vielleicht sogar ihre Leidenschaft für den flüchtenden Dylan deFrayne zum Erlöschen bringen konnte, dann Brennan Forbes.

Brennan streckte Anne die Hand hin. »Komm, Liebes. Komm mit mir.«

Sie reichte ihm etwas verwirrt die Hand und ließ sich willig auf ihr Zimmer führen, wo er sie hieß, sich bis auf ihr Unterkleid auszuziehen, während er in einem Sessel hinter einem Paravent wartete. Eine Zofe nahm bei Anne Maß, während der Diener, der Brennan begleitet hatte, sie notierte. Anschließend diktierte er seinem Schreiber seine Wünsche bezüglich der Anzahl der Kleider, der Stoffe, der Farben. Auch Schuhe und Pelze sowie Nachthemden, Morgenmäntel und Unterwäsche.

Das Ganze dauerte zwei Stunden. Als Anne wieder angekleidet vor ihren künftigen Mann trat, sah sie ihn etwas un-

sicher an. »Brennan, das macht viel zu große Umstände. Ich brauche keine ...«
Er schnitt ihr das Wort ab, noch immer ziemlich erbost über Marcellas Vernachlässigung. Dann wandte er sich an seinen Bediensteten. »Du reitest sofort nach London und läßt diese Garderobe für Lady Anne anfertigen. Sie soll so schnell wie möglich geliefert werden.«
Darauf sah er Anne an. »Lady Anne«, sagte er fröhlich, denn nun war diese Angelegenheit zu seiner Zufriedenheit geregelt. »Das klingt sehr hübsch. Der Titel paßt zu Euch.«
»Brennan«, sagte sie kopfschüttelnd. »Ihr hättet nicht so harsche Worte mit meiner Mutter wechseln dürfen.«
»Lady Gifford muß gezügelt werden, meine Liebe. Deiner unansehnlichen Schwester hat sie nichts verwehrt, obwohl Divina offensichtlich die Großzügigkeit ihrer Mutter nicht zu schätzen weiß.« Anne mußte über Brennans Kritik lächeln. Divina hatte sie immer schlecht behandelt. Es tat ihr wohl, daß ihre Schwester einmal im rechten Licht gesehen wurde. »Warum wird sie von Lady Gifford bevorzugt? Das ist doch der Fall.«
»Ach, Brennan, das müßt Ihr verstehen. Divina und ich sind so verschieden. Ich konnte von meiner Mutter nicht genährt werden. Sie wäre bei meiner Geburt fast gestorben. Und ich war ein unausstehliches Kind, das hat sie oft gesagt. Ich wurde von Minerva großgezogen, während meine ältere Schwester ständig bei Mutter war und sie in allem nachahmte. Dasselbe tat ich bei Minerva. Wir wurden also von zwei völlig verschiedenen Frauen großgezogen. Und jetzt leidet Divina, weil doch geplant war, daß sie heiraten und ich ins Kloster gehen sollte.« Anne lächelte und fügte hinzu: »Sie ist nicht so glücklich wie ich.«
»Du bist zu nachsichtig«, sagte Brennan mißbilligend.

»Lady Gifford sollte bedenken, daß die Ehe mit dir nicht ihrer Familienpolitik dient, sondern meinem Wunsch, dich zu heiraten, weil ich dich liebe.« Er sah seine zukünftige Frau mit leicht gerunzelter Stirn an, denn er wußte, daß Marcella ihre Tochter als Schachfigur in ihrem Spiel um die Macht einsetzte. »Ich will Euch eins sagen, Lady Anne. Eure Familie wird Euch erst Respekt erweisen, wenn *Ihr* ihn fordert. Solange Ihr es gestattet, wird sie Euch benutzen. Mehr will ich nicht sagen, denn ich möchte Euch nicht beleidigen. Aber an diesen neuen Kleidern werde ich Gefallen finden. Das mußt du mir erlauben, Anne.«

Sie lächelte glücklich. Vielleicht war Brennan ein Engel, der ihr geschickt worden war, um ihr in dieser schweren Zeit ihres Lebens beizustehen. »Ich glaube nicht, daß dieses Thema je wieder zur Sprache kommt. Mutter weiß jetzt, daß Ihr sehr zornig werden könnt.«

»Nur dann, wenn ich Ungerechtigkeit entdecke. Wo hast du den Ring?« fragt er. Sie streckte ihm die geballte Faust entgegen und öffnete sie langsam. Darin lag das glänzende Schmuckstück. Er nahm den Ring, steckte ihn ihr an den Finger und küßte sie auf die Stirn. »Ich hoffe, du trägst ihn mit Stolz, Liebes, und bist dir bewußt, wie sehr ich dich schätze.«

Sie betrachtete den Diamanten fasziniert und hätte am liebsten geweint. Dieser Mann hatte eine bessere Braut verdient. Tief im Innersten wußte sie, daß sie ihm nie die Liebe schenken konnte, die er verdiente, und daß sie gleichzeitig glücklicher wäre, ein kupfernes Armband von Dylan zu tragen. Wäre sie stärker gewesen, hätte sie ihm die Wahrheit gesagt. Aber sie hatte Angst und fühlte sich einsam. Brennan Forbes war der einzige Freund in ihrem Leben.

Er hob ihr Kinn, damit sie ihm in die Augen sah. »Ich liebe

dich, Anne. Ich kann nicht mehr viel länger auf dich warten.«
»Oh, Brennan«, sagte sie und unterdrückte ein Schluchzen. Dann küßte sie ihn unerwartet. »Ich habe solche Angst, deinen Ansprüchen nicht zu genügen. Du verdienst eine perfekte Frau. Und die kann ich dir nicht sein.«
Er sah ihr zärtlich in die Augen. »Du bist die Frau, die ich haben will, und wenn ich dich lieben darf, wirst du mich nie enttäuschen.«
Er hatte nicht gefragt, ob sie ihn liebe, das fand sie seltsam. Hätte er sie gefragt, sie hätte nicht lügen können: Die Liebe in ihrem Herzen gehörte einem anderen. Die Liebe, die sie für Brennan empfand, war die Liebe einer Tochter, gemischt mit Respekt und Dankbarkeit.
»Ihr seid ein einzigartiger Mann, Brennan. Ihr erweist mir eine große Ehre, und ich will mir alle Mühe geben, Eurem Namen ebensolche Ehre zu machen. Ich will, daß Ihr stolz auf mich seid, Brennan. Ich möchte Eure Liebe verdienen.«
»Das ist ein guter Anfang«, sagte er.

Die Weihnachtsfeiertage waren vom drohenden Ausbruch des Krieges überschattet. Mehr Menschen als gewöhnlich lebten innerhalb der Mauern des Kastells, doch niemand machte sich große Sorgen, denn es war gut befestigt. Jeden Abend wurde in der großen Halle gefeiert. Trenton sang wieder Lieder zur Laute, und Quentin diskutierte die politischen Ereignisse mit dem Grafen. Selbst Marcella schien sich etwas zu entspannen; sie schmiedete weniger Intrigen und schrieb nur wenige Briefe. Sie kümmerte sich mehr um ihren Haushalt und Familienangelegenheiten.
Divina, die Brennans Geschenke ziemlich beeindruckt hatten, gab sich Anne gegenüber freundlich. Auch ihre Mutter

behandelte sie mit distanziertem Entgegenkommen. Ihr Vater war wie immer, doch er wirkte gelöster. Quentin und Bart erwiesen ihr plötzlich Respekt, denn beide waren sich nur zu bewußt, daß durch Annes Ehe mit Lord Forbes ein mächtiges und reiches Familienmitglied gewonnen würde. Trenton war der einzige, der sein Verhalten ihr gegenüber nicht änderte. Beide fanden zu dem fröhlichen, unbeschwerten Verhältnis ihrer Kindertage zurück.
Anne war vernachlässigt worden. Darunter hatte sie nicht gelitten, denn sie war von ihrem Vater und Minerva geliebt worden. Doch sie war sich nie ihres eigenen Wertes bewußt geworden. Und da der Graf sie offensichtlich so sehr schätzte, behandelte ihre Mutter sie mit nie gekannter Achtung. Anne lernte zum erstenmal Macht kennen. Doch sie wußte, sollte Brennan plötzlich sterben, würde man sie sofort ins Kloster stecken. »Kleines zweitgeborenes Mädchen«, hatte Dylan gesagt. Das kleine Mädchen existierte nicht mehr — bald war sie eine Gräfin.
Sie mußte sich eingestehen, daß ihr ihre neue Position gefiel, aber die absolute Lieblosigkeit ihrer Mutter verwirrte sie. Sie wußte nicht, was sie getan hatte, um eine solche Reaktion hervorzurufen. Ihr wäre es lieber gewesen, sie hätte die Liebe ihrer ganzen Familie besessen, anstatt Reichtum und Macht zu erlangen.
Während der Feiertage stieg Anne oft zum Turm hoch, blickte über das weite Land der Raedelle-Domäne und suchte im Schnee nach Spuren eines einsamen Reiters. Als Brennan von der Hochzeit gesprochen hatte, hatte sie versucht, das Datum auf den späten Frühling zu verschieben. Sie hoffte, Dylan würde sie bis dahin entführt haben. Während Divina sie um den Schmuck und die reiche Garderobe beneidete, die bald geschickt werden würden, sehnte sich

Anne nur danach, ein einfaches Lager mit dem Mann, den sie liebte, zu teilen. Marcella und die anderen Frauen sprachen aufgeregt über die bevorstehende Krönung des Herzogs von York, dem es gelungen war, König Heinrich vom Thron zu jagen. Aber Anne war es gleich, wer König war. Politische Wirren kümmerten sie nicht. Sie wollte nur bei Dylan sein.

»Richard, der Herzog von York, wurde in eine Falle gelockt und erschlagen. Dies geschah im Sandal Castle in Wakefield. Mit ihm starben seine Söhne und Ritter; die Überlebenden wurden gefangengenommen«, verkündete der Bote in der großen Halle.
Die Mitglieder der Gifford-Familie reagierten mit Entsetzen. Marcella stöhnte auf, und Divina fing an zu weinen. Anne stand wie versteinert da. Plötzlich hatten sich die Hoffnungen aller zerschlagen.
»Wer hat den Herzog überlebt?« fragte Brennan Forbes.
»Der Graf von March, Edward. Er ist der Erbe. Er war nicht bei seinem Vater, sondern in Wales, um Truppen zu sammeln.«
Brennan ging zu Anne, die an der Treppe stand. »Ich hoffe, du verstehst mich und verzeihst mir, Liebes. Ich muß reiten, komme aber so schnell wie möglich zurück.«
Sie nickte nur.
»Ich kämpfe für Edward«, sagte Brennan mit lauter Stimme. »Ich muß sofort aufbrechen.«
»Er ist doch nur ein Knabe«, rief Marcella verzweifelt.
»Sein Alter spielt keine Rolle, Madam«, erwiderte Brennan. »Er ist der Erbe.« Edward, Graf von March, war jetzt der Herzog von York. Und das Haus York wurde als legitimer Anwärter auf die Krone betrachtet. Doch Edward hatte bis-

her noch keinen Ruhm als Ritter erworben, keine bedeutende Schlacht geschlagen. Während Anne versuchte zu verstehen, wie diese neue politische Entwicklung ihr Leben beeinflussen könnte, eilte Brennan davon, um seine Vasallen zum Aufbruch bereitzumachen.
Auch die Giffords zögerten nicht lange. Sie wollten die Gunst des Grafen nicht verlieren. Lord Gifford rief seine Männer zusammen – wie Anne schien, eine mächtige Truppe: hundert Ritter und zweihundert Bogenschützen. Lord Forbes schickte einen Boten nach Ayliffe, seinem Familiensitz, und befahl, daß sich seine Truppen dort unverzüglich nach Westen in Bewegung zu setzen hätten. Bald darauf brachen auch Lord Gifford und der Graf an der Spitze ihrer Männer gemeinsam auf.
Während der ersten Hälfte des Januars trafen regelmäßig Kuriere ein und brachten Nachrichten von den Giffords und dem übrigen Kampfgeschehen.
»Die deFraynes gehören zu den Königstreuen, obwohl diese Männer den Herzog heimtückisch umgebracht haben«, erzählte Marcella ihren Töchtern. Sie hatte einen Brief von Quentin bekommen. Anne fand die Beurteilung der Lage ungerecht, aber ihr Leben lang hatte sie solche Kommentare gehört: Alle deFraynes waren unehrenhafte, verräterische Menschen. »Wie es heißt, verkleiden sich die Soldaten als Frauen, um in das Schloß des Herzogs einzudringen.« Marcellas Wangen waren vor Empörung gerötet, ihre Augen glänzten. »Nur deFraynes können zu einer solch feigen List greifen.«
Anne hörte unbewegt zu. Sie hätte gern gewußt, ob alle deFrayne-Männer auf der Seite des Königs aus dem Haus Lancaster standen. War Dylan die Politik wichtiger als seine Liebe zu ihr? Aber sie schwieg und hörte weiter zu, wie ihre

Mutter mit Begeisterung schilderte, welche schrecklichen Strafen die Lancaster-Anhänger — vor allem natürlich die deFraynes — im Falle einer Niederlage zu erwarten hätten.
Auch Brennan schrieb an Anne. Sobald sie mit der Lektüre eines Briefs fertig war, entriß Marcella ihn ihr. Brennan schrieb jedoch nie über Kämpfe, sondern drückte einzig und allein seine Liebe und Sehnsucht zu seiner Braut aus. Lady Gifford war offensichtlich enttäuscht. »Ich hätte nie gedacht, daß sich ein erwachsener Mann wie ein Narr aufführen kann. Was hat er nur im Kopf?«
Anne kümmerte es nicht. Sie interessierte nur, daß das Haus York erbittert gegen das Haus Lancaster kämpfte. Die Giffords gegen die deFraynes. Wo war Dylan?
In der zweiten Januarhälfte sollte sie eine Antwort auf ihre drängende Frage bekommen. Ein Wagen, der von einem älteren Ehepaar gelenkt wurde und mit der von Brennan bestellten Aussteuer beladen war, traf auf Raedelle ein. Zwei große Truhen und mehrere Kisten wurden in ihr Zimmer gebracht. Der Sohn der beiden war Schneider und hatte alles genäht und seine Eltern gebeten, die Waren abzuliefern. Während dem Mann Erfrischungen in der Küche gereicht wurden, begleitete die Frau Anne in ihr Zimmer, um die Garderobe anzuprobieren.
Anne konnte ihre Aufregung kaum verbergen, und Divina war ebenfalls anwesend, denn ihre Neugier hatte ihren Neid besiegt. Marcella warf auf alle die schönen Kleider nur einen flüchtigen Blick. Dann ging sie wieder.
Die alte Frau breitete fröhlich schwatzend die Schätze nacheinander vor den beiden Schwestern aus. Anne war tief beeindruckt und freute sich; da sah sie, daß ihre Schwester weinte.
»Divina«, sagte sie tröstend.
»Schweig!« fuhr Divina Anne an und versuchte, etwas

Würde zu bewahren. »Ich möchte nur sehen, was mir entgangen ist.«

»Du mußt mir glauben, Divina. Nie habe ich absichtlich etwas getan, um dich zu verletzen.«

»Wenn ich ins Kloster geschickt werde, werde ich dir das nie vergessen. Niemals!«

Ihre Freude über diese Kostbarkeiten wurde Anne durch Divinas Neid gründlich verdorben, und das Geschnatter der Alten ging ihr allmählich auf die Nerven.

Endlich ging Divina, und Anne begann, ihre Sachen zusammenzuräumen. Da seufzte die Frau erleichtert auf und holte aus ihrer Schürzentasche ein zerknittertes Pergament. »Ich fürchtete schon, wir würden nie allein sein, denn ich muß Euch das hier geben.«

Anne nahm das Pergament schweigend und las: »Anne, Geliebte, bitte verzeih mir.«

Die Schrift stammte nicht von Brennan. Sie sah die alte Frau an. »Woher hast du das?« fragte sie flüsternd.

»Ein Bursche gab es mir, nur vier Wegstunden von hier entfernt. Er sagte, es sei nur für Eure Augen bestimmt und er wäre in Todesgefahr, wüßte man davon. Die Nachricht muß ihm sehr viel bedeuten. Er entlohnte mich für die Überbringung großzügig.«

Anne streichelte das Pergament und las es immer wieder. Die Worte verschwammen vor ihren Augen. Die Botschaft war eindeutig. »Hat er sonst noch etwas gesagt?« fragte sie mit zitternder Stimme. »Irgend etwas?«

»Nur, daß Ihr die Nachricht verstehen würdet«, sagte die Frau und zuckte die Schultern.

»War er beritten?« fragte sie. »Warm gekleidet?«

Die Alte legte Anne ihre Hand auf den Arm. »Er sah gesund aus und war bewaffnet und ritt ein schönes Pferd.«

Anne sah die Frau prüfend an, dann nahm sie das Pergament und ließ es in das Feuer des Kamins fallen. »Du darfst niemals über diese Botschaft sprechen.« Dann küßte sie die Alte auf die Wange. »Ich danke dir von ganzem Herzen.«
»Ihr seid wohl Liebende?«
»Bitte«, flüsterte Anne. Sie litt unsäglich. Er war in der Nähe und konnte nicht zu ihr kommen. Er bat sie nicht, ihn zu treffen, auch nicht, auf ihn zu warten. Er versprach ihr nichts. Ihre Augen glänzten von ungeweinten Tränen.
»Ich will Euch nicht weh tun, Lady. Aber ich sah denselben Ausdruck in seinen Augen. Wenn Euch das hilft, dasselbe war in seinen Augen zu lesen.«
Anne nickte, ihr Kinn zitterte. Er kam nicht. Nie würde er wiederkommen. Seine Familie hatte ihn in diesen verwünschten Krieg hineingezogen, und er hatte seine Wahl getroffen. Und ihre Familie hatte sie aus demselben Grund Brennan versprochen — wegen eines Kriegsbündnisses. Dylan hatte wohl entschieden, daß ein gemeinsames Leben aussichtslos war. Er hatte ihren Schwur gebrochen.
Die alte Frau streichelte Annes Wange voller Mitgefühl, dann ging sie schnell aus dem Zimmer.
Anne hielt ihre Tränen zurück und schlüpfte in einen der neuen Mäntel, die noch auf ihrem Bett lagen. Er war weich und warm, mit Hermelin gefüttert. Sie ging zum Burgturm und stand neben dem Wächter. Ihre Blicke schweiften über die winterliche Landschaft.
Tränen rannen unbemerkt über ihre Wangen, und der Wächter sagte erst etwas, als sie eine Stunde dort gestanden hatte. »Milady, Ihr werdet Euch erkälten.« Sie schüttelte den Kopf. Verzweifelte Pläne nahmen in ihr Gestalt an: sich als Bogenschütze zu verkleiden und so unbemerkt durchs Tor zu schlüpfen, oder als Mönch. Aber auf Raedelle gab es keine

Mönche. Und die Wächter ließen seit dem Mord an dem Herzog von York niemanden mehr passieren.
Die Sonne sank. »Milady«, flüsterte der Wachposten, »warum weint Ihr?«
»Mein Verlobter«, hauchte sie. »Wir haben Krieg.«
»Aber Lady Anne, der Graf ist einer der besten Kämpfer, und seine Armee ist stark. Ihr braucht nicht um sein Leben zu fürchten.«
»Natürlich nicht«, murmelte sie. Sie konnte kaum noch etwas erkennen, die Dämmerung hatte eingesetzt. Auf dem Rundgang entzündeten die Bogenschützen Fackeln. Schweren Herzens kehrte sie in ihr Zimmer zurück und weinte, während sie ihre neuen Kleider aufräumte. Als sie hörte, wie die Tür geöffnet wurde, sah sie auf. Ihre Mutter schaute sie böse an.
»Warum heulst du schon wieder?« fragte sie.
»Ich ... ich bin von Brennans Großzügigkeit ganz überwältigt«, stammelte sie und wischte sich die Tränen ab.
»Das sind wir alle. Es war nicht sehr feinfühlig von ihm, uns mit seinem Reichtum zu überschütten. Deine Schwester hat nie ein solches Glück gehabt, sie leidet. Divina weint.«
»Madam ... Mutter ... ich möchte gern mit ihr teilen ...«
»Divina begnügt sich nicht mit dem, was du ihr gnädigerweise gibst, Mädchen.«
Anne versteifte sich. »Das habe ich wohl oft genug getan.«
Marcella lächelte spöttisch. »Du hast nicht lange gebraucht, bis du hochmütig geworden bist. Bevor der Graf sich in dich vernarrte, warst du nicht so eitel.«
»Ich habe nicht darum gebeten, mit dem Grafen verheiratet zu werden. Habe ich einen Fehler gemacht? Oder gefällt Euch meine zukünftige Stellung nicht, weil Divina neidisch ist?« Bitterkeit erfüllte Annes Herz, und sie schüttelte trau-

rig den Kopf. »Warum bemitleidet Ihr Divina, Madam? Habt Ihr mich je bemitleidet, als ich ärmlich gekleidet einherging und für das Kloster bestimmt war? Warum haßt Ihr mich, Mutter?«
Marcella sah ihre Tochter an. Sie schloß kurz die Augen. Anne sah, wie Schmerz die Gesichtszüge ihrer Mutter zeichnete.
»Weil meine Geburt so schwer war? Weil ich ein schwieriges Kind war?« Sie unterdrückte ein Schluchzen. »War Divina so viel besser als ich?«
Marcella sah Anne an. Anne erkannte diesen Ausdruck wieder — Haß. Der Schmerz hatte sich in Haß verwandelt. Sie verstand das nicht. »Du irrst dich, Anne, wenn du glaubst, ich würde deine Schwester dir vorziehen, obwohl sie sich viel mehr Mühe gibt, mir zu gefallen, als du es jemals getan hast. Sie ist älter und sollte zuerst heiraten, aber irgendwie ist es dir gelungen, Erfolg zu haben, wo sie versagt hat. Du mußt sehr aufpassen, Anne, daß du nicht hochmütig wirst.«
»Ach, Madam«, sagte Anne müde, »die Gefahr besteht wohl kaum. Ihr und meine Schwester werdet mich schon an meinen Platz verweisen.«
»Soll ich dich etwa verwöhnen wie der Graf?« blaffte Marcella in plötzlicher Wut. »Ich habe fünf Kinder großgezogen — drei davon sind kühne Ritter —, und was tut dieser Mann mir an? Beschuldigt mich, dich vernachlässigt zu haben. Gestehe, daß dir seine Zurechtweisung gefallen hat!«
Anne kam es vor, als wäre sie geschlagen worden. »Was habe ich Euch getan, Madam? Warum liebt Ihr mich so wenig?«
»Du hast sehr viel Glück im Leben, Anne. Und hüte dich, deine neue Macht zu mißbrauchen.«
Marcella drehte sich um und ging aus dem Zimmer. Anne

blieb allein. Sie ging nicht zum gemeinsamen Abendessen, und niemand brachte ihr etwas. Sie konnte die neidischen Blicke ihrer Mutter und Schwester nicht mehr ertragen. Nach ein paar Tagen schienen die beiden sie wieder vergessen zu haben, denn sie bemerkten nicht, daß Anne wieder ihre alten Kleider trug. Und daß sie mit ihren Gedanken weit weg war — dort, wo Gefechte stattfanden. Ein Kampf zwischen Dylan und Brennan.

Wie sie sich ähneln, dachte sie. Beide begehrten sie, beide waren stolz und loyal. Beide hatten um Verzeihung gebeten, weil sie ihren Fürsten dienen wollten und mußten. Beide glaubten an ihre gerechte Sache. Einst hatte sie geglaubt, Dylan sei nicht in die Politik verstrickt, doch sie hatte sich geirrt.

Anne war recht gut in der Geschichte ihres Landes bewandert, trotzdem hatte sie keine Ahnung, ob nun das Haus Lancaster oder das Haus York die gerechte Sache vertrat. Sie wußte nur eins: Sollte Brennan in einer Schlacht getötet werden, würden ihre Mutter und Schwester sie aller Geschenke berauben und sie sofort ins Kloster schicken. Doch aus dem Kloster konnte sie mit Dylan fliehen. Aber tief in ihrem Herzen wünschte sie nicht Brennans Tod, selbst wenn er ein Leben mit Dylan bedeutet hätte. Brennan war zu ihrem Verbündeten geworden, ein loyaler, aufrechter, starker Mann.

In der Einsamkeit ihres Zimmers sehnte sie sich oft nach Gesellschaft, nach Trenton oder nach ihrem Vater, aber beide waren anderweitig beschäftigt. Und Minerva war tot. Sie war allein und besaß nur eine Waffe zu ihrer Verteidigung: Brennans Macht. Sie war entschlossen, diese Macht zu gebrauchen.

Am ersten Februar ging Anne in die große Halle hinunter;

sie wollte wieder am gemeinsamen Abendessen teilnehmen. Ihre Mutter und Schwester saßen vor dem Kaminfeuer und plauderten und lachten.

»Wie ich sehe, hast du deine Lektion gelernt«, sagte Divina spöttisch, als sie Anne in ihrem abgetragenen Kleid die Treppe herunterkommen sah. »Aber wenn der Graf dich so sieht, wird er uns alle auspeitschen lassen und dir noch mehr Sachen kaufen.«

»Deshalb kleidet sie sich nicht so ärmlich«, erklärte Marcella. »Das tut sie nur, weil sie jetzt in Abwesenheit des Grafen ihren Platz hier kennt. Außerdem weiß dieser Narr meine Unterstützung nicht zu würdigen. Mein Mann und meine drei Söhne kämpfen mit ihren Leuten für seine Sache, doch er will nur meine Jüngste in sein Bett zerren.«

Anne ballte die Fäuste und spürte den Diamantring an ihrem Finger. »Ich dachte, Ihr hättet schon immer für das Haus York gekämpft, Madam.«

»In der Tat, meine Tochter. Und es würde meiner Sache besser dienen, würde der Graf endlich erkennen, wie groß unsere Unterstützung ist. Wir schickten hundert Ritter, doch er kümmert sich nur um dein Aussehen.«

»Ja, die Farbe ihrer Kleider ist ihm wichtiger als die Zahl der Männer, die im Kampf getötet werden könnten«, sagte Divina giftig, als ob Anne für den Krieg verantwortlich wäre.

»Warum kämpfen diese Männer dann?« fragte Anne. »Doch sicher nicht, weil der Graf mir schöne Kleider kauft und mich heiraten will.«

»Sicherlich nicht«, entgegnete Marcella. »Trotzdem bekommst du Geschenke, als hättest du allein mit deiner Anwesenheit schon eine große Leistung vollbracht. Wie hast du es angestellt, ihn derart zu becircen?«

»Ich habe ihn überhaupt nicht gekannt«, verteidigte sich Anne.
»Vielleicht hat sie ihn auf dem Turnier nur angelächelt — ehe sie ihren Busen entblößte.«
Divinas Bemerkung verletzte Anne. Sie sah ihre Schwester an. Divina trug ein teures Kleid, das speziell so zugeschnitten war, ihren üppigen Busen und ihre schlanke Taille — ihre einzigen Vorzüge — zur Geltung zu bringen. Divina war eine jüngere Ausgabe ihrer Mutter: schmales Gesicht, scharfe Nase, fliehendes Kinn und dünnes, farbloses Haar. Ihre freigiebig zur Schau gestellten Formen sollten von ihrem häßlichen Gesicht ablenken. Doch bald würde Divina schlimmer als häßlich sein: Ihre herabgezogenen Mundwinkel ließen eine Verbitterung ahnen, die bei Marcella sehr ausgeprägt war.
Anne wußte, der Augenblick war gekommen. Brennan hatte sie gewarnt. Zwar konnte sie die Gründe der Ablehnung, ja, sogar des Hasses von Mutter und Schwester nicht begreifen, aber die Tatsache mußte sie akzeptieren. Und die beiden würden sie quälen und benutzen, bis sie dem Einhalt gebot.
»Es ist jammerschade, daß ihr mich so haßt«, sagte sie bestimmt. »Wenn Lord Forbes nicht da ist, behandelt ihr mich mit Verachtung. Kaum ist er zurück, seid ihr freundlich. Glaubt ja nicht, der Lord läßt sich täuschen! Meine Nachsicht eurem Verhalten gegenüber hat ab heute ein Ende. Ich glaube nicht, daß ich euch jemals verzeihen kann.« Sie wandte sich ab, um die Treppe wieder hochzugehen. Doch dann blieb sie stehen und fügte hinzu: »Und ihr habt recht. Lord Forbes schätzt mich weitaus mehr, als ich verdiene. Ich werde die Gräfin von Ayliffe sein. Ich hoffe inständig, daß ihr niemals etwas braucht oder plant, mir einen Besuch ab-

zustatten. Ich würde es äußerst schwierig finden, dieser Familie Beistand zu gewähren, die mich so verachtet.«
Beide schwiegen, als Anne langsam die Treppe hochging. Ein Dienstmädchen kam gerade die Stufen herunter. Anne befahl ihm, ein Tablett mit Essen und Wein auf ihr Zimmer zu bringen. Noch nie zuvor hatte sie eine solche Anordnung gegeben. Doch ohne die Rolle der Gräfin zu spielen, würde sie sich gegen die beiden nie durchsetzen können — eine Rolle, die ihr nicht gefiel.
In ihrem Zimmer zog sie ihr altes Kleid aus und streifte eines der neuen Nachthemden und einen neuen samtenen Morgenmantel über. Und obwohl sie keinen Appetit hatte, setzte sie sich an den kleinen Tisch vor dem Kaminfeuer und verzehrte ihre Mahlzeit. Am nächsten Tag stand sie nicht wie üblich auf, um ihren gewohnten Pflichten nachzugehen. Am darauffolgenden Tag war Mariä Lichtmeß, und sie kleidete sich sehr sorgfältig in eins ihrer neuen Gewänder.
Als erste entschuldigte sich ihre Mutter mit der fadenscheinigen Begründung, sie habe Anne nur necken wollen, und bat sie, die Familie nicht zu vergessen. Anne nahm die Entschuldigung an. Dann kam Divina, mit rotgeweinten Augen und zitterndem Mund. Ihre forcierte Abbitte klang gekünstelt, doch sie wollte sich die Gunst des Grafen nicht verscherzen. Divina hatte eine höllische Angst, ins Kloster geschickt zu werden.
Auf ihrem Weg zur Messe bemerkte Anne eine gewisse Unruhe in der Burg. Die Menschen standen herum, blickten zum Himmel und schirmten die Augen mit der Hand ab. Wie es schien, standen drei Sonnen am Himmel. Die Leute gerieten in Panik, rannten zu ihren Unterkünften, murmelten Gebete und verbrannten Weihrauch. Anne erschauderte

und fühlte eine sonderbare Beklemmung. Sie fragte sich, ob nicht der Teufel auf die Erde gekommen sei, um sie alle für ihre Bösartigkeit zu bestrafen. Sie floh in die Kapelle und kniete, ins Gebet versunken. »Oh, Vater, der du bist im Himmel, obwohl ich kein Recht dazu habe, bitte ich dich, laß ihnen nichts geschehen. Beiden«, flehte sie stumm. Den ganzen Morgen blieb sie im Gebet versunken und wagte es nicht mehr, zum Himmel zu blicken aus Angst, er könnte bluten.

Nicht sehr weit entfernt sah Edward, der Herzog von York, ebenfalls die drei Sonnen am Himmel stehen. Seine Soldaten hatten Angst. Doch er beruhigte sie schnell, indem er erklärte, es handele sich um ein Zeichen der Dreifaltigkeit und daß Gott sie unterstütze und sie zum Sieg führe. Dann ritt er ihnen voran in die Schlacht. Und nicht der Himmel wurde vom Blut getränkt, sondern die Erde.

5

Strahlend und siegreich kehrten die Giffords mit ihren Gefolgsleuten von der Schlacht an Mortimer's Cross — nur einen Tagesritt von der Burg entfernt — zurück, in der sie an Edwards Seite gekämpft hatten. Nachdem der Wächter auf dem Burgfried die Farben der Banner erkannt hatte, wurde schnell befohlen, das Tor zu öffnen. Die Truppe hatte Verluste erlitten, doch nur unbedeutende, und der Großteil war bei Edwards Heer geblieben.

Die Frauen — Marcella, Divina, die Ehefrauen der Ritter und Dienstmädchen — liefen aufgeregt in den Burghof, als die Männer hereinritten. Anne hielt sich abseits und beobachtete aufmerksam die Ankömmlinge. Lord Gifford wirkte müde und abgespannt. Obwohl er nicht verletzt war, schien er Mühe zu haben, sich im Sattel zu halten. Zwar war er nur wenig älter als Brennan, doch solche Kämpfe waren nichts mehr für ihn. Ganz anders wirkte Sir Quentin, sein Ältester. Stolz und aufrecht saß er auf seinem Pferd. Endlich hatte er seine Kampfeskraft nicht nur in einem Turnier bewiesen. Auch Bart machte einen zufriedenen Eindruck, nur Trenton wirkte etwas verwirrt. Vielleicht, dachte Anne, hat ihm das Grauen zugesetzt, und er wundert sich, daß er noch lebt.

Während Anne noch immer im Hintergrund stand, liefen Marcella und Divina auf die Männer zu. Brennan konnte Anne nirgends entdecken. Hinter den etwa zwei Dutzend

Männern, die nun abstiegen, sah Anne Gefangene, alle gefesselt, die entweder ritten oder quer über den Sätteln lagen. Da trat ihr Vater auf sie zu und sah sie an, Trauer in den Augen. Sie erwiderte angstvoll seinen Blick. War es passiert?
»Brennan?« flüsterte sie.
»Er erfreut sich bester Gesundheit, mein Kind. Lord Forbes ist ein mächtiger Streiter. Ich wollte, ich besäße seine Kraft und sein Geschick.«
»Papa, warum ist er nicht hier?«
»Er ist bei Edward. Wo sein Platz ist. Wo wir alle sein sollten.«
Inzwischen war Marcella zu ihren Söhnen geeilt und stieß Freudenschreie aus. Sie umarmte Bart und küßte ihn auf die Wangen. Quentin saß noch im Sattel und lachte, doch Trenton hatte den Blick abgewandt.
Anne sah ihren Vater fragend an. Sie wußte nicht, warum ihre Mutter sich so unbändig freute.
»Hat Edward gesiegt?« fragte sie.
»Anne«, sagte Sir Ferris eindringlich. »Hör mir gut zu. Wenn du sein Leben und deines retten willst, schau ihn nicht an!«
Verwirrt versuchte sie, im Gesicht ihres Vaters zu lesen.
»DeFraynes als Gefangene«, rief da Marcella voller Freude. »Welch schöneres Geschenk hättet ihr mir machen können!«
»O nein. Vater, nein«, sagte Anne und fing an zu zittern.
»Du mußt sehr vorsichtig sein, Kind. Alles hängt von Vorsicht ab. Sollte jemand hinter dein Geheimnis kommen, wird er sterben, und wir alle werden unendliches Leid erfahren.«
Von ihren Gefühlen, ihrem Entsetzen überwältigt, starrte Anne zu Boden. Sie fühlte, wie ihr das Blut zu Kopf schoß;

ihr Herz fing an, wie rasend zu klopfen. Sie verkrampfte ihre zitternden Hände ineinander, so daß jemand, der sie ansah, glauben mochte, sie sei enttäuscht, weil ihr Verlobter nicht mitgekommen war. Glücklicherweise galt die Aufmerksamkeit der anderen den Gefangenen.

»Was kann man tun?« fragte Anne ruhig.

»Im Moment sehr wenig. Ich muß nachdenken. Ich wollte nicht, daß dies geschieht, aber meine Söhne gehorchen mir nicht mehr. Und sie wußten, welchen Gefallen sie ihrer Mutter tun würden.«

»Und Brennan?« fragte sie zaghaft.

Ferris schüttelte den Kopf. »Lord Forbes ist nicht gegen Geiselnahmen bei Besiegten, aber ihm mißfiel der besondere Eifer deiner Brüder in diesem Fall. Edward verschont die gemeinen Soldaten und läßt nur die Adeligen exekutieren. Kaum einer von Heinrichs Vasallen kam mit dem Leben davon. Diese Männer hätten von Edward gefangengehalten und nicht hierhergebracht werden sollen — als Kriegsbeute.«

»Vielleicht wird sie ein Lösegeld fordern«, sagte Anne hoffnungsvoll.

»Das ist möglich, doch nicht sehr wahrscheinlich. Deshalb bin ich mit meinen Söhnen zurückgeritten. Wir hätten Lord Forbes nicht verlassen dürfen. Jedenfalls nicht wegen dieser Farce.«

Anne sah ihren Vater forschend an. »Und ich hatte immer gedacht, du würdest mich wegen dieser Sünde schlagen.«

Er lächelte traurig. »Wegen welcher Sünde? Der Sünde, eine Frau zu sein? Ein guter Mensch zu sein?« Er legte seine Hand auf ihre Schulter. »Ich kann nur noch sehr wenig tun, Anne. Laß niemanden wissen, was du fühlst. Sie verstehen es nicht.«

»Aber du verstehst es, Vater. Warum?«
»Ich hasse Menschen, die kein Erbarmen kennen. Ebenso hasse ich sinnlose Fehden. Für eine gerechte Sache kämpfe ich, nicht aus Eigennutz. Warum konnte ich das meine Söhne nie lehren?«
»Warum hören sie nicht auf dich? Warum tun sie das für ihre Mutter?«
»Vielleicht glauben sie, sie tun es für uns alle, Anne«, entgegnete er ruhig. »Wenn deine Mutter sich erst einmal etwas in den Kopf gesetzt hat...« Er schwieg kurz. »Anne, hör mir gut zu. Lord Forbes ist in dieser schwierigen Lage unsere alleinige Hoffnung. Er ist der einzige, der dir Sicherheit bieten kann. Sollte durch irgendein Wunder Dylan mit dem Leben davonkommen, kann trotzdem nur Lord Forbes dir Schutz geben. Begreifst du das?«
Sie nickte. Um ihretwillen, um Dylans willen gab es nur diese Lösung: Sie mußte den Grafen heiraten.
»Wird Edward König?« fragte sie.
»Ganz sicher. Denn König Heinrich ist in Gefangenschaft, und Edwards Truppen sind unbesiegbar.«
Die Knappen führten jetzt die Pferde der Ritter in die Stallungen, und die Menschen begannen sich allmählich zu zerstreuen. Bart führte zwei Gefangene an ihnen vorbei. Sie trugen die blauen Waffenröcke der deFraynes mit der darauf gestickten roten Rose des Hauses Lancaster. Die Unglücklichen waren verwundet und lagen gefesselt auf dem Bauch über den ungesattelten Pferderücken. Stolz blieb er vor seinem Vater und seiner Schwester stehen. Sir Ferris drückte den Arm seiner Tochter, als wollte er ihr Kraft geben. Bart griff roh in das Haar des einen Gefangenen und riß dessen Kopf hoch. Es war Sir Wayland, der älteste der deFrayne-Söhne — schwerverwundet, dem Tode nahe. Bart lächelte

verschlagen; endlich hatte er den Mann besiegt, den er auf dem Turnier von hinten angegriffen hatte. Er nickte selbstzufrieden und ging weiter.

»Laß die deFraynes ins Verlies werfen. An Ketten sollen sie dort schmachten!« befahl Marcella.

Dann führte Quentin zwei Gefangene vorbei, die Anne jedoch nicht kannte. Quentin prahlte nicht mit seinen Geiseln. »Mach dir keine Sorgen, Schwester. Dein Verlobter hat den Kampf unbeschadet überstanden. Bald wird auch er kommen. Der Herzog hat ihn wegen seiner tatkräftigen Hilfe mit großen Ehren überhäuft.«

Anne nickte Quentin zu und versuchte ein Lächeln. Er durfte nicht einmal ahnen, wie schmerzlich die Gefangennahme dieser Männer für sie war.

Schließlich kam Trenton mit zwei Pferden. Er sah noch immer ziemlich verwirrt aus. Dylan saß gebunden und starr geradeaus blickend im Sattel. Auf seiner Stirn war eine große purpurfarbene Beule, sein Gesicht mit getrocknetem Blut verschmiert. Er sah Anne nicht an, und Sir Ferris drückte wieder ihren Arm. »Trenton?« fragte sie. »Bist du unverletzt?«

»Ja«, sagte er und blieb vor seiner Schwester stehen. Verstohlen warf sie Dylan einen Blick zu, während Trenton weitersprach. »Lord Forbes hat phantastisch gekämpft, Anne. Er wird eine hohe Stellung an Edwards Hof einnehmen. Du mußt sehr stolz auf ihn sein.« Dann schwieg er kurz und gestand errötend: »Er half mir während des Kampfes.«

»Ich bin froh, daß du nicht verletzt wurdest.«

Trenton nickte erleichtert, dann führte er die beiden Pferde weg. Schnell sah Anne noch einmal zu Dylan hin. Seine Augen waren hart, ja, sie funkelten voller Haß. Sein Gewand war zerrissen und überall mit getrocknetem Blut beschmiert.

Marcella ging hinter den Pferden her und gab Befehle. Die gefangenen Soldaten sollten im Stall untergebracht werden, Wayland und Dylan jedoch im Burgverlies, bis zu ihrer Hinrichtung. Dann sollten sie gevierteilt werden. Ihre geschundenen Körper würden nach Heathwick Castle geschickt werden. Anne erschauderte vor Entsetzen, doch Marcella war außer sich vor Genugtuung. Sie lachte, auch Divina lachte.

Bald hatte der Spuk ein Ende. Jeder ging wieder seinen Geschäften nach, und Anne war mit ihrem Vater im Burghof allein.

»Wayland wird ihnen einen Strich durch die Rechnung machen«, sagte Sir Ferris. »Er wird die Nacht nicht überleben.«

»Trotzdem werden sie Waylands Kopf auf eine Pike stecken«, entgegnete Anne.

»Nicht, wenn Lord Forbes kommt. Er war gegen die Gefangennahme, fand sie empörend und unwürdig. Leider konnte er sie nicht verhindern, denn Edward braucht ihn.«

»Es wurde immer behauptet, daß die deFraynes im umgekehrten Fall dasselbe mit meinen Brüdern tun würden. Stimmt das, Vater?«

»Ja, unter dem Kommando ihres Vaters wäre es wohl geschehen«, antwortete Sir Ferris, den Blick auf einen unbestimmten Punkt in der Ferne gerichtet. »Aber Lord deFrayne fiel in der Schlacht, und Lady Daphne wird von ihren Söhnen respektiert. Sie begeht solche Greueltaten nicht.«

»*Kennst* du sie?«

»Ja, ich kannte sie, ehe sie Lord deFrayne heiratete.« Dann drehte er sich um und sah Anne an. »Du mußt jetzt sehr viel Mut und Klugheit beweisen. Denn in dieser Familie habe nur ich für dich Verständnis. Laß niemanden in dein Herz blicken. Dylan würde darunter leiden müssen — und du.«

»Papa ... Papa ... ich hätte es dir fast erzählt. Als du mich nach Lord Forbes' Besuch zur Messe schicktest ... und als Minerva gestorben war. Hättest du ...«

»Ach, Anne«, seufzte er. »Selbst wenn ich gewußt hätte, was du empfindest, bin ich nicht sicher, ob ich dir geholfen hätte.«

»Wirst du mir jetzt helfen?«

»Es gibt für dich nur einen einzigen Weg, mein Mädchen. Aber ich will alles in meiner Macht Stehende tun, um Dylans Leben zu retten.«

»Aber Papa ...«

»Eines Tages wirst du es verstehen. Eines Tages.«

An den Nachmittagen stand Anne auf dem Söller und hielt Ausschau — diesmal nach Brennan. Sir Wayland war an seinen schweren Verletzungen gestorben. Irgendwie hatte Lord Gifford seine Söhne davon abhalten können, den Leichnam ihres Feindes zu verstümmeln. Marcella hatte über diese ehrenvolle Behandlung Enttäuschung gezeigt.

Seit zwei Tagen lag Dylan nun im Kerker. Anne glaubte, seine Gegenwart sogar durch die dicken Mauern spüren zu können. Sie wußte, er war bei guter Gesundheit, denn Sir Ferris hatte angeordnet, daß er anständig behandelt und ernährt wurde. »Wenn ich gewußt hätte, daß ihr ihn verhungern lassen wollt, hättet ihr ihn auch an einem Baum aufknüpfen und dort verrotten lassen können«, war sein Argument gewesen.

»Euer Vater hat recht«, hatte Marcella zugestimmt. »Behandelt ihn gut. Er wird unseren Plänen noch nützen.«

Und Marcella schmiedete Pläne. Außer Dylan lebte noch

Sir Cameron. Ihm war nach der Schlacht die Flucht gelungen. Also beriet sich Marcella mit ihren Söhnen, mit welchem Schachzug sie auch Cameron in ihre Gewalt bringen könnten.
Anne wünschte sehnlichst, sie wüßte nichts von diesen ruchlosen, unehrenhaften Absichten, doch in Dylans Interesse mußte sie über alles informiert sein. Also hörte sie zu, ohne sich jemals in die Diskussion einzumischen.
»Ich habe einen Brief an Lady deFrayne geschrieben«, verkündete sie. »Darin wird für Dylans Freilassung eine Lösegeldforderung gestellt, unter der Bedingung, daß Cameron der Überbringer des Lösegeldes ist. Das sollte genügen.«
»Ich fürchte, Ihr werdet kein Geld bekommen. Lord deFrayne ist tot, und sein Geld hat er wohl zur Unterstützung des Königs ausgegeben. Falls noch nicht Anklage wegen Verschwörung gegen die Familie gestellt worden ist, geschieht es gewiß, sobald Edward gekrönt ist.«
»Um so besser«, entgegnete Marcella. »Dann kann die Familie im Austausch für ihren Sohn Ländereien bieten. Wir müssen uns beeilen, denn Edward wird in Kürze König und sofort den Besitz für sich beanspruchen. Wenn er jedoch uns gehört, kann er ihn nicht mehr zurückverlangen.«
»Und danach werdet Ihr Dylan freilassen?« fragte Sir Ferris.
Marcella lachte zynisch. »Ihn freilassen? Nein, Milord. Dann haben wir beide. Die einzigen lebenden deFraynes außer Daphne. Keiner ihrer Söhne hat einen Nachkommen gezeugt, und sie wird wohl keine Kinder mehr bekommen.« Sie hob fragend ihre fahlen Brauen und starrte ihren Mann an. »Was haltet Ihr davon, Milord?«
»Ich verstehe nicht, warum Ihr diese jungen Männer töten

lassen wollt. Sie könnten Eure Söhne sein, und ich bezweifle, daß Lady Daphne dasselbe tun würde.«
»Verteidigt sie nicht vor mir«, keifte Marcella. »Wenn alle deFraynes tot sind, können wir in Ruhe leben.« Sie senkte mühsam die Stimme. Anne vermutete, daß es ihrer Mutter nicht im geringsten um Frieden ging. Das war das letzte, was sie wünschte. Und da ihre Familie von den deFraynes seit vielen Jahren nicht mehr behelligt worden war, konnte sie diesen Haß nicht verstehen. »Und täuscht Euch nicht, Milord. Die deFraynes hätten uns längst die Köpfe unserer Söhne geschickt.«
»Ich würde mich in ihrer Gefangenschaft nicht sicher fühlen«, sagte Quentin.
»Auch ich nicht«, stimmte Bart zu. »Madam hat recht. Wir müssen sie hinrichten. Aber vorher sollten wir Heathwick Castle anstatt eines Lösegeldes fordern. Dann bringen wir beide um.«
Marcella lächelte ihren Zweitgeborenen an. Er hatte keinen Grundbesitz; sie konnte bei ihren finsteren Plänen auf seine Unterstützung zählen.
»Aber ihre Körper dürfen nicht verstümmelt werden«, sagte Trenton und sah seine Brüder unsicher an. Noch jetzt wurde ihm schlecht, wenn er an das Schlachtfeld dachte. »Das geht zu weit.«
»Was macht das schon?« fragte seine Mutter achselzuckend. »Hauptsache, sie sind tot. Edward wird uns dankbar sein.«
»Da hege ich Zweifel, Madam«, wandte Ferris ein. »Tatsächlich hat sich Edward derartige kriminelle Handlungen verbeten. Er befahl, nur die Lords exekutieren zu lassen. Und ich darf euch alle daran erinnern: Lord Forbes ist ebenfalls strikt dagegen.«
Anne hörte schweigend zu. Sie schaute in Richtung Küche

und den dahinterliegenden Vorratsraum, von dem aus eine schmale Treppe ins Verlies führte. Ein Küchenmädchen kam gerade mit einem leeren Tablett aus dem Kerker zurück. Der dort sitzende Wächter blickte nicht einmal auf. Das Küchenmädchen ging zu Marcella und händigte ihr den Schlüssel aus. Diese befestigte ihn an ihrem Gürtel und sprach weiter. »Da Lord deFrayne in der Schlacht gefallen ist, geht der Grundbesitz auf Cameron über, ebenso der Titel. Ein Vasall Lancasters.«

»Sir Cameron wird Euren Plan durchschauen.«

Anne starrte auf den Schlüsselbund ihrer Mutter. Sie zermarterte sich den Kopf, wie sie in den Besitz dieses Schlüssels gelangen könnte — und wie sie die Wache überlisten könnte.

»Wir lassen Sir Cameron Zeit. Vierzehn Tage dürften ausreichen. Sollte er bis zum zwanzigsten Februar nicht hier sein und unsere Forderungen akzeptieren, wird Dylan sterben. Und dann — Stück für Stück — seiner Mutter geschickt.«

Anne unterdrückte ein Würgen.

»Wen wollt Ihr durch diese Grausamkeit verletzen, Madam?« fragte Sir Ferris. Anne war oft Zeuge eines Streits zwischen Vater und Mutter gewesen, doch nie hatte Lord Gifford in so scharfem Ton gesprochen. »Sicherlich nicht die männlichen deFraynes. Da sie dann tot sind, bedeutet ihnen diese Barbarei nichts mehr. Meint Ihr nicht, daß Lady deFrayne bereits genug gelitten hat? Ihr Gemahl und ihr ältester Sohn sind schon tot. Man könnte annehmen, Ihr wolltet Lady deFrayne auf dem Schlachtfeld begegnen. Vielleicht hat Euer Verhalten mit uns überhaupt nichts zu tun. Ich glaube, Ihr fechtet da einen persönlichen Kampf aus.«

Marcella starrte ihren Mann böse an. »Soll ich die deFrayne-Söhne verschonen, Milord, oder bittet Ihr für ihre Mutter?«

»Madam, hat Eure Grausamkeit keine Grenzen?« fragte Sir Ferris schockiert. »Ich habe Köpfe auf dem Schlachtfeld rollen sehen, ein Anblick, an den ich mich nie gewöhnen konnte und der mich heute noch krank macht. Junge Köpfe«, sagte er, sprang auf und griff in Trentons Haar, wobei er dessen Kopf abrupt zurückriß. »Knaben, auf der Schwelle zum Mann, sterben. Ist Euer Blutdurst noch nicht gestillt?« Er löste seinen Griff und tätschelte seinem Sohn um Verzeihung bittend die Wange. »Und obwohl ich glaube, daß Lord Forbes die deFraynes nicht besonders schätzt, könntet Ihr durch Euer schändliches Verhalten seinen Zorn erregen. Denkt darüber nach.«

Marcella schien unbeeindruckt. »So wurde schon oft verfahren, wie Lord Forbes weiß. Eine Exekution ist nie ein schöner Anblick. Ich möchte nicht zuschauen, wenn meine Kinder gehängt werden. Aber unsere Feinde? Ihr Blut stinkt. Deshalb muß es vergossen werden.«

Ferris maß sie mit einem durchdringenden Blick. »Dann schickt Euren Brief, aber ohne meine Zustimmung. Ich will nichts damit zu tun haben. Ich werde dahin gehen, wo alle Männer in diesem Haus hingehören. Ich werde an Edwards Seite eilen und sicher nicht anwesend sein, wenn Ihr diese entsetzliche Tat vollbringt. Falls ich überhaupt wiederkomme.«

»Verlaßt Ihr Eure Söhne, Milord, im Augenblick des Triumphs?« fragte sie.

»Brauchen sie denn einen Vater? Sie haben Euch — denn *Ihr* seid doch ihr Herr und Gebieter!«

Mit diesen Worten stürmte Lord Ferris aus der Halle, hinaus in die Kälte. Am liebsten wäre Anne ihm gefolgt. Sie mußte mit ihm reden, brauchte seinen Rat.

»Madam, was mein Vater sagte, scheint mir sinnvoll«,

meinte Trenton. Er schien leicht zu zittern, als wähnte er sich in einem deFrayne-Kerker gefangen. »Unnötige Brutalität ist verabscheuungswürdig. Es genügt, wenn wir die Toten zurückschicken. Ein anderes Vorgehen ist unehrenhaft.«

»Dann hängen wir sie eben nur.«

Trenton war sein Unbehagen anzusehen. »Gegen die Lösegeldforderung habe ich nichts einzuwenden. Bart braucht einen Herrensitz. Aber mein Vater hat recht: Lord Forbes könnte zürnen, töten wir beide deFraynes. Er wollte nicht, daß wir Gefangene aus Edwards Lager mitnahmen. Und wenn ich nicht zu Edward zurückkehre, werde ich nie Ruhm und Ehre gewinnen.«

»Du machst dir unnötig Sorgen. Lord Forbes wird sich um dich kümmern«, sagte Marcella und warf ihrer Tochter einen Blick zu. Anne senkte schnell den Kopf. Sie konnte ihrer Mutter nicht in die Augen sehen.

»Nicht, wenn wir seinen Zorn erregt haben«, sagte Trenton. »Dann sorgt er nicht einmal mehr für Anne.«

Sie sah Trenton an und hätte ihm gern zugelächelt, wagte es aber nicht.

»Trenton hat sich nicht gerade mit Ruhm bedeckt, Madam. Als wir nach ihm suchten, fanden wir ihn am Fluß, wo er sich übergab.« Bart kicherte schadenfroh. »Nun, das wird er auch noch lernen. Wenn er die deFraynes sterben sieht, schürt das sicher seinen Appetit auf Blut. Falls ... falls er ein Mann ist. Aber wenn er sein Glück machen will, indem er weiter Verse schmiedet ...«

Trenton preßte wütend seinen Mund zu einem schmalen Strich zusammen und starrte seinen Bruder an. »Wenn du von mir das Eingeständnis hören willst, daß mich anekelte, was ich sah – das kannst du haben, *Sir* Bart. Du kannst mich sogar lächerlich machen, wenn du dir dadurch stärker vorkommst, denn dein Mut besteht doch nur darin, gegen Schwächere zu kämpfen. Du besitzt doch nur die Courage, tapfer neben einem Mann zu stehen, der gehenkt wird. Oder möchtest du gegen ihn im Kampf antreten? *Dich* habe ich nicht in der Schlacht gesehen ...«

Bart wollte sich auf seinen jüngeren Bruder stürzen, aber Quentin war schneller. Er hielt Bart mit einer Handbewegung zurück. »Setz dich!« befahl er und wartete, bis Bart getan hatte, wie er ihm geheißen. Dann wandte er sich an seine Mutter. »Madam«, sagte er, »Ich weiß, wie lange Ihr darauf gewartet habt, bis deFraynes in unsere Gefangenschaft geraten sind. Aber wir müssen auch Vaters Wünsche in Betracht ziehen. Wir wollen unsere neue Allianz mit dem Grafen nicht aufs Spiel setzen.«

»Wenn ihr meine Söhne seid«, entgegnete Marcella ernst, »bleibt ihr, bis diese Angelegenheit erledigt ist. Dann könnt ihr zum König reiten.«

Die drei Brüder tauschten fragende Blicke. Anne hoffte, sie würden sich dafür entscheiden, mit ihrem Vater zu reiten. Schließlich sagte Quentin: »Wir bleiben bei Euch, Madam, bis alles nach Eurem Wunsch geschehen ist. Auch ich bin für die Gefangennahme Sir Camerons, aber gegen jede unnötige Grausamkeit. Ein schneller Tod und ein angemessenes Begräbnis.«

»Ich dachte, ich hätte Männer großgezogen.«

»Das tatet Ihr, Madam. Männer. Keine Hunde.«

Anne entfernte sich unbemerkt. Schon eine kleine Gunst bedeutete jetzt soviel. Daß sie Dylan nicht mehr in Stücke schneiden würden, ließ sie beinahe auf die Knie sinken und ein Dankesgebet sprechen. Sie holte ihren Mantel, ging über die Hintertreppe aus der Burg und machte sich auf die Suche nach ihrem Vater. Sie konnte ihn während des ganzen Tages nirgends finden. Auch am gemeinsamen Abendessen nahm er nicht teil. Nachts fand sie keinen Schlaf, denn sie wollte ihn unbedingt sprechen, ehe er fortritt, und wußte nicht, wie sie es bewerkstelligen sollte.

Dann klopfte es leise an ihre Tür. Sie hatte keine Ahnung, wie spät es war. Der Himmel war dunkel, und in der Burg rührte sich nichts. Sie eilte zur Tür und öffnete sie. Davor stand ihr Vater. Er trug seine Rüstung und legte warnend seinen Zeigefinger an die Lippen.

»Ich will Lord Forbes um Hilfe bitten. Vielleicht kommt er und verhindert das schreckliche Vorhaben meiner Frau.«

»Sei vorsichtig, Papa. Ich bete für dich.«

»Noch zwei Dinge möchte ich dir ans Herz legen, Anne. Als erstes mußt du sehr vorsichtig sein, solange Dylan hier gefangengehalten wird.« Sie nickte. »Versuche nicht, ihn zu befreien. Man wird dir auf die Schliche kommen. Und ihr beide werdet darunter leiden.« Wieder nickte sie. »Und zweitens«, sprach Sir Ferris weiter, »ganz gleich, was auch geschieht — ob Dylan lebt oder getötet wird —, Brennan Forbes allein ist der Mann, der dir Schutz und Sicherheit bieten kann. Deine einzige Hoffnung. Ist dir das bewußt?« Sie nickte zum drittenmal. »Der Graf liebt dich. Nie darfst du vergessen, was das bedeutet.« Er streichelte zärtlich über ihr Haar und küßte sie.

»Ich liebe dich, Papa. Möge Gott dich beschützen.«

Sie lauschte, bis die Schritte ihres Vaters verklungen waren. Dann ging sie wieder zu Bett und wartete noch eine Stunde bis Sonnenaufgang. Sie stand auf, zog sich an und fragte sich, was dieser Tag bringen würde. Es gab mehr Hoffnung als vorher. Vielleicht würde Brennan kommen und die Hinrichtung der Gefangenen verhindern.

Nachdem sie fertig angezogen war, ging sie zu dem Schmuckkästchen auf ihrem Tisch, um ihm Brennans Ring zu entnehmen. Überrascht starrte sie auf den großen, eisernen Schlüssel, der dort lag. Zögernd nahm sie ihn und betrachtete ihn lange. Dann fiel es ihr wie Schuppen von den Augen. Dieser Schlüssel hatte einst Minerva gehört. Und sie wußte auch, wer ihn dort hingelegt hatte.

Es war kurz vor Mitternacht und still in der Burg. Anne zog einen Morgenmantel über ihr Nachthemd und hüllte sich in einen dicken Schal. Mit einer Kerze in der Hand ging sie leise die Treppe hinunter in die große Halle. Vor der Tür zum Vorratsraum saß der Wächter gegen den Türstock gelehnt. Sie nickte ihm zu, ging in den Vorratsraum und füllte einen Kelch bis zum Rand mit schwerem, rotem Wein, dem sie Schlafpulver aus Kräutern zufügte, das noch Minerva hergestellt hatte. Auf dem Weg zurück zur Treppe blieb sie kurz stehen, tat so, als überlegte sie, drehte sich dann um und lächelte den Wächter an. Sie kannte ihn und ging zu ihm.
»Guten Abend, Delbert. Ich habe mir gerade einen Becher Wein geholt. Ich weiß, daß du diesen Posten nicht verlassen darfst. Soll ich dir auch einen holen?«
»Ich... Ach, das ist wirklich sehr liebenswürdig, Lady Anne.«
»Dann nimm diesen. Ich hole mir einen anderen«, sagte sie und reichte ihm den Becher, den er sofort an die Lippen setzte. »Darfst du dich denn nicht auf einen Stuhl setzen?«
Er zuckte mit den Schultern. »Wenn ich an der Tür lehne, merke ich wenigstens, wenn jemand sie öffnet.«
Sie lachte, und der Wächter errötete. Er war noch sehr jung und Frauen gegenüber schüchtern. »Ich dachte, der Gefangene sei gefesselt?« fragte sie.

»Ja, Milady. Er ist gefesselt. Aber man hat mich gewarnt...«
»Ich weiß«, sagte sie. »Er soll sehr gefährlich sein.«
Dann ging sie in die Halle und holte einen schweren Eichenstuhl mit Armlehnen. »Du kannst es dir doch bequem machen. Ich kenne ihn, diesen Gefangenen. Er ist nicht halb so stark wie du und kann dich nicht überwältigen.«
Delbert sah den Stuhl stirnrunzelnd an. »Sir Quentin ist sicher nicht damit einverstanden, wenn ich es mir bequem mache.«
»Er braucht ja nichts davon zu wissen. Du trägst ihn zurück, ehe er aufsteht. Du mußt doch die ganze Nacht hier Wache halten, nicht wahr?«
»Natürlich, Milady.«
»Dann mach es dir bequem. Gute Nacht, Delbert.«
Sie ging wieder in die Vorratskammer und zapfte einen neuen Becher Wein. Dann ging sie die Treppe hoch und blieb mit klopfendem Herzen auf dem Absatz stehen. Sie wartete lange. Schließlich faßte sie Mut und schlich leise wieder die Stufen hinunter.
Delbert saß leise schnarchend mit zurückgelegtem Kopf auf seinem Stuhl. Vorsichtig legte sie ihm ihre Hand auf die Schulter und schüttelte ihn leicht. Er schlief tief und fest.
Sie huschte in den Vorratsraum. Im Boden war eine Falltür eingelassen, die zu dem engen, fensterlosen Verlies führte.
Dylan saß auf einem Strohhaufen, Hände und Füße gebunden. Seine Kleider waren zerfetzt. Nicht einmal einen Mantel hatte er gegen die Kälte, nur eine alte Felldecke hatte man ihm gegeben. Tränen traten ihr bei seinem Anblick in die Augen. Sie kniete nieder, stellte Kerze und Weinkrug auf den Boden und löste seine Fesseln. Ihre kühle Hand zitterte, als sie über seine Wange strich.

»Ein Traum«, murmelte er. »Ich träume. Meine Träume werden immer realistischer.«
»Nein, diesmal nicht, Geliebter. Ich bin kein Traum.«
Er rieb seine Handgelenke und sah sie in grenzenlosem Erstaunen an. »Wie kommst du hierher?«
Sie zuckte nur die Schultern, bescheiden in ihrem Sieg. »Ich habe dem Wächter starken Wein zu trinken gegeben und einfach die Tür mit meinem Schlüssel aufgesperrt.«
Er küßte sie leicht auf den Mund. Sie streichelte seine Brust.
»Anne, sie werden dich töten, wenn sie dich hier finden.«
»Sie werden mich nicht finden. Alle schlafen. Meine Familie träumt den süßen Traum von künftigem Reichtum.«
Er lächelte. »Meine kluge kleine Hexe. Ein solches Glück hätte ich nie erwartet.«
Sie reichte ihm den Kelch. Er trank gierig. Dann trank auch sie und leerte den Becher.
»Mit diesem Wein könnte ich eine ganze Legion in Schlaf versetzen und dich befreien.«
»Nein. Du hast bereits zuviel gewagt. Ich verzehre mich nach dir, Anne. Aber ich möchte, daß du *lebst!* Das war mein einziger Trost während der vergangenen Tage.«
»Vielleicht kommst du frei, Dylan«, sagte sie mit gesenktem Blick, damit er nicht den Schmerz in ihren Augen erkennen konnte. »Mein Vater hat Mitleid mit mir und ist zu Lord Forbes geritten. Er wollte nicht, daß meine Brüder dich gefangennehmen. Vielleicht kommt er. Edward ist gegen diese Hinrichtungen. Nur der Hochadel...«
»Ich sah, wie mein Vater fiel, Geliebte. Und ich weiß, warum Wayland nicht hier bei mir ist.«
»Brennan wird dich befreien, falls er kommt.«
Dylan mußte über die Ironie der Situation lachen. »Er wird mir nicht helfen, wenn er weiß, was ich dir bedeute.« Er sah

Anne ernst an. »Das darfst du ihm nie sagen. Denn er wird für dich sorgen.«
Tapfer schluckte sie ihre Tränen hinunter. Sie wußte, ihre Liebe zu Dylan war verboten. Sie mußte Brennan heiraten; eine andere Lösung gab es nicht. Doch es hatte keinen Zweck, während dieser kostbaren Zeit ihre ausweglose Lage zu diskutieren. »Halt mich, Dylan. Halt mich ganz fest.«
Er seufzte, streichelte ihren Rücken und küßte sie auf die Stirn. »Weißt du noch, wie oft wir uns heimlich getroffen und geküßt haben?«
»Ich erinnere mich an jede Sekunde, die ich mit dir zusammen war, an jede Berührung.«
»So wenig ist zwischen uns geschehen und doch so viel. Ach, Anne, ich habe versagt. Ich hätte früher zu dir kommen sollen, dann wäre ich nicht bei den anderen an Mortimer's Cross gewesen.«
»Nein. Ich habe versagt. Wenn ich nur jetzt mit dir fliehen könnte ... Jetzt würde ich nicht zögern. Oh, Dylan, es tut mir so leid.«
Er schwieg lange, und als sie den Kopf von seiner Brust nahm, sah er sie voller Verlangen an. »Wir müssen uns nehmen, was das Schicksal uns gewährt«, flüsterte er. »Wir wollen nicht über verpaßte Gelegenheiten lamentieren. Das, was wir haben, soll uns Freude bringen. Versprich es mir noch einmal, Anne ... Versprich mir, daß du niemals unsere Liebe ...«
»Dylan«, flüsterte sie und legte ihren Zeigefinger auf seinen Mund. »Wir brauchen uns kein Versprechen mehr zu geben. Ich liebe dich bis in den Tod.« Dann küßte sie ihn. Sein warmer Atem roch süß nach Wein. Sein Mund öffnete sich gierig über ihrem.
Sein Kuß raubte ihr alles Leben, gleichzeitig erfüllte er sie

mit neuem Leben. Während seine Hände über ihren Rücken, ihre Hüften streichelten, hielt sein Mund ihren mit einem verzweifelten Hunger gefangen. Sie preßte sich an ihn, enger und enger. Sie hörte ihn stöhnen, fühlte, wie schnell sein Herz schlug, spürte seine drängende Lust. Sie wußte, diesmal würde sie ihm ganz gehören; ihr Körper schmerzte vor Verlangen.

Dylan wurde von plötzlicher, glühender Leidenschaft ergriffen. Er sog den süßen Duft ihrer Haut, ihres Haars ein, und der Druck ihrer vollen Brüste erregte ihn maßlos. Seit langem schon begehrte er sie, und nun, den Tod vor Augen, wußte er, daß er die Kontrolle verlieren würde. Sein Mund wanderte über ihren Nacken, ihre Schulter, er biß in ihr Haar. Es schmeckte nach Honig und Wildblumen. Er streifte ihr das Nachthemd ab und küßte ihre Brüste. Sie stieß einen unterdrückten Schrei aus.

Er hob den Kopf und sah sie an. »Es ist gefährlich für dich, hier zu sein«, flüsterte er.

»Niemand weiß es, Dylan. Ich ... das Jetzt ist alles, was wir haben. Vielleicht werden wir nie wieder zusammensein.«

Er verschloß ihre Lippen mit einem langen Kuß. Auch Anne wurde von einem unsäglichen Verlangen verzehrt. Sie spürte die Kälte des Steinfußbodens nicht. Als er auf ihr lag, konnte sie seine harte Männlichkeit spüren und preßte ihre Hüften dagegen. Sie schloß die Augen, als er ihren Körper mit der Zunge liebkoste.

»Wie schön du bist«, flüsterte er. Sie stöhnte.

Dylan richtete sich über ihr auf. Seine Augen waren von einem stählernen Blau im flackernden Licht der Kerze, voller Leidenschaft. Seine Hände berührten ihre Hüften, und sie öffnete die Schenkel für ihn. Er bewegte sich langsam, bis er zwischen ihren Beinen kniete.

»Anne«, murmelte er ernst. »Anne, Geliebte. Willst du es?«
Sie richtete sich leicht auf, umschlang seinen Nacken mit ihren Armen und zog ihn auf sich. »Ja, Geliebter. Noch nie war ich mir einer Sache so sicher.«
Er küßte sie auf die Lippen, kleine, schnelle Küsse. »Du darfst nicht schreien, Geliebte.«
Sie spürte, wie er langsam in sie eindrang. Dann zögerte er, bedeckte ihren Mund wieder mit Küssen und beendete mit einem einzigen Stoß ihre Jungfräulichkeit. Sie zuckte überrascht zusammen, vor Schmerz, der so plötzlich kam und so köstlich war. Dann entspannte sie sich mit geschlossenen Augen, und beide gaben sich den rhythmischen Bewegungen ihrer Lust hin, die sich bald zur Ekstase steigerte. Noch nie hatte Anne ein solches Gefühl gekannt — sie lebte woanders, zu einer anderen Zeit, in einem anderen Raum. Die körperliche Liebe mit Dylan schenkte ihr eine unvergleichliche Freude.

Langsam kehrten beide wieder in die Wirklichkeit zurück — in den kalten, feuchten Kerker.
Anne ruhte in Dylans Armen. Seltsamerweise waren sie völlig entspannt, obwohl sie den Tod vor Augen hatten, sollten sie entdeckt werden. Anne wollte diesen Moment für immer festhalten, sich nicht bewegen.
»Es ist selten, daß eine Jungfrau beim ersten Mal diese Erfüllung kennenlernt«, flüsterte er.
»Ist es das? Ich habe nie daran gezweifelt.«
»Was sollen wir nur tun? Ich liebe dich so.«
»Halt mich«, murmelte sie. »Vielleicht dämmert jetzt der Morgen nicht.«
»Nein, Anne. Der Morgen wird dämmern.«
Als Dylan sich zurückzog, schloß sie ihre Beine und betete,

sie möge empfangen haben. Doch das sagte sie ihm nicht. Sie hatte ihm bereits alles mit ihrem Körper gesagt.
»Er wird wissen, daß du keine Jungfrau mehr bist«, sagte Dylan. Sie bat ihn zu schweigen. »Du hast einen toten Mann geliebt, Anne.«
»Dylan, verdirb mir nicht die schönste Stunde meines Lebens.«
»Nein. Es war sehr selbstsüchtig von mir.«
»Selbstsüchtig?« sagte sie und sah ihn strahlend an. »O ja, Dylan. Wir beide sind selbstsüchtig. Wir verlangen viel von Gott.«
»Ich habe Angst, weil du noch immer hier bist. Bitte geh jetzt, Anne.«
»Wir haben Zeit, Dylan. Die Sonne geht noch lange nicht auf. Und sollte sich eine Gelegenheit bieten, komme ich wieder.« Jede Nacht, dachte sie, bis zum zwanzigsten — bis Brennan kam. »Dylan, Geliebter, ich weiß, wir können keine Pläne machen... Aber glaube mir, ich werde dich ewig lieben. Und ich glaube noch immer, daß wir eines Tages zusammenleben werden. Diese Hoffnung werde ich nie verlieren.«
Er küßte sie leicht. »Dann bis später, meine einzige Liebe.«

6

Als Anne in ihr Zimmer zurückging, kam sie an dem immer noch schlafenden Wächter vorbei. Sie wusch sich und kleidete sich an. Dann wartete sie bis zur Morgendämmerung und eilte wieder in die Halle hinunter. Sie rüttelte den Wächter.

»Delbert! Wach auf, Delbert!«

Er öffnete die Augen, lächelte, als hätte er gerade einen schönen Traum gehabt und schrak dann zusammen. »Oh, ich bin wohl einen Moment eingenickt.«

»Ja, nur einen Moment«, sagte sie kopfschüttelnd. »Zum Glück bin ich als erste auf. Bring den Stuhl zurück, Delbert, damit Quentin nichts merkt.«

»Natürlich«, murmelte er schlaftrunken. »Sir Quentin wird...«

»Er wird nichts davon erfahren, Delbert. Ich schweige. Doch jetzt mußt du deinen Posten wieder einnehmen.«

»Danke, Milady«, sagte er. »Ich stehe in Eurer Schuld.«

»Ich helfe dir gern.« Sie lächelte. »Aber du darfst es nicht weitererzählen. Einverstanden?«

In der nächsten Nacht klappte es nicht. Die Wache war ausgewechselt worden. Diesmal tat ein älterer Mann Dienst, der es sich aber bereits in einem Sessel direkt vor der Tür bequem gemacht hatte. Also konnte Anne sie nicht öffnen.

In der dritten Nacht hielt der junge Stephen Wache, und Annes List wirkte genauso wie bei Delbert. Wieder lag sie in

Dylans Armen. Das gleiche passierte in der vierten Nacht: Delbert hatte Dienst. Außerdem klappte die Sache ausgezeichnet, weil die jungen Männer es sehr angenehm fanden, Wein zu trinken und die ganze Nacht über schlafen zu können.

»Jede Nacht halte ich den Atem an und warte auf das Knarren der sich öffnenden Tür«, sagte Dylan. »Und wenn ich dich dann kommen höre, zittere ich vor Angst, du könntest entdeckt werden. Es ist keine Angst um mich selbst, Geliebte. Denn sollte ich sterben, ist es Gottes Wille. Aber um dich zittere ich. Ich könnte es nicht ertragen, sollte dir etwas geschehen.«

Sie lächelte, legte den schweren Pelz auf den Boden und schmiegte sich in seine Arme. »Es ist eine Veränderung eingetreten, Dylan. Trenton ist fortgeritten, weil er gegen deine Hinrichtung ist. Er versucht, Vater zu finden. Vielleicht gibt es Hoffnung.«

»Du darfst dich nicht verraten, Anne«, sagte Dylan eindringlich. »Versprich mir, daß du dich nicht für mich verwendest.«

»Dylan, ich ...«

»Versprich es!«

»Ich verspreche es. Aber ich darf doch hoffen. Meine Hoffnung darfst du mir nicht verbieten.«

»Nur wenn Lady Gifford gezwungen wäre, Raedelle zu verlassen, könntest du hoffen.« Er seufzte und küßte ihren Nacken. »Der Preis, den du für unser Zusammensein zahlst, könnte leicht zu hoch werden.«

»Ich akzeptiere, was das Schicksal uns auch immer bringt. Ich kenne inzwischen meine Hilflosigkeit. Einmal dachte ich, man könnte alles klug planen, aber jetzt weiß ich, daß wir nur Marionetten sind. Sollten wir beide sterben müssen, sehen wir uns vielleicht in einem anderen Leben wieder.

Nur eins bereue ich in meinem Leben: daß ich nicht sofort mit dir an jenem Tag geflohen bin«, seufzte sie.
»Liebe mich jetzt, Anne.«
Jedes Mal konnte das letzte sein; die drohende Gefahr vertiefte ihre Liebe noch. Jede Berührung war glühend und steigerte sich zu nie gekannter Erfüllung.
Sie liebten sich auch, weil sie sich vor dem grausamen Schicksal fürchteten, um die Angst aus ihren Köpfen zu vertreiben.
Doch wenn Dylan über Annes bevorstehende Hochzeit mit Lord Forbes sprach, legte sie ihm ihren Finger auf den Mund und verscheuchte seine Ängste mit ihren Zärtlichkeiten.
Als sie sich vor zwei Jahren kennengelernt hatten, glaubten sie an ihre Liebe. Jetzt wußten sie, daß ihr Glaube sie nicht getäuscht hatte.

Lord Gifford stieg vom Pferd und führte es am Zügel vor die Tore von Heathwick Castle. Vorher hatte er seine Waffen abgelegt. Das Schloß wirkte finster gegen die untergehende Sonne; die Fackeln auf den Rundgängen waren noch nicht entzündet worden.
Ein einziger Wächter bewachte das schwere Tor. Hatten die deFraynes so viele Männer verloren? »Wer begehrt Einlaß?« rief der Wächter.
»Ferris Gifford, Lord von Raedelle. Ich bin allein und komme in friedlicher Absicht. Ich muß mit Lady deFrayne sprechen.«
Der Wächter zögerte. »Warum kommt ein Gifford unbewaffnet zu den deFraynes?« fragte er dann.
»Ich habe Nachricht von Sir Dylan.«
»Wartet!« befahl der Wächter. Und Sir Ferris mußte lange warten. Schließlich wurden Fackeln entzündet, und das schwere Tor öffnete sich knarrend.

Daphne stand dort mit nur einem Mann in ihrer Begleitung. Sie trug Schwarz, die Farbe der Trauer. Ihr Kopf war mit einem Schal bedeckt. Er trat näher und sah, daß ein sanftes Lächeln ihre Lippen umspielte; ihr rotbraunes Haar war nur leicht an den Schläfen ergraut. Ihre Augen hatten noch dasselbe dunkle Blau wie in ihrer Jugend. Sie hatte sich nicht sehr in den dreißig Jahren verändert, als er sie zum erstenmal gesehen hatte. Zwar war er ihr auch inzwischen hin und wieder begegnet, doch nie wieder hatten sie miteinander gesprochen. Er fiel vor ihr auf ein Knie.

»Madam, ich trauere mit Euch um Eure schweren Verluste.«

»Steht auf, Sir Ferris«, sagte sie ruhig. »Ich weiß nicht, warum Ihr gekommen seid. Wir haben nicht viele Männer zu unserer Verteidigung, und ich hoffe, Ihr kommt ohne Arglist.«

Er stand mühsam auf und begegnete Sir Camerons kaltem, zornigem Blick. Er wußte, der junge Mann wünschte sich nichts sehnlicher, als ihn zu töten.

»Kommt in die Halle, damit wir …«

»Nein, Milady. Das, was ich zu sagen habe, kann hier gesagt werden. Ich brauche wohl nicht zu betonen, daß meine Familie niemals von diesem Besuch erfahren darf.«

»Warum seid Ihr überhaupt gekommen, Sir Ferris?«

»Madam, ich hätte nicht gewagt, Euch aufzusuchen, würde Lord deFrayne noch leben. Euer Gemahl hätte mich nicht angehört. Doch da Ihr bereits Mann und Sohn verloren habt, möchte ich unnötiges Blutvergießen vermeiden.« Er sah Cameron kurz an. »Nur Sir Cameron bleibt Euch noch, und Dylan. Und falls Sir Cameron den Instruktionen im Brief meiner Frau folgen sollte, wird er auf Raedelle gefangengenommen und getötet.«

Er sah, wie sich der junge Ritter versteifte.
»Das haben wir vermutet«, sagte Lady Daphne.
»Dann will ich mich kurz fassen. Die Hinrichtung soll am zwanzigsten dieses Monats stattfinden. Ich vermute, Ihr könnt bis dahin die Rettung Eures Sohnes organisieren. Ich habe Euch einen von Ayliffes Waffenröcken mit dem Emblem gebracht. Mit Euren geschickten Händen, Milady, könnt Ihr sicher ein Banner anfertigen und auch andere Waffenröcke nähen lassen. Ayliffes Truppen stehen die Tore von Raedelle immer offen. Aber ich warne Euch: Ihr habt nur diese eine Chance. Und Sir Cameron möge sich von diesem Unternehmen fernhalten, sonst habt Ihr beide Söhne verloren.«
»Wie kommt Ihr in den Besitz eines der Waffenröcke des Grafen von Ayliffe?«
»Der Graf hat sich mit meiner jüngsten Tochter, Anne, verlobt.«
Daphne schloß in plötzlichem Schmerz kurz die Augen. Also weiß sie von der Liebe unserer Kinder zueinander, dachte Ferris. Er versuchte eine Erklärung. »Der Graf schätzt sie über alle Maßen und wird alles tun, um sie glücklich zu machen. Außerdem mißbilligt er die Teufelei meiner Söhne. Aber er konnte sie nicht verhindern, denn er war anderweitig beschäftigt. Edward braucht ihn.«
Trotz ihres Schmerzes gelang Daphne ein Lächeln. »Die Verlobung mit so einem mächtigen Mann muß Eure Gemahlin außerordentlich zufriedenstellen.«
»Da habt Ihr recht. Befreit Euren Sohn, Madam, und verlaßt dann England.«
»Ich bleibe«, entgegnete sie ruhig. »Frauen werden nicht verfolgt. Meine Söhne werden ins Exil gehen. Beide.«
War sie davon überzeugt, daß Edward König werden würde?

»Ich will versuchen, diesen Besitz zu erhalten, bis friedliche Zeiten kommen. Wenn Edward gekrönt wird, verwendet sich vielleicht jemand für meine Söhne bei ihm, da Lord deFrayne tot ist. Ich bleibe, es sei denn, ich werde verbannt. Heathwick gehört Cameron. Wenn er es jetzt nicht haben kann, dann vielleicht eines Tages.«

»Madam, Ihr solltet mit Euren Söhnen aus England fliehen. Ihr seid hier überall von Feinden umgeben.«

Sie lächelte geduldig. »Ferris, ich war stets von Feinden umgeben. Mein Leben lang habe ich Kämpfe, Fehden gekannt — aus welchen Gründen auch immer: Macht, Geld, Ruhm, Ehre ...«

Ach, wie gut er sie verstand! Er brauchte nur an ihre alte Familienfehde zu denken, die er und Daphne schon vor Jahrzehnten hatten beenden wollen. Sie hatten Vernunft gepredigt, waren aber auf taube Ohren gestoßen. Es gab immer Menschen, die nicht vergessen wollten und weiter Haß schürten. »Madam, meine Gemahlin ...«

»Dafür ist es jetzt zu spät, Ferris«, sagte Daphne irritiert. »Ich weiß, daß allein Marcella meinen Sohn gefangenhält. Sie haßt mich vehement, auch das weiß ich. Sprecht nicht weiter.«

Aber das war ja gerade der Grund, warum Marcella haßerfüllt und verbittert war. Weil Ferris Daphne liebte. Er hatte sie von Jugend an geliebt, gerade so wie Dylan Anne liebte. Heimlich hatte er ihr den Hof gemacht, und als ihr Vater davon erfuhr, versuchten beide, seine Einwilligung zur Hochzeit zu bekommen. Doch Daphnes Vater hatte sie mit Lord deFrayne vermählt, einem Mann, der reicher und mächtiger als Ferris Gifford war. Ferris hatte sie verloren. Jahrelang war er Junggeselle geblieben und hatte schließlich die Tochter eines Ritters geheiratet, der den Giffords verpflichtet war.

Vier lange Jahre hatte Marcella bis zur Hochzeit warten müssen, denn erst als Daphne einen Sohn geboren hatte und Ferris' Vater und älterer Bruder gestorben waren, hatte Ferris sie zur Frau genommen. Und inzwischen hatten alle von seiner Liebe zu Daphne erfahren — zumindest gerüchteweise. Marcella hatte Ferris mit dem Wissen geheiratet, daß er eine andere liebte, und wie er vermutete, hatte sie das ändern wollen. Aber nie können. Und seine Frau hatte ihm nie verziehen. Nicht eine Sekunde. Jedes Kind, das sie ihm gebar, hatte sie voller Rachsucht geboren und ihn ständig daran erinnert, sie täte das nur für ihn.

Ferris ließ lange den Blick auf Daphnes Gesicht ruhen. In Gegenwart ihres Sohnes durfte er nichts sagen, aber ihm schien, als läge in ihren Augen ein Versprechen. Er war bereit, sein Ehegelöbnis zu brechen. Zum Teufel mit Marcella! Für Anne war gesorgt. Er konnte die Grausamkeiten seiner Frau nicht einen Tag länger ertragen. Er hatte versucht, sie zu lieben, sich mit ihrer rüden Art abzufinden, doch nichts als Einsamkeit geerntet. Durch die Ehe mit ihm war Marcella von der Tochter eines einfachen Ritters zur Baronin aufgestiegen. Auch das hatte ihr nicht genügt. Zum Teufel mit ihr! dachte er noch einmal. Sein Leben war fast vorbei, und er hatte es nicht gelebt. Und der mächtige Graf von Heathwick war nicht mehr. Vielleicht … nach all diesen Jahren … Sie hatte ihn sogar in die Halle gebeten. Aber sie war in Begleitung ihres Sohnes. Bald, dachte er, bald.

»Wollt Ihr nicht ein Glas Wein trinken, Ferris?« fragte Daphne freundlich.

»Nein, Madam. Nicht heute.« Er drehte sich um und ging zu seinem Pferd. Mit dem weißen Waffenrock Ayliffes kam er zurück und gab ihn Daphne. »Laßt Vorsicht walten. Und …« Er schwieg und sah zu Boden. »Sollte es zum

Kampf kommen, schont meine Leute. Auch ich liebe meine Söhne. Eigentlich ist es nicht ihre Schuld.«
»Ich weiß«, sagte Daphne leise.
Ferris verneigte sich und ging. Er hatte sich alt geglaubt, bis er ihr in die Augen gesehen hatte. Sie gab ihm seine Jugend zurück. Sie war stark, unbesiegbar, weise. Sie war noch immer die schönste Frau, die er kannte.
»Milord«, hörte er da eine männliche Stimme hinter sich herrufen. Er drehte sich um. »Ich danke Euch«, sagte Cameron.
Ferris nickte. Wofür? Vielleicht hatte er seine eigene Familie in Gefahr gebracht, um der Frau gegenüber loyal zu sein, die er immer geliebt hatte. Er hoffte, er würde seinen Entschluß nicht bedauern müssen. Er hoffte, Cameron würde keine Vergeltung üben. Der Plan war klug und einfach, die Kosten, ihn auszuführen, könnten aber hoch sein.

»Was hast du denn jetzt schon wieder?« fragte Marcella ihre Tochter.
»Nichts, Madam«, antwortete Anne.
»Immer bleibst du auf deinem Zimmer. Das kränkt uns. Ich will nicht, daß du dem Grafen Schauermärchen erzählst.«
»Nein, Madam. Ich dachte nur, meine Anwesenheit wäre unerwünscht. Aber wenn Ihr es wollt, nehme ich öfter am Familienleben teil.«
»Ich will es«, entgegnete Marcella knapp.
Doch diese Forderung war für Anne schwer zu erfüllen, denn sie war müde. Nacht für Nacht verbrachte sie bei Dylan in seinem finsteren Verlies. Nur in drei Nächten von zwölf konnte sie nicht zu ihm gehen. Der Tag der Hinrichtung kam immer näher, Anne wurde zusehends erschöpfter und ängstlicher. Sie hatte das Gefühl, nichts mehr verbergen

zu können, das Gefühl, jeder könnte in ihr lesen. Auch fürchtete sie, in Tränen auszubrechen, wenn ihre Mutter vom bevorstehenden Tod Dylans sprechen sollte. Inzwischen war im Burghof ein Galgen errichtet worden.

Lord Gifford hatte eine Botschaft gesandt und aufregende Neuigkeiten berichtet. Die Königin, Margarete von Anjou, habe Truppen gesammelt, die nun das Land verwüsteten und auf London zu marschierten, während er, Ferris, mit Warwick, dem reichen und mächtigen Ratgeber Edwards, reite. Lord Forbes sei noch immer bei Edward. Auch deren Truppen würden nach London marschieren, wo es dann wohl zur entscheidenden Schlacht käme. Er warnte seine Familie ausdrücklich vor Marodeuren und hieß sie, keinem Trupp, außer einem, der das Banner von Ayliffe führe, die Tore zu öffnen.

Sir Ferris erwähnte Trenton in seinem Brief nicht, doch das schien Marcella nicht aufzufallen.

»Cameron deFrayne hat auf mein Schreiben noch immer nicht reagiert«, sagte sie. »Nun, dann ist es morgen soweit.«

»Madam«, sagte Bart da, »ich glaube, wir erzürnen Edward und Warwick, wenn wir sie bei ihrem Kampf nicht unterstützen. Bedenkt, Edward ist der künftige König. Wir sollten sofort nach London aufbrechen.«

»Später, Bart.«

»Madam, wie Ihr wäre ich froh, Heathwick Castle für mich gewinnen zu können, aber wenn die deFraynes kein Lösegeld zahlen, was haben wir davon, Dylan zu hängen? Und was wollt Ihr tun, falls Lord Forbes darüber in Zorn gerät?«

»Du haßt die deFraynes doch. Ich dachte, es würde dir gefallen...«

»Mir würde es gefallen, Grundbesitzer zu werden. Ob Heathwick oder ein anderer Besitz, ist mir gleich. Und falls

Lord Forbes diese Hinrichtung mißbilligt, wird er wahrscheinlich nicht ...«
»Anne!« bellte Marcella. »Sag deinem Bruder, daß du dich bei dem Grafen für ihn verwenden wirst!«
Anne sah Bart forschend an. Sie mußte diese Diskussion für ihre Zwecke nutzen. Sie atmete tief ein. »Lord Forbes versprach, unsere Familie zu unterstützen. Natürlich war er uns da gewogen ...«
»Seht Ihr?« sagte Bart. »Wollt Ihr das aufs Spiel setzen?«
»Ich setze nichts aufs Spiel. Warum bist du so nervös?«
»Schiebt die Hinrichtung auf. Wartet auf den Grafen.«
»Nein!«
»Gesunder Menschenverstand hat nichts mit Nervosität zu tun«, sagte Quentin besonnen. »Bart hat ein schwerwiegendes Argument vorgebracht. Vater hat uns vor der Stärke der feindlichen Armee gewarnt. Sollte Edward die Schlacht verlieren und nicht zum König gekrönt werden, könnten wir mit unserem Leben dafür büßen müssen ...«
»Nein! Die deFraynes töteten meinen Vater. Morgen stirbt Dylan. Falls Heinrich König bleibt, könnten wir die Hinrichtung leugnen.«
Annes Herz klopfte zum Zerspringen. Würden ihre Brüder die Hinrichtung verhindern?
»Ich bin derselben Ansicht wie mein Bruder, Madam. Ihr schadet Barts Zukunft, da Ihr den Grafen gegen Euch aufbringt. Mit allem Respekt, aber dieser Racheakt macht Euren Vater nicht wieder lebendig und wird uns nur schaden. In Vaters Abwesenheit entscheide ich. Und ich denke, wir sollten so schnell wie möglich aufbrechen.«
Marcella sagte, außer sich vor Wut: »In deines Vaters Abwesenheit treffe ich die Entscheidungen. Solange er lebt jedenfalls. Und ich will Dylan hängen sehen.«

»Dann muß ich Euren Unwillen erregen, Madam«, entgegnete Quentin standhaft. »Ich werde Trenton folgen, der mehr Verstand als wir beide bewiesen hat. Es steht viel zuviel auf dem Spiel, wichtigere Dinge als die Befriedigung Eurer Rachsucht. Was Ihr in meiner Abwesenheit tut, kann ich nicht verhindern. Aber eines befehle ich Euch: Solange ich hier bin, geschieht nichts dergleichen!«

»Läßt du mich jetzt im Stich?« fragte sie wütend.

»Ja, Madam. Ihr habt Euer Spiel bereits zu weit getrieben.«

Tränen der Wut traten in Marcellas Augen. »Du bist zu jung, um begreifen zu können. Du warst noch nicht einmal geboren, als mein Vater sein Leben verlor. DeFraynes ermordeten ihn und schickten meiner Mutter seine Hand, mit dem Siegelring noch am Finger. Und warum geschah das? Weil mein Vater meiner Ehe mit einem Gifford zustimmte. Verstehst du jetzt?«

Quentin starrte zu Boden. Noch nie hatte er seiner Mutter widersprochen. Aber es hatte auch noch nie soviel auf dem Spiel gestanden. »Ich gebe zu, Euer Haß ist begründet. Doch Ihr habt doch durch unseren Sieg schon Genugtuung erfahren. Die deFraynes werden fallen — wir brauchen sie nicht zu ermorden.«

Marcella starrte Quentin lange an. Bart schaute geflissentlich in eine andere Richtung, und Anne hielt den Atem an. »Elende Feiglinge!« schimpfte sie schließlich. »Ich werde meinen Vater allein rächen!« Und mit diesen Worten rauschte sie die Treppe hoch und in ihr Zimmer.

Quentin sagte zu seinem Bruder: »Ich reite fort, zu Vater. Wenn du klug bist, begleitest du mich.«

Bart dachte kurz nach, dann nickte er. »Ich will mir mein Glück ihretwegen nicht verscherzen. Einer von denen ist bereits tot, das genügt mir.«

Viele Nächte lang war es Anne gelungen, den Gedanken an die Zukunft zu verdrängen. Sie hatte dem Augenblick gelebt. Jetzt war der Moment gekommen, wo das nicht mehr ging. Nie hatte sie mit Dylan über die Diskussionen innerhalb ihrer Familie bezüglich seines Schicksals gesprochen, mit keinem Wort das fatale Datum erwähnt. Und nun lag sie stumm neben ihm und reagierte auf seine Zärtlichkeiten nicht. Sie konnte ihm nicht mehr in die Augen sehen.

»So sprich doch«, sagte er schließlich.

»Es gibt nichts zu sagen.«

»Oh«, seufzte er. »Im Gegenteil. Ich glaube, es gibt sehr viel zu sagen. Vielleicht ist morgen der bewußte Tag. Vielleicht weißt du das. Ich bin sicher, dies ist unsere letzte Nacht.«

Endlich sah sie ihm in die Augen. »Oh, Dylan. Meine Mutter steckt dahinter«, sagte sie und brach in Tränen aus. »Mein Vater hat bereits Raedelle verlassen, weil er sich ihrem Willen widersetzt und Hilfe holen will. Auch Trenton ist gegangen, selbst meine beiden anderen Brüder haben ihr die Stirn geboten, wenn auch aus eigensüchtigen Gründen. Aber Mutter will nicht hören. Sie will dich töten lassen oder es zumindest versuchen.« Und sie lag schluchzend in seinen Armen und weinte endlich die Tränen, die sie so lange zurückgehalten hatte.

»Du brauchst Kraft und Mut, Geliebte. Komm näher, noch näher. Jetzt können wir nichts anderes mehr tun, als einander festzuhalten, bis der Morgen graut. Ich glaube, ein zum Tode Verurteilter sollte seine letzten Stunden immer auf diese Weise verbringen. Anne, wir haben uns alles gegeben, was Liebende sich geben können. Vielleicht sehen wir uns in der Ewigkeit wieder. Es gibt immer eine Hoffnung.«

»Wie kannst du jetzt noch von Hoffnung reden«, schluchzte sie. »Alles ist verloren.«

»Anne ... meine Anne. Wenn keine Hoffnung mehr bleibt, wie kann man da stark sein? Nein, ich werde hoffen, bis man mir die Schlinge um den Hals legt. Weine nur, wenn es dich erleichtert. Doch wenn du keine Tränen mehr hast, mußt du wieder hoffen.«

»Oh, Dylan, was soll ich nur tun?«

»Was du tun mußt, Geliebte.«

Lange Stunden hielt er sie in seinen Armen. Worte mußten zwischen ihnen nicht mehr gesprochen werden, und als die Zeit des Abschiednehmens gekommen war, sagte er: »Du darfst nicht aufgeben, Geliebte. Wir haben immer geglaubt, jeder Kuß würde unser letzter sein, und es hat immer wieder Küsse gegeben. Es wird sie wieder geben. Glaube mir.«

Anne wollte bleiben und in seinen Armen entdeckt werden. Sie wollte sein Schicksal teilen, doch etwas hielt sie davon ab. Sie hoffte, schwanger zu sein. Nie hatte sie mit Dylan über diese Möglichkeit gesprochen. Sollte er sterben müssen, würde sie sein Kind gebären. Nur aus diesem Grund verließ sie ihn.

Als sie die Tür des Vorratsraums öffnete, schlief der Wächter noch. Bald würde der Morgen dämmern. Sie mußte sich beeilen, sonst riskierte sie entdeckt zu werden. Sie kümmerte sich nicht um den schlafenden Wächter, sollte er doch von ihrem Bruder oder ihrer Mutter bestraft werden. Es würde keine Nächte mehr mit Dylan geben. Marcella würde ihn hinrichten lassen.

»Ach, da warst du also!«

Anne schrak zusammen und drehte sich um. Divina stand in der großen Halle, in der Nähe der Küche, gegen die Wand gelehnt und verschränkte die Arme vor ihrem großen Busen. Sie lächelte hochmütig, überlegen. Anne errötete; sie

konnte nichts dagegen tun. Dann wurde ihr Gesicht weiß vor Angst.
»Divina ...«
»Nacht für Nacht, wie, kleine Schwester? Ich frage mich, was jetzt aus deinen schönen Kleidern wird?«
»Divina, sei nicht töricht! Wir brauchen Lord Forbes' Unterstützung. Wir alle ... auch du ...«
»Ich?« fragte sie lachend. »Durch dich, willst du sagen. Aber ich sehe das anders.«
»Nein, Divina! Das tut er niemals ...« Ihre Stimme brach, als sie die Kälte in Divinas Augen und ihr höhnisches Lächeln sah. Die Schwestern starrten sich an, während der Wächter friedlich weiterschlief.
»Alles ist möglich«, sagte Divina schnippisch.
»Betrüg dich doch nicht selbst, Divina. Mutter wollte, daß der Graf dich heiratet, aber er wollte nicht. Er möchte nicht einfach heiraten. Das hat er nicht nötig. Er ist reich und hat bereits einen Erben — und Geliebte«, log sie. Und die Lüge brachte eine Reaktion in Divinas zusammengekniffene Augen. »Divina, ich rede mit dem Grafen. Er findet einen Mann für dich ...«
»Du hast dich ihm also hingegeben«, sagte Divina. »Warum sonst wärst du in seinen Kerker gekrochen? Du erstaunst mich, Anne. Ich habe dich für klüger gehalten. Ich dachte, du ...«
Anne fing an zu zittern, denn sie konnte nicht lügen, hatte es noch nie gekonnt.
Divina kicherte. »Wie dumm wir alle waren. Wir glaubten, du hättest angefangen, Lord Forbes zu lieben. Jetzt wird er dich nicht mehr heiraten.«
»Er *liebt* mich, Divina. Lord Forbes wird dich niemals zur Frau nehmen, was auch immer du ihm erzählen magst. Er

kann sich von mir abwenden, das stimmt. Aber du wirst nicht meinen Platz einnehmen. Divina, sei vorsichtig! Wenn ich den Grafen heirate, kann ich dir helfen. Wenn er Raedelle im Zorn verlassen sollte ...«
»Du bist hochmütig geworden«, sagte Divina. »Er verwöhnt dich, überhäuft dich mit Geschenken, und du glaubst, er verzeiht dir alles. Arme Anne. Schließlich wirst du doch noch im Kloster landen.«
»Warum haßt du mich so?« fragte Anne und schüttelte traurig den Kopf. »Warum verstehen wir uns nicht?«
Divina verzog verächtlich den Mund, und ein böser Blick trat in ihre Augen. »Weil du mir stets genommen hast, was mein war. Minerva und Vater waren immer stolz auf dich, und jetzt willst du Gräfin werden. Aber das wird nicht geschehen, Anne. Minerva ist tot, der Graf wird sein Verlöbnis lösen, und selbst Vater wird dir das nicht vergeben.«
Anne war über Divinas Erklärung äußerst erstaunt. Nie hätte sie vermutet, ihre Schwester wäre eifersüchtig auf sie gewesen. »Minerva kümmerte sich um mich, weil Mutter mir keine Beachtung schenkte«, sagt sie. »Mutter hat dich immer bevorzugt, dich schön gekleidet, damit du einen reichen Ehemann bekämst. Und Vater ...«
»Vater«, zischte Divina. »Vater hatte nur Augen für dich. Vater wiegte dich auf den Knien, während ich hinter Mutter hertrotten mußte und um Beachtung bettelte. Und habe ich ihnen Schande gemacht? Nein. Ich bin unberührt. Du hast bei unserem Feind gelegen — und diesmal nimmst du mir nicht, was mir gehören sollte.«
Divina rauschte mit wehenden Röcken davon und ging die Treppe hinauf. »Divina!« rief Anne, aber ihre Schwester reagierte nicht.
Anne stand eine Weile wie versteinert da. Allmählich hörte

ihr Zittern auf. Wieder habe ich versagt, dachte sie. Hätte ich leugnen sollen? Aber die Wahrheit wäre ans Licht gekommen. Sie hatte für Dylan leben, ihm ein Kind gebären wollen. Nun wußte sie nicht einmal, wie dieser Tag enden würde.

»Madam, ich muß Euch etwas sagen«, verkündete Divina. Ein Dienstmädchen goß gerade heißes Wasser in die Waschschüssel. »Es ist sehr wichtig. Und privat.« Das Mädchen ging auf einen stummen Befehl Marcellas hin aus dem Zimmer.

Marcella zog ihren Morgenrock über. Ihr ergrauendes Haar hing ungekämmt in Strähnen über ihre Schulter; ihr schmales Gesicht war fahl. »Beeil dich, Divina. Ich habe heute morgen zu tun.«

»Ja, Madam. Wißt Ihr, was Eure jüngste Tochter treibt? Während der Wächter schläft, vergnügt sich Anne mit dem Gefangenen im Kerker.« Als Divina den schockierten Gesichtsausdruck ihrer Mutter sah, lächelte sie zufrieden. »DeFrayne hat sie entjungfert, Scham brennt auf ihren Wangen, und sie bat mich zu schweigen.«

»Du ... du hast sie *gesehen?*« fragte Marcella flüsternd.

»Vor ein paar Minuten. Sie hat einen Schlüssel und trug nur ein dünnes Nachthemd. Es ist wohl offensichtlich, daß ...«

»Nein!« schrie Marcella und sprang auf. Sie war aschfahl und preßte die Lippen zu einem dünnen Strich zusammen. »Nein! Nicht schon *wieder!*« Sie konnte es nicht begreifen. Anne hatte weder gegen Dylans Gefangennahme noch gegen seine Hinrichtung protestiert. Sie hatte überhaupt nichts gesagt. Wie konnte sie zu ihm gegangen sein — und warum?

Marcella lehnte die Stirn gegen das kühle Eichenholz der

Tür. »Nein«, murmelte sie. Konnte Anne einen deFrayne lieben? Warum hatte sie das nicht bemerkt? Es mußte doch Anzeichen dafür gegeben haben.
»Der Graf wird sie jetzt nicht heiraten«, sagte Divina hinter ihrem Rücken. Marcella konnte die Schadenfreude in der Stimme ihrer Tochter nicht überhören. Sie drehte sich um und versuchte, die Situation langsam wieder in den Griff zu bekommen. Das Herz hämmerte schmerzhaft in ihrer Brust; ihr Kopf war leicht; und plötzlich schwindelte ihr. *Ferris* hatte ihn verschonen wollen. Ferris *wußte* es! Wie hatte sie sich nur übertölpeln lassen können?
»Ich bin sicher, wenn Lord Forbes die Wahrheit erfährt, wird er sich eine unberührte Frau ...«
»Schweig!« befahl Marcella. »Ich muß nachdenken.«
Sie schüttelte den Kopf, um wieder einen klaren Gedanken fassen zu können. Ein deFrayne hatte ihre Tochter beschmutzt! Blutdürstige Rachegedanken erfüllten Marcella. Sie ballte die Fäuste. Ich verfluche sie! dachte sie. Es reichte noch nicht, daß ihr Mann hinter dieser Hündin Daphne hergewesen war. Nein, ihre Tochter tat nun dasselbe. Und das war noch nicht alles. Sie hatte mit ihrem Verhalten die einzige Chance vertan, um ihrer Familie zu Reichtum und Macht zu verhelfen. Marcella zitterte vor Wut. Das Mädchen hatte seit seiner Geburt nur eins richtig gemacht: sich einen reichen und mächtigen Mann geangelt. »Ich schlage sie bis aufs Blut«, murmelte Marcella.
»Der Graf wird sie dann nicht mehr so schön finden«, sagte Divina.
»Natürlich nicht, er ...« Marcella hielt abrupt inne. »Sonst weiß niemand davon?« fragte sie Divina.
»Ich kam sofort zu Euch, Madam. Ich dachte ...«
»Gut. Gut. Das darf der Graf nie erfahren.« Die Gedanken

in ihrem Kopf rasten. Sie schmiedete Pläne. Anne hatte nie darum gebeten, Dylan zu verschonen. Das konnte nur eins bedeuten: Sie beabsichtigte, den Grafen zu heiraten, weil Dylan sterben mußte. Und wie, fragte sich Marcella, hofft sie, ihre verlorene Jungfernschaft zu vertuschen? Hatte der Graf sie bereits besessen? Forbes war wie ein Narr hinter ihr hergelaufen. Entweder war Anne sehr dumm oder sehr klug.
»Sie muß sich wohl sicher sein, daß der Graf sie trotzdem noch heiratet«, murmelte Marcella laut denkend vor sich hin.
»Da wird sie sich aber wundern! Der Graf wird mich ...«
»Du Närrin! Der Graf will nichts von dir wissen! Hast du denn keine Augen im Kopf? Er will Anne. Also wird er sie nehmen, wie sie ist.«
»Aber Mutter ...«
»Wenn du auch nur ein Sterbenswörtchen darüber verlauten läßt, lasse ich dich nackt auspeitschen. Meine dumme Tochter hat unsere Allianz mit Ayliffe aufs Spiel gesetzt, aber noch ist nicht alles verloren. Ich werde ihr bald auf die Schliche kommen.«
»Aber Mutter, wenn Ihr Graf Forbes die Wahrheit sagt und ihm statt dessen eine Jungfrau anbietet, wird er Euch dankbar sein. An mir ist es, als erste zu heiraten. Ihr dürft sie ihm jetzt nicht mehr geben. Das wäre unehrenhaft. Möchte ein so geachteter Mann eine Hure zur Frau haben? Sie ist eine Hure, und ich bin Jungfrau!«
Marcella hörte dem Gejammer ihrer Tochter überhaupt nicht zu. Sie dachte an Anne, die sie nie gemocht hatte, die sie immer als Belastung empfunden hatte. Annes Geburt hatte sie verändert, sie die Wahrheit erkennen lassen, deshalb hatte sie dieses Kind immer ignoriert.
Doch seit Anne die Verlobte des Grafen geworden war, hatte

sie Selbstbewußtsein entwickelt und sogar der Familie gedroht. Hach, dachte Marcella. Das ist nun vorbei. Jetzt muß Anne meine ehrgeizigen Pläne unterstützen, sonst erzähle ich dem Grafen die Wahrheit.
»Meine Tochter wird sich von nun an meinem Willen beugen«, sagte sie. »Sie wird sich anstrengen müssen, um mein Gefallen zu erregen.«
»Mutter, das ist doch nicht Euer Ernst! Ihr dürft nicht erlauben ...«
»Halt den Mund, Divina! Wenn du noch ein Wort sagst, bekommst du Prügel!«
»Mutter ...«
Marcella ignorierte die tränenerstickte Stimme ihrer Tochter. Es wurde hell. »Zieh dich an! Jetzt habe ich einen noch besseren Grund, diesen Bastard hängen zu sehen.«
Divina schlich aus dem Schlafgemach ihrer Mutter wie ein geprügelter Hund. Sie ging in ihr Zimmer und bedauerte es, Marcella informiert zu haben. Wäre sie klüger gewesen, hätte sie Anne für ihre eigenen Zwecke erpressen können. Nun hatte sie diese Chance vertan.
Marcella kleidete sich schnell an. Sie kämmte nicht einmal ihr Haar. Dann eilte sie zu Anne. Als sie die Tür öffnete, saß Anne angezogen auf der Kante ihres Bettes. Langsam drehte sie den Kopf und sah ihre Mutter an.
»Er wird auf jeden Fall sterben«, sagte Marcella.
Anne schwieg. Ihre Tränen waren versiegt.
»Und wie willst du den Grafen täuschen? Hat er dich etwa schon entjungfert, damit ein deFrayne ungestraft zwischen deinen Beinen liegen konnte?«
Anne starrte ihre Mutter weiter schweigend an. Sie würde nichts zugeben, nicht reden.
»Wie immer auch deine Pläne sind, meine Tochter, du wirst

deiner Familie jetzt helfen. Du wirst Lord Forbes drängen, deine Brüder zu versorgen, oder ich erzähle ihm, was ich weiß.«

»Tut, was Ihr nicht lassen könnt, Madam. Aber bedenkt, was für die Giffords dabei auf dem Spiel steht«, entgegnete Anne ruhig.

Marcella lächelte. »Ich sehe, wir verstehen uns. Dabei habe ich nicht geglaubt, daß dieser Tag je kommen würde.« Mit diesen Worten schloß sie leise die Tür.

7

Marcella saß vor dem Feuer in der Halle, als Quentin hereinkam. Er war allein, und sie hoffte, Bart würde sie unterstützen, doch er machte ihre Hoffnungen sofort zunichte. »Wollt Ihr bitte in den Burghof kommen, uns verabschieden und uns Euren Segen geben?« bat Quentin.
Marcella sah ihren Erstgeborenen an und dachte: Wie sehr ähnelt er doch meinem Vater und meinem Bruder. Beide waren jetzt schon seit über zwanzig Jahren tot. Quentin war ihr Lieblingskind, aber Bart verstand sie besser. Nie hätte sie erwartet, daß Bart ihr widersprechen und sich gegen sie stellen könnte.
»Wenn du deinen Entschluß noch einmal überprüfst und erst nach dem Hängen reitest, will ich natürlich für euch beten. Sonst ...«
»Nein, Milady. Das kann ich nicht tun. Hättet Ihr sofort seinem Leben ein Ende gemacht, wäre das verständlich gewesen, doch diese lange Wartezeit hat mich stutzig gemacht. Ich begreife nun, daß Vater vollkommen recht hatte. Ihr befriedigt nur alte Rachegelüste. Außerdem sind diese deFrayne-Männer eigentlich Gefangene des Herzogs von York und sollten ihm überstellt werden. Es war kein Krieg der deFraynes gegen die Giffords, in dem sie gefangengenommen wurden. Wir sollten schon längst bei unserem Vater sein.«
»Dann änderst du also deine Meinung nicht?«

Er schüttelte langsam den Kopf, und sie konnte in Quentins Augen lesen, daß Bart auf seiner Seite war. »Nein. Unser Vater kämpft allein an der Seite des Herzogs. Ich hoffe, er verzeiht uns, daß wir so spät kommen.«
»*Ihr* brachtet mir die deFraynes!« rief sie zornig.
»Das stimmt«, sagte er ebenso zornig. »Und dann beerdigte ich Sir Wayland. Wißt Ihr, was ich dabei empfunden habe? Mein ärgster Feind — aus Gründen, die vergessen sind — war endlich tot. Und dann trauerte ich. Ich *trauerte!* Seit zehn Jahren kämpfte ich auf Turnieren gegen Wayland, so wie meine Brüder gegen Waylands Brüder kämpften. Doch wenn wir einander auf der Straße begegneten oder auf den Märkten, griff niemand zur Waffe. Wir lieferten uns nur hitzige Wortgefechte. Wären wir gefangengenommen worden, man hätte uns gewiß nicht so behandelt. Ich glaube, dieser Konflikt könnte ein für allemal beigelegt werden, wenn Ihr deFrayne die Freiheit schenken würdet.«
»Bart wäre damit nicht einverstanden«, sagte sie.
»Bart ist ein junger Narr, der unter Eurem Einfluß steht. Doch sogar Bart erkennt, wie töricht es ist, Lord Forbes zu erzürnen. Außerdem verderbt Ihr ihm seine einzige Chance, zu Wohlstand zu kommen.«
Marcella runzelte finster die Stirn. Wie konnte Quentin eine solche Anschuldigung wagen! Anne hatte das Wohlwollen des Grafen in viel höherem Maße als sie aufs Spiel gesetzt. Aber das mußte sie verschweigen.
»Laßt ihn leben!« bat Quentin.
»Niemals! Er muß sterben!«
»Dann stillt Euren Blutdurst allein, Madam«, sagte Quentin resigniert. »Stillt Eure Rache, und Ihr werdet wieder Jahrzehnte voller Haß und Tod säen.«
Marcella saß steif in ihrem Sessel, das Gesicht zu einer Gri-

masse verzogen. Sie umklammerte so fest die Armlehnen, daß ihre Knöchel weiß hervortraten.
Quentin wandte sich zum Gehen. Sie stand halb auf, Tränen der Wut in den Augen. »Sie töteten meinen Vater!« schrie sie ihm zu.
Quentin drehte sich um. »Einer muß als erster mit dem Morden aufhören«, sagte er und ging.
Als Quentin noch ein Kind war, konnte sie ihn mit der Geschichte vom Tod ihres Vaters beeindrucken, denn Quentin konnte den Gedanken nicht ertragen, seinen geliebten Vater zu verlieren. Doch später war das für ihn nur die Geschichte eines Großvaters, den er nie gekannt hatte.
Marcella hatte ihren Kindern erzählt, daß ein deFrayne um ihre Hand angehalten habe, aber ihr Vater – ein Vasall der Giffords – habe eine Verbindung zu dieser verräterischen Familie verboten. Und aus Rache sei ihr Vater ermordet worden, weil er seine Tochter einem Gifford gegeben habe. Das war eine Lüge. Marcella war nie von einem Mann begehrt worden. Nicht einmal von ihrem eigenen Ehemann.
Marcella hatte unter den deFraynes unendlich gelitten, doch nicht weil diese angeblich ihren Vater getötet hatten. Die Wahrheit konnte sie ihren Kindern nicht erzählen, dazu war ihre Scham zu groß, und wahrscheinlich hätten sie sie auch nicht verstanden. Marcella war vierzehn, als sie Ferris kennenlernte und sich vom ersten Augenblick an unsterblich in ihn verliebte. Ferris war nur der Zweitgeborene, doch sein älterer Bruder war schwach und lasterhaft.
Aber der starke, dunkle, gutaussehende Ferris schaute sie nicht einmal an. Sie verfolgte ihn mit sehnsüchtigen Blicken, wann immer sie anläßlich eines Festes zusammentrafen. Auf Turnieren, Jahrmärkten, selbst während der Messen ... aber Ferris war unerreichbar.

Schon damals gab es diese Fehde zwischen den Häusern deFrayne und Gifford, doch der König hatte den Kampf zwischen den beiden Familien verboten. Nur auf Turnieren durften die Männer gegeneinander antreten.
Marcella konnte nicht verstehen, warum ihr Ferris keine Beachtung schenkte. Sie besaß viele Qualitäten. Sie hatte einen blassen Teint, fahles Haar und war groß, wenn auch vielleicht nicht schön. Aber sie würde ohne Schwierigkeiten viele Kinder gebären können. Und sie hatte für die Tochter eines armen Ritters eine gute Erziehung genossen, konnte lesen und schreiben — eine seltene Fähigkeit bei jungen Mädchen.
Doch die Augen des jungen Ritters wanderten oft bewundernd in Richtung einer zarten, schönen jungen Frau. Ihr Haar war tizianrot, sie wirkte schmal und zerbrechlich und würde Schwierigkeiten beim Kinderkriegen haben. Und sicher auch einem Mann nicht richtig den Haushalt führen können. Marcella haßte dieses Mädchen von der ersten Sekunde an.
Ferris' Werben um dieses bezaubernde Geschöpf blieb nicht unbemerkt, und bald breitete sich das Gerücht aus, die beiden seien Liebende. Daphne, so hieß das junge Mädchen, war ebenfalls Tochter eines Ritters, doch eines Ritters, der bedeutender als Marcellas Vater war.
Als es offensichtlich war, daß Ferris Daphne heiraten wollte, gab deren Vater sie Lord deFrayne, der weitaus mächtiger als ein Gifford war.
Zuerst war Marcella über den Gang der Dinge erleichtert, denn Daphne war nun für Ferris unerreichbar geworden. Doch ihre Erleichterung schlug schnell in Groll um, denn Ferris wurde mürrisch und verschlossen. Keiner anderen Frau schenkte er nur die geringste Beachtung, obwohl Mar-

cellas Vater und ihr Bruder ihn drängten, sich um sie zu kümmern.

Innerhalb der nächsten drei Jahre starben dann Ferris' Vater und auch sein Bruder. Ferris, nun Lord Gifford und Herr auf Raedelle, war gezwungen, heimzukehren. Doch er war nicht mehr der strahlende Held, der er einmal gewesen war. Er wirkte still und in sich gekehrt. Mehr der Verpflichtung gehorchend — da er einen Erben zeugen mußte — als aus Neigung heiratete er schließlich Marcella.

Zu Beginn ihrer Ehe versuchte Marcella, Ferris in jenen jungen Mann zurückzuverwandeln, in den sie sich einst verliebt hatte. Sie ging mit ihrem ersten Kind schwanger, als ihr Vater im Norden des Landes von Aufständischen getötet wurde. Wie es gerüchteweise hieß, waren auch deFraynes in diese Kämpfe verwickelt gewesen. Und an dieses Gerücht klammerte sich Marcella, denn es nährte ihre Eifersucht auf Daphne. Zwar war sie mit Ferris verheiratet, doch sein Herz gehörte ihr nicht. Dunkel ahnte sie, daß es noch immer Daphne gehörte. Deshalb schwor Marcella allen deFraynes Rache.

Und am schlimmsten war für sie, daß Ferris die deFraynes nicht haßte, außer einem: Lord deFrayne. Den Grund dafür kannte Marcella nur zu gut. Niemals sagte er, daß er sie liebte. Er lobte sie nicht für ihre perfekte Haushaltsführung und dafür, daß sie ihm drei Söhne geboren hatte. So wurde während der Jahre aus Marcellas Enttäuschung Verbitterung und Haß.

Und dann wurde Anne, ihre Jüngste, geboren. Die Geburt war schwierig. Sie war dem Tode nahe und mußte noch Wochen nach der Niederkunft das Bett hüten. Doch Ferris kam nicht, um sie zu trösten. Schließlich beschloß sie, ihm zu sagen, daß sie keine weiteren Kinder empfangen wolle, es sei

zu gefährlich. Er zog in ein eigenes Schlafzimmer und teilte nie mehr ihr Bett.
Also hatte Annes Geburt ihr die Wahrheit enthüllt. Ferris liebte sie nicht und würde sie nie lieben. Ihr Schmerz war so groß, daß sie sich weigerte, das Kind auch nur zu sehen, woraufhin Ferris Anne seine ganze Liebe schenkte.
Und als Anne dann größer wurde, mußte Marcella mit Entsetzen feststellen, daß sie immer mehr dem Menschen glich, den sie auf der Welt am meisten haßte: Daphne. Anne war klein, zierlich, sanftmütig, und Ferris liebte sie. Marcella wollte sie so schnell wie möglich ins Kloster stecken, doch das Mädchen hatte sich einen reichen Grafen geangelt — einen, den sie nicht einmal liebte —, wie Daphne deFrayne. Manchmal, wenn sie Anne schlug, war es, als würde sie Daphne schlagen; sie schlug die Frau, die Ferris liebte.
Immer wieder redete sie sich ein, daß ihr Unglück allein die Schuld ihres Mannes sei, denn sie wünschte sich nichts sehnlicher als seine Liebe. Doch in Wahrheit litt sie aus einem anderen Grund. Sie wollte, daß er Daphne haßte. Und das tat er nicht. Jedes Mittel war ihr recht, um diese Frau zu verletzen.
Marcella fuhr aus ihren Gedanken auf und läutete nach dem Mädchen.
»Meine beiden Töchter sollen in den Burghof kommen«, befahl sie.
Dann beorderte sie den Kommandanten der Burgwache zu sich und fragte, ob alles für die Hinrichtung vorbereitet sei. Der Mann antwortete zu ihrer Zufriedenheit, und sie ging allein zum Richtplatz. Mit klopfendem Herzen stand sie vor dem Galgen. Zum Teufel mit ihnen allen, dachte sie. Diesmal setze ich meinen Willen durch. Das, was ich wirklich haben will, kann ich nicht haben, aber ich werde mich an

dem Blut eines deFrayne schadlos halten. Und dann schließe ich einen Handel mit Anne ab. Meine schlaue kleine Tochter wird mir dabei helfen, das zu bekommen, was ich haben will.

Dylan wurde aus seinem Kerker gezerrt. Mit gebundenen Händen und nur mit einem zerrissenen Hemd und Hosen bekleidet, stand er in der kalten Februarluft. In der ungewohnten Helle kniff er die Augen zusammen. Zwei Männer hielten ihn fest.

Er hatte erwartet, daß hundert oder mehr Männer seiner Exekution beiwohnen würden, aber nur etwa dreißig Soldaten standen herum. Die Gifford-Ritter waren nicht anwesend. Etwas weiter entfernt standen drei schwarzgekleidete Frauen. Anne erkannte er sofort, aber er schaute nicht zu ihr hin, als er rüde auf die Plattform gestoßen wurde.

»Madam, wo sind Eure Leute? Sind sie zu feige, um ihren Gefangenen sterben zu sehen?«

»Wenn er noch mal redet, stopft ihm das Maul!« befahl Marcella.

Die drei anderen Gefangenen standen ebenfalls gefesselt vor dem Galgen. Doch es gab nur eine Schlinge. Dylan sah Marcella an und lachte. »Ihr habt einen anstrengenden Hinrichtungstag vor Euch, Madam. Ich hoffe, Ihr habt gut gefrühstückt.«

Sein Blick wanderte zu den Schwestern, zu Anne. Ihre Augen waren voller Schmerz, doch ein Lächeln umspielte ihren Mund. Warum lächelte sie? Um ihm Mut zu machen? Er hoffte, sie hatte nicht irgend etwas ausgeheckt. Doch da stopfte ihm einer der Männer einen Fetzen Leinen in den Mund, damit er schwieg.

Wie es aussah, sollte er zuerst gehängt werden, denn die

Männer plazierten ihn unter das Seil. Der Henker nahm die Schlinge in die Hand, als vom Burgfried dreimal das Horn ertönte. Dylan kannte die Bedeutung der Hornsignale von Raedelle nicht. Er hatte keine Ahnung, was sie ankündigten; es konnte sich um einen Angriff handeln, genausogut aber um die Rückkehr der Ritter.

Marcella sah fragend empor. »Ayliffe, Milady«, rief der Wächter.

Sie blickte zum Galgen. »Vollstreck das Urteil!« befahl sie.

Anne stieß Divina aus dem Weg und berührte den Arm ihrer Mutter. »Madam, es ist der Graf! Wartet!«

Marcella sah ihre Tochter kalt an, dann lächelte sie böse und befahl wieder: »Vollstreck das Urteil!«

Der Henker zögerte, wußte nicht, was er tun sollte.

Das Burgtor wurde knarrend geöffnet. »Vollstrecken, sage ich!«

Anne lief auf den Galgen zu. Dylan betete schweigend: Verrat dich nicht! Um Gottes willen, verrat dich nicht!

Der Henker ließ die Schlinge fallen und trat zurück. Die Henkersknechte hielten Dylan noch immer fest. Anne hatte ihm den Rücken zugekehrt. Sie konnte es nicht wagen, ihn anzusehen.

Ein kleiner Trupp Männer in Ayliffes Farben und mit Ayliffes Banner kam langsam in den Hof geritten. Anne musterte prüfend die Gesichter. Brennan war nicht darunter. Der Anführer trug die Farben von Ayliffe und York. Anne dachte sofort, ihr Vater habe Lord Forbes gebeten, die Hinrichtung zu verhindern.

Der Anführer zügelte sein Roß und sagte laut: »Wer hat die Befehlsgewalt über diese Burg?«

Kurz herrschte Stille, und Anne sah ihre Mutter an. Gifford war Ayliffes Vasall. Seine Befehle durften nicht ignoriert werden. Das wäre Verrat gewesen. Schließlich trat Marcella vor. »Ich bin Lady Gifford.«

Der Herold entrollte ein Pergament. »Hiermit wird befohlen, daß alle Gefangenen, die Edward, Herzog von York, in der Schlacht gemacht hat, unverzüglich in die Obhut von Lord Brennan Forbes, vierter Graf von Ayliffe, zu übergeben sind. Befolgt Ihr diese Aufforderung, Madam?«

Marcella stand sprachlos, wie angewachsen da. Sie wünschte, ihre Männer würden sich diesem Befehl widersetzen. Doch niemand auf Raedelle wagte es, dem mächtigen Grafen entgegenzutreten. Schließlich, nach endlosen Sekunden, drehte sie sich um und floh. Der Herold hob die Hand und befahl, die Gefangenen ihm zu übergeben. Noch immer an den Händen gefesselt, wurden sie auf die mitgeführten Pferde gesetzt. Und dann ritt der Trupp langsam durchs Burgtor davon.

Dylan blickte kurz über seine Schulter und zwinkerte Anne zu. Er war dem Tod entkommen, aber wie knapp!

Divina folgte ihrer Mutter. Sie hatte rotgeweinte Augen, und Anne wußte, warum ihre Schwester so enttäuscht war: Ihr Plan, den Grafen für sich zu gewinnen, war fehlgeschlagen

Als die Tore Raedelles wieder geschlossen wurden, bekreuzigte sich Anne. Sie dankte Gott und Brennan für Dylans Rettung.

In ihrer Niederlage wirkte Lady Gifford seltsam gefügig, während Anne unkontrollierte Zornesausbrüche erwartet hatte. Jeder in der Burg ging schweigend seinen Geschäften nach, als ob Trauer herrschte. Am späten Nachmittag ertönte wieder das Horn und kündete das Nahen eines Ayliffe-Trupps an. Anne kämpfte gegen die aufsteigende Panik an. Brachte der Trupp etwa die Gefangenen zurück?

Sie zog einen Mantel über und ging in den Burghof, wo etwa hundert Berittene von ihren Pferden stiegen und nach Knappen riefen, die sich um die Tiere kümmern sollten. Inmitten des allgemeinen Durcheinanders entdeckte sie plötzlich Brennan. Sein Knappe half ihm gerade aus der Rüstung.

Anne war den zwiespältigsten Gefühlen ausgeliefert. Auf der einen Seite war sie froh, Brennan zu sehen, auf der anderen Seite hatte sie Angst vor der Begegnung. Es gab nur eine Möglichkeit, diese Verwirrung zu verbergen.

»Brennan!« rief sie laut.

Er drehte sich um und sah sie auf sich zulaufen. Mit weit geöffneten Armen hieß er sie willkommen, und sie küßte ihn stürmisch. Er war entzückt.

»Anne, nicht so heftig. Ich kann kaum noch atmen.«

»Ich habe mir solche Sorgen gemacht. Ist alles in Ordnung? Seid Ihr nicht verletzt?« Sie musterte ihn prüfend auf eine sehr weibliche Art, mit einem besitzergreifenden Funkeln in ihren Augen. Brennan mußte trotz der schlechten Nachrichten, die er zu überbringen hatte, lächeln.

»Danke, es geht mir gut«, sagte er. »Wieder mußten wir eine Schlacht schlagen, doch wir waren siegreich. Edward marschiert auf London zu. Anne, ich muß dir etwas sehr Ernstes sagen.«

Sie sah ihn fragend an.

»Dein Vater ist in Saint Albans gefallen. Er ist tot.«

Sie konnte es zuerst nicht fassen. Dann überwältigte sie der Schmerz, und sie sank an seine Brust. Wie hatte das nur geschehen können? Und warum?

»Anne, beruhige dich. Du mußt stark sein. Wir müssen Lady Gifford benachrichtigen. Ich weiß, wie sehr du deinen Vater geliebt hast, aber deine Mutter hat ihren Mann verloren. Kommst du jetzt mit mir?«

Er legte seinen Arm um ihre Schultern, und beide gingen in die große Halle. Anne kämpfte gegen ihre Tränen an. Marcella kam gerade die Treppe herunter. Brennan verneigte sich vor ihr. »Madam, ich bringe traurige Nachrichten. Lord Gifford wurde vor drei Tagen in Saint Albans getötet. Ich habe ihn heimgebracht.«
Marcella versteifte sich, als hätte man sie geschlagen. In ihre Augen traten Tränen. »Starb er einen würdigen Tod?« fragte sie schwach.
»Er kämpfte tapfer. Die Schlacht war blutig, doch wir gewannen sie.«
Marcella nickte kaum merklich.
»Ich glaube nicht, daß er gelitten hat, Milady. Er starb wohl schnell, obwohl ich nicht sah, wie er fiel.«
Marcella sah Brennan ernst an. Sie sagte nichts.
»Madam«, sagte Anne zaghaft. »Soll ich den Priester holen?«
Immer noch sah Marcella Brennan an. »Ihr hättet einen Boten mit der Nachricht vom Todes meines Gemahls schicken sollen, ehe Ihr die Gefangenen in Eure Obhut bringen ließt.«
»Madam?« fragte er.
»Euer Herold kam heute morgen mit Eurem Befehl, die deFrayne-Gefangenen an Euch zu überstellen.«
Brennan schüttelte den Kopf. »Ich habe keinen Boten geschickt, Madam. Ich ritt so schnell wie möglich hierher.«
Marcellas Augen wurden groß vor Entsetzen. Dann sah sie Lord Forbes fassungslos an. »Ich wurde überlistet!« schrie sie. »Mein Gott, sie haben uns überlistet. Ich muß sofort Reiter ausschicken. Ich verfluche sie! Ich verfluche sie alle!« Und dann lief sie schreiend die Treppe hinauf.
Brennan nahm Anne in die Arme und drehte sie zu sich. »Was soll das? Was für ein Herold?«

»Es war schrecklich, Brennan«, sagte sie, noch immer von den Ereignissen des Tages verwirrt. »Madam war so fest entschlossen, die deFraynes hängen zu sehen, daß sie sich mit jedem Familienmitglied überworfen hat. Erst mit Vater, und dann ritten meine Brüder auch noch davon, aus Protest gegen ihr Vorhaben. Heute früh kam ein Trupp Männer, in Euren Farben gekleidet, und nahm die Gefangenen mit.«
»Ich habe ihn nicht geschickt«, entgegnete er. »Ich hätte auch keinen Mann für ein solches Unternehmen entbehren können. Wann sind deine Brüder aufgebrochen?«
»Trenton vor über zehn Tagen, die anderen heute morgen. Brennan, was ist geschehen?«
Er schwieg eine Weile und schüttelte dann den Kopf. »Lady Gifford hat recht, sie wurde überlistet. Ihre Gefangenen sind entkommen, aber nicht mit meiner Hilfe. Dein Vater starb ohne einen Sohn an seiner Seite, der ihn hätte zurückbringen können. Deshalb tat ich es. Trotzdem trauert deine Mutter mehr um ihre vergebliche Rache als um ihren toten Mann.« Er sah Anne ernst an. »Ich muß Edward in London zu Hilfe eilen. Sollte die entscheidende Schlacht noch nicht geschlagen sein, so wird sie bald stattfinden. Dann wird er König. Ich habe jetzt fast ein Jahr gewartet, Anne. Ich kann dich nicht mehr hierlassen. Nicht nur, weil ich große Sehnsucht nach dir habe, sondern weil ich Lady Gifford im Hinblick auf dein Wohlergehen zutiefst mißtraue. Sollte meine nächste Schlacht die letzte sein, genießt du wenigstens einen gewissen Schutz als meine Witwe. Willst du mich jetzt heiraten? In aller Stille?«
Anne war völlig überrascht. Dylan war entkommen. Er war nicht mehr Gefangener des Herzogs, sondern *frei*. Das Kloster, dachte sie. Ich muß ins Kloster, dann kann Dylan mich entführen.

»Jetzt heiraten?« fragte sie.
»Anne, ich muß zu Edward. Ich habe keine andere Wahl. Er wird König. Ich kann dich besser als deine Mutter beschützen — und dein Vater ist tot.«
Wenn Edward König wird, mußte Dylan außer Landes fliehen. Und sollte sie schwanger sein...
»Ich muß meinen Vater bestatten«, sagte sie leise. Dylan war frei, aber nicht frei genug, ihr helfen zu können. Sie mußte für sein Leben dankbar sein, aber auch das Leben schützen, das vielleicht in ihr schlummerte.
»Dann beerdigen wir Lord Gifford und heiraten. Es gibt keine andere Möglichkeit. Auch dein Vater hätte das für dich gewünscht.«
Heiratete sie Lord Forbes, würde ihre Mutter für eine Weile den Mund halten, weil sie durch Annes Vermittlung auf mehr Macht hoffte.
»Ich weiß, du hättest dir eine prächtigere Hochzeit gewünscht...«
»Nein«, sagte sie schnell. Sie brauchte nur ein paar Tage. Falls sie nicht schwanger war, bekäme sie bald ihre Monatsblutung und könnte Brennan täuschen. »Ich mache mir nichts aus einer prächtigen Hochzeit. Ja, Brennan, wenn Ihr es wünscht, heiraten wir.«
»Anne«, sagte er zärtlich. Er küßte sie, sanft zuerst, dann mit drängender Leidenschaft. »Ach, Anne, ich dachte, dieser Tag würde nie kommen. Endlich, Geliebte, endlich.«
»Brennan«, seufzte sie. Tränen brannten in ihren Augen. »Ich hoffe, ich kann Euch glücklich machen.«

8

Brennan Forbes konnte Lady Gifford wegen ihrer indifferenten Reaktion auf den Tod ihres Mannes keine besondere Sympathie entgegenbringen. Knapp bat er sie um die Erlaubnis, Anne nach dem Begräbnis von Lord Forbes heiraten zu dürfen. Marcella stimmte unwirsch zu; Brennan war perplex. Er fragte sich, ob sie den Verlust von Ferris betrauerte oder wütend über ihre mißlungene Rache war. Doch ihr Gemütszustand war ihm gleichgültig, er wollte Anne endlich besitzen.

So folgte dem Begräbnis von Lord Gifford die Eheschließung der beiden in der kleinen Kapelle von Raedelle.

Als Brautgemach diente Annes Mädchenzimmer, das die Dienstboten geschmückt hatten. Im Kamin brannte ein wohliges Feuer, und auf dem Tisch stand ein köstlicher kalter Imbiß, und es gab gewürzten Wein.

»Ich hätte mir ein schöneres Fest für dich gewünscht«, sagte Brennan.

»Pomp gefällt mir nicht so sehr wie das hier«, antwortete sie ihm hinter dem Wandschirm. Es war keine Zeit gewesen, Gäste zu laden — auch waren die Straßen unsicher —, und deshalb hatte man auf jedes Zeremoniell verzichtet. Anne streifte eines der leichten Nachthemden aus Seide über. »Iß und trink, mein Gemahl«, sagte sie. »Wir wollen uns beide an den Speisen ergötzen.«

»Hast du Angst?« fragte er, als er die Becher vollgoß. Er

fühlte sich in der Intimität ihres Zimmers sehr wohl. Brennan war schon zweimal verheiratet gewesen und schätzte den offiziellen Trubel nicht mehr. Anne war so jung; er hoffte, ihr bei der Bewältigung ihrer neuen Rolle helfen zu können.

»O nein, Brennan«, sagte sie. »Ich weiß, daß du mir nie weh tun wirst.« Ihre Mutter hatte geschwiegen. Anne trat hinter dem Paravent hervor und stellte sich vor ihn.

Das durchsichtige Gewebe umhüllte ihren Körper fließend und betonte auf zauberhafte Weise ihre Rundungen. Brennans blaugraue Augen wurden dunkel vor Begierde. Das dichte schwarze Haar hing ihr offen bis auf die Hüften, und er mußte sich beherrschen, ihr den Becher zu reichen und sie nicht auf der Stelle zu vergewaltigen. Nie in seinem Leben hatte er eine solche Begierde gekannt. Er hatte geglaubt, über dieses jugendliche Stadium der Lust hinaus zu sein, doch seit er Anne zum erstenmal gesehen hatte, erfüllte ihn eine Sehnsucht, die nur sie stillen konnte. Als er ihr den Becher reichte, zitterte ihre Hand leicht. Sie lachte nervös. »Vielleicht bin ich etwas unsicher, aber nicht ängstlich. Brennan...« fing sie an und verzagte.

Sie stießen an und tranken. Er küßte sie leicht auf den Mund.

»Brennan, da gibt es etwas...«

»Nein«, sagte er rauh. »Wenn du gern zu mir kommst, gibt es nichts zu sagen.« Er nahm ihren Becher, stellte beide auf den Tisch und nahm sie in die Arme. Diesmal küßte er sie mit seiner ganzen Leidenschaft.

Anne erwiderte seinen Kuß. Sie spürte seine Glut. Sie wußte, wie er sie begehrte. Sie streichelte seinen Rücken. Und als er sie aufhob und ins Bett trug, versuchte sie es noch einmal: »Brennan, da gibt es etwas...«

»Anne«, sagte er und bedeckte ihr Gesicht, ihren Hals mit kleinen Küssen. »Möchtest du, daß dein Mann zu dir kommt?«
»O ja, Brennan. O ja.«
»Das ist alles, was ich wissen will.« Und langsam zog er ihr das Nachthemd aus und entkleidete sich selbst. Seine nun zitternde Hand glitt über ihre Brüste, hinunter auf ihren flachen Bauch. »Ich möchte, daß du meine Berührungen lieben lernst, Anne. Das, was wir tun, soll keine Pflicht sein, sondern ein Vergnügen. Deins... meins. Schließ die Augen. Liebe braucht Zeit.«
»Brennan...«
»Schließ die Augen, Geliebte, ich will es dir zeigen...«
Er wollte ihre Worte nicht mehr hören, und sie machte keinen Versuch, noch einmal zu sprechen. Sie erlaubte ihm jede Berührung und reagierte scheu darauf. Es war nicht so wie mit Dylan, wenn Leidenschaft und Verzweiflung sie aneinander gekettet hatten. Brennan ließ sich mit ihrem Körper viel Zeit, er genoß ihn — Stück für Stück — langsam. Obwohl er schon über vierzig war, fand Anne ihn physisch so attraktiv wie einen jungen Mann. Sein Körper war fest und muskulös, seine Berührungen zärtlich, wissend. Brennan war der perfekte Liebhaber, und er weckte Gefühle in ihr, die sie nicht für möglich gehalten hätte. Es schmerzte sie, daß sie ihm so weh tun mußte.
Als er die Wahrheit erkannte, hielt er nur einen Moment überrascht inne. Dann schien sich seine Begierde noch zu steigern. Er bewegte sich schnell, mit heftigen Stößen, gierig, jetzt endlich seinen Hunger zu stillen. Sie paßte sich seiner Leidenschaft an, bis er, befriedigt, über ihr zusammensank.
Sie konnte nicht als erste sprechen, denn es war offensicht-

lich, daß er es gemerkt hatte. Lange noch hielt er sie fest, und als er sich von ihr löste, stand er auf, ging zum Tisch und goß Wein in die Becher. Er gab ihr einen und sah ihr in die Augen.

»Vielleicht hättest du doch reden sollen, Anne«, sagte er mit einem leichten Vorwurf in der Stimme.

Sie schaute auf den Becher. »Ich hätte es dir früher sagen sollen, aber ich hatte Angst, du würdest mich dann nicht mehr heiraten.«

»Trotzdem wäre es besser gewesen, du hättest gesprochen.«

»Aber das konnte ich nicht, Brennan«, sagte sie und sah ihn an.

»Ist es lange her?«

»Ja.«

»Wurdest du gezwungen?« fragte er.

»Natürlich«, antwortete sie, obwohl der einzige Zwang in den Umständen bestanden hatte.

»Lady Gifford ist eine nachlässige Frau. Ich bin enttäuscht von ihr. Sie hat dich schlecht beschützt.«

»Solltest du sie deswegen schelten, Brennan, wird sie mich nur in Mißkredit bringen.« Anne murmelte ein stummes Gebet und sagte dann mühsam: »Nur meine Mutter weiß es. Und ich weiß nicht warum, aber meine Mutter liebt mich nicht. Sie wollte diese Ehe und hoffte, du würdest es nicht merken.«

»Dein Vater wußte nichts davon?«

»Nur meine Mutter … und … und ich bin mir sicher, sie macht mich dafür verantwortlich. Es war ein fahrender Ritter, der vor etwa vierzehn Tagen hier Unterkunft fand. Er ging bald wieder. Brennan, ich schwöre dir, meine Zimmertür war seitdem verschlossen.«

Eine Träne glänzte an ihren Wimpern, er wischte sie zärt-

lich ab. »Arme Anne«, sagte er. »Selbst in deinem Leid hat sich deine Mutter nicht um dich gekümmert.«
»Kannst du mir verzeihen?« fragte sie. »Ich hätte nicht schweigen dürfen.«
»Ich bin erstaunt, daß du nicht vor dieser Nacht gezittert hast«, sagte er.
Mit leicht bebender Hand berührte sie seine Wange. »Ach, Brennan. Ich wußte, daß du mich nicht so wie er behandeln würdest. Nie habe ich vor dir Angst gehabt. Ich hatte nur Angst, dir Schande zu machen.«
»Wenn du mir nur sagst, daß du mich ein ganz wenig liebst, kann ich alles vergessen.«
»Ich liebe dich«, sagte sie aufrichtig. »Ich liebe dich mit meinem ganzen Herzen, Milord und mein Gemahl.« Und es war keine Lüge, was sie ihm sagte. Brennan war ihre Rettung, ihre Hoffnung. Und wenn sie ihn auch benutzte, war es doch ihr glühender Wunsch, ihm aufrichtig zu dienen, ihm ihre Dankbarkeit zu zeigen.
Ihre Worte bewegten ihn. »Vielleicht ist es sogar besser so. Ich bin ein alter Mann und habe keine Zeit mehr für zimperliche Jungfrauen. Ich ziehe eine Ehefrau vor — eine *Frau.*«
»Dann laß mich diese Frau sein«, sagte sie und legte ihm ihre Arme um den Hals. »Ich möchte dir nichts als Freude machen.«

Ihr Gepäck wurde auf einen Karren geladen, das meiste davon gehörte Anne, denn Brennan reiste wie ein Soldat, mit wenig Kleidung, aber vielen Waffen. Anne würde eine lammfromme Stute reiten, und sie hatte keine Zofe, um ihr aufzuwarten. Brennan würde für sie sorgen.
Zufälligerweise kehrten an jenem Morgen alle drei Gif-

ford-Söhne nach Raedelle zurück. Brennan war noch immer zornig darüber, daß Sir Ferris allein gestorben war.
Quentin trat vor und grüßte Lord Forbes. »Habt Ihr vom Tod Eures Vaters gehört?« fragte Brennan.
»Ja, Milord. Und wir sind beschämt, weil wir nicht an seiner Seite waren. Wir kamen zu spät.«
»Eure Scham wird ihn nicht wieder lebendig machen, noch ist Euer zögerliches Verhalten entschuldigt. Euer Platz wäre an der Seite des Herzogs gewesen.«
»Ja, Milord.«
»Ich reise mit meiner Frau nach London«, sagte Brennan und deutete auf Anne. Sie stand, in einen schweren Mantel mit Kapuze gehüllt, neben ihrer Stute. Erleichterung zeichnete sich auf Quentins Gesicht ab. Bart lächelte zufrieden. Trotz des schäbigen Verhaltens der Giffords war die Verbindung zustande gekommen.
»Darf ich Euch zur Hochzeit gratulieren, Milord?« sagte Bart und fügte geschickt hinzu: »Es wäre uns allen eine Ehre, wenn wir Euch begleiten dürften. Hättet Ihr die Güte, so lange zu warten, bis wir frische Pferde gesattelt und unseren Proviant erneuert haben?«
»Ja, kommt mit. Dann vergißt Edward vielleicht, daß Ihr Gefangene mitgenommen habt, die seine waren. Und Ihr könnt Eure Schwester während der Reise beschützen, denn auf Raedelle wurde sie mehr als schlecht beschützt.«
»Die Gefangenen?« fragte Quentin zögernd. »Sind sie tot?«
»Im Gegenteil. Sie konnten alle entkommen. Durch eine List, wie es scheint.«
Quentin konnte ein Lächeln nicht unterdrücken; Bart fluchte stumm; und Trenton war offensichtlich erleichtert.
»Die Tatsache scheint Euch nicht zu mißfallen«, sagte Brennan zu Quentin.

»Milord, ich bin erst spät zur Vernunft gekommen. Vater hatte recht, und es gibt keine Entschuldigung für unser Verhalten. Falls die Gefangenen hätten hingerichtet werden sollen, wäre das Sache des Königs gewesen.«

»Nun, vielleicht gibt es für Euch noch Hoffnung, da Ihr eingelenkt habt. Beeilt Euch jetzt, damit wir bald aufbrechen können.«

Quentin nickte und ging zusammen mit seinen Brüdern auf die Halle zu. Brennan folgte ihnen langsam. Und während die Söhne ihrer Mutter kondolierten, beobachtete Brennan die kleine Gruppe. Die Brüder schienen sich in Gegenwart ihrer Mutter nicht wohl zu fühlen, wirkten verlegen und unsicher wie Kinder, die etwas angestellt hatten. Ein Verhalten, das Marcellas unbeugsamen Charakter noch betonte.

Seit seiner Hochzeit hatte Brennan mit Marcella nicht mehr gesprochen. Doch als ihre Söhne gegangen waren, trat er vor sie. Sie sah schlecht aus, hatte dunkle Ringe unter ihren geröteten Augen und war bleich. Er verstand diese Frau nicht, noch traute er ihr.

»Es tut mir leid, daß ich Eure Söhne so bald schon wieder mitnehme«, sagte er.

»Ich verstehe, daß es notwendig ist«, entgegnete sie mit fester Stimme.

»Ihr hättet mich über den Zustand Eurer Tochter aufklären müssen.«

Er bemerkte ein kurzes Aufblitzen in Marcellas Augen, wußte aber nicht, ob das Freude oder Zorn ausdrückte. »Ich schwieg, weil ich diese Verbindung wünschte — und Ihr liebt außerdem meine Jüngste. Später fürchtete ich, durch ein Geständnis könntet Ihr Eure Meinung ändern. Denn habt Ihr mir nicht wegen ihrer Kleidung Vorwürfe gemacht? Eine geringe Verfehlung gemessen an dieser.«

»Ihr wußtet es also?«

Marcella nickte.

»Und dieser Ritter wurde nicht bestraft?« fragte er. »Warum ruft Ihr nicht Eure Männer zu den Waffen, um Eure Tochter zu rächen?«

Marcella erriet sofort, welche Lüge Anne dem Grafen erzählt haben mußte. »Denkt Ihr schlecht von mir, Milord? Vielleicht ist es schwierig für einen Mann, dies zu verstehen, aber hätten wir Genugtuung gefordert, wäre Annes Schande öffentlich geworden. Seid mir dankbar, daß ich solches nicht tat, denn dann hätte sie geradewegs ins Kloster gehen müssen.« Brennan mußte gestehen, daß Marcella recht hatte, wenn er diese Tatsache auch nur widerwillig akzeptierte. Und Annes Jungfräulichkeit war ihm weit weniger wichtig, als sie für immer zu besitzen. »Manchmal ist Schweigen für eine Frau sicherer, wenn auch komplizierter. Ihr seid in Euren Vorwürfen sehr zurückhaltend. Ich weiß, Ihr haltet mich für eine erbärmliche Mutter.«

Er errötete und verneigte sich vor Marcella. Er fragte sich, ob er sie falsch eingeschätzt hatte. »Nun sind unsere Familien miteinander verbunden, Madam. Ich bitte um Verzeihung und hoffe, daß unsere Meinungsverschiedenheiten von nun an beigelegt sind.«

Sie lächelte. »Behütet meine Tochter, Milord. Auch meine Söhne. Sie sind Euch treu ergeben, ebenso dem Herzog von York.«

»Ja, Madam. Das will ich tun.«

»Milord, eines Tages würde ich sie gern besuchen.«

»Ich glaubte nicht, das Wohl Annes würde Euch am Herzen liegen ...«

»Ach ja? Ich glaube, es gibt vieles im Leben der Frauen, das Ihr nicht versteht, Milord. Ich habe fünf Kinder und viele

Pflichten. Ich habe hart gearbeitet, und nun, da meine Aufgaben fast alle erledigt sind und ich die Früchte meiner Arbeit genießen kann, bin ich alleine.«

Er sah sie prüfend an. Ihre Stimme hatte aufrichtig geklungen. Daß sie hart gearbeitet hatte, daran hatte er nie gezweifelt. Nur störte ihn die Tatsache, daß sie ihre Kinder offensichtlich nicht liebte. Obwohl sein eigener Sohn, der seit seiner Geburt verwöhnt worden war, eine Enttäuschung für ihn bedeutete. »Kommt uns besuchen«, sagte er. »Und Anne mag Euch besuchen, wann immer sie es wünscht.«

»Ihr seid sehr großzügig. Ich freue mich für meine Tochter.«

Wenig später sagten Quentin, Bart und Trenton ihrer Mutter Lebewohl. Und dann ging Anne mit zögernden Schritten zu Lady Gifford. Divina ließ sich nicht blicken. Die Schwestern hatten sich nicht voneinander verabschiedet.

»Wir reisen jetzt, Milady«, sagte Anne nervös. »Möge Gott Euch beschützen.«

»Gibst du deiner Mutter keinen Kuß?« fragte Marcella.

Anne beugte sich vor und küßte ihre Mutter auf beide Wangen. Sie konnte sich nicht erinnern, sie jemals geküßt zu haben oder von ihr geküßt worden zu sein. »Danke, Madam.«

»Ich hoffe, du zahlst deine Schuld zu gegebener Zeit zurück.«

»Und ... meine Schwester?«

»Divina wird schweigen. Du mußt Lord Forbes drängen, deine Brüder zu belohnen. Er hat viel Einfluß auf Edward.«

Anne schluckte. »Ja, Madam. Das ist das wenigste, was ich tun kann.«

»Ich wußte nicht, wie geschickt du bist«, sagte Marcella lächelnd. Für Anne war dieses Lächeln ein Schock. »Du bist sehr klug, so klug, daß deine Mutter davon profitieren wird.«

Mein Gott, dachte Anne, als sie das Lächeln, die kalten Augen und die Entschlossenheit registrierte. Aber sie sagte nur: »Natürlich, Madam.«

Innerhalb einer Woche hatte Anne ihren Vater beerdigt, den Grafen von Ayliffe geheiratet und war unter beschwerlichen Umständen nach London gereist. Sie fanden die Stadt ruhig vor; Geschäfte und Märkte waren geschlossen, die Leute blieben aus Angst vor Angriffen in ihren Häusern. Am Tag nach ihrer Ankunft wurde Anne Zeuge von Edwards siegreichem Einzug mit seiner Armee in die Stadt. Widerstand wurde nicht geleistet. Der Machtwechsel fand plötzlich statt, so plötzlich, wie Anne von einem gesellschaftlichen Status in einen anderen wechselte. Aus der unbedeutenden jüngsten Tochter eines Barons war plötzlich eine Gräfin geworden.

Trotzdem war die politische Lage noch prekär, die Macht des Herzogs von York nicht gesichert, obwohl er schon zum König proklamiert worden war. Der König rief alle Männer zwischen sechzehn und sechzig zu den Waffen, denn es galt eine letzte Schlacht gegen die Anhänger des Hauses Lancaster zu schlagen.

Lord Forbes logierte mit seiner Gemahlin in der Nähe des Königs und anderer bedeutender Männer seines Hofes. Zeit für Vergnügen und Festlichkeiten gab es nicht, zuviel stand auf dem Spiel. Auch Brennan mußte wieder in den Krieg ziehen und war Tag und Nacht mit strategischen Vorbereitungen beschäftigt. Als er aufbrach, ließ er Anne in der Obhut einer Gruppe adeliger Damen und Dienerinnen zurück, die sie alle nicht kannte. Sie wurde von diesen Leuten mit Achtung behandelt und merkte allmählich, welch wichtige Stellung Brennan bei Hofe innehatte.

Zu ihrer großen Erleichterung kehrte Brennan siegreich und unverletzt aus der blutigen Schlacht zurück, in der nahezu dreißigtausend Männer ihr Leben hatten lassen müssen. Der ehemalige König Heinrich floh mit seiner Gemahlin Margarete nach Frankreich. Frieden kehrte wieder ins Land ein, aber es gab noch viel zu tun.

Anne hatte gehofft, Brennan würde sich nun etwas ausruhen können, doch als einer der engsten Vertrauten des Königs war er mit Arbeit überlastet. So eilten die Wochen dahin.

Ihre Brüder hatten sich diesmal um die Krone verdient gemacht und bedrängten sie nun: Anne möge auf ihren Mann einwirken, damit sie ihre Belohnung bekämen. Quentin und Trenton äußerten bescheidene Wünsche, doch Bart gierte nach einem üppigen Landbesitz — vorzugsweise einer Grafschaft — und war durch Annes Zurückhaltung irritiert. Sie riet Bart zur Geduld, denn Brennan habe jetzt wenig Zeit.

In der Mitte dieses einsamen Frühlings war Anne ganz sicher, schwanger zu sein. Sie wußte, es war Dylans Kind. Erst Mitte Mai fragte sie ihren Mann eines Abends, ob er einen zweiten Sohn willkommen heißen würde. Brennans Erstgeborenen, Brainard, hatte sie noch nicht kennengelernt. Sie kündigte die Geburt des Kindes für die Weihnachtszeit an, obwohl es früher zur Welt kommen würde.

Durch die Schwangerschaft mußte sie oft an Dylan denken, und sie dachte mit einer seltsamen Freude an ihn. Sie hatte gehört, daß allen deFraynes die Flucht nach Frankreich gelungen war. Daß sie nun ihr Kind in gehüteter Geborgen-

heit zur Welt bringen konnte, vertiefte ihre Liebe und Dankbarkeit zu Brennan nur noch. Sie wunderte sich, zwei Männern ein so tiefes Gefühl entgegenbringen zu können.
Ihr Gemahl war ein guter und starker Mann, der nie seine Macht mißbrauchte. Er behandelte sie wie einen Engel, der plötzlich in sein Leben getreten war. Während Edwards Krönung stand sie stolz an Brennans Seite. Und als die tagelang währenden Festlichkeiten vorüber waren, bat sie ihn, sie heim nach Ayliffe zu bringen.
Die Pracht der Schlösser Westminster und Windsor hatte auf Anne großen Eindruck gemacht. Doch als sie Ayliffe Castle, ihr neues Zuhause, zum erstenmal sah, verschlug es ihr schier den Atem.
Schon aus einer Entfernung von fünf Meilen konnte sie die Zinnen und Türme des prächtigen befestigten Schlosses sehen. Es stand auf einem Hügel, an dessen Fuß sich ein lieblicher Fluß vorbeischlängelte.
Als sie die Halle betrat, war sie von dem Luxus geblendet. Der Fußboden war gefliest oder bestand aus Marmor, darauf lagen Teppiche, nicht Strohmatten. Die Fenster waren verglast, die Wände mit Gobelins geschmückt und alle Räume mit wertvollen Möbeln ausgestattet. Die Schlafzimmer waren mit schweren seidenen Tapeten tapeziert. Und das Schlafgemach, das sie mit Brennan teilen würde, besaß sogar ein angrenzendes Badezimmer.
Anne glaubte zu träumen. Nach einem kurzen Rundgang nahmen beide in der Halle Platz, und Brennan stellte seiner jungen Frau die wichtigsten Personen von Ayliffe vor. Jeden kannte er beim Namen und fand für jeden ein freundliches Wort. Es war offensichtlich, daß Lord Forbes von seinen Untertanen geliebt wurde.
Für Anne galt es, neue, wichtige Bekanntschaften zu ma-

chen, wie Mistress Kirsten, die schon seit über zwanzig Jahren mit eiserner Hand die Dienstmädchen regierte, oder Sir Wayne, der Hauptmann der Wache, der in Brennans Abwesenheit das Amt des Seneschalls innehatte.
»Und das ist Jane«, sagte Brennan. »Obwohl sie noch jung ist, besitzt sie alle Qualitäten einer perfekten Kammerzofe. Sie wird Euch, Lady Anne, in Euren Privatgemächern zu Diensten sein.«
Jane knickste und lächelte, wobei sie weiße, aber unregelmäßige Zähne entblößte. Brennan hatte sie als jung bezeichnet, doch sie war etliche Jahre älter als Anne. Die junge Gräfin sagte freundlich: »Ich bin dir für deine Hilfe sehr dankbar, Jane.«
»Danke, Milady. Wie lange habe ich auf diesen Tag gewartet. Ich dachte schon, Seine Lordschaft würde mir nie wieder eine Lady bringen, der ich dienen kann.«
Anne nickte. Jane war ihr sympathisch. Sie würde ihr helfen, die Verhältnisse auf Ayliffe schnell kennenzulernen. »Ich hoffe, du hilfst mir bei meiner neuen Aufgabe als Schloßherrin«, sagte sie. »Nie hätte ich mir den Besitz so groß vorgestellt.«
»Mein ganzes Leben habe ich hier verbracht. Ich helfe Euch gern. Und später helfe ich Euch, Eure Kinder großzuziehen.« Jane sah ihre neue Herrin prüfend an. »Ja, Seine Lordschaft hat recht gehabt.«
Anne errötete. »Ich danke dir, Jane.«
»Laßt mich nur machen, Milady. Ich zeige Euch das Schloß, bringe Euch die Mahlzeiten und ...«
»Genug geschwätzt«, schimpfte Brennan gutmütig. »Geh jetzt und warte auf deine Herrin. Schon bald werde ich sie deinen fähigen Händen überantworten.«
»Ja, Milord«, sagte Jane und ging.

Anne seufzte zufrieden. »Sie ist reizend«, sagte sie zu Brennan. »Ich hätte mir selbst keine bessere Zofe aussuchen können. Ich glaube, in ihr finde ich eine richtige Freundin.«
»Das freut mich«, entgegnete Brennan. »Ah, und hier ist ja Sir Clifton. Lady Anne, darf ich Euch Sir Clifton vorstellen. Sir Clifton, die Gräfin von Ayliffe, meine Frau.«
Der gutaussehende junge Ritter verneigte sich vor ihr, konnte aber den Ausdruck glühender Bewunderung für diese dunkelhaarige Schönheit in seinen Augen nicht verbergen. Sein Mund stand halb offen. Sir Clifton war in Dylans Alter, doch etwas kleiner und gedrungener. Sie lächelte ihn an und errötete leicht. Sein eckiges Gesicht, die tiefliegenden Augen und das dichte braune Haar verliehen ihm das Aussehen eines schmollenden Kindes.
Brennan klopfte Clifton auf die Schulter. »Mein Ritter ist weiblicher Schönheit ebenso zugetan wie sein Herr, doch er ist ein ehrenwerter Mann, der sich wegen Eures Liebreizes, Milady, nicht von seinen Pflichten abhalten lassen wird. Clifton hat mir immer treu gedient. Auch obliegt ihm die Erziehung meines Sohnes Brainard. Allein daran könnt Ihr ermessen, welch bedeutenden Platz er hier einnimmt.«
Clifton senkte den Blick, um seine wachsende Verwirrung zu kaschieren.
Anne wandte sich an ihren Mann. »Wo ist Brainard, Milord? Ich hatte gedacht, er würde Euch am Tor begrüßen.«
»Es ist unterwegs, Milady«, antwortete Sir Clifton anstelle seines Herrn. »Ich habe einen Knappen nach ihm ausgeschickt. Er wird Euch in gebührender Weise begrüßen, sobald er hier ist.« Clifton verneigte sich wieder. Darüber mußte Anne lachen. Clifton sah sie leicht stirnrunzelnd an.

»Sir Clifton, Eure Manieren sind einwandfrei, aber Ihr braucht Euch nicht ständig vor mir zu verneigen. Sonst bekommt Ihr noch Rückenschmerzen«, sagte sie fröhlich. Clifton wurde tiefrot, gleichzeitig versteinerte sich sein Gesicht. »Euer Diener, Madam«, sagte er und hätte sich fast wieder verneigt.
»Ich denke, wir werden Freunde, Sir Clifton«, sagte Anne und entließ ihn dann abrupt. Als sie an Brennans Arm weiterging, starrte Clifton ihnen lange nachdenklich hinterher.
Wochen werde ich brauchen, dachte Anne, bis ich das Schloß, die Umgebung und all die neuen Menschen kennengelernt habe. Aber jedermann innerhalb dieser Mauern scheint fröhlich zu sein, welch ein Gegensatz zu Raedelle!
Brennan geleitete sie in die Gärten, die noch innerhalb der Schloßmauern lagen. Durch ein ausgeklügeltes Bewässerungssystem war dort ein kleiner See entstanden, auf dem sogar Enten und Schwäne schwammen. Pfaue stolzierten eitel über gepflegte Rasenflächen, und die Luft war schwer vom Duft der Sommerblumen.
»Oh, Brennan, noch nie habe ich etwas so Schönes gesehen. Ich kann es noch gar nicht glauben, daß ich hier leben werde. Jetzt kann ich die Gier meiner Mutter verstehen und weiß warum . . .«
Sie schwieg, doch er bat sie weiterzusprechen.
»Ach, es gab eine häßliche Szene, als du mir die vielen Kleider schicktest. Mutter und Divina waren neidisch und behandelten mich schlecht. Da befolgte ich deinen Rat und sagte, ich würde ihnen nie vergeben, noch wünschte ich jemals, daß sie mich besuchen.« Anne lachte. »Ich hatte ja keine Ahnung, was ich ihnen vorenthielt.«

Brennan runzelte die Stirn. »Du hast klug getan. Ich mißtraue Lady Gifford.«
»Aber sie baten mich um Verzeihung. Sie waren doch nur neidisch, Brennan.«
Er küßte sie zärtlich auf die Wange. Er konnte auch nach Monaten sein Glück noch nicht fassen, daß diese junge Schönheit, diese kluge und gütige Frau, ihm gehörte. »Manchmal bist du zu nachsichtig, Liebes. Du mußt vorsichtig sein.«
»Das wird mir wohl weniger schwerfallen, als mich an diesen Luxus zu gewöhnen.«
Brennan sah Anne besorgt an. »Für heute hast du genug gesehen. Du bist sicher müde. Komm, ich bringe dich in unser Schlafgemach. Du mußt ruhen.« Er brachte sie in das mit verschwenderischem Luxus ausgestattete Schlafgemach.
»Du verstehst sicher, daß ich mich nach monatelanger Abwesenheit jetzt um wichtige Dinge kümmern muß«, sagte er. »Es könnte länger dauern, also warte nicht auf mich. Es wird für dich gesorgt.«
Anne war nicht überrascht, als es Abend wurde und ihr ein Tablett mit Speisen und Getränken aufs Zimmer gebracht wurde. Die Sonne ging unter, und Jane berichtete, Seine Lordschaft sei noch immer beschäftigt. Anne war trotzdem glücklich. Sie aß, badete und schwatzte mit ihrer neuen Zofe.
»Ich weiß nun, daß Ihr schwanger seid«, sagte Jane und reichte Anne das Badehandtuch. »Aber ich werde kein Wort darüber verlauten lassen.«
Anne lachte fröhlich. »Die, die es noch nicht wissen, werden es bald merken. Das Kind ist ein Weihnachtsgeschenk. Und Lord Forbes hat bereits am Hof damit geprahlt.«

»Ja, er wird sehr stolz sein. Seine Lordschaft ist ein guter Mann. Jetzt wird es hier wieder süße Babys geben, die wir verwöhnen können.«
»Möchtest du denn keine Babys, Jane?«
Jane lachte. »Dann müßte ich ja heiraten und Euch verlassen. Dabei kümmere ich mich noch nicht mal einen Tag um Euch. Seid Ihr meiner schon überdrüssig?«
»Nein, natürlich nicht, Jane.«
Obwohl Anne von der Reise und den neuen Eindrücken müde war, wollte sie doch aufbleiben, bis Brennan zurückkehrte, selbst wenn es die ganze Nacht dauern sollte. Sie machte es sich auf einer gepolsterten Liege bequem, doch schon bald nickte sie ein.
Ein scharfes, ungeduldiges Klopfen an der Tür ließ sie zusammenschrecken. Gleich darauf rief sie dem unbekannten Besucher zu, er möge eintreten. Ein Knabe stand im Türrahmen. Er war wie ein Mann gekleidet und ziemlich groß für einen Elfjährigen. Er hatte rotblondes Haar und blaugraue Augen. Seine Gestalt war gedrungen, fast dicklich. Er ähnelte Brennan überhaupt nicht, aber er konnte nur Brainard sein.
Sie fragte sich, warum er nicht eher gekommen war. Und als er ins Zimmer trat und die Tür schloß, stand sie automatisch auf. Ihr seidenes Negligé war sicher nicht das passende Gewand, um ihn zu begrüßen, aber sie hatte ihn einfach vergessen.
»Du mußt Brainard sein«, sagte sie nervös, weil ihr bewußt wurde, daß sie nur fünf Jahre älter als er war.
»Natürlich. Und Ihr seid die neue Gemahlin meines Vaters.« Er musterte sie von Kopf bis Fuß und grinste dabei. »Er hat wahrhaftig keine Zeit verloren, Euch zu bespringen.«

»Brainard!« sagte sie scharf, aber mit zitternder Stimme. »Lord Forbes ist nicht hier.«
»Wie sollte er auch? Ich sah ihn mit dem Seneschall. Ich weiß, wo er ist, Ihr anscheinend nicht.«
»Ich bin froh, daß du ihn begrüßt hast. Er hat dich sehr vermißt.«
Brainard stieß ein schrilles, fast mädchenhaftes Gelächter aus, das überhaupt nicht zu ihm paßte. »Wirklich? Das kann ich nicht glauben. Sicherlich hat mein Vater nicht einmal von mir gesprochen.«
Brainard war ehrlicher als Anne. Aber sie suchte Zuflucht zu einer barmherzigen Lüge. »Das stimmt nicht, Brainard. Er hat dich sehr vermißt.«
»Meine Mutter ist vor drei Jahren gestorben«, sagte er mit grausamer Gleichgültigkeit. »Ich bin der Erbe von Ayliffe und werde Euch als Mutter niemals akzeptieren.«
Anne war schockiert. Dieser Junge war ganz das Gegenteil seines Vaters. Würde sich seine offensichtliche Eifersucht in Zuneigung verwandeln, wenn sie sich erst einmal besser kennengelernt hatten? Doch ein Blick in Brainards Augen sagte Anne, daß diese Hoffnung vergeblich war.
»Niemand versteht das besser als ich, Brainard.«
»Das hoffe ich«, sagte er, drehte sich um, ging aus dem Zimmer und ließ die Tür krachend ins Schloß fallen. Kein Wort des Willkommens, keine Verbeugung. Er diktierte der Gräfin die Spielregeln. Anne hatte verstanden. Sie war traurig über diesen Wermutstropfen.
Zwei Stunden später kam Brennan und nahm sie zärtlich in die Arme. Er ist nur ein verwöhntes kleines Gör, sagte sie sich, und ich bin die Herrin hier. Alle anderen hatten sie herzlich willkommen geheißen. Er wird sich sicher ändern, wenn ich freundlich zu ihm bin und sein Recht als Erstge-

borener anerkenne. Aber sie konnte lange nicht einschlafen.
Während des Sommers verbrachte Anne sehr wenig Zeit in der Gesellschaft von Brennans Sohn, doch es wurde immer deutlicher, daß er nicht nur verwöhnt war, sondern anspruchsvoll und rücksichtslos. Die Dienstboten hatten unter ihm zu leiden; er erging sich in kindischen Zornesausbrüchen, die die Geduld aller auf die Probe stellten, aber Brennan strafte ihn nie. Er schien die Probleme, die sein Sohn machte, zu ignorieren. Dieser einen Aufgabe, Brainard ein Vater zu sein, war er nicht gewachsen.
Es wurde Herbst, und die Ernte war eingebracht. Annes Leib schwoll nun sichtlich, aber sie war gesund und fühlte sich in ihrem neuen Heim wohl. Und dann traf eines Tages völlig unerwartet Lady Gifford ein. Sie kam in Begleitung von zwanzig Berittenen, sechs Dienstboten und führte einen Karren mit Möbeln für ihr Schlafzimmer sowie ihre gesamte Wintergarderobe mit sich. Da wußte Anne, daß Brainard nicht mehr ihr Hauptproblem sein würde.
Anne begrüßte ihre Mutter im Schloßhof. »Du bist ganz schön rund geworden«, sagte Marcella und küßte Anne flüchtig auf die Wange. »Dein Bruder erzählte mir, daß du schwanger bist. Wann kommst du nieder? Zu Weihnachten? Nicht früher?«
Anne streckte angriffslustig ihr Kinn vor. Sie hätte wissen müssen, daß ihre Mutter sie sofort herausfordern würde. Wie immer fühlte sie sich in ihrer Anwesenheit nicht wohl.
»Der Graf muß sehr stolz sein, so bald ein Kind von dir zu bekommen.«
»Das ist er, Madam. Ihr hättet Euren Besuch vorher ankündigen sollen.«

»Habe ich das nicht getan? Ach, ich schreibe so viele Briefe. Doch der Graf hat mich eingeladen. Ich nahm an...«
»Wo ist Divina, Mutter?«
»Sie ist im Kloster von Bury Saint Edmunds, Liebes, und dort sehr glücklich.«
Anne wurde blaß. »Sie wollte nicht ins Kloster gehen, Mutter«, sagte sie schockiert.
»Aber sie hat ihre Meinung geändert, meine liebe Anne«, sagte Marcella und sah sich bewundernd im Schloßhof um. Eine solche Pracht hatte sie nicht erwartet.
»Kann ich Euch irgendwie behilflich sein, Milady?« fragte da Sir Clifton, der neben die beiden Frauen getreten war.
Anne lächelte erleichtert. Dieser wackere Ritter war immer zur Stelle, wenn er gebraucht wurde. Anne war Brennan und seinen Leuten dankbar, weil sie von ihnen unterstützt wurde. Es war unendlich viel einfacher, Marcella hier auf Ayliffe gegenüberzutreten, wo sie die Herrin war.
»Danke, Sir Clifton«, sagte sie. »Wollt Ihr so gut sein und dafür sorgen, daß die Gefolgsleute von Lady Gifford versorgt und beherbergt werden? Ich geleite Madam selbst in die Halle.«
Er nickte, verneigte sich dann und ging.
»Oh«, sagte Marcella, als sie an Annes Seite aufs Schloß zuging. »Wie schön es hier ist. In Raedelle ist es einsam geworden. Und ich bezweifle, daß sich dieser Zustand unter Quentin ändern wird, es sei denn, er findet eine reiche Frau. Und wir müssen mit dem Grafen über Bart sprechen. Schon vor Monaten wurde Edward gekrönt, sicherlich kann er meinem Sohn jetzt ein Lehen geben. Ich weiß, du wirst dich für ihn verwenden, Anne.«
Anne beschlich ein ungutes Gefühl. Sie mußte diplomatisch vorgehen, wenn sie die unbändigen Machtgelüste ihrer Mut-

ter zügeln wollte. Ich muß Stärke zeigen, dachte Anne, stark und klug sein und darf mir nicht alles gefallen lassen wie Divina.

»Wirst du für Bart sprechen, meine Tochter?«

Anne antwortete nicht sofort, sondern drehte sich um und sah, wie Sir Clifton schnell und effektiv ihrer Bitte nachkam und Lady Giffords Gefolgsleuten ihre Quartiere zuwies. Diese Tatsache verlieh Anne ein gewisses Gefühl der Macht. Nur ein Wink von ihr genügte, und alle ihre Anordnungen wurden befolgt. »Ich werde mit dem Grafen zu gegebener Zeit sprechen«, sagte sie mit mehr Selbstvertrauen.

Lady Giffords Reiter führten ihre Pferde in die Stallungen, doch Sir Clifton stand wie angewurzelt da und starrte auf die Tür, durch die Anne eben verschwunden war. Ihr Lächeln hatte erneut diese brennende Leidenschaft in ihm entfacht; es gab Stunden, in denen er fast seine Pflichten vernachlässigte, weil er nur noch an sie denken mußte.

»Immer wen'n er in der Nähe von Milady war, ist er zu nichts mehr zu gebrauchen«, sagte einer der Ayliffe-Ritter spaßend.

Wütend schnellte Sir Cliftons Kopf herum, und seine Augen funkelten vor Zorn. »Was habt Ihr da gesagt?«

Ein Mann, der neben dem Ritter stand, lachte und klopfte ihm auf die Schulter. »Er hat nur einen Scherz gemacht, Sir Cliff. Wir alle haben doch gemerkt, daß Ihr die Gräfin verehrt. Und Ihr seid mit Eurer Verehrung nicht allein. Eine schöne Frau hat sich der alte Lord da ins Bett geholt. Ja, aber ein jüngerer ...«

Der Mann konnte seinen Satz nicht beenden. Clifton warf sich auf die beiden und drosch auf sie ein. Die drei Männer

stürzten zu Boden, wo Clifton sie weiter verprügelte. Bald waren die Raufbolde von einer Anzahl Männer umringt. Dem einen Ritter gelang es, sich zu befreien, und er versuchte, Clifton von dem anderen wegzuzerren, was ihm schließlich auch gelang.
Er stand schweratmend da und gewann langsam wieder die Kontrolle über sich. Dann stapfte er wütend davon. Diese Frau machte ihn mit ihrer Schönheit fast verrückt. Und obwohl er sein unberechenbares Temperament kannte, gab er Anne für diese Entgleisung die Schuld.

TEIL II

20. Mai 1465

9

Das Schiff, mit dem Dylan von Calais nach England gesegelt war, hatte seinem Schwiegervater gehört, doch nach dessen kürzlichem Tod war es in seinen Besitz übergegangen. Vor Plymouth ließ er Anker werfen, aber er ging nicht an Land. Dafür war es noch zu früh. Denn er wollte seinen Fuß auf englischen Boden setzen, der ihm auch gehörte.

Heathwick würde es nicht sein, aber der Besitz hier genügte seinen Ansprüchen — er war ein Teil der Mitgift, die seine Frau mit in die Ehe gebracht hatte. In ein paar Tagen fand die Krönung der Königin, Elizabeth Woodville statt, und da seine Frau Raynia die Nichte von Lord Rivers — einem Cousin der Königin — war, war er durch seine Ehe nun weitläufig mit dem Königshaus verwandt, und die Chancen standen nicht schlecht, daß er wieder bei Hofe zugelassen würde. Doch im Moment war Dylan noch offiziell im Exil.

Dylan hatte schwere, entbehrungsreiche Jahre hinter sich. Oft hatte er sich als Söldner verdingen müssen, um überleben zu können. Doch mit jedem Jahr war es Cameron und ihm besser ergangen, und er hatte in Frankreich die Bekanntschaft Anthony Woodvilles gemacht und durch ihn Raynia kennengelernt. Jetzt waren sie seit sechs Monaten verheiratet.

Dylan war nur mit wenigen Gefolgsleuten und Dienern

nach England gekommen. Sie bestiegen ein Beiboot und ruderten um eine schmale Landzunge eine Flußmündung hinauf, an deren Ufer sein Besitz lag. Das bescheidene Haus sah genauso aus, wie man es ihm beschrieben hatte. Es lag auf einem vom Wald umringten Hügel. Ein Schiff konnte dort nicht anlegen, also war es vor Angriffen von See aus geschützt. Auch über den Landweg war es schwierig zu erreichen, denn unwegsames Moorland umgab es.

Er sprang aus dem Boot und ging die paar Schritte durchs Wasser zum Ufer. Die Hände in die Hüften gestemmt, sah er sich um und seufzte zufrieden.

England.

Anne.

Seit vier Jahren hatte er nur diese beiden Gedanken: England und Anne — seine beiden Lieben. Und beide konnte er sie nicht haben.

Die sechs Ritter und die vier Diener begannen das Boot zu entladen. Sie arbeiteten schweigend. Dylan hatte ihnen soviel von seiner Heimat erzählt, daß sie nun sein Bedürfnis nach Alleinsein respektierten. Tränen der Freude traten ihm in die Augen und trübten seinen Blick.

Anne. Oh, meine geliebte Anne! Könntest du doch die Mutter meiner Kinder sein — aber ein Ayliffe hat mehr als ich zu bieten. Meine Ehe wird wohl nicht glücklich, denn Raynia ist kühl und zurückhaltend. Was wirst du sagen, wenn du mich wiedersiehst? Daß ich mich verändert habe? Daß mich dieses Soldatenleben rauh und ungehobelt gemacht hat?

Aber du, Geliebte ... Ach, du kannst nur schöner geworden sein. Ich hoffe, du führst eine glückliche Ehe. Ich hoffe, der Graf ist gut zu dir. Ich liebe dich noch immer wie am ersten Tag. Oh, Geliebte, was wirst du mir sagen: daß du mit deinem Leben zufrieden bist und mich nicht mehr liebst?

»Milord?«
Dylan kehrte langsam in die Wirklichkeit zurück. Er schüttelte seine Trance ab und sah seinen Freund, Markham, an.
»Ja, Mark. Ihr habt gute Arbeit geleistet.«
»Seid Ihr froh, wieder zu Hause zu sein, Milord?«
»Ja. Raynia sei für dieses Haus gepriesen. Ist es ein gutes Haus, Mark?«
»Ja. Und sehr gepflegt. Dort lebt ein Hauswart mit seiner Familie. Die Vorratskammern sind gefüllt und auch die Weinkeller. Außerdem wurde mir gesagt, daß es viel Wild hier gibt. Wir werden gleich auf die Pirsch gehen, dann können wir heute abend ein Festmahl veranstalten.«
Dylan lächelte. Es hatte Zeiten im Exil gegeben, wo er sein letztes Hemd für ein Dach über dem Kopf und eine warme Mahlzeit hergeschenkt hätte.
»Dann wollen wir es uns dort bequem machen, Mark. Ich bin hungrig und durstig. Vielleicht nimmt uns Edward bald wieder in Gnaden auf. Doch jetzt wollen wir erst genießen, was wir haben.«

Der Krönung Elizabeths am Pfingstsonntag folgten Empfänge und ein prunkvolles Fest in Westminster. König Edward hatte ihr zu Ehren fünfzig Edelleute zu Rittern des Bathordens erhoben. Im Festsaal defilierten die Ritter an ihrer Königin vorbei und erwiesen ihr durch Kniefall oder Handkuß ihre Reverenz. Anne saß in der Reihe der Hofdamen neben Elizabeth und sehnte das Ende der ermüdenden Zeremonie herbei. Brennan hatte ihr versprochen, unmittelbar nach den Krönungsfeierlichkeiten endlich nach Ayliffe zurückkehren zu dürfen.
Lord Forbes, einer der engsten Vertrauten Edwards, hatte seine Gemahlin schon vor Monaten der Königin vorgestellt.

Anne war vom ersten Augenblick an von Elizabeth bezaubert gewesen und bewunderte ihre Schönheit, ihre Klugheit und ihre Aufgeschlossenheit. Auch Elizabeth fand sofort Gefallen an Lady Forbes. Zwischen den beiden Frauen gab es ein instinktives Verstehen und gegenseitige Sympathie.
Anne hatte gehört, daß Elizabeth Woodville ihren ersten Mann, John Grey, der bei Saint Albans gefallen war, innig geliebt hatte. Aus dieser Ehe stammten ihre beiden Söhne. Vielleicht begründete sich die instinktive Zuneigung beider Frauen darauf, weil beide geliebt und diese Liebe verloren hatten. Die Schlacht von Saint Albans hatte das Leben vieler einschneidend verändert; Dylan war danach ins Exil geflohen.
Anne stand hinter Lady Scales, Anthony Woodvilles Frau. Ihr Blick schweifte über die Menge der prächtig gekleideten Edelleute und blieb kurz auf ihrer Mutter, Lady Gifford, haften. Marcella fühlte sich zwar geehrt, an den Krönungsfeierlichkeiten teilnehmen zu dürfen, beneidete jedoch Anne um ihre Nähe zur Königin.
Brennan trat neben sie und legte seinen Arm um ihre Taille.
»Lady Forbes sieht müde aus«, flüsterte er ihr zu.
»Ja«, antwortete sie mit einem tiefen Seufzer, lachte dann leise auf und lehnte den Kopf an seine Schulter. »Hoffentlich dauert es nicht mehr lange.«
»Die Königin wird sich bald zurückziehen. Doch ihre Untertanen werden die Krönung bis in den frühen Morgen feiern.«
»Ich bewundere Elizabeth. Mit welcher Würde sie die Anstrengungen erträgt! Ich wäre unter dem Gewicht der Krone und diesen schweren Roben längst zusammengebrochen.«
»Entschuldige mich bitte, Liebling. Ich habe noch etwas mit Lord Grange zu besprechen. Ich komme dich holen, sobald ich kann.«

Eine Stunde später erhob sich Elizabeth von ihrem Thronsessel. Ihre Hofdamen erwiesen ihre Reverenz mit einem tiefen Hofknicks. Als Anne vor Elizabeth stand, streckte diese ihre Hand aus. »Lady Anne, Ihr dürft Euch zurückziehen, wenn Ihr müde seid. Meine Damen werden mich in die Schlafgemächer begleiten.«
Anne küßte Elizabeths schlanke feingliedrige Hand. »Ich stehe zu Euren Diensten, Majestät«, flüsterte sie.
Zu ihrer Überraschung hörte sie die Königin leise lachen. »Ich habe gesehen, wie Lord Forbes Euch stützte, Milady. Begebt Euch zu Eurem Gemahl.«
»Ich danke Euch, Majestät.«
»Ihr kehrt nach Ayliffe zurück, Lady Anne?«
»Ja, Majestät.«
»Ich werde Euch vermissen, Lady Anne.«
»Ihr seid zu gütig, Majestät. Möge Gott Euch schützen.«
Umgeben von mehr als einem Dutzend adeliger Hofdamen, zog sich Königin Elizabeth zurück. Das Fest näherte sich dem Ende. Anne sah sich suchend um, konnte jedoch Brennan nirgends entdecken. Ihr Blick fiel auf eine Frau, die sich müde gegen die Wand lehnte. Etwas an dieser Gestalt kam Anne merkwürdig vertraut vor. Die schlanke, zierliche Frau trug ein schlichtes Kleid und war ungefähr fünfzig Jahre alt. Graue Strähnen durchzogen ihr kastanienbraunes Haar. Einem unerklärlichen Instinkt folgend, ging Anne zu dieser Frau, deren Augen aufleuchteten, als sie sagte: »Madam, ich bin Anne von Ayliffe, Lady Forbes. Mir scheint, wir sind uns schon einmal begegnet ...«
»Bis jetzt hatte ich nur das Vergnügen, Euch aus der Ferne zu sehen, Milady. Ich bin Daphne deFrayne, verwitwete Gräfin von Heathwick.«
Anne fühlte, wie ihre Wangen zu brennen begannen. »Natür-

lich«, sagte sie atemlos. »Natürlich, Ihr seid es.« Am liebsten hätte sie Lady Daphne umarmt, doch eine derart offenherzige Bekundung ihrer Zuneigung hätte nur Aufsehen und Befremden erweckt. Anne wunderte sich über Lady Daphnes freudiges Lächeln. Betrachtete sie sie denn nicht als ihre Feindin? Marcella verfolgte die deFraynes nach wie vor mit ihrem abgrundtiefen Haß, obwohl diese Familie mittlerweile alles verloren hatte. »Madam, es ist mir eine Freude, Euch wieder am königlichen Hof zu sehen.«
»Das habe ich der Großzügigkeit Seiner Majestät zu verdanken, Lady Anne«, sagte Daphne und fügte mit einem liebevollen Lächeln, als würde sie mit einer vertrauten Freundin sprechen, hinzu: »Geht es Euch gut? Seid Ihr glücklich?«
Dylan hatte ihr gesagt, daß seine Mutter die Liebe zwischen ihnen erahnt hatte. Anne wußte jedoch nicht, wie weit Lady Daphne ihr Geheimnis erraten hatte. »Ja, Madam. Es mangelt mir an nichts. Wie geht es Eurer Familie?«
»Wir sind wohlbehalten und gesund. Ich hoffe, man gewährt mir eine Audienz bei der Königin, damit ich sie bitten kann, sich für meine Söhne zu verwenden. Ich möchte sie nach England zurückholen.«
»Geht es ihnen gut?«
»Ja. Es war eine schwierige Zeit für uns alle. Beide haben mir geschrieben. Dylan und Cameron haben geheiratet und hoffen, durch ihre Ehen wieder Zugang zum königlichen Hof zu finden. Dylans Frau ist eine Cousine Ihrer Majestät, und Camerons Gemahlin stammt aus York.«
Anne schaute zu Boden, damit Lady Daphne nicht in ihren Augen lesen konnte. Dylan hat also geheiratet, dachte sie. Eine kluge Entscheidung. Sie betrachtete die Narbe auf ihrem Handrücken. Ist sie schön? Liebt sie ihren Gemahl? Begehrt er sie leidenschaftlich?

»Milady, Ihr zittert«, sagte Daphne und nahm Annes Hände in ihre. Ihr Finger strich zart über die Narbe, und sie sagte sanft: »Was für ein merkwürdiger Zufall. Dylan hat eine ähnliche Narbe.«
Anne hob zögernd den Blick und las in Lady Daphnes Augen Mitgefühl und Verständnis.
»Mein Vater hat stets nur voller Bewunderung von Euch gesprochen, Lady Daphne«, sagte sie.
»Euer Vater war ein außergewöhnlicher Mann, Lady Anne. Er hinterläßt eine große Lücke in unserem Leben. Gott möge ihm ewigen Frieden gewähren.«
»Haltet Ihr Euch in London auf, Milady?«
»Ja, bis ich wieder irgendwo ein Zuhause finde.«
»Laßt mich ... Madam, ich werde mich für Euch bei der Königin verwenden. Ich bitte Euch jedoch, Stillschweigen darüber zu bewahren. Meine Familie ...«
»Ihr seid zu gütig, Anne.«
»Vor allem Dylan darf nichts davon erfahren. Ich bitte Euch ...«
In Daphnes Augen lag ein wissender, mitfühlender Ausdruck. »Wenn Ihr es wünscht ...«
»Ja. Ich werde bald nach Ayliffe zurückkehren. Habt Geduld, Madam.« Daphne hielt noch immer ihre Hände. Anne hätte Dylans Mutter am liebsten umarmt, geküßt und mit ihr geweint. »Gebt mir Zeit, Lady Daphne.«
»Anne, meine Liebe, ich verstehe Euch. Ihr müßt jetzt gehen, damit unser Gespräch kein Aufsehen erregt. Solltet Ihr mich sehen wollen, dann kommt zu mir. Ich wohne in der Nähe der Residenz der Königin, beim Ormond's Inn ... es ist leicht zu finden. Dort werde ich bleiben, bis mir meine Söhne wieder ein Zuhause geben.«
Anne lachte fröhlich und drückte Lady Daphnes Hände.

»Es freut mich, daß es Euch so gutgeht, Anne. Ihr habt das Glück verdient. Ihr müßt stark und fröhlich sein und viele Kinder haben.«

Anne schaute verlegen in eine andere Richtung. Wieviel hatte Dylan seiner Mutter erzählt? Sie mußte gegen aufsteigende Tränen kämpfen. Sie war müde und auf dieses Treffen nicht vorbereitet. Liebt er mich noch? hätte sie am liebsten gefragt. Träumt er von einem gemeinsamen Leben so wie ich? Ich erziehe seinen Sohn und würde es am liebsten in die Welt hinausschreien. Jedesmal, wenn ich in dieses liebe kleine Gesicht sehe, denke ich an meinen geliebten Dylan. Jeden Tag habe ich um sein Leben gebangt ... Er geht mir nicht aus dem Kopf. Ich liebe ihn noch immer. Ich kann nichts gegen meine Gefühle tun. Ich liebe. Ich liebe.

»Madam, ich ...«

»Auch ich vermisse ihn, Anne. Geht jetzt, Liebes«, flüsterte Daphne. »Die Vorsicht gebietet es. Gott schütze Euch.«

Daphne ließ Annes Hand los und gab ihr einen kleinen Stups. Anne drehte sich um und entdeckte Brennan in der Menge. Sie machte ein paar Schritte in seine Richtung, warf dann einen Blick über die Schulter zurück. Daphne war fort.

Als sie wieder bei Brennan war, merkte sie, daß Daphne in dem Moment gegangen war, als sie die Rührung zu überwältigen drohte. Die Begegnung mit Dylans Mutter hatte alle ihre alten Wunden wieder aufbrechen lassen. Sie atmete tief ein. Daphne ist klug. Es ist besser so, dachte sie. Nie können wir wiederbekommen, was wir einmal verloren haben. Wir müssen unser Leben weiterleben. Wir müssen stark sein.

»Endlich, Liebes.« Brennan küßte sie auf die Stirn. »Möchtest du gern in dein geliebtes Ayliffe zurückkehren?«

»Ja, Brennan. Aber wie es scheint, möchte mich Elizabeth noch einen Tag länger hierbehalten.«
»Das paßt mir gut, denn ich muß wenigstens noch vierzehn Tage hierbleiben. Ich kann ohne dich nicht gut schlafen.«
»Dann mußt du so schnell wie möglich nach Ayliffe kommen.« Sie lächelte ihn an. »Du bist so gut zu mir, Brennan. Bitte, bring mich jetzt nach Hause. Noch nie habe ich mich so erschöpft gefühlt.«

Brennan ritt nach Ayliffe. Die heiße Julisonne brannte auf seinen Rücken. Er ärgerte sich, weil er so lange Zeit hatte in London bleiben müssen, aber es hatte am Hof Schwierigkeiten gegeben.
Der Graf von Warwick — der Mann, dem es Edward zu verdanken hatte, daß er den Thron hatte besteigen können — war zutiefst gekränkt, weil der König ohne sein Wissen Elizabeth geheiratet und sich mit dem umfangreichen Woodville-Clan seiner Frau umgeben hatte. So entstanden neue Ränke und Intrigen, die es zu beschwichtigen galt.
Und Brennan wünschte sich nichts sehnlicher, als bei Anne zu sein. Allein der Gedanke an ihre Nähe schmerzte ihn. Seine Sehnsucht, sein Verlangen nach ihr hatten in den vier Jahren ihrer Ehe niemals nachgelassen. Nicht nur, daß sie von außergewöhnlicher Schönheit war, sie hatte sich auch als eine kluge und umsichtige Wirtschafterin erwiesen, kurzum, sie war einer Herrin Ayliffes würdig. Er war zweimal verheiratet gewesen, aber erst in Anne hatte er die perfekte Frau gefunden.
Doch sie teilte nicht seine Begierde. Er errötete fast vor Scham bei diesem Gedanken. Er hatte kein Recht, sich zu beklagen. Sie mied ihn nicht, sie verweigerte sich ihm nicht. Sie ahnte jedes seiner Bedürfnisse und befriedigte sie. Aber

seine Frau war nicht die heißblütige Geliebte seiner Träume, wie er sie gern gehabt hätte. Sie war ihm mehr Freundin und Verbündete. Sie sehnte sich nicht nach seinen Umarmungen.

Er ritt durch Ayliffes Tore und fragte sich, wo Anne sich aufhielt. In der Küche? In ihrem gemeinsamen Schlafgemach? Im Garten? Er winkte seinen Untertanen zu, die ihn fröhlich lachend willkommen hießen.

Er übergab sein Pferd einem Knappen und legte Sporen, Helm und Wams ab. Er leerte einen Krug Bier in tiefen Zügen und fragte, wo sich Anne aufhielt. Im Garten, wurde ihm geantwortet. Ob man nach ihr schicken solle? Nein, er wollte zu ihr gehen.

Er sah sie auf einer Bank sitzen, mit ihrem Stickrahmen. Sie trug ein leuchtend gelbes Kleid; ihr glänzendes schwarzes Haar wurde von einem Netz gebändigt. Als hätte sie seine Anwesenheit gespürt, hob sie den Kopf und blickte in seine Richtung. Sie lächelte und stand auf.

»Brennan«, sagte sie, als sie auf ihn zuging. »Oh, wie ich dich vermißt habe. Ich dachte, du würdest nie mehr kommen.«

Er spürte ihren vollen Busen an seiner Brust, als sie die Arme um seinen Hals schlang. Er reagierte zurückhaltend, wahrte Distanz.

»Du hast mich vermißt?« fragte er mit einem leicht ungläubigen Unterton.

Sie sah ihn fragend an, streichelte zärtlich über seine Brust und lachte. »Küß mich«, sagte sie. Er tat es. Küßte sie fordernd. Als er sie losließ, lächelte sie ihn an. »Ich weiß, was du willst, Brennan. Sollen wir ins Haus gehen?«

Immer willfährig, dachte er und war doch verletzt, weil sie seinen Hunger, seinen brennenden Hunger nicht teilte.

»Woran arbeitest du?« fragte er und deutete auf den Stickrah-

men. Er versuchte, seinen unvernünftigen Zorn zu bezähmen.
»Ich bin froh, daß du mich danach fragst«, antwortete sie. »Obwohl ich weiß, daß du dich dafür eigentlich nicht interessierst. Ich weiß, was du dir wünschst, Brennan. Ich bin lange genug deine Frau, um das Glänzen in deinen Augen deuten zu können. Komm«, sagte sie und nahm seine Hand. »Ich will gleich deine Lust befriedigen, wenn du nicht bis nach Sonnenuntergang warten kannst.«
»Wenn du meine Lust so gut kennst, warum ...« Er sprach den Satz nicht zu Ende, denn sie lachte leise, ein Lachen, das er so liebte.
»Brennan, wenn du nicht in diesem Zustand zu mir zurückkehren würdest, müßte ich mich fragen, wieviel Geld du für deine Mätressen ausgibst.« Sie sah ihn noch immer lächelnd an, nicht nur, als würde sie ihn verstehen, sondern sein Verhalten auch noch billigen. Er fühlte sich schuldig. Viele Männer hatten Frauen, die sich vor ihrer Berührung ekelten, und er beklagte sich, weil Anne ihm nicht vor rasender Lust das Fleisch vom Körper fetzte.
»Ich habe diesen Teppich erst begonnen, aber er soll riesengroß werden und wird ein Vermögen kosten.« Ein spitzbübisches Funkeln trat in ihre schönen Augen. »Du kannst darüber schimpfen, trotzdem werde ich ihn vollenden. Ist er erst einmal fertig, wird er diesen himmlischen Garten von Ayliffe darstellen, und er ist meinem Erben gewidmet.«
Er berührte den bereits fertiggestellten Teil, der sehr hübsch geraten war. »Deinem Erben? Glaubst du, Sloan wird so etwas gefallen?«
»Nein«, stimmte sie zu. »Sloan gefällt sicher ein Pferd viel besser oder jeder spitze Gegenstand, der als Waffe dienen könnte. Dies hier ist für meine Tochter gedacht.«

»Ach so? Dann sollten wir aber unverzüglich zur Tat schreiten.«

»Das haben wir bereits getan«, sagte sie und sah ihn mit diesem mysteriösen Lächeln an, wie es nur Schwangere haben.

»Du bist schwanger?«

»Ich bin etwas enttäuscht, weil es so lange gedauert hat. Das ist sicher nicht Eurem mangelnden Interesse zuzuschreiben, Milord. Ich möchte gern vier Kinder haben, vor allem da ich Sloan wohl mit deinem ersten Kuß empfangen habe.« Sie konnte sich nur zu gut erinnern, wie sie ihren Erstgeborenen durch schieren Willen bis Weihnachten in ihrem Leib festgehalten hatte. Und er war ein großes, kräftiges Baby gewesen.

Er berührte zärtlich ihre Wange. »Hast du dich nach einem andern Kind gesehnt?«

»Ich war etwas betrübt, daß ich dir nicht jedes Jahr eins geschenkt habe, und fragte mich schon, ob die Leute dachten, wir würden uns mit Händchenhalten abends am Kamin begnügen.« Sie stellte sich auf die Zehenspitzen und küßte ihn auf die Wange. »Du läßt jüngere Männer vor Scham erröten, Brennan. Es war nicht deine Schuld, daß ich nicht eher schwanger geworden bin.«

»Mein Gott!« sagte er. Dann küßte er sie zärtlich. Er fragte sich, welcher Teufel ihn auf dem Weg hierher geritten hatte. Der Durst? Der Hunger? Die Hitze? Er sah ihr in die Augen. »Geht es dir gut?«

»Ich bin kerngesund«, antwortete sie lachend. »Freust du dich?«

Er nahm sie schnell in die Arme und bedeckte ihr Gesicht mit Küssen. Dann trug er sie durch die Halle die Treppe hoch. Ich bin ein brutaler Kerl, dachte er. Ein Flegel. Ein

Lümmel. Ich nenne die schönste Frau auf der Welt mein eigen, sie ist mir ergeben, sie liebt mich ... Wie konnte ich es *wagen?*

Dies war die Mutter seiner Kinder, eine gute Frau, eine reine Frau, über allen anderen stehend; eine Frau, die ihn akzeptierte, wie er war, ohne sich je zu beklagen; eine Frau, vor der Könige das Knie gebeugt hätten. Er wußte, daß seine Bedürfnisse sie ermüdeten, daß sie seinen Hunger nicht teilte, doch nie wandte sie sich von ihm ab. Sie war perfekt.

Brennan war kein Egoist; eher versuchte er der Mann zu sein, den sie sich wünschte. Und er schwor stumm, daß er diesem Bild gerecht werden würde.

Er ließ sie aufs Bett fallen. »Sag mir, daß du mich liebst, Anne.«

»Natürlich liebe ich dich, Brennan«, sagte sie. »Du bist ein guter Mann. Ich liebe dich sehr.«

Wenn das alles nicht genug ist, dachte er, dann ist auch der Himmel nicht vollkommen. Er küßte sie innig. Und sie nahm ihn sanft und zärtlich in die Arme.

10

Es lag nicht in Annes Natur, müßig zu sein; die Gräfin von Ayliffe widmete sich ihren Pflichten mit Tatkraft und Hingabe. Nach der Morgenmesse und dem Frühstück besprach sie mit Mistress Kirsten den Tagesablauf und den Küchenplan. Sie machte täglich einen Besuch im Dorf, um sich nach den Bedürfnissen der Bewohner zu erkundigen. Von Zeit zu Zeit ritt sie in Begleitung eines Ritters über die Felder und begutachtete die Ernteerträge. Ihre Pflichten waren vielfältig, aber sie trug ihre Verantwortung frohen Herzens, denn sie liebte Ayliffe. Für ihr engagiertes Interesse an allem, was innerhalb und außerhalb der Burg geschah, wurde sie mit der Zuneigung und Achtung ihrer Gefolgsleute belohnt.

Ihr »persönlicher Hofstaat«, wie sie es nannte, bestand mittlerweile aus zahlreichen Frauen — den Gemahlinnen und Töchtern der Ritter —, doch ihre einzige und engste Vertraute war Jane.

Manchmal hatte Anne das Gefühl, nie allein zu sein, doch sie reservierte täglich am Nachmittag ein bis zwei Stunden für ihre persönlichen Belange. In dieser Zeit schrieb sie Briefe an Trenton oder arbeitete an ihrem Wandteppich. Trenton war das einzige Familienmitglied, mit dem sie schriftlich Kontakt hielt. Quentin, Lord Gifford von Raedelle, stand in Verbindung mit Brennan und schickte kurze Mitteilungen an Marcella. Bart, dem durch Brennans Fürsprache ein Baronat verliehen worden war, belästigte ständig ihren Mann mit Forderungen nach mehr Ländereien. Obwohl Anne mehrere Briefe an Divina geschrieben hatte — Brennan hatte ihre Schwester mit einer ansehnlichen Mitgift ausgestattet, damit es ihr im Kloster an nichts mangelte —, hatte Divina jeden Kontakt zu ihrer Familie abgebrochen. Anne vermutete, daß ihre Schwester verbittert über ihr Schicksal war und vor allem ihr die Schuld daran gab.

Aber Trenton schrieb lange, liebevolle Briefe, die Anne vor ihrer Mutter versteckte. Ihr Bruder war zu einem edlen, aufrechten Ritter herangewachsen, der nie eine Gunst vom Grafen verlangte und sich geehrt fühlte, im Namen Lord Forbes' und König Edwards den Norden des Landes beschützen zu dürfen.

Heute gab es weder Briefe zu lesen noch zu schreiben, und Anne setzte sich mit ihrem Wandteppich in den Schloßgarten. Ihr Verlangen nach Einsamkeit und Muße wurde von den Dienstboten und ihren Kammerfrauen respektiert, jedoch nicht von ihrer Mutter. Marcella hielt sich oft auf Ayliffe auf, denn ihr gefiel das Leben im Luxus.

»Du sorgst nicht für deine Brüder, wie es deine Pflicht wäre«, klagte Marcella.

Anne schwieg und blickte nicht von ihrem Wandteppich auf.

»Bart sollte längst einen höheren Adelstitel haben«, sprach Marcella weiter.

»Ihr solltet Eure Ungeduld bezähmen, Madam. Bart bekam das Baronat, obwohl König Edwards Regentschaft noch nicht gesichert war.«

»Jetzt kann er frei über größere Lehnsgüter verfügen.«

»Ja, Madam. Ich werde mit Lord Forbes darüber sprechen.

Ich fürchte nur, Ihr verärgert ihn allmählich mit Barts Forderungen.«
»Pah! Der Graf hat Sloan schon im Alter von einem Jahr einen ansehnlicheren Besitz überschrieben als deinem Bruder, der in vielen Schlachten für Ayliffe und Edward gekämpft hat.«
Anne sah ihre Mutter an und seufzte. »Es waren nur zwei Schlachten, Madam. Sloan ist schließlich Brennans Sohn.«
Marcella entgegnete lächelnd: »Das sagst du. Vielleicht könntest du mit der Königin darüber sprechen, wenn wir nach Westminster reisen.«
»Wir?« fragte Anne.
»Erwartest du etwa, daß ich auf Ayliffe bleibe?«
Anne mißfiel Marcellas anmaßende und dünkelhafte Art. Ihr Ehrgeiz schien mit zunehmendem Alter ins Unermeßliche zu steigen. Obwohl Marcella nie direkt von dem Geheimnis sprach, mit dem sie Anne erpreßte, ließ sie keine Gelegenheit aus, mit subtilen Bemerkungen darauf hinzuweisen.
»Ihr könntet doch einen Teil des Jahres auf Raedelle verbringen, Madam.«
»Ja, ich werde mich nächstes Jahr im Sommer dort ein paar Wochen aufhalten.«
»Nur ein paar Wochen? Raedelle ist Euer Zuhause, Madam.«
»Wirst du mit der Königin sprechen?« wechselte Marcella das Thema.
»Wenn sich eine günstige Gelegenheit bietet. Ich möchte die Geduld der Königin nicht übermäßig strapazieren.«
»Wann reisen wir nach London?« fragte Marcella.
Anne stieß wütend die Nadel in den Wandteppich. Wie sehr wünschte sie sich, ein paar Stunden allein zu sein. Doch ihre

Mutter war ständig mit irgendwelchen Intrigen beschäftigt, durch die sie ihren Reichtum und ihre Macht zu vergrößern hoffte. »Ich werde mit Brennan nach dem Erntedankfest nach London reisen. Zuvor erwartet man uns jedoch auf Eltham, wo sich die königliche Familie aufhält. Ich weiß nicht, wie lange wir dort bleiben. In unserem Londoner Haus seid Ihr willkommen, Madam. Ihr habt sicher schon meine Brüder dorthin eingeladen.« Sie bezweifelte, daß Trenton nach London kommen würde, denn er hielt sich nicht gern in der Gesellschaft seiner Mutter auf. Quentin und Bart ließen keine Gelegenheit aus, am königlichen Hof zu verkehren.

»Frauen«, sagte da Marcella. »Wir sollten deine Brüder reich verheiraten. Ländereien können sie immer noch erwerben ...«

Anne hörte nur mit halbem Ohr zu. Ihre Mutter betete ständig dieselbe Litanei herunter.

Da hörte sie im Burghof Sloans aufgeregte Stimme. Er schien wieder hinter Brainard herzulaufen und ihn um etwas zu bitten. Sloan bewunderte seinen älteren Bruder, der ihn jedoch nur mit schroffer und oft grausamer Intoleranz behandelte.

»Seid einen Augenblick still, Madam«, sagte Anne. Die Stimmen näherten sich dem Schloßgarten.

»Brainard, warte auf mich, bitte.«

Sofort wußte Anne, wohin die beiden gingen und was geschehen würde. Brainards Lieblingspferd stand in einem kleinen Stall an der Burgmauer, wo er auch seine ganze Turnierausrüstung aufbewahrte. Sloan war ganz vernarrt in die vielen glänzenden Gegenstände. Brainard haßte es, wenn der kleine Junge seine Schätze auch nur betrachtete. Brainard war jetzt sechzehn und hielt sich bereits für einen überragenden, in allen Kampftechniken versierten Ritter — obwohl er bisher nur als Knappe an Turnieren teilgenommen hatte.

»Brainard, laß mich die Sachen nur einmal anschauen. Ich fasse nichts an...«

»Verschwinde! Ich habe keine Zeit für dich. Immer rennst du hinter mir her wie ein streunender Köter.«

Anne ging langsam in Richtung Stall.

»Brainard, bitte. Ich verspreche dir...«

Anne raffte ihre Röcke und eilte mit großen Schritten zu ihrem Sohn.

Brainard drehte sich mit zorngerötetem Gesicht um, holte mit der Faust, die in einem Lederhandschuh steckte, aus und schlug Sloan so hart ins Gesicht, daß der kleine Junge rückwärts zu Boden geschleudert wurde.

»Sloan!« schrie Anne und begann zu laufen. Sir Clifton, der ihren Schrei gehört hatte, kam aus dem Stall gerannt.

Anne kniete sich neben Sloan und legte seinen Kopf in ihren Schoß. Sie flüsterte mehrmals seinen Namen und streichelte sanft seine Wange, die anzuschwellen begann. Sloan sah mit verwirrten, glasigen Augen zu ihr auf. Seine Nase begann zu bluten. Sie tupfte ihm mit dem Saum ihres hellen Kleides das Blut ab. »Mutter?« fragte er mit zitternder Stimme.

Anne küßte ihn sanft auf die Stirn. »Komm, mein Schatz, setz dich auf«, flüsterte sie. Sloan fand es offenbar beschämend, vor Brainards Augen von seiner Mutter verhätschelt zu werden. Er stieß Annes Hand beiseite, wischte sich mit der Faust Blut und Schmutz aus dem Gesicht und stand auf.

Anne starrte Brainard mit wütend funkelnden Augen an. Sir Clifton stand jetzt neben ihm und war offensichtlich ebenso empört wie seine Herrin. Anne richtete sich auf und strich

ihren blutverschmierten Rock glatt. Sie zitterte innerlich vor Zorn.
»Vielleicht läßt er mich jetzt allein«, sagte Brainard ungerührt.
Anne war mit zwei Schritten bei ihm und schlug ihn mit aller Kraft ins Gesicht. »Wage *nie* wieder, mein Kind zu schlagen«, schrie sie.
Brainard hob instinktiv die Hand, um zurückzuschlagen. Sir Clifton packte seine Arme und hielt sie fest. »Nein, mein Junge, du wirst die Hand nicht gegen Lady Anne erheben. Niemals.«
Brainard ignorierte Cliftons warnende Worte, wehrte sich jedoch nicht gegen dessen eisernen Griff. Er richtete seine Wut gegen Anne und schrie: »Warum haltet Ihr mir den kleinen Bastard nicht vom Leib? Erwartet Ihr von mir etwa, daß ich den Lakai für ihn spiele?«
»Deine Grausamkeit ist grenzenlos, Brainard. Er ist doch dein Bruder«, entgegnete Anne.
Brainard spuckte aus. »Für mich ist er ein Bastard, mit dem Ihr meinen Vater geködert habt. Ich werde ihm nie einen Teil meines Erbes abtreten...«
Anne schlug ihn wieder ins Gesicht. Seine Lippe platzte auf und blutete. Brainard grinste spöttisch und sagte: »Haltet Ihr mich, damit die Lady sich an mir austoben kann, Sir Clifton? Gebt Ihr doch die Peitsche... Wenigstens weiß ich jetzt, auf welcher Seite Ihr steht. Die Schlampe hat Euch also auch becirct.«
Clifton antwortete nicht, sondern preßte Brainards Arme so fest zusammen, daß dieser vor Schmerz aufstöhnte. Damit gab er ihm zu verstehen, daß er Lady Anne und ihren Sohn gegen jeden Angriff verteidigen würde. Wäre Clifton seinem Impuls gefolgt, hätte er Brainard niedergeschlagen. Obwohl

er dem Jungen seit Jahren ein fürsorglicher Beschützer und Lehrer war, behandelte ihn Brainard wie einen Sklaven.

Brainard verstummte plötzlich. Unvermutet waren Brennan und Marcella hinter Anne aufgetaucht. Brennan musterte seinen erstgeborenen Sohn mit strengen Blicken und wandte sich dann Sloan zu.

»Es tut mir leid, Vater«, sagte der kleine Junge schluchzend. »Ich wollte Brainard nicht ärgern... ich wollte nur...«

Clifton ließ Brainard los, der mit einem verschlagenen Lächeln sagte: »Ich entschuldige mich für das Mißverständnis, Milord. Ich...«

»Mißverständnis?« donnerte Brennan mit hochrotem Gesicht. »Wie sprichst du mit meiner *Frau*? Du wagst es, *meinen* Sohn zu schlagen?«

Brainard rieb seine gerötete Wange und schnaubte verächtlich. »Auch ich bin Euer Sohn, Milord, falls Ihr das vergessen haben solltet. Für Euch steht es wohl außer Frage, daß *ich* hier der Missetäter bin.«

»Du bist ein Mann. Du hast ein Kind geschlagen. Außerdem hast du die Hand gegen meine Frau erhoben.«

»Das war eine instinktive Reaktion«, protestierte Brainard empört. »Obwohl ich Euer Erbe bin, gesteht Ihr ihnen mehr Rechte zu als mir.«

»Gott möge verhüten, daß ich bald sterbe. Du bist bei weitem noch nicht fähig, mein Erbe anzutreten. Wann hast du denn jemals deine Fähigkeiten als Verwalter von Ayliffe unter Beweis gestellt? Hast du eine Ahnung von den Pflichten, die dem Erhalt und der Bewirtschaftung des Guts dienen? Weißt du, welche Summen allein die Beköstigung Hunderter von Gefolgsleuten verschlingt? Weißt du, wie viele Menschen meiner Obhut anvertraut sind, wie viele Vorräte für den Winter eingelagert werden müssen? Weißt du, wie viele Baronate dieser

Grafschaft unterstehen, wie hoch die Steuern und Abgaben sind? Nein«, brüllte er, »du beschmutzt die Ehre der Gräfin und läßt deine Wut an meinem zweitgeborenen Sohn aus. Soll ich *dir* ihr Leben anvertrauen?«

Brennan stand mit geballten Fäusten vor Brainard und konnte nur mit Mühe seine Fassung wahren. Er hatte seinem Sohn zu viele Freiheiten gelassen. Dem Jungen mangelte es an allen Fähigkeiten, die von dem Erben eines Grafentitels verlangt wurden. Er spielte sich als kühner Ritter auf, hatte aber noch keinen ernsthaften Kampf bestritten und bei Turnieren weder Ansehen noch Ruhm erlangt. Er war nur berühmt für seine Trinkfestigkeit und prahlte mit seinem Erfolg bei den Frauenzimmern.

Brennan hatte plötzlich einen Einfall, der seinen Zorn dämpfte. »Ich besitze ein kleines Gut in Wales, nicht weit von Ludlow entfernt. Ramsford Keep gehörte zur Mitgift deiner Mutter. Bei Sir Baelfour, dem Kastellan, wirst du Manieren lernen und dich in die Aufgaben eines Gutsherrn einweisen lassen.«

»Ramsford? Vater, das ist kaum mehr als ein schäbiger Bauernhof...«

»Es ist eine Burg und dient König Edward als Befestigungsanlage gegen die Waliser. Sir Baelfour hat sechshundert Männer unter seinem Kommando. Ehe du Anspruch auf Ayliffe erhebst, solltest du deine Fähigkeiten unter Beweis stellen.«

»Milord, ich sollte Euch doch nach Eltham Castle begleiten. Ihr wolltet mich in den Dienst des Königs stellen...«

»Das hast du dir durch dein schändliches Verhalten verwirkt. Du bist ein verwöhnter, anmaßender junger Mann, Brainard. Da ich einen Teil der Schuld mir zuschreibe, werde ich den Fehler ausmerzen.«

»Milord, ich bitte Euch ...«

»Keine weiteren Diskussionen«, unterbrach ihn Brennan schroff. »Pack deine Sachen, sattle dein Pferd und reite los. Ich rate dir, auf deine prunkvolle Schabracke und die mit Gold verzierten Schwerter zu verzichten. Damit wirst du bei den Walisern nur Spott ernten. Sollte es dir nicht gelingen, den Respekt dieser Edelleute zu gewinnen, taugst du auch nicht als Erbe von Ayliffe.«

Brennan entließ seinen Sohn mit einer herrischen Geste und wandte sich Anne zu, die vergeblich versuchte, den sich heftig sträubenden Sloan auf die Arme zu nehmen.

»Sir Clifton, bringt meinen Sohn zur Kinderfrau.«

Mit diesen Worten entfernte er sich, blieb jedoch nach ein paar Schritten abrupt stehen, als er Brainard sagen hörte: »Wenn Ihr das Baby zu Bett gebracht habt, Sir Cliff, begebt Euch schleunigst hierher zurück und sattelt unsere Pferde. Wir werden den Winter in Wales verbringen.«

Brennan merkte erbost, daß Brainard seine Unverschämtheit auf die Spitze trieb. Er drehte sich langsam um und sagte mit gefährlich leiser Stimme: »Ich teile dir eine Eskorte zu. Sir Clifton hat lange genug unter deiner Brutalität und Herrschsucht gelitten. Er bleibt auf Ayliffe.«

Dann stapfte Brennan zornig davon. Anne wußte, daß es eine Weile dauern würde, ehe er sich wieder beruhigt hatte. Sir Clifton trug Sloan zum Schloß. Anne wollte ihm folgen, wurde aber von Marcella am Ärmel zurückgehalten. »Anne, wir haben unser Gespräch über Bart noch nicht beendet.«

Anne verlor zum erstenmal die Beherrschung ihrer Mutter gegenüber und schrie sie an: »Großer Gott, Madam, hört endlich auf, mich zu belästigen. Seht Ihr denn nicht, daß ich mich jetzt um meinen Sohn kümmern muß? Laßt mich in Ruhe!«

Sie raffte ihre Röcke und lief hinter Sir Clifton her.
Anne hatte sich nie bei ihrem Mann über Brainard beklagt, hatte jedoch befürchtet, er würde das tyrannische Verhalten seines Sohnes nicht bemerken. Brainards Interesse an Ayliffe galt ausschließlich dem Reichtum und Ansehen, die ihm der Titel eines Tages bieten würde. Obwohl sie erleichtert war, daß Brennan endlich den wahren Charakter seines Sohnes erkannt hatte, blieb ihre Sorge, denn Sloan würde unter Brainards Haß leiden.
Sir Clifton legte Sloan ins Bett. Anne setzte sich zu ihm und kühlte mit einem feuchten Tuch sein geschwollenes Gesicht. In der Geborgenheit seines Zimmers begann Sloan zu weinen und fragte schluchzend: »Warum haßt mich Brainard, Mutter? Ich gehe immer sehr sorgfältig mit seinen Sachen um.«
»Es ist nicht deine Schuld, mein Schatz. Brainard kann sehr kaltherzig und rücksichtslos sein.« Sie strich ihm mit einer zärtlichen Geste das Haar aus der Stirn. Wie sehr er doch Dylan ähnelt, dachte sie. Er hat sein helles Haar und seine türkisfarbenen Augen geerbt. Glücklicherweise hatten alle Giffords helles Haar und blaue Augen, so daß er ganz Anne zu ähneln schien, denn von ihr hatte er den Mund und das charmante Lächeln geerbt.
Sie überließ Sloan seiner Kinderfrau und wollte aus dem Zimmer gehen, als sie in der offenen Tür Sir Clifton stehen sah.
»Milady«, begann er zögernd.
»Sagt nichts, Sir Cliff. Euch trifft keine Schuld.«
»Ich habe eine Bitte, Milady ...«
»Sprecht, Sir Cliff«, antwortete Anne etwas kurz angebunden. Manchmal fühlte sie sich durch die Ansprüche, die an sie gestellt wurden, überfordert. Noch immer klangen ihr Marcellas Klagen in den Ohren.

»Ich ... äh ... ich scheine mich zwar als Brainards Erzieher nicht bewährt zu haben, würde aber trotzdem gern Sloan in den ritterlichen Tugenden unterweisen.« Er sah Anne an und hoffte, sie würde in seinem Blick nicht die heimliche Verehrung lesen, die er für sie empfand. Er war völlig Annes Liebreiz verfallen und träumte nachts von ihrer Schönheit. »Euer Sohn besitzt die besten Voraussetzungen dafür, ein tapferer und aufrechter Edelmann zu werden.«
Anne hatte sich seit ihrer ersten Begegnung mit Brainard den Kopf darüber zerbrochen, warum er derart mißraten war. Lag es daran, daß Brennan ihn vernachlässigt hatte, oder hatte er durch den frühen Tod seiner Mutter ein Trauma erlitten? Niemand kam mit Brainard zurecht, der von maßlosem Ehrgeiz und Streben nach Anerkennung angetrieben wurde.
Anne legte ihre Hand auf Sir Cliftons Arm, den diese vertraute Berührung erröten ließ. Ihr entging die Verwirrung, die sie in dem Ritter auslöste. »Ich weiß, daß Ihr Euer Möglichstes getan habt, um Brainard zu einem Edelmann zu erziehen. Leider gleicht er in keiner Weise seinem Vater. Er mag zwar ein guter Kämpfer sein, aber vom ritterlichen Ehrenkodex scheint er nichts begriffen zu haben.« Sie warf einen flüchtigen Blick auf Sloan. Ihr Sohn mußte vor Brainard beschützt werden, und sie hoffte in Sir Clifton einen Verbündeten gefunden zu haben. »Mein Sohn soll in allen ritterlichen Tugenden unterwiesen werden, denn es genügt nicht, nur mit dem Schwert umgehen zu können. Sir Clifton, ich vertraue Euch meinen Sohn an, denn Ihr seid ein vorbildlicher Edelmann. Für Lord Forbes seid Ihr der getreueste und ergebenste Ritter auf Ayliffe. Als Erzieher meines Sohnes würdet Ihr auch mein Vertrauter und Beschützer sein.«

»Milady, es wäre mir eine Ehre...«
Anne unterbrach ihn ungeduldig: »Ich werde mit Seiner Lordschaft darüber sprechen, Sir Clifton.«
Mit einem leichten Neigen des Kopfes ging sie an ihm vorbei und suchte Brennan in seinem Arbeitszimmer auf. Als sie eintrat, blickte er vom Schreibtisch auf und begrüßte sie lächelnd. Anne trat hinter ihn und legte ihre Wange an sein Gesicht. Auf dem Schreibtisch lag ein Brief von Bart.
»Brennan, mir ist heute zum erstenmal aufgefallen, welche Ähnlichkeit zwischen Brainard und Bart besteht.« Sie spürte, wie er sich versteifte. »Auch Bart will alles haben, ohne etwas dafür zu tun. Er ist mehr an Geld als an Arbeit interessiert. Sein maßloser Ehrgeiz beunruhigt mich.«
Brennan legte die Feder beiseite und drehte sich um. Anne entging nicht der mißmutige Ausdruck auf seinem Gesicht.
»Meine Mutter gibt sich nicht mit dem zufrieden, was du ihr und meinen Brüdern bereits gegeben hast. Sie will ihre Söhne reich verheiraten, damit sie Einfluß und Macht gewinnen. Trenton ist damit zufrieden, Euch zu dienen. Und Quentin begnügt sich damit, Graf von Raedelle zu sein. Aber Bart... er ist wie Lady Gifford und will wie Brainard Reichtum und Macht.«
»Worauf willst du hinaus, Anne.«
»Du hast Brainard nach Ramsford geschickt, wo er sich als Mann bewähren muß und keine Zeit hat, sein Schicksal zu beklagen. Wenn du Bart gibst, was er haben will, und seinen Besitz vergrößerst, wird er dich nicht weiter mit seinen maßlosen Forderungen belästigen. Mach es mit ihm wie mit Brainard – gib ihm ein Lehnsgut, das er verwalten kann, das aber dir gehört. So bleibt er dir verpflichtet und muß sich Mühe geben, sich deine Gunst zu erhalten.«

Brennan lachte und drückte seine Frau an sich. »Dein politisches Geschick erstaunt mich«, sagte er. »Wenn ich Bart eine Grafschaft verschaffe, ist mir Lady Giffords Dank sicher, und sie wird mich in Ruhe lassen.«
Anne lächelte. »Ich bewundere deine Geduld mit meiner Familie«, sagte sie und küßte Brennan.

Lord Forbes wäre gern in Begleitung seiner Frau nach London gereist. Da Anne jedoch monatelang von Ayliffe fort sein würde, wollte sie erst nach dem Erntedankfest abreisen. Brennans Pflichten aber duldeten keinen Aufschub, denn König Edward brauchte ihn.
Lord Forbes war erst ein paar Tage fort, als ein Bote einen Brief aus Bury Saint Edmunds brachte. Anne öffnete ihn mit zitternden Fingern, denn sie wartete seit langem auf ein Schreiben von Divina. Aber die Nachricht kam nicht von ihrer Schwester, sondern von der Mutter Oberin. Divina war tot. Die Schwestern wußten nicht, an welcher Krankheit Divina gestorben war, und vermuteten als Todesursache eine tiefgreifende Melancholie. Divina war an gebrochenem Herzen gestorben.
Anne eilte sofort zu ihrer Mutter. Marcella war mit ihrem liebsten Zeitvertreib, dem Schreiben von Briefen, beschäftigt. Sie hatte am Hof zahlreiche Freunde gewonnen, die sie irrtümlich für eine reiche und einflußreiche Witwe hielten, weil sie die Schwiegermutter des Grafen Ayliffe war.
»Madam, ich habe eben einen Brief der Mutter Oberin von Bury Saint Edmunds bekommen. Divina, Mutter ...«
»Was ist mit Divina?« fragte Marcella schroff, ohne aufzublicken.
»Divina ist tot.«
Marcella schenkte ihrer Tochter endlich Aufmerksamkeit.

Anne gab ihr den Brief, den diese kopfschüttelnd las. »Nun, Anne«, sagte sie schließlich, »jetzt gibt es nur noch dich und mich.«
»Madam?«
»Divina kann dich nicht mehr verraten. Ich nehme an, du bist erleichtert.«
Tränen traten plötzlich in Annes Augen. »Eure Tochter ist tot«, schrie sie. »Sie ist an gebrochenem Herzen gestorben.«
»Unsinn! An gebrochenem Herzen stirbt man nicht, sonst wären viele von uns schon tot.«
Anne starrte ihre Mutter fassungslos an. »Ihr besitzt kein Herz«, sagte sie leise. »Mein Gott, Madam, empfindet Ihr denn keine Trauer?«
»Natürlich tut es mir leid, daß Divina tot ist. Doch mein Kummer kann ihr jetzt auch nicht mehr helfen.«
»Ich weiß, daß Ihr mich nur *benutzt*«, sagte Anne. »Aber ich habe immer gedacht, Ihr würdet Divina *lieben.*«
»Du sprichst so oft und leidenschaftlich von Liebe, Anne. War es nicht *deine* Liebe, die Divina zwang, ins Kloster zu gehen? Gib doch zu, daß du erleichtert bist.«
Anne stützte die Hände auf den Schreibtisch, beugte sich ganz nah zu ihrer Mutter hinunter und sagte: »Hätte es in unserer Familie Liebe gegeben, hätte zwischen Euch und Euren Kindern Vertrauen geherrscht, würden wir uns alle glücklich schätzen, daß mein Fehltritt den Giffords nicht zum Nachteil gereicht hat. Wir alle haben davon profitiert. Statt dessen haben wir einen unehrenhaften Pakt geschlossen, schweigen aus Gewinnsucht und nutzen das Geheimnis als erpresserisches Mittel. Divina hat dafür mit dem Leben bezahlt.«
»Hüte dich, Anne! Es ist nicht an dir, anzuklagen. Du hast

dich an den Menschen versündigt, die dich lieben. Erwarte nicht, daß ich deine Sünde glorifiziere.«

»Ihr könntet mir verzeihen, Madam. Aber Ihr habt nie einen Zweifel daran gelassen, wie Ihr Euch meine Schuld zunutze machen wollt, um Euren Ehrgeiz zu befriedigen. Ihr werdet mich zeit meines Lebens damit erpressen. Trauert Ihr denn nicht um Eure Tochter, die Ihr diesem Ziel geopfert habt?«

»Ich habe es für dich getan«, sagte Marcella.

»Nein! Ihr habt nie etwas für *mich* getan. Ihr tut alles nur für *Euch.* Ihr schweigt nur, weil die Wahrheit Euch der Großzügigkeit des Grafen berauben würde. Ihr habt Euch in eine gefährliche Situation manövriert, Madam. Ihr könntet mich dazu bringen, auf alles zu verzichten, und dann seid auch Ihr am Ende.«

»Das bezweifle ich, Anne. Um Sloans willen wirst du deine Rolle weiterspielen. Oder möchtest du, daß er als Bastard aufwächst?«

Anne wich zurück. Marcella hatte ihren schwachen Punkt erkannt und würde sich mitleidslos ihre Schwäche zunutze machen. Wutentbrannt schrie sie: »Ihr könnt mir nicht mehr drohen, Madam! Ich bin kein Kind mehr. Ja, ich werde alles tun, um die Menschen zu schützen, die ich liebe. Aber vergeßt eins nicht: Euer Geheimnis ist nur etwas wert, solange auch ich Stillschweigen darüber bewahre.«

»Du kannst es nicht riskieren, die Wahrheit zu sagen«, antwortete Marcella gelangweilt.

»Lord Forbes würde mein Wort gegen Eures aufwiegen, Madam. Ich warne Euch, stellt meine Geduld nicht zu sehr auf die Probe. Ihr könntet Euren Gönner verlieren.«

»Wenn du über deine Reden nachdenkst, meine Liebe, wirst du erkennen, welchen Unsinn du verzapfst.«

Anne zitterte vor Wut und hätte ihre Mutter am liebsten geohrfeigt. Sie konnte Marcellas selbstgefälligen, überheblichen Gesichtsausdruck nicht mehr ertragen. »Ihr hättet viel mehr bekommen, wärt Ihr sanfter und einfühlsamer gewesen. Alles, was ich je wollte, war Eure Liebe. Alles, was Divina je wollte...« Annes Stimme brach.

»Hätte ich anders gehandelt, wärst du jetzt mit einem Verräter verheiratet, der im Exil lebt. Verschone mich mit deinen Vorwürfen. Du solltest mir dankbar für meine weise Voraussicht sein.«

Anne starrte ihre Mutter haßerfüllt an. »Erwartet keinen Dank von mir«, sagte sie leise. »Ihr tragt die Schuld.«

Das Gespräch mit Marcella machte Anne deutlich, daß sie ihre Mutter unterschätzt hatte. In den vergangenen Jahren war sie ihr mit Nachsicht begegnet und hatte gehofft, ihr Wohlwollen durch Großzügigkeit zu gewinnen. Aber sie hätte es nie zulassen dürfen, daß Marcella durch ihr Geheimnis eine derartige Macht über sie gewinnen konnte. Es wäre besser gewesen, sie hätte Brennan die Wahrheit gesagt, die Strafe auf sich genommen und ihr Kind in einem Kloster zur Welt gebracht. Dann wäre sie nicht in diese verzweifelte Situation geraten, in der das Leid oder das Glück vieler Menschen von ihrem Verhalten abhing.

»Ich lasse Divinas Leichnam nach Ayliffe überführen. Sie wird hier ihre letzte Ruhe finden. Ihr Grab wird uns stets daran erinnern, wie hoch der Preis für unser Geheimnis ist. Nach der Beerdigung reise ich zu meinem Gemahl nach London. Ihr bleibt auf Ayliffe.«

»Ich fürchte, meine Reise nach Ramsford läßt sich nicht länger aufschieben«, sagte Brennan. »In einem Monat werden die Winterstürme jedes Fortkommen unmöglich machen.«

Anne seufzte enttäuscht. Sie war erst seit vier Wochen wieder mit ihrem Mann vereint. »Vielleicht hat sich Brainard verändert, und ich finde einen jungen Mann vor, auf den ich stolz sein kann.« Der Zweifel in seiner Stimme war unüberhörbar.

»Brennan, ich ...« begann Anne und verstummte wieder. Es fiel ihr schwer, das auszusprechen, was ihr schon seit langem auf dem Herzen lag. »Brennan, ich habe Angst vor Brainard. Ich fürchte um Sloans Sicherheit.«

»Für Sloan ist gesorgt, Anne.«

Sie tätschelte ihren Leib, dem die Schwangerschaft noch nicht anzusehen war. Das Kind war im Juni gezeugt worden und würde in London zur Welt kommen. »Und wenn ich noch einen Sohn gebäre? Wie kannst du für alle sorgen? Brainard wird nicht zulassen, daß sein Erbe geschmälert wird.«

Brennan drückte beruhigend ihre Hand. »Ich bin ein reicher Mann, Anne. Es ist genug für alle da.«

Sie sah Brennan nur stumm an. Natürlich war genug für alle da, vorausgesetzt Brainard erwies sich als großzügig, was bezweifelt werden mußte. Brennan verstand ihre unausgesprochenen Bedenken.

»Ich bleibe nur einen Monat fort, Anne. Sollte sich mein Sohn nicht zu seinem Vorteil verändert haben, werde ich die nötigen Schritte unternehmen, um unsere Kinder vor ihm zu schützen.«

Anne legte ihre Hand auf seine Brust. »Sei vorsichtig, Brennan. Brainard ist unberechenbar in seinem Egoismus.« Anne machte sich wirklich Sorgen. Brainard würde nicht davor zurückschrecken, gegen seinen eigenen Vater vorzugehen.

Brennan küßte sie zärtlich. »Mach dir keine Sorgen, Anne.«

»Darf ich in deiner Abwesenheit in unserem Londoner Haus wohnen, wenn die Königin mich nicht braucht? Dort fühle ich mich wohler. Es ist mein Zuhause, wenn ich auch lieber auf Ayliffe wäre.«

Brennan sah sie liebevoll an. »Ich wünschte, meinem Sohn würde Ayliffe so am Herzen liegen wie dir.«

»Seid vorsichtig, Milord«, sagte sie zum Abschied.

Anne war es während ihres vierwöchigen Aufenthalts in London nicht gelungen, ein Gespräch unter vier Augen mit der Königin zu führen. Sie waren ständig von Hofdamen und Kammerfrauen umgeben. Eines Abends überwand Anne ihre Scheu und ging zu den Gemächern der Königin. Ihre Bitte um eine kurze Audienz wurde mit der Antwort beschieden, daß Elizabeths Bruder, Anthony Woodville, bei der Königin sei. Anne wurde aber trotzdem hineingebeten.

Die Königin lag auf einem Ruhebett. Anthony saß ihr in einem Sessel gegenüber.

Anne machte einen tiefen Knicks. Elizabeth bat sie Platz zu nehmen. »Ihr seid mir jederzeit willkommen, meine liebe Freundin. Euer Gemahl mußte London verlassen?«

»Ja, Majestät. Seine Anwesenheit ist auf Ramsford, einem seiner Lehnsgüter, erforderlich. Lord Forbes' Sohn hält sich dort auf.«

»Ach ... Ich kann mich nicht erinnern, seinen Sohn kennengelernt zu haben. Nun, was führt Euch zu dieser späten Stunde zu mir, Lady Anne?«

Annes Blick schweifte zu Anthony. Er war ein gutaussehender, stattlicher Mann, der im Ruf stand, König Edwards mächtigster Ritter zu sein. »Ich ... es geht ... Majestät ...«

»Ihr braucht keine Scheu vor Lord Scales zu haben, meine Liebe. Er wird unser Geheimnis bewahren«, sagte Elizabeth neckend.

»Es ist kein Geheimnis, Majestät, obwohl meine Familie erstaunt über das Anliegen wäre, das ich Euch vortragen möchte. Ich verwende mich als Fürsprecherin für Lady deFrayne, die Witwe des Grafen von Heathwick. Ihr Gemahl und ihr ältester Sohn fielen in der Schlacht von Saint Albans, und ihre beiden jüngeren Söhne mußten ins Exil fliehen. Ihr Besitz wurde enteignet. Dylan und Cameron deFrayne möchten König Edward gern den Treueschwur leisten, würde man ihnen Gelegenheit dazu geben.«

»DeFrayne?« sagte Anthony. »Majestät, ich kenne die Ritter deFrayne. Ich habe ihre Bekanntschaft in Calais gemacht. Die Brüder sind hervorragende Kämpfer und aufrechte Männer.«

»Ich werde dem König Euer Anliegen vortragen, Anne. Wenn Anthony sich für die deFraynes verbürgt, wird Seine Majestät sicher Gnade vor Recht walten lassen.«

»Ich werde selbst mit dem König sprechen«, sagte Anthony. »Ich habe Dylan deFrayne mit unserer Cousine, Raynia Blakely, Lord Blakelys Tochter, bekannt gemacht, die er dann geheiratet hat. Erinnert Ihr Euch an das schüchterne, dunkelhaarige Mädchen?«

Elizabeth zuckte die Schultern. »Dadurch ist er also weitläufig mit uns verwandt. Das wird sich günstig auf die Entscheidung des Königs auswirken.«

»Und Cameron deFrayne hat in die Neville-Familie eingeheiratet. Ich nehme an, daß beide Ehen nur zu dem Zweck geschlossen wurden, den deFraynes die Rückkehr nach England zu ermöglichen.«

»Ich werde mich mit Anthonys Hilfe darum kümmern, Lady Anne.«

»Ich danke Euch, Majestät. Die Familie der deFraynes hat schwere Verluste erlitten ... da die Giffords, vor allem meine

Mutter, Lady Marcella, die alte Familienfehde zwischen unseren Familien aufrechterhalten, bitte ich Euch, ihnen gegenüber nicht zu erwähnen, daß ich mich für die deFraynes verwendet habe.«

»Niemand wird es erfahren, meine Liebe«, antwortete Elizabeth.

Annes Angst, der Königin mit ihrer Bitte zur Last zu fallen, hatte sich als völlig unbegründet erwiesen. Der Gedanke, Dylan bald wiederzusehen, erfüllte sie mit unbändiger Freude. Der Gefühlsaufruhr zeichnete sich wohl auf ihrem Gesicht ab, und sie versuchte, ihre Tränen zu verbergen, indem sie sich über Elizabeths Hand beugte.

»Meine Liebe, was ist mit Euch? Rührt Euch Euer Mitgefühl für Lady Daphne zu Tränen, oder weint Ihr aus einem anderen Grund?«

Anne richtete sich auf und betupfte mit einem Taschentuch ihre Augen. »Ach, Majestät, ich verfalle in letzter Zeit des öfteren in diese rührseligen Stimmungen. Ich breche völlig grundlos in Tränen aus und verliere mich in Sentimentalitäten. Wahrscheinlich sind diese Stimmungswechsel auf meine Schwangerschaft zurückzuführen. Ich bin so beschämt.«

Elizabeth streichelte sanft Annes Wange. »Meine Liebe, Ihr braucht Euch nicht zu schämen ... doch nicht vor *mir*.« Sie hob Annes Gesicht empor und zwang sie, ihr in die Augen zu sehen. »Geht es Euch jetzt besser?«

»Ja, Majestät.«

»Kennt Ihr Lady deFraynes Söhne?«

»Nein, Majestät. Ich würde mich nur freuen, wenn diese Familie wieder vereint wäre. Lady deFraynes jüngster Sohn, Dylan, war einst Gefangener in der Burg meiner Eltern ...«

Ihre Stimme verlor sich. Mit ihrem Geschwätz und ihrem

unmöglichen Benehmen würde sie sich noch die Gunst der Königin verscherzen.
Elizabeth sah Anne prüfend an und sagte: »Vielleicht nehmt Ihr Euch die Angelegenheit zu sehr zu Herzen, meine Liebe. Anthony wird sich darum kümmern.«
»Ja, Majestät.«
»Ihr seid entschuldigt, bis Ihr Euch besser fühlt. Ich versichere Euch meiner Zuneigung und wünsche Euch alles Gute.«
Anne war Elizabeths argwöhnischer Blick nicht entgangen. Wenn allein die Erwähnung von Dylans Namen eine derart hysterische Reaktion in ihr auslöste, wie würde sie sich dann benehmen, wenn sie ihm gegenüberstand? Falls er nach London zurückkehrte, war eine Begegnung unausweichlich. Sie erinnerte sich an ihr zufälliges Zusammentreffen mit Lady Daphne.
Nachdem Anne in ihr Londoner Haus umgezogen war, ging sie unverzüglich in Janes Begleitung zu Lady deFrayne und erzählte ihr, daß Anthony Woodville und die Königin die Rückkehr ihrer Söhne an den königlichen Hof befürworten würden.
Dann schwieg sie eine Weile und sagte schließlich bedrückt: »Madam, ich habe Angst. Ich muß Euch ein Geheimnis anvertrauen und bitte Euch, mit niemandem darüber zu reden. Ich hoffe, Ihr habt Verständnis für mich.«
Daphne nickte und nahm Annes Hand in ihre. Anne wagte nicht, Dylans Mutter in die Augen zu sehen.
»Ich bin die Frau eines angesehenen und ehrenwerten Mannes, der mich über alle Maßen liebt. Ich habe einen Sohn und erwarte mein zweites Kind. Madam, Ihr dürft Dylan nicht sagen, daß ich auf irgendeine Weise dazu beigetragen habe, ihm die Rückkehr nach England zu ermöglichen.«

Jetzt sah sie Lady Daphne flehend an. »Bitte, ich darf ihn nicht wiedersehen. Es gab zuviel ...«
Daphne unterbrach sie lächelnd. »Anne, mein liebes Kind, wenn Dylan durch die Fürsprache von Lord Scales und der Königin die Rückkehr nach England ermöglicht wird, könnt Ihr meinem Sohn nicht ewig aus dem Weg gehen. Ihr gehört zu den Hofdamen der Königin, und wenn es Dylan gelingt, dank Euer Vermittlung König Edwards Vertrauen zu gewinnen, werdet Ihr ihm unweigerlich eines Tages bei Hof begegnen.« Sie spürte, wie Anne zitterte. »Darauf müßt Ihr vorbereitet sein, Lady Anne. Ihr dürft Eure Gefühle nicht zeigen.«
»Je später diese Begegnung stattfindet, um so besser für mich«, antwortete Anne und hoffte, Lady Daphne würde nicht weiter in sie dringen. »Meine Kinder brauchen den Schutz ihrer Mutter.«
Daphne tätschelte Annes Hand. »Kommt in exakt vierzehn Tagen wieder zu mir, Lady Anne. Zur selben Stunde. Dann reden wir weiter. Habt keine Angst vor einer zufälligen Begegnung mit Dylan bei Hofe. Ihr werdet darauf vorbereitet sein. Ich helfe Euch, so gut ich kann.«

11

Jane war Annes engste Freundin und Vertraute. Obwohl Brennan die Kammerzofe für den Dienst auf Ayliffe verpflichtet hatte, war sie der Gräfin mit Leib und Seele ergeben. Nach fünf Jahren Zusammensein waren die beiden einander lieb und teuer geworden. Anne vertraute Jane bedingungslos.

Sie erzählte Jane von ihrer geheimen Unterredung mit Lady deFrayne, denn ihre eigene Familie hätte mit Entsetzen darauf reagiert, daß sie es überhaupt in Erwägung zog, den deFraynes helfen zu wollen. Natürlich hatte Jane volles Verständnis dafür, denn Lady Marcella war eine äußerst schwierige Frau. Anne erklärte ihr auch, daß sie es nicht wünsche, ihren Mann darüber in Kenntnis zu setzen, da er vielleicht Einwände gegen ihr Vorhaben haben könnte. Jane schien diese Begründungen vorbehaltlos zu akzeptieren.

Deswegen war Jane Annes einzige Begleiterin bei ihrem Besuch in Daphne deFraynes Haus. Zwei Knappen führten ihre Pferde in die Knightrider Street, wo die Frauen sie zurückließen und allein weitergingen.

Anne runzelte besorgt die Stirn, als auf ihr Klopfen ein Mann die Tür des bescheidenen Hauses öffnete. Er schien sie jedoch erwartet zu haben und fragte: »Lady Forbes?« Der Mann war nicht wie ein Hausdiener gekleidet. Er war groß und kräftig, Ende Zwanzig und trug das Hemd und die

Kniehose eines Ritters. Anne verbarg ihre Verwunderung, neigte leicht den Kopf und trat ins Haus. Jane folgte ihr. Annes Fragen verloren sich in einem Aufruhr der Gefühle. Sie sah ihn mitten im Raum stehen und wurde von der Überraschung überwältigt. Ihre Augen wurden groß und rund, ihre Hände begannen zu zittern, und sie konnte ihn einfach nur wortlos anstarren. Er trug ein schlichtes Leinenhemd, das am Kragen offen und in der Taille gegürtet war. Sein Haar war zu lang, sein Gesicht gebräunt, seine Augen glitzerten wie die türkisfarbenen Edelsteine in ihren Träumen. Er trug Stiefel, Kniehosen und ein Lederwams — die zwanglose Kleidung eines Ritters — und wirkte keineswegs wie ein Verbannter in Bedrängnis. Anne stand so lange wie gelähmt da, daß Dylan schließlich mit einem leichten Lächeln auf den Lippen zu ihr trat.

»Ist das Eure Kammerzofe, Madam?« fragte er.

»Ja... ja, das ist Jane. Meine Begleiterin und Vertraute.«

Dylan verneigte sich leicht vor Jane. »Ich bin Dylan deFrayne, Lady deFraynes Sohn. Bitte verzeiht, Lady Forbes, daß ich Euch so überraschend gegenübertrete, doch meine Mutter bat mich, Euch zu begrüßen. Das ist Sir Markham. Er steht in meinen Diensten und wird Eurer Kammerzofe in der Küche eine Erfrischung reichen, während Ihr meiner Mutter und mir die Ehre Eurer Anwesenheit erweist.«

Anne warf Jane einen flüchtigen Blick zu und bedeutete ihr mit einem Nicken, Sir Markham zu folgen. Ihr Gesicht war völlig ausdruckslos, damit Jane nicht ihre Verwirrung bemerkte, während ihr Herz vor Aufregung wild pochte und sie kaum ihre Gefühle zu beherrschen vermochte. Sie wußte nicht, wieviel von diesem inneren Aufruhr in ihren Augen zu lesen war. Er ist verheiratet, dachte sie. Wir beide sind verheiratet. Vielleicht liebt er seine Frau. Warum ist er überhaupt hier? Ist das Daphnes Art, mir zu helfen? Sie hat ein Treffen arrangiert, das für uns beide über die Maßen qualvoll werden kann und außerdem höchst unzulässig ist.

Dylan schien die Situation unter Kontrolle zu haben. Er nahm Annes Hand und geleitete sie höflich zu einem Sessel in dem kleinen Wohnzimmer. Er schwieg, bis er hörte, wie Mark eine Tür im hinteren Teil des Hauses schloß.

»Du hast nicht gewußt, daß ich hier sein würde.« Das war keine Frage, sondern eine Feststellung. Anne schüttelte den Kopf. Der Raum war kärglich möbliert, aber sauber, und im Kamin loderte ein Feuer. Trotzdem zitterte sie. »Meine Mutter ist nicht hier«, sagte er. »Wie es scheint, hat sie uns die Entscheidung abgenommen. Dieses Treffen hat sie arrangiert.«

»Warum?« fragte Anne.

Dylan zuckte die Schultern. »Ihre Worte waren: ›Die Augen der jungen Frau verraten ihre Gefühle, so wie deine Blicke dich verraten. Wenn ihr keine Gelegenheit habt, allein miteinander zu reden, euch wieder miteinander vertraut zu machen und eure Schmerzen und Enttäuschungen zu überwinden, wird einer von euch beiden in Tränen ausbrechen... vielleicht sogar im Audienzzimmer der Königin.‹ Wärst du gekommen, wenn du gewußt hättest, daß ich hier bin?« fragte er.

Anne schüttelte wieder den Kopf und wich seinem Blick aus. »Wie hätte ich das tun können?« entgegnete sie.

Dylan betrachtete ihren gesenkten Kopf, sah das feine, teure Gewebe ihres Umhangs, den kostbaren Ring an ihrem Finger und empfand keine Freude. Er spürte, daß seine selbstlose Liebe Grenzen hatte. »Von welchen Gefühlen hat dann meine Mutter gesprochen?« fragte er. »Hat meine Mutter

Scham in deinen Augen gesehen? Nein, das kann nicht sein. Wie könnte die Gräfin Ayliffe Scham empfinden? Schämt sich die Gräfin wegen der innigen Zuneigung des Grafen?«
Anne blickte überrascht auf. Erzähle es ihm nie, hatte Dylan sie gewarnt. Er wird für dich sorgen und dir Sicherheit geben. »Er ist gut zu mir, Dylan. Er liebt mich sehr.«
»Er schenkt dir teure Kleider. Aber das war ja zu erwarten.«
»Du weißt, daß mich derlei Dinge nie interessiert haben ...«
»Wie ich höre, hast du einen Sohn vom Grafen. Das muß dich ihm noch liebenswerter machen.«
Annes Herz drohte zu zerbrechen. Er ist dein Sohn, wollte sie rufen. Ich habe den Grafen geheiratet, um deinen Sohn zu beschützen. Aber diese Versuchung verflog rasch. Sie hatte geschworen, Sloan ohne Rücksicht auf ihre persönlichen Gefühle und Opfer zu beschützen, bis er zum Mann herangereift war. »Ich bin wieder in anderen Umständen«, sagte sie leise.
In seinen Augen flackerte es schmerzlich auf. Sein Blick glitt zu ihrem Leib. Die Schwangerschaft war ihr noch nicht anzusehen.
»Es ist zu früh«, sagte sie und legte instinktiv die Hand auf ihren Bauch. »Hast du Kinder, Dylan?« fragte sie.
»Nein. Ich hatte nicht soviel Glück im Leben wie du.«
Anne zitterte innerlich. In Dylans wunderschönen Augen lag ein Ausdruck der Härte und Unduldsamkeit, der früher nicht dagewesen war. Das jungenhafte Funkeln und das verspielte Leuchten waren verschwunden. Ohne sich dessen bewußt zu sein, musterte sie Dylans Körper auf dieselbe Weise, wie sie ihren Mann betrachtete, wenn er aus einer Schlacht zurückkam. Dylans Brustkorb war breiter, seine Arme und Beine musku-

löser geworden. Er hatte Falten auf der Stirn und Fältchen um die Augen. Für sie war er noch immer der bestaussehende Mann der Welt, aber er war gealtert. Er ertappte sie bei ihrer eingehenden Musterung und lächelte.

»Oh, ich bin ganz geblieben, obwohl die vergangenen Jahre ein harter Kampf waren.«

»Willst du mir davon erzählen?«

»Nur, wenn du mir von deinen Leiden während dieser Zeit erzählst.« Er sprang auf. Er verstand nicht, warum er plötzlich so wütend war, denn eigentlich hatte er sie in die Arme nehmen und trösten wollen. Sein Zorn war wohl durch die Erkenntnis geweckt worden, daß sie keinen Trost brauchte und ihr Leben erfolgreich gemeistert hatte, während er noch immer litt. Er ging rastlos auf und ab. »Wird deine Kammerzofe deinem Mann erzählen, daß wir uns getroffen haben?«

»Jane? Nein. Jane ist die treueste ...«

»Hattest du Schwierigkeiten wegen unserer Nächte im Kerker? Hat er dich nicht verstoßen?«

Anne betrachtete sein Profil. Er hatte sein Gesicht abgewandt, und sie verstand seine Feindseligkeit nicht. »Schwierigkeiten?« wiederholte sie. »Nein. Und wie du siehst, hat er mich nicht verstoßen. Er hat meine Lügengeschichte von einer Vergewaltigung geglaubt und hat mich immer verwöhnt, als wäre ich die unschuldigste ...«

Er drehte sich abrupt um und unterbrach sie. »Ich hatte erwartet, daß er dir Geborgenheit bieten würde ... und ein angenehmes Leben. Jetzt sehe ich, daß meine Sorgen unbegründet waren. Ich hatte befürchtet ... und gleichzeitig gehofft ... Ach! Du hast dich nicht verändert, Anne. Aber ich ... ich habe mich sehr verändert.«

»Dylan, auch ich habe mir Sorgen gemacht«, sagte sie. »Das mußt du mir glauben. Aber ich war jeden Tag aufs neue dankbar, daß du überlebt hast ... daß du dem Strick entgangen bist ...«

»Fliehe jetzt mit mir«, flehte er. Sie starrte ihn erstaunt an. »Du hast einmal gesagt, du würdest mir überallhin folgen, wenn sich eine Gelegenheit bietet. Wir können jetzt zusammen aus diesem Haus gehen, nach Portsmouth reiten und nach Frankreich fliehen.«

»Ich soll meinen Sohn zurücklassen?« flüsterte sie entsetzt.

»Zweifelst du daran, daß ihn der Graf bestens aufziehen wird? Ich werde mich um das Kind kümmern, das du jetzt erwartest ... komm mit mir.«

Anne hätte über die Ironie beinahe laut gelacht. Wenn sie tat, was er von ihr verlangte, würde sie Dylans Sohn bei Brennan lassen und Brennans Kind Dylan anvertrauen. Sie schüttelte den Kopf und lachte kurz auf. »Weißt du, was du von mir verlangst?« Sie spürte seine Verzweiflung. »Dylan, auch du bist verheiratet.«

»Ja. Aber du hast gesagt, du würdest als meine Frau oder meine Geliebte mit mir gehen, solange du nur bei mir sein könntest. Sind unsere Ehen denn ein größeres Hindernis, als unsere Eltern es gewesen sind? Damals hat uns der Krieg getrennt. Jetzt ist die Gelegenheit da, auf die wir gewartet haben, Anne. Geh mit mir fort.«

»Dylan, du schätzt die Situation falsch ein. Ich bin mit einem Mann verheiratet, in dessen Diensten zehntausend Männer stehen. Durch deine Frau stehst du der Krone nahe. Was glaubst du wohl, wie weit wir kämen?«

»Das Leben steckt voller Gemeinheiten ... ich habe sie alle kennengelernt. Natürlich waren die Umstände bei mir anders. Ich mußte dankbar sein, überhaupt am Leben zu sein ... während du ... wie es scheint, hat es das Leben gut mit dir gemeint.«

»Du bist wütend... auf *mich!*«
»Anne, ich...«
»Was möchtest du hören? Daß ich in Armut und Gefahr gelebt habe wie du? Daß ich mein Kind verlassen und mit dir gehen werde, um dieses Leben mit dir zu teilen? Es gab eine Zeit, da hast du mir ein Leben in Sicherheit gewünscht. Was hat dich so verändert?«
»Dann sag mir«, entgegnete er schroff, »daß du mit deinem Leben zufrieden bist... daß du weiterhin den Reichtum und die Liebe des Grafen *ertragen* wirst, und...«
Anne sah ihn mit Tränen in den Augen an. Er hielt diesem vorwurfsvollen Blick stand, atmete jedoch schwer. »Ich habe überlebt, Dylan, und nicht in Armut. An schönen Kleidern und Schmuck hat es mir nie gemangelt. Und für meinen Sohn und das ungeborene Kind werde ich alles geben, was in meinen Kräften steht, bis beide erwachsen sind. Es tut mir leid, daß du Schlimmes erleben mußtest.«
Sie wandte sich ab, als ob sie gehen wollte, doch noch ehe sie einen Schritt gemacht hatte, ergriff er ihren Arm. »Anne«, flüsterte er heiser.
»Bitte, berühr mich nicht«, bat sie mit stockender Stimme.
Er nahm sie in die Arme. Sie sah die Tränen auf seinen Wangen. »Ich habe ohne dich entsetzlich gelitten!«
»Dylan, du darfst mich nicht berühren...«
Er preßte seine Lippen auf ihren Mund und drückte sie an sich. Ihr Widerstand wich den aufsteigenden Erinnerungen, und sie verlor sich sekundenlang in ihrer Sehnsucht, ihrem Leid und ihrer Verzweiflung. Mit einem Stöhnen, das wie ein Schluchzen klang, erwiderte sie seinen Kuß, wußte nicht, ob sie eine Erinnerung oder einen Mann küßte.
»Anne, mein Gott«, stöhnte er. »Meine Liebe, mein Leben. Wie habe ich ohne dich gelitten. Ich habe dich geliebt... es

verging kein Tag, an dem ich Gott nicht angefleht habe, dich noch einmal in den Armen halten zu können, um dir zu sagen ...«

»Oh, Dylan«, rief sie, streichelte sein Gesicht, sein Haar, als wollte sie sich vergewissern, daß er keine Vision war. »Ich habe jeden Tag für dich gebetet. Du mußt mir glauben ...«

»Anne, meine Anne, ich wollte dir nicht weh tun. Ich verletze dich, weil ich mein Leid nicht ertragen kann. Wie habe ich mich danach gesehnt, dir das zu geben, was er dir gibt ... Reichtum, Kinder, Liebe. Ich liebe dich ... ich liebe dich so sehr ... daran hat sich nichts geändert.«

»Unsere Liebe ist unmöglicher denn je ... Dylan ...«

Ehe sie weiterreden, ihm die Gründe für ihre verbotene Liebe erklären konnte, gab sie sich seinen Küssen, der Zärtlichkeit seiner Hände hin. In diesen Küssen lag seine ganze Leidenschaft und Sehnsucht, die nie nachgelassen hatten. Wieder in seinen Armen zu liegen war ein Wunder ... jeder Kuß eine Antwort auf ihre Gebete.

»Wir dürfen einander nicht gehören, Dylan«, flüsterte sie.

Er preßte seine Lippen auf ihren Nacken, schob seine Hände unter ihren Umhang, um ihren Körper zu streicheln. »Das kann ich nicht akzeptieren, Anne. Ich habe es versucht ... vergeblich.«

Anne vergaß Zeit und Raum. Die Berührung seiner Hände, seine Küsse ließen sie die Gegenwart vergessen. Sie streichelte seine Brust, seinen Rücken, seinen Kopf. Immer wieder flüsterte sie seinen Namen und klammerte sich mit aller Leidenschaft an ihn. Sie vergaß ihren Mann und ihren Sohn.

Dylan hob sie hoch und flüsterte an ihren Lippen: »Noch einmal, Anne. Wenn du nicht mit mir kommst, dann liebe mich noch einmal.«

»Dylan ... Sir Markham ... Jane ...«
»Markham? Er hat Anweisung, deine Begleiterin abzulenken.«
»Dann weiß er also über uns Bescheid?« fragte sie.
»Nein. Er wird auch keine Fragen stellen.«
Trotz ihres Protestes trug er sie zur Treppe. In dem kleinen Schlafzimmer im zweiten Stock versuchte sie noch einmal vergeblich, ihn abzuwehren, doch ihr Widerstand schmolz, und beide versanken in einer Woge der Leidenschaft.
Dylans Vergangenheit war ein täglicher Kampf ums Überleben gewesen, und während der anstrengenden Tage und einsamen Nächte hatte er ständig an Anne gedacht. Es war ihm schwergefallen, seine qualvolle Sehnsucht geheimzuhalten. Er hatte sich nicht einmal Cameron anvertraut. Keiner anderen Frau war es gelungen, seine Sehnsucht zu stillen. Er war der Erinnerung an Anne treu geblieben. Um ihret- und seinetwillen hatte er um Erlösung von dieser immerwährenden Liebe gefleht, die so schrecklich und gleichzeitig so wundervoll war. Aber es hatte keine Erlösung gegeben.
Auch Anne hatte sich ein Ende ihrer qualvollen Sehnsucht gewünscht und hatte vergeblich versucht, Erfüllung in Brennans Liebe zu finden.
»Anne«, murmelte er. »Anne, ich brauche dich. Meine Sehnsucht nach dir ist stärker als ich. Ich möchte bei dir sein.«
»Mein Liebster«, flüsterte sie und erwiderte seine Küsse und Zärtlichkeiten. Ihr war nicht bewußt, daß sie Ehebruch beging, noch wie flüchtig ihr Zusammensein war. Sie spürte nur, daß Dylan in ihr ein Gefühl weckte, das sie verloren geglaubt hatte. Ihre Sinne reagierten auf ganz natürliche Weise, so wie in jenen verzweifelten Nächten vor langer Zeit.
Anne schwelgte in dem Luxus, mit Dylan in einem weichen Bett zu liegen. Die Tür war verriegelt, und es drohte nicht

die Gefahr, von einem Wachposten entdeckt zu werden. Der sinnliche Genuß, den Anne in ihrer Ehe vermißt und den Dylan bei keiner anderen Frau gefunden hatte, steigerte sich zur Ekstase. Nach dieser Erregung hatte sie sich gesehnt, und nur in seinen Armen wurde ihre Leidenschaft gestillt.

Erschöpft und eng umschlungen lagen sie dann auf dem Bett. Anne stöhnte verzweifelt auf und weinte.

»Anne ...« murmelte er tröstend.

»Eine Ehebrecherin wird er nicht dulden, Dylan. Wenn es dein Herzenswunsch ist, mit mir zu fliehen, dann kannst du es erreichen, indem du mich als Dirne hinstellst, denn dann wird er mich verstoßen.«

Er strich ihr das dunkle Haar aus der Stirn. »Ich will dich lieben und dir nicht weh tun. Mein Leben war ...«

»Aber ich kann mich dir nicht verweigern, verstehst du nicht? Unsere Liebe und unsere Leidenschaft füreinander werden nie nachlassen. Aber ich wollte meinem Sohn nicht weh tun ...«

Dylan hielt sie in den Armen, während sie weinte. Das Schuldgefühl, ihre Schwäche ausgenutzt zu haben, verwandelte die Glückseligkeit des Augenblicks in ein beschämendes Vergehen.

»Ich habe getan, was ich tun mußte«, sagte sie mit tränenerstickter Stimme. »Meine Mutter ... nach unserer letzten Nacht im Kerker wurde ich entdeckt ... ich wußte, daß ich nur in der Obhut von Lord Forbes deine Rückkehr abwarten konnte, denn bei meiner Mutter auf Raedelle drohte mir Gefahr. Als er merkte, daß ich nicht jungfräulich zu ihm gekommen war, hat meine Mutter für mich gelogen, denn sie wollte durch meine Ehe die Beziehung zu Ayliffe aufrechterhalten. Sie droht mir ständig damit, Brennan die Wahrheit zu sagen, wenn ich ihr nicht jeden Wunsch erfülle. Glaubst du etwa, deine Familie könnte je wieder in England Fuß fassen, wenn Lord Forbes erfährt, daß wir ein Liebespaar waren und es jetzt wieder sind?«

»Ich hatte Angst, du würdest mich nicht mehr lieben«, flüsterte Dylan.

»Hast du jetzt immer noch Angst?«

»Jetzt«, sagte er mit einem kläglichen Lachen, »jetzt habe ich Angst vor mir. Anne, ich habe mich so verzweifelt nach dir gesehnt. Ich ...« Er schüttelte den Kopf. »Kannst du mir verzeihen?«

»Weil du mich liebst? Oder ...«

»Mein Verlangen nach dir war stärker als meine Vernunft. Ich wollte dir weder weh tun noch Schande über dich bringen.«

»Dylan, du bist meine Liebe. Ich kann mich dir nicht verweigern noch diese Liebe leugnen. Jetzt hat Lady Gifford alle Trümpfe in der Hand. Sie wird dafür sorgen, daß ich aus Ayliffe vertrieben werde. Mein Sohn ...«

»Nein, Anne, meine Liebe«, sagte er und drückte sie an sich. »Weine nicht, Liebste. Lord Forbes wird nichts erfahren. Wenn du heute zu ihm zurückgehst ...«

»Er ist nicht in der Stadt, Dylan. Er ist bei seinem Sohn in Wales. Aber ...«

»Dann bist du in Sicherheit, Geliebte. Ich werde dir nicht weh tun. Noch gibt es keine Tragödie ...«

Sie berührte seine Wange. »Das Schicksal ist grausam«, sagte sie. »Wir hätten mittlerweile unsere Sehnsucht überwinden und lernen müssen, aufeinander zu verzichten. Jetzt stehlen wir uns unsere Liebe.«

»Ich wollte nur wissen, ob du mich noch immer liebst. Ich habe nur für unsere Liebe gelebt. Bitte, verzeih mir, Anne.

Du sollst weder Angst vor mir noch vor meinen Gefühlen haben. Wie kann ich erwarten, daß du mich liebst, da ich dich doch nicht beschützen kann?«

Er legte sich auf den Rücken. Sie stützte sich auf einen Ellbogen und beugte sich über ihn. Mit einem Finger folgte sie den Konturen seines Gesichts. »Früher war mir der Ausdruck deiner Augen so vertraut. Jetzt weiß ich nicht mehr, woran ich bin. Vorhin warst du so wütend auf mich ...«

Er schloß die Augen. »Mein Leben während der vergangenen Jahre hat mich hart und egoistisch gemacht. Aus dem jungen Ritter, der für deine Liebe gestorben wäre, ist ein Mann geworden, der sie erzwingen würde.«

»Dylan, meine Liebe gehört dir doch. Du brauchst weder darum zu bitten noch sie zu stehlen noch darum zu feilschen. Aber mehr kann ich dir nicht geben. Lord Forbes würde seine Männer nach mir ausschicken und mich finden. Er ist weder grausam noch böse. Er empfindet eine Liebe für mich, die ich nicht verdiene. In den fünf Jahren unserer Ehe war er stets sanft und großzügig zu mir. Aber er besitzt mehr Macht, als die Giffords je besessen haben.«

Dylan seufzte. Er war darüber betrübt, ihr angst gemacht zu haben. »Mein sehnlichster Wunsch ist, alle unsere Verpflichtungen hinter uns zu lassen und mit dir zu fliehen, aber ich kann dir kein standesgemäßes Leben, sondern nur ein Dasein in Armut und Gefahr bieten. Und ich wußte, du bist keine Frau, die ihre Kinder im Stich läßt.« Er legte seine Hand auf ihren Leib. »Wie gern hätte ich mit dir Kinder.«

»Du hast eine Frau, deren Familie dir die Rückkehr nach England ermöglichte. Erzähl mir von ihr.«

»Nein. Für dich existiert meine Frau nicht.«

»Aber, Dylan ...«

»Ich war mir sicher, du würdest mir sagen, daß du ihn liebst.«
Sie schloß die Augen, um ihre Tränen zurückzuhalten. »Ich liebe Lord Forbes, Dylan. Es ist nicht dieselbe Liebe, die ich für dich empfinde. Aber ihn zu verletzen würde mir sehr weh tun. Er ist sehr nachsichtig und großzügig meiner Familie gegenüber, die nur ihre eigennützigen Ziele verfolgt. Er verweist meine Mutter in ihre Schranken, die nicht zögern würde, mir auf jede erdenkliche Weise zu schaden. Und er zieht den Erben von Ayliffe groß ... meinen Sohn. Ich schulde ihm alles.«
»So wie ich«, antwortete Dylan aufrichtig. »Als seine Gefolgsleute verkleidet, konnten mich die Männer meines Bruders befreien. Der Graf wird nie erfahren, wieviel ich ihm zu verdanken habe.«
»Ich habe Angst, Dylan. Angst um dich, Angst um mich und Angst davor, welchen Preis wir für diese Sünde bezahlen werden.«
»Uns bleibt wenig, aber mehr, als ich zu erhoffen wagte. Anne, du brauchst keine Angst zu haben. Ich werde nicht zulassen, daß dir meine verzweifelte Sehnsucht Schaden zufügt. Allein die Gewißheit, daß du mich noch liebst, gibt mir Kraft.«
»Ich konnte nicht ahnen, daß es dazu kommen würde«, sagte sie, legte sich zurück und bedeckte mit der Hand ihre Augen. »An meiner Liebe zu dir habe ich nie gezweifelt, aber ich wußte nicht, daß ich den Mut zum Ehebruch aufbringen würde.«
»Meine Liebste, ich halte es für ein größeres Unrecht, daß wir einander nicht angehören können.«
»Dylan, so kann es nicht weitergehen. Wir können nicht wieder ein heimliches Liebespaar sein.«

»Vielleicht nicht oft«, entgegnete er. »Wenn es die Gelegenheit erlaubt, werden wir zusammen sein, sonst begnügen wir uns mit verstohlenen Blicken. Ich bin dankbar, daß unsere Herzen noch immer füreinander schlagen. Das wird mir genügen. Kannst du mir vertrauen, Anne? Ich schwöre dir, daß ich dir meine Gefühle nie mehr aufdränge. Ich werde dir beweisen, daß mir ein Blick aus deinen Augen ... ein Lächeln genügt. Anne, Geliebte, ich habe mich in Sehnsucht nach England und nach deiner Liebe verzehrt.«

»Wirst du es fertigbringen, Dylan? Kannst du dich zu einem Lächeln zwingen, wenn Lord Forbes seinen Arm um meine Taille legt und mich auf die Stirn küßt? Oder wirst du mich voller Wut und Eifersucht anstarren, als hätte ich dir etwas geraubt? Dabei habe ich nur versucht, das Leben, das mir aufgezwungen wurde, zu leben, um meine Kinder großzuziehen.«

»Ich werde dir beweisen, daß ich es kann. Ich muß mich mit der Tatsache abfinden, daß wir beide verheiratet sind und du außerdem Kinder hast. Ich wünschte, es wären meine, aber daran ist nichts zu ändern. Ich weiß, daß Lord Forbes ein anständiger Mann ist. Wenn ich könnte, würde ich mich bei ihm bedanken, daß er für dich gesorgt hat, als ich es nicht konnte, aber ich werde dich niemals aufgeben, Anne. Das bringe ich nicht fertig. Sollte sich die Gelegenheit ergeben, werde ich dich immer in die Arme nehmen.«

»Ein heimliches Liebespaar«, flüsterte sie. »Wieder einmal.«

»Wenn du mir deine Liebe verwehrst, werde ich dich in Ruhe lassen. Ich liebe dich.« Er seufzte. »Ich möchte nicht, daß du unter meiner Liebe leidest.«

»Wäre es nicht klüger, getrennte Wege zu gehen ... jeder lebt sein eigenes Leben?«

»Zweifelsohne. Kannst du es?«

»Nein«, entgegnete sie. »Doch während wir selbstsüchtig unsere Wünsche befriedigen, könnten andere Leben deswegen zerstört werden.«

»Wir müssen alles tun, um das zu vermeiden. Wir werden selten genug Gelegenheit haben, zusammen zu sein. Aber wenn wir vorsichtig sind, können wir unsere Beziehung lange Zeit fortsetzen.« Er berührte leicht ihre Wange. Anne zu zwingen, ihr Kind zurückzulassen, würde sie zerstören; sie der öffentlichen Schmach auszusetzen würde ihre Liebe ruinieren. Sie jetzt an sich zu binden hieße, sie zu verlieren. Dessen war er sich noch nie so bewußt gewesen wie in diesem Augenblick. »Es wäre mutiger zu fliehen«, sagte er und lenkte gleich darauf ein. »Aber die Welt ist nicht groß genug, um weder dem mächtigen Woodville-Clan noch einem der reichsten Grafen Englands zu entgehen. Anne, wenn ich könnte, würde ich dich heiraten. Da das nicht möglich ist, werde ich mich mit der Gewißheit trösten, daß du mich liebst, und von der Erinnerung an unsere Küsse leben, bis wir wieder zusammen sein können.«

»Es hat sich nichts geändert.«

»Nein, nur das Schicksal hat sich gegen uns verschworen. Wir müssen weiterhin vorgeben, nichts füreinander zu empfinden, und es bleiben uns gestohlene Momente des Glücks. Trotzdem habe ich das Gefühl, daß wir füreinander bestimmt sind, Anne. Vielleicht ändern sich die Umstände eines Tages. In den vergangenen sieben Jahren ist viel geschehen, doch an unserer Liebe hat sich nichts geändert. Ich werde deine Sicherheit nicht gefährden. Kannst du mir noch einmal dein Vertrauen schenken?«

Sie küßte ihn. »Ich muß dir vertrauen, Dylan. Hätte ich kein Vertrauen zu dir, bestünde mein Leben nur aus Lügen.«

Sie wußte, daß Dylan der Verzicht schwerfiel, denn er hatte keine Ahnung, daß das Kind, das sie beschützte, sein Sohn war. Bei dem Gedanken mußte sie lächeln und empfand merkwürdigerweise weder Schuldgefühle noch Scham. Was sie taten, war falsch, aber ihre Liebe war aufrichtig. Das sagte ihr ihr Körper. Sie liebte ihn, und ihre Liebe war gut und stark.

Sie war glücklicher als je zuvor. Seit dem Tag, als sie zufällig Daphne deFrayne in Westminster begegnet war, hatte sie Angst gehabt, von ihren Gefühlen überwältigt zu werden. Sie hatte sich vor der Begegnung mit Dylan gefürchtet. Aus diesem Zusammensein schöpfte sie nun Kraft, um den Widrigkeiten ihres Lebens begegnen zu können. Sie kam nur noch zweimal in das Haus seiner Mutter. Dylan hatte recht gehabt; es bot sich ihnen nur selten die Gelegenheit, zusammen zu sein. Aber Anne lebte für diese Momente des heimlichen Glücks und teilte mittlerweile Dylans Meinung: Ein paar Stunden gestohlener Liebe und die Gewißheit, daß diese Liebe echt und unverbrüchlich war, gab ihnen die Kraft, die Qual des Getrenntseins zu überwinden.

»Lord Forbes kommt diese Woche zurück, Dylan.«

Er küßte sie auf die Wange. »Das bedeutet, wir können uns lange Zeit nicht sehen. Es ist auch besser, wenn du in deinem Zustand kein Risiko mehr eingehst. Aber ich bleibe in deiner Nähe und warte auf dich.«

»Könnte ich doch immer bei dir sein.«

»Ich warte auf den Tag, an dem das möglich sein wird, Anne. Trotz allem hat es das Schicksal gut mit uns gemeint. Wir wollen nicht undankbar sein.«

Ende Januar 1466, vier Monate nach ihrer ersten Begegnung mit Dylan im Haus seiner Mutter, stand Anne neben dem Grafen von Ayliffe im königlichen Audienzsaal, als Dylan

und Cameron deFrayne mit ihrer Mutter ihre erste Aufwartung am königlichen Hof machten. Anne hatte Dylan seit Wochen nicht mehr gesehen. Bei ihrer letzten Begegnung hatten sie nur ein paar flüchtige Worte wechseln können.
Dylan bewegte sich anmutig durch die Menge, wurde Graf Ayliffe, der Gräfin und vielen anderen Edelleuten vorgestellt. Annes Augen strahlten vor Freude, und ihre Blicke schweiften immer wieder zu diesem stolzen Ritter, dessen Rückkehr an den königlichen Hof sicher für England von Vorteil sein würde.
Später am Abend, als sich Anne erschöpft in eine stille Ecke zurückzog — es waren nur noch wenige Wochen bis zu ihrer Niederkunft —, näherte sich ihr Dylan. Den Rücken dem überfüllten Saal zugewandt, lächelte er ihr zärtlich zu und flüsterte: »Du bist wunderschön.« Er reichte ihr ein Glas Wein.
»Ich danke Euch, Sir. Es ist mir eine Freude, Euch wieder am königlichen Hof zu sehen. Hat man Euch Eure Besitztümer zurückgegeben?«
»Nein. Aber das ist die geringste meiner Sorgen. Du wirst bald niederkommen, Anne. Ich werde für dich beten.«
»Dylan, im Frühjahr kehre ich nach Ayliffe zurück. Wir werden uns lange nicht sehen.«
»Mir fällt es jetzt leichter, die Trennung zu ertragen. Der Graf sorgt gut für dich, und ich liebe dich, Anne«, flüsterte er ihr zu. Ihre Augen strömten über vor Glück, und sie senkte hastig den Blick. Da trat Brennan hinter Annes Stuhl und legte ihr seine Hand auf die Schulter. Er sagte zu Dylan: »Anthony erzählte mir, daß Ihr alte Freunde seid. Daher freue ich mich, daß Ihr wieder in England seid. Eines Tages müssen wir uns zu einem Umtrunk zusammensetzen, und Ihr werdet mir erzählen, wie Euch die Flucht in der Verkleidung der Ayliffe-Gefolgsleute gelang.«

»Bitte verzeiht«, sagte Dylan und verneigte sich höflich. »Ich hatte noch nicht Gelegenheit, Euch für die Rettung meines Lebens zu danken, obwohl es nicht in Eurer Absicht lag.«
Brennan lachte gutmütig. Schließlich waren seitdem fünf Jahre vergangen, und er hegte keinen Groll gegen die deFraynes. »Wie schön, daß sich alles zum Guten gewendet hat.«
»Ich danke Euch, Milord. Ohne aufdringlich erscheinen zu wollen, darf ich Euch sagen, daß ich viel Schmeichelhaftes über Euch gehört habe. Ihr seid ein geachteter Mann und verfügt über eine große Streitmacht.«
»Das Glück war mir hold«, antwortete der Graf bescheiden und blickte auf seine Frau hinunter, die ihre Hand auf die seine legte. »In vieler Hinsicht«, fügte Lord Forbes hinzu.
Dylan empfand nicht den leisesten Anflug von Eifersucht. Seine Wiederaufnahme am königlichen Hof und die Begegnungen mit Anne hatten ihn mit dem Schicksal versöhnt. Er war wieder in England und war sich Annes Liebe sicher. Eines Tages würde sie ihm gehören, davon war er fest überzeugt. In der Zwischenzeit war sie bei Lord Forbes in guten Händen. »Das ist nicht zu übersehen, Milord. Ich kann Euch gar nicht sagen, wie sehr ich Euch beneide.«
»Da steht Ihr nicht allein da. Jeder Mann in England beneidet mich.«
»Es ist mir eine besondere Ehre, bei meiner ersten Aufwartung bei Hof Eure Bekanntschaft gemacht zu haben. Da Milady wohl bald dem höfischen Leben entsagen muß, darf ich ihr alles Gute und viel Glück wünschen.« Dylan verneigte sich und verschwand in der Menge.
»Ein liebenswürdiger junger Mann«, sagte Brennan. »Es ist gut, ihn wieder in der königlichen Gefolgschaft zu sehen. Anthony sagte mir, er sei ein tapferer Kämpfer.«

»Brennan«, sagte Anne und preßte die Hand gegen ihren Leib. »Bitte, bring mich zu Bett.«
Brennan wußte sofort, daß ihre Zeit gekommen war. Er brachte sie umgehend nach Hause, schickte nach der Hebamme und blieb an ihrer Seite, bis das Baby geboren war. Anne und Brennan hatten jetzt eine Tochter. Von ihrem Vater hatte sie das rötlich-goldene Haar und von ihrer Mutter die dunklen Augen geerbt.
Anne war voller Stolz und Freude. Zwei großartige Männer lieben mich, dachte sie. Soll ich darüber unglücklich sein? Soll ich mich dessen schämen? Wenn ich könnte, würde ich jedem das geben, was ich für den anderen empfinde. Meinem liebevollen und gütigen Ehemann würde ich die Leidenschaft schenken, die ich für Dylan empfinde. Dylan wäre ich die liebende Ehefrau und Mutter seiner Kinder — aber es kann nicht sein. Ich bete zu Gott, daß ich keinem von beiden weh tun muß.

Das Kind erhielt den Namen Deirdre Elizabeth Forbes und gedieh prächtig. Die Königin schickte Anne einen silbernen Teller; Lord Rivers Spitzen aus Calais für das Taufkleid; der Herzog von Clarence ein Faß burgundischen Wein und die deFraynes einen von Daphne gestickten Wandteppich, der die Heilige Jungfrau mit Kind darstellte.
Marcella hatte seit Annes Abreise aus Ayliffe regelmäßig geschrieben, war aber zu Annes Überraschung sogar während der Weihnachtsfeiertage auf Ayliffe geblieben, obwohl sie in ihren Briefen ständig um eine Einladung zum königlichen Hof bat. Nach Deirdres Geburt gab Anne schließlich nach, denn eine Begegnung mit ihrer Mutter war unausweichlich. Sie hoffte, daß Marcella ernsthaft über ihren Konflikt nachgedacht und ihre Einstellung geändert hatte.

Deirdre war einen Monat alt, als Marcella ihre Enkelin zum erstenmal sah. Als sie das Taufgeschenk der deFraynes, den Gobelin, bemerkte, wurde ihr Gesicht kreidebleich vor Wut. Zu ihrer Tochter sagte sie: »Es ist also wahr, was meine Freunde mir erzählt haben. Die deFraynes verkehren wieder bei Hof, und du hast ihnen dazu verholfen.«
Anne entgegnete möglichst ruhig: »Euer Streit mit ihnen ist vorbei, Madam. Sogar Lord Forbes ist froh, die Ritter wieder in England zu wissen.«
»Wie würde er sich erst freuen, wenn er die Wahrheit wüßte«, zischte Marcella drohend.
Anne kämpfte darum, ihre Fassung zu wahren. »Er würde Euch nicht glauben, Madam. Schweigt endlich!«
»Ach? Und wenn ich den Grafen auf die Ähnlichkeit seines Erstgeborenen mit Dylan deFrayne hinweise? Glaubst du etwa, das läßt sich ewig verheimlichen?«
»Sloan ist Brennans Sohn«, sagte Anne.
Marcella lachte boshaft. »Deinen Mann kannst du betrügen, aber mich führst du nicht hinters Licht, meine Liebe. Ich werde ein offenes Ohr finden, außer du tust, was ich von dir verlange.«
»Warum verfolgt Ihr die deFraynes mit Eurem Haß, Madam?« fragte Anne. »Die Familienfehde ist vorbei. Laßt sie in Frieden leben.«
Marcella betastete den wunderschönen Gobelin. Ihre Augen funkelten vor Wut. »*Sie* hat die Ayliffe-Gewänder genäht, mit denen ich hereingelegt wurde, nicht wahr? Nun, es gehört mehr als eine geschickte Hand dazu, mich noch einmal zu übertölpeln. Ich werde sie nicht gewinnen lassen.«
»Wen, Mutter? Lady deFrayne? Was hat sie noch zu verlieren? Sie hat genug gelitten, laßt sie in Ruhe.«

»Verschaff mir Heathwick«, sagte Marcella. »Ich weiß, du kannst es. Ich will für meinen jüngsten Sohn Heathwick haben. Und den Titel dazu.«

Anne wurde bleich. Sie wußte, daß die deFraynes beim König das Gesuch eingereicht hatten, ihnen Heathwick wieder zu übereignen. Sir Trenton Gifford besaß noch kein eigenes Lehnsgut, aber da er der jüngste von drei Söhnen und noch unverheiratet war, hatte es damit keine Eile. Marcellas Verlangen ließ Anne jedoch endlich die Wahrheit erkennen.

»Ihr habt in all den Jahren eigentlich nur Daphne deFrayne gehaßt, nicht wahr?«

»Dieses Miststück hat immer mehr besessen als ich!«

»Das ist absurd, Madam! Ihr habt mehr als sie gehabt! Mehr Reichtum, mehr Kinder, mehr Einfluß bei der Königin...«

»Was weißt du schon davon! Heathwick soll mir gehören, dann werde ich schweigen.«

»Ich dachte immer, Ihr sehntet Euch nach Reichtum. Dabei wollt Ihr viel mehr und benutzt mich, um...«

Marcella riß sich ihren Schleier vom Kopf und enthüllte ihr graues Haar. »Ich habe es satt, Schwarz zu tragen. Ich möchte mich mit farbenprächtigen Kleidern und Edelsteinen schmücken... und ich möchte auf Heathwick Castle als Gräfin residieren. Trägt *sie* Schwarz? Nein! Erfüll mir diesen Wunsch, Anne — beschaffe mir Heathwick, und ich lasse den Grafen in dem Glauben, dein Sohn wäre sein Kind.«

Anne streckte flehend die Hand nach ihrer Mutter aus. »Madam, warum haßt Ihr Lady Daphne so sehr? Was hat sie Euch angetan?« Marcella schien durch ihre Tochter hindurchzustarren. Anne senkte ihre Stimme zu einem Flüstern. »Seid Ihr imstande, Eurem eigenen Enkel Schaden zuzufügen, Madam?

Brennan sorgt gut für Euch ... Ihr werdet alles verlieren, wenn Ihr mich verratet. Er würde mich verstoßen und damit Euren eigenen Untergang herbeibeschwören. Ich flehe Euch an, begrabt endlich Eure Rachegelüste ...«

»Diese heimtückischen deFraynes mögen zwar wieder in England sein, aber ich werde dafür sorgen, daß sie nie wieder ihren früheren Reichtum und Einfluß bei Hof erhalten. Auch nicht mit *deiner* Hilfe!«

»Trenton hat kein Interesse an Heathwick. Brennan hat größere Pläne für ihn, wenn er sich in Geduld übt.«

»*Ich* will Heathwick haben! Ich will dort leben und wieder prächtige Kleider und Schmuck tragen. Ich habe lange genug getrauert. *Daphne* trauert nicht um ihn.«

Anne schüttelte verwirrt den Kopf und fragte: »Um wen, Madam?«

»Wirst du tun, was ich verlange?« wich Marcella einer Antwort aus.

Anne sah den glitzernden Blick in den Augen ihrer Mutter, den sie nur zu gut kannte. Marcella hatte sich diese fixe Idee in den Kopf gesetzt und würde nicht ruhen, bis sie ihren Willen durchgesetzt hatte. Warum es ihr so wichtig war, Daphne etwas wegzunehmen, wußte Anne nicht. »Wenn ich es arrangieren kann, daß Euch Heathwick als Wohnsitz übertragen wird, werdet Ihr dann keine weiteren Forderungen an mich stellen? Könnt Ihr mir das schwören?«

»Ja, meine Tochter. Sieh zu, daß es bald geschieht.«

»Ihr werdet dann seltener am königlichen Hof sein ...«

»Ich will für Trenton die Gräfin von Heathwick sein!«

»Und wenn er Heathwick nicht haben will?«

»Das ist mir gleichgültig«, sagte Marcella bestimmt. »Er wird es meinetwegen annehmen. Erst wenn Heathwick mir gehört, werde ich dich in Ruhe lassen.«

Anne benutzte die sechs Wochen vor ihrer Rückkehr nach Ayliffe, um das merkwürdige Ansinnen ihrer Mutter durchzusetzen. Sie sprach mit Elizabeth und Anthony Woodville darüber. Schließlich beriet sie sich mit ihrem jüngsten Bruder, Sir Trenton.

Anne hatte stets auf Trentons Loyalität vertraut, wagte jedoch nicht, ihm die volle Wahrheit zu enthüllen. Er bewunderte und respektierte Lord Forbes, und sie fürchtete, er würde sie wegen ihrer Lüge verurteilen und sich weigern, ihr zu helfen.

»Unsere Mutter möchte deinetwegen Heathwick und den Titel haben, Trenton. Das verlangt sie von mir.«

»Ach ja?« entgegnete er. »Sie hat die deFraynes immer gehaßt. Sie ...«

»Trenton, die deFraynes sind nur in ihren Augen böse und schlecht. Lord Forbes begrüßt die Heimkehr der Ritter, und unsere Fehde mit ihnen ist vorbei. Diese Familie hat genug gelitten. Aber unsere Mutter verfolgt sie weiterhin mit ihrem Haß. Sie droht mir, Lord Forbes zu erzählen, daß Sloan nicht sein Sohn ist.« Trenton lachte ungläubig auf, als er jedoch den bedrückten Gesichtsausdruck seiner Schwester sah, wurde er sofort ernst. »Sie droht damit zu erzählen, daß Dylan deFrayne während seiner Gefangenschaft auf Raedelle mein Liebhaber war und daß ich sein Kind mit in die Ehe gebracht habe.«

»Anne ...?«

Sie senkte den Blick. Tränen brannten in ihren Augen. »Damit bedroht sie mich, Trenton.« Sie sah ihren Bruder zaghaft an. »Zweifelsohne würde man die Klatschgeschichte aufgreifen, auch wenn Lord Forbes ihr keinen Glauben schenken würde. Bitte, Trenton, geh mit Mutter nach Heathwick. Ich habe sie hier auf Ayliffe fünf Jahre ertragen, was manchmal meine Kräfte überstieg. Niemand kann sie von etwas abbringen, das sie sich in den Kopf gesetzt hat. Ich kann es nicht zulassen, daß sie meinem Sohn schadet.«

»Anne, glaubst du wirklich, Ihre Ansprüche werden befriedigt sein, wenn sie Heathwick bekommt?«

»Sie ist fest entschlossen, den deFraynes größtmöglichen Schaden zuzufügen, obwohl Lord Forbes sie achtet und die Feindseligkeiten beenden möchte. Außerdem ist sie außer sich vor Wut, daß ich meinen Einfluß bei der Königin benutzt habe, um ihnen die Rückkehr an den Hof zu ermöglichen.«

»Warum hast du das getan?«

Wortlos sah Anne ihm in die Augen und hoffte inständig, er möge sie nicht hassen. Lange herrschte Schweigen zwischen ihnen. »Sie wird mir weh tun, Trenton. Sie hat mich nie geliebt.«

Diese Tatsache konnte Trenton nicht bestreiten. Er hatte oft genug erlebt, wie Marcella Anne behandelt hatte.

»Wie konnte das nur geschehen, Anne?«

Sie schüttelte den Kopf. »Ich weiß auch nicht, wie es passiert ist, Trenton.«

Er berührte ihre Hand. »Ich werde nicht zulassen, daß Mutter dir weh tut, Anne. Aber ich will Heathwick nicht haben. Ich habe es nicht verdient. Ich stehe dem Grafen für jede Aufgabe zur Verfügung, würde ihm sogar als Seneschall dienen, aber es beschämt mich, wie Mutter Nutzen aus deiner Ehe mit ihm zieht.« Er seufzte tief auf. »Was die deFraynes betrifft...«

»Trenton, ich bitte dich, laß uns den alten Haß begraben. Vater hat es gewünscht. Lord Forbes wünscht es, und ich wünsche es. Wenn du dich auch mit keinem deFrayne anfreunden kannst, auch nicht meinetwegen, so müssen sie nicht unsere Feinde bleiben. Trotz allem, was geschehen ist — Wayland starb auf Raedelle und Dylan war dort gefangen —, hassen sie uns nicht.«

»Wie willst du das wissen, Anne?«

»Ich weiß es eben«, entgegnete sie leise.

»Ich werde nicht zulassen, daß Mutter dir weh tut«, sagte er.

Sie lächelte erleichtert. »Dafür hast du dir für alle Ewigkeiten einen Platz in meinem Herzen verdient, Trenton. Ich danke dir. Und ich danke dir, daß du keine Fragen gestellt hast.«

»Dafür brauchst du dich nicht zu bedanken, Anne«, sagte er sorgenvoll. »Ich mußte nicht fragen.«

»Vielleicht wirst du mich eines Tages verstehen, Trenton, mein Lieber. Jetzt genügt es mir, daß du mich liebst und mir helfen willst.«

Dann sprach Anne mit Lord Forbes, der ihr Ansinnen zwar nicht verstand, ihr aber mit gewohnter Großzügigkeit Unterstützung zusagte. Schließlich konnte sie noch auf Eltham Castle ein paar Worte mit Dylan wechseln. Zu ihrer Überraschung reagierte er nicht wütend, sondern antwortete nur lächelnd: »Bring sie zum Schweigen. Sie ist alt und gemein und wird nicht mehr lange leben. Armer Trenton.«

Die ganze Familie und alle Dienstboten waren mit Packen für die Rückkehr nach Ayliffe beschäftigt, als Lord Forbes ein Dokument mit dem königlichen Siegel aus seinem Schreibtisch nahm.

»Ihr könnt Euch glücklich schätzen, eine derart kluge Tochter zu besitzen, Madam«, sagte er zu Marcella. »Heathwick ist ab sofort Euer Wohnsitz, und Ihr bekommt jährlich einhundert Pfund für den Unterhalt.«

»Heathwick gehört mir?« rief Marcella triumphierend.

»Mehr oder weniger«, sagte Brennan und drückte sein Siegel auf das Pergament. »Natürlich ist Sir Trenton der Treuhänder, aber Ihr bekommt wie gewünscht den Titel.«

»Treuhänder, Milord?« fragte Marcella verwirrt.

Brennan blickte gereizt auf. Er hatte Marcella nie gemocht. Es widerstrebte ihm zutiefst, ihr einen Gefallen zu erweisen, der ihren Reichtum mehrte und ihre Position stärkte, denn in seinen Augen hatte sie keines von beiden verdient. Ihm war Annes Großzügigkeit und Nachsicht ihrer Mutter gegenüber unverständlich, und er hielt es für unklug, daß sie ihr jeden Wunsch erfüllte. Aber es war ihm unmöglich, seiner Frau eine Bitte abzuschlagen. Er seufzte. »Die Gräfin sagte mir, daß Ihr Raedelle Quentin überlassen wollt, um Heathwick zu Eurem Wohnsitz zu machen, obwohl ich nicht verstehe, was Ihr an dem wenig ansehnlichen Besitz schön findet.«

»Es war ... früher einmal ...« stammelte Marcella.

»Mag sein. Vielleicht könnt Ihr der Burg wieder etwas Glanz verleihen. Das Gut hat unter den vielen Schlachten, die in der Nähe stattfanden, gelitten. Als Gräfin, stellvertretend für Deirdre, habt Ihr völlig freie Hand.«

»Für ... *Deirdre*«, keuchte Marcella.

»Ja«, antwortete Brennan stirnrunzelnd. »Ich habe den Besitz von der Krone als Mitgift für meine Tochter erworben und Euch und Sir Trenton als Treuhänder eingesetzt. Der Titel wurde Euch nur ehrenhalber zuerkannt, als Entschädigung für Eure Verluste. Ich habe alle Eure Forderungen erfüllt, Madam. Barts Baronie wurde mit beschlagnahmtem Land vergrößert, und noch vor Ende des Jahres wird ihm die Grafenwürde zuerkannt werden. Der Ehrentitel einer Gräfin, den ihr tragen werdet, hat mich etliches Gold gekostet — ich hoffe, Ihr wißt das zu schätzen. Ich werde es all-

mählich überdrüssig, Euren Besitz auf Kosten meines Vermögens zu mehren.«
Marcella starrte ihre Tochter haßerfüllt an. Anne hatte ihr zwar Heathwick beschafft, hatte sich aber das Besitzrecht daran gesichert. Marcellas Wut war grenzenlos, doch sie war vorsichtig genug, ihre Gefühle vor dem Grafen zu verbergen. Ihr Blick zeigte jedoch Anne, daß der Kampf weitergehen würde.
Marcella neigte vor Brennan leicht den Kopf und sagte: »Ich danke Euch, Milord. Ihr seid überaus großzügig.«
Brennan zuckte die Schultern und war erleichtert, daß Marcella nicht weiterhin bei ihnen auf Ayliffe leben würde. Er war nur verärgert darüber, daß ihn diese Freiheit einen hohen Preis gekostet hatte. Für Deirdres Mitgift hätte er in ein paar Jahren gesorgt, denn eigentlich war ihm Heathwick nicht gut genug für seine Tochter. Er reichte Marcella die Urkunde und ging aus dem Zimmer.
Marcella näherte sich langsam Anne. »Jetzt hast du mich zum zweitenmal reingelegt. Ein drittes Mal wird es nicht geben!«
Anne begegnete ihrem stechenden Blick gelassen. Solange Marcella Ansprüche an den Grafen hatte und diese durch die Erpressung ihrer Tochter erfüllen konnte, würde sie ihre Drohung nicht wahrmachen und Lord Forbes die Wahrheit über Sloans Identität enthüllen.
»Einhundert Pfund jährlich ist eine stattliche Summe, Madam. Davon könntet Ihr eine Menge Kleider und Schmuck kaufen. Außerdem wurde Euer Wunsch, anstelle von Lady Daphne Herrin auf Heathwick zu sein, auch erfüllt.«
»Das genügt mir nicht«, zischte Marcella mit funkelnden Augen. »Ich will Heathwick besitzen. Ich will für meinen Sohn und nicht für meine Enkelin Gräfin auf Heathwick sein.«

»Dann sagt es ihm, Madam. Beeilt Euch«, rief Anne aufsässig. »Sprecht mit dem Grafen vor seiner Abreise. Macht endlich Eure Drohung wahr, dann wird Lord Forbes für Euch sicher den Mond und die Sterne vom Himmel holen.«
»Du glaubst, du hast mich überlistet, wie? Nein, Anne. Es wird sich eine bessere Gelegenheit ergeben, Brennan die Wahrheit zu sagen.«
Anne lächelte tapfer, obwohl sie innerlich vor Angst zitterte. »Wenn Ihr ihm die Wahrheit sagt, seid Ihr erledigt.«

Die Begegnung fand nicht unerwartet statt. Nach ihrer Rückkehr an den königlichen Hof hatte Daphne damit gerechnet, eines Tages der Person zu begegnen, die sie am meisten fürchtete: Marcella.
Als sie aus den Wohnräumen von Lady Scales kam, sah sie Lady Gifford an Ende der langen Galerie stehen. Zögernd und mit gesenktem Blick schritt sie den Gang entlang und versank vor Marcella in einen tiefen Knicks. »Guten Tag, Milady«, sagte sie höflich und begegnete dann tapfer Marcellas haßerfülltem Blick.
»Einst wart Ihr vom Glück begünstigt, doch jetzt ist es auf meiner Seite«, sagte Marcella. »Habt Ihr die Neuigkeit bereits erfahren?«
»Ja, Milady.« Daphne betrachtete Marcellas prächtiges Samtkleid und das funkelnde Kollier. Daphne hingegen trug ein schlichtes Kleid, das schon einige Jahre alt war. »Wenn der Besitz von Heathwick Euer Begehren war, so freue ich mich, daß Ihr es endlich bekommen habt.«
»Eure Reaktion enttäuscht mich. Ich dachte, Ihr wärt voller Neid.«
»Ich beneide Euch nicht, Milady«, sagte Daphne sanft. »Das habe ich nie getan.«

»Ihr habt ihn also nicht geliebt? Warum hat er sich dann sein Leben lang nach Euch gesehnt und mich verschmäht? Ich sagte ihm, Ihr hättet nichts für ihn übrig, aber er hat stets voller Sehnsucht nach Heathwick geblickt.«

»Milady, ich habe Euch nie etwas genommen und will auch jetzt nichts von Euch. Bitte, laßt uns diesen Streit begraben ... Euretwegen.«

»*Meinetwegen?* Ach, Madam, es ist mir die größte Freude meines Lebens, mit anzusehen, wie Eure Familie die wohlverdiente Strafe erleidet. Ihr seid zwar wieder bei Hof geduldet, doch ich werde alles daran setzen, daß Ihr nie Eure Güter zurückbekommt.«

»Milady, laßt nicht unsere Kinder darunter leiden ...«

»Ich vermisse Euren Hochmut, Madam. Wo ist Euer Stolz auf Eure vielbesungenen, heldenhaften Söhne? Nichts ist Euch geblieben.«

Daphne hob stolz den Kopf. Marcellas Gehässigkeit erstaunte sie nicht. Sie kannte den Charakter ihrer Widersacherin und hatte viele Gespräche über Marcella mit angehört. Ihr Herz war voller Mitgefühl. Marcella hatte soviel erreicht, und doch war sie innerlich arm.

»Wenn meine Armut Euch Freude bereitet, Milady, dann werdet Ihr gewiß noch eine lange Zeit glücklich sein. Es wird Jahre dauern, bis meine Söhne wieder Wohlstand und Ansehen erlangen ... Macht und Einfluß der deFraynes gehören der Vergangenheit an.« Daphne lächelte resigniert, aber ihre ganze Haltung drückte Würde aus. »In der Galerie von Heathwick hängt ein Porträt von Lord deFrayne. Dahinter befindet sich in einem Geheimfach der Familienschmuck, den ich bei der Flucht zurücklassen mußte. Er gehört Euch, wenn er nicht inzwischen geraubt worden ist.«

Marcella öffnete erstaunt den Mund und starrte Daphne deFrayne sprachlos an.

»Reichtum ist weder mir noch meinen Söhnen wichtig. Wenn ich wüßte, wo Ihr finden könnt, was Ihr sucht, würde ich es Euch sagen. Guten Tag, Milady«, sagte Daphne und neigte leicht den Kopf. »Gottes Segen sei mit Euch.« Hochaufgerichtet und würdevoll schritt sie an Lady Gifford vorbei.

In Marcellas Augen glitzerten Tränen. Sie hatte seit Jahren nicht mehr geweint. Der Schmerz in ihrer Kehle war qualvoll. Sie starrte Daphnes schwindender Gestalt hinterher, und ihr Neid steigerte sich ins Maßlose. Ihre zitternden Lippen formten die Worte: »Wie kann *sie* es wagen, *mich* zu bemitleiden!«

12

Cameron DeFrayne empfand es als höchst demütigend und schmachvoll, daß ihr früherer Familienbesitz in andere Hände übergegangen war. Dylan besänftigte seinen wütenden Bruder und riet ihm zu Geduld und Vorsicht. Ob Recht oder Unrecht, die deFraynes hatten auf der Seite der Verlierer gekämpft, und sie verdankten es der Großzügigkeit des Königs, daß sie sich wieder in England aufhalten durften.

Durch den Verkauf von Schiffen, die dem Vater seiner Frau gehört hatten, konnte Dylan ein Stadthaus in London erwerben und Raynia zu sich kommen lassen. Dylan tröstete sich über den Verlust von Heathwick mit der Hoffnung hinweg, daß es größere und schönere Lehnsgüter gab, mit denen die deFraynes vielleicht eines Tages für ihre Loyalität dem jetzigen König gegenüber belohnt werden würden. Cameron ließ sich mit Frau und Sohn im Norden nieder, während Dylan mit Raynia und seiner Mutter das Stadthaus bezog.

Ein Jahr war mittlerweile vergangen, in dem Dylan mehrmals Lord Forbes in London begegnet war. Anne war nach der Geburt ihrer Tochter auf Ayliffe geblieben und hatte den Grafen nicht in die Stadt begleitet, was Dylan erstaunte und enttäuschte. Er war voller Ungeduld und wünschte sich nichts sehnlicher als ein Rittergut und ein Leben mit der Frau, die er liebte. Das Zusammenleben mit Raynia war beinahe unerträglich. Sie war eine verwöhnte, kränkelnde und nörgelnde Frau. Er teilte nicht mehr das Bett mit ihr, und sie war dankbar, endlich nicht mehr diesem abscheulichen Akt seiner Lustbefriedigung dienen zu müssen. Sechs Monate nach ihrer Ankunft in London hatte sie eine Fehlgeburt erlitten, von der sie sich nur schwer erholte. Dylan bedauerte seine Mutter, die mit unendlicher Geduld ihre unausstehliche Schwiegertochter ertrug. Raynia liebte niemanden außer ihrer häßlichen kleinen Zofe, Jeannette. Dylan vermutete, daß die beiden Frauen eine unschickliche Zuneigung verband, machte jedoch nie eine Andeutung darüber. Für ihn war die Ehe eine Verpflichtung, und er akzeptierte die Verantwortung, die er für Raynia übernommen hatte.

Die Aufforderung Anthony Woodvilles, an einem geheimen Treffen teilzunehmen, versetzte Dylan in Hochstimmung. Vielleicht war das die Chance, seinem Schicksal eine positive Wende zu geben.

Die Erde war nach einem harten Winter kaum aufgetaut, als Dylan zu Raynias Haus an der Südküste ritt. Er hatte niemandem, nicht einmal seiner Mutter anvertraut, wohin er ritt und weshalb. Er hoffte, daß sich der Verwalter den Winter über um das Haus gekümmert und es in Ordnung gehalten hatte. Er wollte unbedingt vor Anthony ankommen, um die nötigen Vorbereitungen für diese Zusammenkunft zu treffen. Er hatte Anthony eine genaue Wegbeschreibung zu diesem idealen Zufluchtsort gegeben, damit der sich in dem Moorland nicht verirrte.

Schon von weitem sah er Rauch aus dem Kamin des Hauses aufsteigen und war erleichtert, daß der Verwalter seine Pflichten nicht vernachlässigt hatte. Als er jedoch näher kam und die vor dem Haus angebundenen Pferde sah, be-

gann sein Puls zu rasen. Er wußte nicht, wer ihn an diesem geheimen Treffpunkt erwartete.
Sein langjähriger Aufenthalt im Exil hatte ihn Vorsicht gelehrt, daher schlich er durch die Vorratskammer ins Haus. Die Versammlung, die er dort antraf, ließ ihn wie angewurzelt in der Tür zum Wohnraum stehenbleiben. Vier Männer saßen, ins Gespräch vertieft, vor dem Kamin und wandten sich ihm zu, als er eintrat. Dylan verbarg sein Erstaunen und unterdrückte einen Anflug von Angst. Er verneigte sich voller Ehrfurcht.
»Seid willkommen, Herr Ritter«, sagte König Edward. »Ich glaube, Ihr kennt die hier anwesenden Herren. Lord Rivers, der Vater Ihrer Majestät; Anthony, Euer Freund und Fürsprecher, und Lord Forbes, Graf Ayliffe. Setzt Euch und trinkt einen Krug Bier. Unsere Unterredung wird nicht lange dauern. Dann können wir uns den Freuden der Jagd widmen.«
Dylans Gesicht wurde ganz heiß. Er hatte keine Ahnung, worum es hier ging. Hatte man ihm eine wichtige Rolle in dieser Versammlung der bedeutendsten Männer Englands zugedacht, oder drohte ihm der Tod? Die Frau des Verwalters brachte ihm einen Krug Bier. Er griff mit zitternder Hand danach und trank einen großen Schluck, um seine Nerven zu beruhigen. Erst als er Anthonys aufmunterndes und zuversichtliches Lächeln sah, schwand seine Befürchtung, Lord Forbes könne sein Liebesverhältnis zu Anne entdeckt haben.
»Uns stehen schwere Zeiten bevor«, eröffnete Edward ohne Umschweife das Gespräch. »Mit ausgeklügelten Schachzügen und teuflischen Intrigen kämpfen unsere Widersacher gegen die Krone. Milord von Warwick hat sich gegen mich gestellt, und selbst mein Bruder, der Herzog von Clarence,

zählt zu seinen Anhängern. Mein anderer Bruder, Richard von Gloucester, steht noch auf meiner Seite, aber wir gehen gefährlichen Zeiten entgegen.«

Dylan war sprachlos. Er war Mitglied dieses geheimen Rates? Ihm wurden Staatsgeheimnisse anvertraut?

»Anthony hat mir versichert, daß Ihr mir, trotz der Tatsache, daß ich Heathwick Lord Forbes übereignet habe, als getreuer Gefolgsmann dienen wollt. Stimmt das?«

»Ja, Majestät. Es gibt andere Lehnsgüter.«

Edward lächelte. Dylan empfand eine ehrfürchtige Scheu vor diesem jungen König, der England mit Klugheit und straffer Hand regierte. Dylan bedauerte zutiefst, daß er Edward nicht vor der Schlacht bei Wakefield und Mortimer's Cross begegnet war, dann hätte er an seiner Seite gegen König Heinrich gekämpft.

»Den Anspruch auf ein Lehnsgut mußt du dir verdienen«, sagte Anthony. »Der König braucht Verbündete im Feindeslager. Ich habe dich vorgeschlagen.«

»Wieso wurde ich ausgewählt? Ich bin doch erst kürzlich ...«

Der König unterbrach ihn. »Wer wäre sonst glaubwürdig? Soll ich den Vater der Königin oder ihren Bruder zu Warwick schicken? Oder Forbes mit seinen zehntausend Gefolgsleuten? Das würde nur das Mißtrauen meiner Widersacher wecken. Was Euch betrifft, so verspreche ich Euch für loyale Dienste eine großzügige Belohnung. Solltet Ihr mich jedoch an meine Feinde verraten, so richtet Ihr mit Euren paar Männern keinen großen Schaden an. Ich halte diesen Vorschlag für eine exzellente Lösung.«

»Was erwartet Ihr von mir, Majestät?«

»Ihr seid ein Ritter ohne Land«, sagte Edward und tauschte mit Brennan Forbes ein verschwörerisches Lächeln. »Begebt

Euch in die Dienste meines Bruders Clarence, sucht seine Nähe und informiert mich über seine Absichten.«
»Sire, zweifelt Ihr an Clarences Treue?« fragte Dylan, schockiert über das Mißtrauen zwischen Brüdern.
»George ist ein wenig wankelmütig«, sagte Edward mit einem traurigen Lächeln. »Als zweitgeborener Sohn hat er immer den bequemen Weg zu Reichtum und Ruhm gesucht. Ich habe versucht, seinen Ehrgeiz zu stillen, denn ich war stets großzügig meinen Brüdern gegenüber. Aber ich kann es nicht zulassen, daß England vom Herzog von Warwick regiert wird, unter dessen Einfluß George steht. George setzt seine Hoffnungen darauf, daß ich noch keinen Erben habe. Daher leitet er seinen Anspruch auf die Krone ab.«
Edward seufzte und trank einen großen Schluck Bier. »Ich liebe England, Herr Ritter, doch am meisten liebe ich das Leben. George müßte sich mit Warwick verbünden und mich ermorden, um die Krone zu erlangen. Ich möchte gern noch ein paar Jahre leben.«
»Wie kann ich das Vertrauen und die Freundschaft des Herzogs gewinnen?« fragte Dylan.
»Ich werde im Juni ein Ritterturnier veranstalten. Dort könnt Ihr Eure Kampfeskraft als Ritter unter Beweis stellen. Nach allem, was Anthony über Euch gesagt hat, wird sich Clarence glücklich schätzen, einen derart kampferprobten Ritter in seine Dienste zu nehmen.«
Dylan sah in den ihm zugewandten Gesichtern nur Vertrauen und Zuversicht, obwohl er bis vor kurzem noch als Verbannter im Exil gelebt hatte. Er hatte keine Ahnung, was diese mächtigen Männer dazu bewogen hatte, ihm einen derart heiklen Auftrag zu übertragen. Vor allem erstaunte ihn die Haltung des Grafen Ayliffe in dieser Angelegenheit.

Schließlich verneigte er sich lächelnd vor dem König und sagte: »Ich fühle mich geehrt, Majestät.« Mit Handschlag wurde Dylan in den Bund der Verschwörer aufgenommen.

Anne war nicht freiwillig, sondern gezwungenermaßen dem Hof über ein Jahr ferngeblieben. Brennan hatte beinahe mit Erleichterung ihrem Vorschlag zugestimmt, auf Ayliffe nach dem Rechten zu sehen, während er dem König zu Diensten stand. Für beide galt es, mit erheblichen Schwierigkeiten fertig zu werden.

Brainard, der noch immer wütend auf Ramsford weilte, schickte Brennan regelmäßig feindselige Briefe, in denen er seine Forderungen geltend machte. Ebenso beklagte sich Sir Baelfour, Brainards Gastgeber, bei Brennan über das Verhalten seines Sohnes, was Lord Forbes über die Maßen ärgerte. Außerdem war der Graf von Trelaine, Bart Gifford, unzufrieden und verbittert, denn sein Besitztum war schwierig zu verwalten, und er war eifersüchtig auf Trenton, dem Heathwick zugesprochen worden war. Anne ahnte, daß Brennan der Ansprüche ihrer Brüder überdrüssig war und nahe daran war, die Beziehung zu ihrer Familie abzubrechen.

Außerdem brauchten Deirdre und Sloan die volle Zuwendung ihrer Mutter. Anne widmete sich mit Liebe ihrer Tochter und überwachte Sloans Ausbildung. Der Entschluß, auf Ayliffe zu bleiben, war ihr schwergefallen, denn damit verzichtete sie auf jede Chance, Dylan zu sehen.

Sloan war zu einem kräftigen und hübschen Jungen herangewachsen. Er war jetzt sechs Jahre alt, und Anne erkannte, wie sehr Brennan bei Brainard als Vater versagt hatte. Die Erziehung der Kinder blieb ausschließlich der Ehefrau, den Kindermädchen und Erziehern überlassen. Sloan mangelte

es nicht an Zuwendung, denn er hatte eine Mutter, die sich um ihn kümmerte, und Sir Clifton, der in den Jungen vernarrt zu sein schien.
Anne wußte, welche Gefahr darin bestand, daß Sloan von Tag zu Tag Dylan ähnlicher wurde. Deswegen suchte sie in diesen Monaten nach einem geeigneten Edelmann, in dessen Dienste ihr Sohn als Knappe treten konnte. Schließlich entschied sie sich für Lord Todd, dessen Besitztum in Yorkshire lag. Bei der Abreise ihres Sohnes weinte sie bitterlich, obwohl sie wußte, daß er bei Sir Clifton in guter Obhut war und sie größtes Vertrauen zu Lord Todd hatte. Die Trennung war sehr schmerzlich für sie, denn sie würde Sloan viele Monate nicht sehen. Aber ihr kleiner Junge hielt sich tapfer und vergoß keine Träne. Bald würde er auch der Obhut Sir Cliftons entwachsen sein und als junger Mann seine eigenen Wege gehen. Anne war erst dreiundzwanzig, hatte jedoch das Gefühl, ihr Leben lang die schwere Bürde der Verpflichtungen einer Gräfin getragen zu haben. Ein Aufenthalt in London würde ihr etwas Abwechslung und Aufmunterung bieten.
Das gesellschaftliche Leben am königlichen Hof verdrängte bald Annes Gedanken an ihren Sohn. Der Hofstaat und die ganze Stadtbevölkerung feierten voller Lebenslust und Ausgelassenheit das prachtvollste Ritterturnier aller Zeiten. Die berühmtesten Kämpfer, die gegeneinander antreten würden, waren Anthony Woodville, Lord Scales, der als stärkster und ruhmreichster Ritter Englands galt, und der Bastard von Burgund, Antoine de la Roche. Der Turnierplatz lag in der Nähe des Stadthauses der Königin, und in den Straßen drängte sich die Bevölkerung, um einen Blick auf die Ritter und die Edelleute zu erhaschen.
Annes Mutter und ihre drei Brüder waren für die Festivität

nach London gekommen. Quentin und Bart würden am Turnier teilnehmen, während Trenton sich damit begnügte zuzusehen. Anne wünschte, ihre Mutter wäre auf Heathwick geblieben, denn sie befürchtete, die Anwesenheit der deFraynes könnte Marcella zu einer ihrer üblen Machenschaften verleiten.

Am ersten Turniertag saßen Lady Gifford und Trenton, der Graf und die Gräfin Ayliffe unter der Zeltbahn in den Farben Ayliffes und verfolgten die Kämpfe. Anne hatte sich für dieses Ereignis besonders sorgfältig gekleidet, denn sie hoffte voller Sehnsucht, Dylan zu begegnen.

Der Höhepunkt des Turniers würde der Kampf zwischen den beiden Anthonys bilden, doch um die Spannung zu erhöhen und das Publikum zu unterhalten, wurden täglich mehrere Kämpfe zwischen den Rittern ausgetragen. Während Dylan um Reichtum und Ehre kämpfte, bemühte sich Anne, möglichst gelassen und unbeteiligt zu erscheinen, aber es erfüllte sie mit heimlichem Stolz, daß er sogar Lord Scales den Ruhm streitig machte. Annes Blicke forschten unter den anwesenden adligen Damen nach Verehrerinnen, die Dylans Farben trugen, aber sie entdeckte nur Daphne deFrayne, die hochaufgerichtet in ihrer Loge saß und stolz die Kämpfe ihres Sohnes verfolgte. Anne war verwundert, daß Dylans Frau nicht anwesend war, um ihm in aller Öffentlichkeit ihren Stolz und ihre Liebe zu zeigen.

Lord Forbes nahm an den Kämpfen nicht teil. Drei Tage lang verfolgte er in mißmutiger Stimmung von seiner Loge aus das Turnier. Weder der Klang der Trompeten noch die ausgelassene Fröhlichkeit der Zuschauer konnten den Grafen aufheitern. Anne merkte, daß ihren Mann etwas bedrückte. Er wirkte verändert und geistesabwesend.

»Findet Ihr keinen Gefallen an dem Turnier, Milord?« fragte sie.
»Ich genieße jeden Augenblick. Nie hat es ein prächtigeres Turnier gegeben.«
Die etwas barsche Antwort bestärkte Anne in ihrer Besorgnis. Im Verlauf des vergangenen Jahres hatte sie vom Grafen wiederholt derart schroffe Bemerkungen gehört und sich manchmal gefragt, ob er durch seinen Dienst beim König überanstrengt oder ob er vielleicht krank war. Manchmal hatte sie auch gedacht, er hätte aufgehört, sie zu lieben.
Am Morgen des dritten Turniertages kündigte der Herold überraschend einen Kampf zwischen dem Grafen von Trelaine und Dylan deFrayne an. Anne sah den triumphierenden Ausdruck im Gesicht ihrer Mutter. Trenton warf Anne einen warnenden Blick zu, um sie von einer unbedachten Geste zurückzuhalten.
»Das könnte ein interessanter Kampf werden«, sagte Brennan. »DeFrayne kämpft um Land und Ansehen.« Anne hörte zum erstenmal in drei Tagen einen freudigen Unterton in der Stimme ihres Mannes. Er war offensichtlich überzeugt, daß Bart verlieren würde, und diese Aussicht schien ihm Vergnügen zu bereiten. Anne war sich dessen nicht so sicher. In ihrer Familie hielten nur Bart und Marcella den Haß gegen die deFraynes aufrecht und würden alles daran setzen, sie zu zerstören. Und plötzlich wußte sie es: Ihre Mutter hatte Bart dazu aufgestachelt, gegen Dylan anzutreten.
Mit pochendem Herzen verfolgte Anne die Vorbereitungen für diesen Kampf. Die Ritter bestiegen ihre Rösser, schlossen die Visiere und nahmen von ihren Knappen die Lanzen mit den stumpfen Spitzen entgegen. Dylan hielt seine Lanze waagrecht, während Bart seine kurz senkte und wieder hob.

»Was macht er da?« fragte Brennan laut.
Als die Trompeten zum Angriff bliesen, fiel die stumpfe Spitze von Barts Lanze ab. In vollem Galopp preschten die Reiter aufeinander zu. Die Zuschauer erhoben sich mit einem Aufschrei der Empörung von ihren Plätzen. Dylan konnte durch Barts scharfe Lanze getötet werden. Vielleicht hatte er nicht gesehen, wie Bart heimlich das stumpfe Ende abwarf. Anne preßte ihre Hände vor den Mund, um einen Schrei des Entsetzens zu unterdrücken. Nur Marcella blieb völlig ruhig sitzen.
Plötzlich warf Dylan seine Lanze weg, warf sich vom Pferd und rollte sich mit ein paar Überschlägen aus der Reichweite der Hufe von Barts Pferd. Bart ritt bis zum Ende der Bahn, wendete sein Pferd, öffnete sein Visier und betrachtete mit gespieltem Entsetzen die Spitze seiner Lanze.
Ein Aufstöhnen lief durch die Menge. Anne vermutete, daß manche Zuschauer zu gern Blut gesehen hätten.
»Dafür wird er Strafe zahlen«, sagte Brennan angewidert. »Von mir hat er keine Unterstützung zu erwarten. Bart wird die Summe aus eigener Tasche zahlen, und ich rate ihm, nie wieder einen Gefallen von mir zu fordern.«
»Milord, das war sicher ein Versehen. Er ...«
»Ein Versehen?« wiederholte Lord Forbes und starrte Marcella erstaunt an. »Er hat vorsätzlich gehandelt, daran besteht kein Zweifel. Dieses unehrenhafte Verhalten wird ihn teuer zu stehen kommen, denn ab sofort entziehe ich Eurem Sohn jegliche Zuwendung. Er hat von mir mehr bekommen, als er verdient hat.«
»Milord«, rief Marcella empört. »Wie könnt Ihr die deFraynes unterstützen, die ...«
Trenton umfaßte mit festem Griff den Arm seiner Mutter, starrte ihr mit zornigem Blick in die Augen und sagte:

»Noch ein Wort von Euch zu Barts Verteidigung oder gegen die deFraynes, und ich führe Euch notfalls mit Gewalt aus der Loge.«

Marcella wurde blaß. »Endlich zeigst du mir, wem deine Loyalität gilt«, zischte sie.

»Fordert mich nicht heraus, Madam«, sagte Trenton barsch.

Anne schloß kurz die Augen und holte tief Luft. Wird es nie enden? fragte sie sich. Dann huschte ein leises Lächeln über ihre Lippen, als sie begriff, daß Trenton sie beschützte. Vor einem Jahr hatte er Marcellas wegen die Treuhandschaft für Heathwick übernommen. In dieser Zeit hatte er offensichtlich den Haß seiner Mutter auf die deFraynes kennengelernt.

Marcella beugte sich widerstrebend dem Befehl ihre Sohnes und verfolgte die anschließenden Kämpfe stumm und mit starrem Gesicht. Anne widmete ihre Aufmerksamkeit wieder ihrem schlechtgelaunten Mann. Jetzt hatte er einen guten Grund, verärgert und mürrisch zu sein, doch Anne ließ sich nicht täuschen. Brennan benahm sich schon seit einiger Zeit merkwürdig. Bart und Brainard konnten nicht allein die Ursache seiner Verstimmung sein.

Am späten Abend dieses dritten Turniertages, nach dem Festmahl und dem Tanzvergnügen, fragte Anne ihren Mann besorgt: »Brennan, du bist so verändert. Hat es etwas mit mir zu tun? Ärgerst du dich über mich?«

Er betrachtete sie von Kopf bis Fuß und antwortete kurz angebunden: »Wie könntest *du* mein Mißfallen erregen? Kein Mann kann sich einer schöneren Frau rühmen.«

Anne trug ein langes weißes Nachthemd. Vor Brennan auf dem Tisch stand ein Becher mit noch dampfendem heißen Wein. Jane schlug die Bettdecke zurück, und Anne bedeutete ihr mit einer Geste zu gehen. Anne kniete sich vor ihren Mann, legte ihre Arme auf seine Knie und blickte zu ihm auf. Sie hatte Dylan nur aus der Ferne gesehen und hoffte noch immer, ein paar Worte, einen flüchtigen Kuß mit ihm tauschen zu können. Doch zuerst mußte sie die Mißstimmung in ihrer Ehe beseitigen. Sie hatte keine Ahnung, worüber Brennan derart verärgert war.

»Bitte, sprich mit mir über deine Probleme, Brennan. Vielleicht kann ich dir helfen.«

»Wie willst du mir denn helfen, Anne?« frage er mit einem mürrischen Zug um die Lippen.

»Falls ich dir unrecht getan habe, könnte ich es wiedergutmachen.«

Er seufzte tief auf und berührte mit leicht zitternder Hand ihre Wange. »Hast du es denn nicht bemerkt?« fragte er mit einem kläglichen Lachen. »Ich ahne, daß in dir verborgene Leidenschaften schlummern, die du mir nicht offenbarst. Mir gegenüber gibst du dich als gefügige, liebevolle Frau. Sag mir die Wahrheit, Anne. Hast du aus Rücksicht geschwiegen, oder vermißt du meine körperliche Liebe nicht?«

»Ach, Brennan, möchtest du, daß ich dich verführe? Du warst nie schüchtern, und ich habe dich nie zurückgewiesen.«

»Hast du es bemerkt oder nicht?«

»Daß du dich mir seltener näherst?« fragte sie verwirrt. »Natürlich ist es mir aufgefallen, aber ich dachte, du seist überanstrengt, und wollte dir nicht auch noch meine Bedürfnisse aufbürden. Was kann ich für dich tun?«

In seinen Augen schimmerten Tränen. »Es ist allein meine Schuld, Anne. Bitte, verzeih mir«, flüsterte er. »Es war unrecht von mir, dich zu heiraten. Ich bin zu alt für dich, Anne.«

»Ach, mein lieber, lieber Brennan! Was redest du für einen Unsinn. Du ...«
Er schob sie sanft von sich und stand auf. Dann leerte er seinen Becher und stellte ihn auf den Tisch. »Anne, meine Kinder könnten meine *Enkel* sein. Ich habe eine junge, leidenschaftliche und schöne Frau, die ich nicht befriedigen kann. Ich schaue dich an und begehre dich, aber etwas in mir ist gestorben. Ich hätte dich nicht heiraten dürfen. Ich konnte nicht wissen, daß ich so schnell altern würde.«
Anne ging zu ihm und legte ihm die Hände auf die Brust. Ihr Blick durfte weder Schuldgefühle noch Mitleid ausdrücken. Sie hatte bemerkt, daß sein Verlangen nach ihr nachgelassen hatte, maß dem aber wenig Bedeutung bei. Er war ein Mann mit vielen Verpflichtungen, die ihn oft wochenlang von ihr trennten. Sie schliefen noch immer in einem Bett, und sie hatte Brennan stets als ihren besten Freund betrachtet. Das wagte sie jedoch nicht auszusprechen, um ihn nicht zu beleidigen. Sie wußte, daß er ihr mehr sein wollte. Und er hatte recht. Ihr war seine Zurückhaltung nicht aufgefallen, weil sie sich nicht nach seiner Leidenschaft sehnte.
Es war ihr oft gelungen, ihn mit einer Berührung, einem Streicheln und ihrem Verständnis zu besänftigen. Sie hoffte, es würde ihr wieder gelingen.
»Brennan, bitte quäl dich nicht mit unsinnigen Gedanken, die unbedeutend sind. Ich liebe dich! Für mich bist du nicht alt.«
»Aus Angst, mir die Knochen zu brechen, reite ich bei keinem Turnier mehr mit. Jeden Morgen erhebe ich mich mit steifen, wunden Gliedern. Ich habe nicht mehr die Kraft, die ich einmal besaß. Mein Appetit läßt nach, meine Nächte werden länger, und ich sehne mich mehr nach erholsamem Schlaf als nach deinem Körper.«

Sie zwang sich zu einem fröhlichen Lachen. »Vielleicht liegt der Fehler bei mir. Ich habe mir jahrelang Sorgen gemacht, dich zu enttäuschen. Du warst immer gütig und großzügig zu mir, obwohl du dich nach einer leidenschaftlicheren Frau gesehnt hast. Eine in den Liebeskünsten erfahrenere Geliebte hätte deine Gefühle mehr erregt. Wäre ich dir eine bessere Frau, hättest du weniger Probleme. Ich kann es dir nicht verdenken, daß du mich nicht mehr liebst.«
»Nur weil ich dich liebe, habe ich Probleme, meine Liebste.« Er wandte sich von ihr ab. »Dein Leben wäre glücklicher verlaufen, wenn ich dich einem jüngeren Mann überlassen hätte.«
»Brennan, ich wollte keinen jüngeren Mann haben«, log sie. Der einzige Mann, den sie liebte, war ihr verwehrt geblieben.
»Ich darf die Augen nicht vor der Tatsache verschließen, daß Brainard mich überleben und dir erhebliche Schwierigkeiten machen wird. Ich kann ihm Ayliffe nicht verwehren, aber ich kann seinen Besitzanspruch hinauszögern. Dieses Problem habe ich geregelt – mein Testament wird vom König verwahrt. Darin habe ich verfügt, daß dir als meiner Witwe Ayliffe bis zu deinem Tod gehört. Erst danach wird Brainard den Titel erben.«
Diese Ankündigung war von größter Bedeutung, doch Anne war weniger um Ayliffe als um Brennan besorgt. Daß er Vorsorge für seine Hinterlassenschaft getroffen hatte, machte ihr bewußt, wie groß seine Sorgen waren. »Du sprichst vom Testament und meinen Rechten als Witwe? Brennan, was geht in dir vor? Willst du mich verlassen? Denkst du an ...« Sie konnte das Wort nicht aussprechen und hatte plötzlich entsetzliche Angst, Brennan könne in einem Anflug von Schwermut seinem Leben ein Ende setzen.

»Ich will dir damit nur klarmachen, daß ich älter bin, als du wahrhaben willst. Meine Jahre sind gezählt.«
»Schweig!« rief sie wütend. »Du ergehst dich nur im Selbstmitleid. Es sieht dir gar nicht ähnlich, über steife Knochen und schwindende Leidenschaft zu klagen, Brennan. Ich will nichts über den nahenden Tod hören. Es reicht mir!«
Er lächelte sanft. »Du weckst die Sehnsucht nach meiner Jugend in mir«, sagte er. »Deswegen wollte ich dich vor sieben Jahren unbedingt zur Frau haben. Du hast mir das Gefühl gegeben, wieder ein verwegener junger Mann zu sein.«
»Komm«, sagte sie, nahm ihn bei der Hand und führte ihn zum Bett. »Zieh dich aus, dann massiere ich dir den Rücken. Vielleicht bist du nur erschöpft. Edward verlangt zuviel von dir, und meine Familie quält dich dauernd mit maßlosen Forderungen.« Er setzte sich aufs Bett, und sie zog ihm das Hemd und die Stiefel aus. »Es ist nicht immer von Vorteil, in der Gunst des Königs zu stehen. Brennan, du bist nur müde.«
Er zog sie auf seinen Schoß. »Vielleicht ist es nicht mein Rücken, der deine Zuwendung braucht, Liebste.«
Sie küßte ihn zärtlich auf die Lippen und drückte ihn aufs Bett. Wie konnte ich ihn nur so vernachlässigen, dachte sie reumütig. Ich habe nicht einmal bemerkt, mit welchen Problemen er sich quält. Seit Deirdres Geburt hatte er sich ihr nur ein paarmal genähert. Sie wußte nicht einmal mehr, wann er sie zum letztenmal geliebt hatte. Verspürte er wirklich kein Verlangen mehr? Verloren Männer im Alter ihre Liebesfähigkeit? Sie hatte keine Ahnung und wagte nicht, ihn danach zu fragen. Sie streichelte zärtlich seinen Körper, wandte alle Finessen an, die er sie gelehrt hatte, um ihn zu erregen — vergeblich.
Mit einem verzweifelte Stöhnen wandte er sich von ihr ab.

»Es ist sinnlos. Ich bin kein Mann mehr«, sagte er kläglich.
»Brennan, nein«, protestierte sie mit tränenerstickter Stimme und nahm ihn in die Arme. »Ach, Brennan, mein Liebster, es spielt keine Rolle! Halt mich nur fest und bleib mir ganz nahe.« Sie hatte sich zwar nie nach Brennans Leidenschaft gesehnt, seine Zärtlichkeiten aber auch nicht als unangenehm empfunden. Seine Leidenschaft brauchte sie nicht, aber seine Freundschaft und Liebe bedeuteten ihr sehr viel. Anne hatte plötzlich Angst. Brennan litt unter dem Verlust seiner Männlichkeit, und er schien sich ihr völlig zu entziehen. Sie hatte das Gefühl, ihren besten Freund zu verlieren.
»Wie kannst du mich *so* akzeptieren?«
»Wie könnte ich das *nicht*«, rief sie. »Ich bin deine Frau, wir sind eine Familie, wir haben Kinder. Mir werden deine Zärtlichkeiten fehlen, Brennan, aber vor allem brauche ich dich... deine Liebe. Du bist mein Mann, und ganz gleich, ob du krank oder gesund, reich oder arm bist, wir müssen einander beistehen. Bitte, Brennan, glaube mir, an meiner Liebe zu dir wird sich nichts ändern.«
Er berührte ihre tränenfeuchte Wange, sah ihr in die flehenden Augen und flüsterte: »Das weiß ich. Ich weiß nur nicht, ob das ein gutes oder ein schlechtes Zeichen ist.«

Am sechsten Morgen nach dem Beginn des Turniers ging Anne allein zur Messe. Obwohl ihr Brennans Probleme am Herzen lagen, hatte sie Dylan nicht vergessen, sondern ihre Gedanken an ihn möglichst verdrängt. Deswegen zuckte sie erschreckt zusammen, als sie ihn in der Kapelle entdeckte. In wortlosem Einverständnis folgte sie ihm durch die stillen, dunklen Gänge von Westminster. Er führte sie eine Treppe

hinauf, öffnete eine Tür, und dann lag sie in seinen Armen.
»Anne, Geliebte, wie sehr habe ich mich nach dir gesehnt.«
Er küßte sie heiß und fordernd, aber sie schob ihn von sich. Am ganzen Körper zitternd, flehte sie: »Bitte, Dylan, rühr mich nicht an.«
»Was hast du? Liebst du mich nicht mehr?«
»Es geht um Brennan«, stammelte sie verzweifelt. »Wir teilen zwar ein Bett, aber er schläft nicht mehr mit mir. Deswegen bitte ich dich, mich nicht zu verführen, denn ich sehne mich zu sehr nach deinen Küssen, deinen Zärtlichkeiten. Würde ich jetzt schwanger werden, wäre mein Ehebruch offensichtlich, und er würde mich mit Schimpf und Schande davonjagen.«
Dylan starrte sie verwirrt an. »Wie kann das sein? Wenn er dich ansieht, glitzern seine Augen vor Leidenschaft und Begierde.«
Anne senkte den Blick. »Aber ... er ... kann nicht ...«
Dylan pfiff leise. »Wieso? Ist er krank?«
»Ich weiß es nicht. Sag mir, Dylan, geschieht das häufig bei Männern? Brennan glaubt, es liegt am Alter. Er wähnt sich dem Tode nahe. Ist er vielleicht krank?«
Dylan lächelte traurig und sagte: »Nein, meine Liebe, er ist nicht krank. Armer Forbes, etwas Schlimmeres hätte ihm nicht widerfahren können. Er hat eine willige, begehrenswerte Frau und kann ihr seine Liebe nicht mehr zeigen.«
»Dylan, ist es meine Schuld? Ich habe für Brennan nie die Leidenschaft empfunden, nach der er sich sehnt. Ich habe versucht ...«
»Nein, mein Liebling. Du bist nicht daran schuld. Du warst ihm eine gute Frau und hast dein Bestes gegeben, um ihn glücklich zu machen. Ich weiß, daß du sehr viel Zuneigung

für ihn empfindest und seine Liebe nie verschmäht hast. Er ist ein guter Mann.« Dylan seufzte und sah Anne voller Mitgefühl an. Ihr Problem war seinem nicht unähnlich. Er verstand ihre Gefühle, fand jedoch nicht die richtigen Worte, um die komplizierte Situation zu beschreiben. »Arme Anne«, sagte er und drückte sie leicht an sich. »Du wirst jetzt eine ähnliche Ehe wie ich führen.«

»Deine Ehe?« fragte sie.

»Vergiß, was ich gesagt habe. Küß mich und hab Vertrauen zu mir. Du brauchst keine Angst vor einer Schwangerschaft zu haben.«

Dylans Versprechen ließ ihren Widerstand schwinden. Ihr Körper reagierte wie gewohnt auf seine Küsse und Zärtlichkeiten. In seinen Armen fand sie Trost, und ihr wurde bewußt, wie sehr sie unter dem Schuldgefühl gelitten hatte, Brennan gegenüber als Frau versagt zu haben.

Ohne Dylans Liebe und Leidenschaft konnte sie nicht leben. Von diesen Umarmungen zehrte sie monatelang. In seiner Nähe vergaß sie alles andere, dann zählte nur noch ihre Liebe.

Willenlos überließ sie sich seinen Zärtlichkeiten, verlor sich in ihrer Ekstase und lag schließlich erschöpft in seinen Armen.

Warum bleiben uns nur diese gestohlenen Stunden der Liebe? fragte sie sich wieder einmal. Warum hat uns das Schicksal ein Zusammenleben verwehrt? Nur in seinen Armen bin ich glücklich und muß mich doch wieder von ihm trennen. Und bei jedem Zusammensein droht die Gefahr der Entdeckung.

Eine Stunde später öffnete er die Tür und spähte vorsichtig den dunklen Gang entlang. Ehe sie hinausgingen, sah er ihr eindringlich in die Augen und sagte: »Ich muß dir etwas anvertrauen, Anne. Gib mir dein Wort, daß du zu niemandem darüber sprichst.«

»Ja, ich verspreche es.«

»Es können Jahre vergehen, ehe wir wieder zusammen sein können, Anne. Ich gehöre zusammen mit deinem Mann und anderen einem Geheimbund an. Es geht um die Sache des Königs, das versichere ich dir. Aber du darfst dich nicht wundern, wenn zwischen Forbes, Scales und mir scheinbare Feindschaft herrscht. Dieses Verhalten dient einem Zweck. Ich wurde gebeten, in Clarences Dienste zu treten.«

»Clarence?« flüsterte sie.

»Dazu gehört, daß ich mit dem Woodville-Clan — und mit deinem Mann — nicht gerade auf freundschaftlichem Fuß stehe. Vertraue mir und zweifle nicht an meiner Loyalität, meine Liebe, ganz gleich, was dir zu Ohren kommt. Ich bin kein Verräter.«

»Natürlich vertraue ich dir. Wirst du fortgehen?«

»Dieser Geheimauftrag zwingt mich, an Clarences Seite zu bleiben. Ich möchte, daß du meine Beweggründe verstehst. Falls Lord Forbes mir feindselig begegnet, sollst du wissen, daß sein Verhalten nichts mit dir zu tun hat. Du brauchst nicht zu befürchten, daß unser Verhältnis aufgedeckt wurde.«

»Sei vorsichtig, Dylan.«

Er gab ihr einen Abschiedskuß, und sie ging. Er wartete, bis sie am Ende des dunklen Gangs verschwunden war. Dann lehnte er sich gegen die geschlossene Tür. Ach, Anne, dachte er, nur wenn du vor Leidenschaft in meinen Armen vergehst, kann ich an deine Liebe glauben. Jede noch so flüchtige Umarmung gibt mir die Kraft, ohne dich weiterzuleben. Warum hat uns das Schicksal diese unverbrüchliche Liebe geschenkt, die wir nur im geheimen leben dürfen? Es

wäre besser für uns beide, wir würden einander nicht mehr sehen, aber ich kann ohne dich nicht leben. Allein deine Liebe gibt meinem Leben einen Sinn.
Mit einem tiefen Seufzer stieß er sich von der Tür ab und machte sich auf den Heimweg. Er traf Raynia im Salon an. Sie lag auf dem Ruhebett, und Jeannette saß an ihrer Seite.
»Jeannette, würdest du uns bitte allein lassen. Ich möchte mit meiner Frau sprechen.«
Raynia machte ein mürrisches Gesicht, als ihre Zofe eingeschüchtert hinausging. Sie fühlte sich in Dylans Gegenwart nicht wohl und hatte kaum ein paar Worte mit ihm gewechselt.
»Was willst du von mir?« fragte Raynia verärgert.
»Du hast weder an den Turnierfestlichkeiten teilgenommen noch einem Kampf zugeschaut. Ich habe viele Siege errungen und hätte mich über deine Anwesenheit gefreut. Wirst du mich heute abend zum Fest begleiten, oder muß ich dich wieder krankheitshalber entschuldigen?«
»Das Leben am englischen Hof interessiert mich nicht. Das habe ich dir gesagt.«
»Ja. Dein Interesse scheint ausschließlich deiner Zofe zu gelten.«
Ihre Augen wurden zu schmalen Schlitzen. »Mach mir keine Vorwürfe, Dylan, denn ich weiß, daß du gerade von deiner Hure kommst.«
Dylan mußte unwillkürlich grinsen. Sollte Raynia etwa eifersüchtig sein? Er hatte keine Ahnung, was im Kopf dieser merkwürdigen Frau vor sich ging. Er tat ihre Bemerkung mit einem Schulterzucken ab und sagte: »Ich bestehe darauf, daß du mich heute zum Turnier begleitest. Ich hole dich gegen Mittag ab.«
»Ich denke nicht daran ...«

»Es geht das Gerücht um, daß die Pest in der Stadt grassiert. Wenn du dich anständig benimmst, schicke ich dich und deine kleine Zofe außer Landes.« Das Gerede von der Seuche war übertrieben. Bis jetzt waren nur zwei Todesfälle bekannt geworden. »Machst du mir allerdings Schwierigkeiten, bleibst du hier, und ich zwinge dich, mich jeden Tag an den Hof zu begleiten.«

»Was? In der Stadt herrscht die Pest? Wie schrecklich!« rief Raynia entsetzt. Dylan nickte. »Warum muß ich dich zu diesem albernen Turnier begleiten?«

»Es wird Zeit, daß ich meine Frau bei Hof präsentiere. Schließlich bist du meine Frau, ob es dir nun gefällt oder nicht.« Ohne ihre Antwort abzuwarten ging er.

Dylan wußte, daß Anne ihn verstehen würde, wenn sie das unfreundliche, unattraktive Wesen sah, das er geheiratet hatte. Er wollte allerdings nicht Annes Mitleid, sondern nur ihr Verständnis, daß er in der Ehe mit Raynia nicht glücklich sein konnte und deswegen keine Schuldgefühle hatte, weil er seine Frau betrog. Anne sollte Raynia kennenlernen. Sie beide waren durch die Umstände zu Ehen mit ungeliebten Partnern gezwungen worden. Dylan wußte allerdings, daß Anne an der Seite von Lord Forbes, den er gegen seinen Willen bewunderte und achtete, eine größere Bürde zu tragen hatte.

Trenton wohnte mit seiner Mutter nicht bei Anne, sondern hatte Quartier in einem Gasthof bezogen. Während des vergangenen Jahres hatte er erfahren, wozu Marcella in ihrer unerbittlichen Rachsucht fähig war, und er wollte größeren Schaden von Anne abwenden.

Es war spät am Abend, als im Nebenzimmer laute Stimmen ertönten. Er ging zur Zwischentür und hörte Bart wütend

sagen: »Du hättest wissen müssen, daß der Graf mich bestrafen würde. Jetzt habe ich seine Gunst verloren.«
»Sei still!« zischte Marcella. »Ich werde dir etwas verraten, womit du dich an den deFraynes rächen kannst.«
Trenton stieß die Tür auf und trat ein. Marcella starrte ihn zornig an. »Laß uns allein, Trenton. Ich muß mit Bart sprechen.«
Trenton stellte sich breitbeinig mitten ins Zimmer und befahl barsch: »Sagt Bart, daß Ihr nichts wißt, womit er Rache an den deFraynes üben kann. Sagt es ihm, Madam.«
»Trenton, ich dulde nicht...«
»Sagt es ihm!« befahl Trenton mit dröhnender Stimme.
Marcella starrte ihn schweigend an.
»Trenton«, sagte Bart bittend, »wenn Mutter einen Weg weiß, um mir zu helfen, dann...«
»Hast du noch nicht begriffen, daß sie dir mit ihren Intrigen nur Schaden zufügt? Geh jetzt, Bart. Sie setzt dir Flausen, eine Hoffnung auf Reichtum und Ruhm in den Kopf und benutzt dich doch nur, um ihre Rachegelüste zu befriedigen. Der Leidtragende bist am Ende du, Bart. Geh jetzt.«
Barts Augen funkelten noch immer zornig, aber er ging schließlich mit gesenktem Kopf aus dem Zimmer. Trenton sagte drohend zu seiner Mutter: »Wagt es nicht. Wagt ja nicht, irgendwelche Klatschgeschichten zu verbreiten.«

13

Brennan Forbes ließ sich auf Ayliffe ein eigenes Schlafzimmer einrichten, das durch einen Wohnraum und ein Badezimmer mit dem Schlafgemach seiner Frau verbunden war. Noch nie zuvor hatten der Graf und die Gräfin Ayliffe getrennte Schlafzimmer gehabt, obwohl diese Sitte mittlerweile in adligen Kreisen zur Gewohnheit wurde. Diese Maßnahme führte natürlich zu allerhand Spekulationen und Klatsch über die gräfliche Ehe. Anne hatte über Brennans Entschluß bitterlich geweint, ihn aber schließlich stillschweigend akzeptiert.

»Das Geschwätz der Dienstmädchen interessiert mich nicht«, hatte Jane ihr erzählt. »Mich ärgert nur, daß man Euch die Schuld an der Trennung gibt, weil Ihr gegenüber Seiner Lordschaft kalt und abweisend wärt.«

Anne blickte in Janes mitfühlende Augen und antwortete: »Diese Version ist besser als die Wahrheit. Laß die Leute reden. Es vertreibt ihnen die Langeweile.«

»Aber ich weiß, wie Ihr darunter leidet, Milady.«

Mein Schmerz ist nichts im Vergleich zu Brennans Leid, wollte Anne sagen, schwieg aber und tätschelte nur dankbar Janes Hand. Nach dem langen Winter sehnte sie sich nach dem Frühling. Der Anblick einer Rosenknospe oder eines Veilchens würde ihr schon Trost bieten. Sie hatte gehört, daß Dylan es zu Reichtum und Ansehen gebracht hatte, wieder Lehnsgüter besaß und eine ansehnliche

Truppe von Gefolgsleuten und Söldnern befehligte. Während der Wintermonate in London hatte sie ihn kein einziges Mal gesehen. Er hatte bei ihrem letzten Zusammensein von einer Trennung gesprochen, die Jahre dauern konnte. Insgeheim hatte sie jedoch gehofft, ihn wenigstens gelegentlich bei Hof anzutreffen. Da ihre Beziehung zu Dylan abgebrochen war, hatte sie zumindest die Gewißheit, daß Brennans Entschluß, getrennte Schlafzimmer einzurichten, nicht darauf zurückzuführen war, daß er sie verdächtigte, ein Verhältnis mit einem anderen Mann zu haben. Anne vermißte Brennans körperliche Nähe und sehnte sich in ihren einsamen Nächten nach Dylans Liebe und Leidenschaft.

Ihre Tage waren angefüllt mit Vorbereitungen für Sloans und Brainards Heimkehr. Die kleine Deirdre war zu einem hübschen, blondhaarigen Mädchen herangewachsen und erfreute mit ihrem Geplapper und kindlichen Possen ihre Eltern ebenso wie die Dienstboten. Anne wünschte sich, sie hätte mit Brennan mehr Kinder.

Eines Tages im Mai wurde endlich das Burgtor für die sich nähernde Reiterschar geöffnet. Anne, die erwartungsvoll neben Brennan im Hof stand, sah in ihrem prächtigen Gewand in den Ayliffe-Farben Rot und Gold würdevoll und vornehm aus. Sie legte ihren Arm um Brennans Taille und lehnte ihren Kopf an seine Schulter. Er küßte liebevoll ihre Stirn, und sie blickte lächelnd zu ihm auf. Wenigstens habe ich seine Zuneigung und Fürsorge nicht verloren, dachte sie wehmütig.

»Freust du dich darauf, deinen Sohn wiederzusehen?« fragte Brennan.

»Ich merke erst jetzt, wie sehr ich ihn vermißt habe, Brennan. Warum müssen wir den Schmerz der Trennung ertragen? Ist es der Fluch der Mütter, ihre Söhne fortzuschicken, damit sie erwachsen werden?«

»Sloan ist zwar erst acht, aber seine Zeit, an deinem Rockzipfel zu hängen, ist vorbei, Anne. Du darfst ihm nicht zeigen, wie sehr du dich danach sehnst, ihn an deinen Busen zu drücken.«

»Sieht man mir meine Gefühle denn an?«

»Deine Augen strahlen vor Liebe, und deine Lippen zittern vor Erwartung. Lord Todd hat geschrieben, daß Sloan stärker und klüger als die Jungen seines Alters ist. Er besitzt die besten Voraussetzungen für einen tapferen Ritter und Edelmann. Du mußt akzeptieren, daß er zu einem jungen Mann heranwächst und eigene Wege geht.«

»Ich hoffe, du bist stolz auf ihn, Brennan.«

»Ja«, antwortete er und fügte mit einem melancholischen Unterton hinzu: »Sloan, nicht Brainard, ist mein Stolz und meine Hoffnung auf den Fortbestand von Ayliffe. Verzeih mir, meine Liebe, wenn ich dich kränke, aber Ayliffe habe ich immer mehr als mein Leben geliebt. Für den Erhalt von Ayliffe habe ich gekämpft und meine ganze Kraft gegeben. Sloan wird meinen Kampf fortsetzen.«

Anne drückte seine Hand und verdrängte ihre Angst, Brennan könne je die Wahrheit über Sloan erfahren. »Natürlich, mein Lieber. Ayliffe wird auch in Zukunft groß und mächtig sein«, entgegnete sie beklommen.

Er legte den Arm um ihre Schulter. »Der Erhalt dieses Familienbesitzes ist mein Lebenswerk, und mein Sohn soll eines Tages diese Aufgabe übernehmen.«

Durch das Burgtor sprengte jetzt die Reiterschar heran — Sloan, Sir Cliff und die Eskorte der Ritter. Sloan bemühte sich, möglichst gelassen zu erscheinen, als er vor ihnen vom Pferd stieg. Aber Anne sah an seinen strahlenden Augen, wie aufgeregt und stolz er war. Am liebsten hätte er sich wohl mit einem übermütigen Lachen in ihre Arme geworfen, doch er verneigte sich voller Würde wie ein junger Edelmann und grüßte: »Milord. Milady.«

Annes Herz machte einen Sprung. Wie groß und gutaussehend er ist, dachte sie und streckte impulsiv die Arme nach ihrem Sohn aus.

Sloan ließ sich nur widerstrebend von seiner Mutter umarmen und warf dabei Lord Forbes einen leicht beschämten Blick zu. Anne bedeckte sein Gesicht mit Küssen und fuhr ihm mit den Fingern durchs Haar. Sloan sagte verlegen: »Madam, es freut mich, Euch wiederzusehen.«

»Anne, das genügt«, kam Brennan dem Jungen zu Hilfe. »Sloan ist kein Kind mehr.«

»Nein, er ist jetzt ein junger Mann«, entgegnete Anne mit einem traurigen Lächeln. »Er wird mir den Gefühlsausbruch verzeihen. Schließlich bin ich seine Mutter.«

»Komm in die Halle, Sloan, und erzähl mir von deiner Ausbildung zum Knappen. Ich bin gespannt zu hören, was du erlebt und gelernt hast.« Anne war etwas über Brennans kühle, distanzierte Haltung enttäuscht. Vielleicht hat Brainard darunter gelitten, daß Brennan ihm keine väterliche Liebe gezeigt hatte, sondern ihm nur mit Freundlichkeit und Stolz begegnet war. Kaum hatten sie in der Halle Platz genommen, rief Brennan: »Bringt mir meine Tochter.« Als Deirdre auf seinem Schoß saß, unterhielt er sich mit Sloan über Lord Todd, während er ohne Scheu und Zurückhaltung mit dem kleinen Mädchen spielte.

Die beiden Kinder ähneln einander nicht sehr, dachte Anne. Ihre erwartungsvolle Freude auf Sloans Rückkehr war nicht frei von der Angst gewesen, die Ähnlichkeit des Jungen mit seinem Erzeuger könnte ihr Geheimnis verraten. Mit zunehmendem Alter schien diese Ähnlichkeit jedoch zu schwinden. Sein Haar war etwas dunkler geworden, und er hatte das strahlende Lächeln seiner Mutter geerbt. In Gestalt und Haltung erinnerte er zwar an den jungen Dylan, war aber auch Brennan nicht unähnlich. Ich brauche mir keine Sorgen um meinen Sohn zu machen, dachte Anne. Er trägt in sich das Erbgut eines starken Vaters und wird von einem großartigen und liebevollen Mann erzogen. Er hat die besten Voraussetzungen mit auf den Lebensweg bekommen, und das merkt man ihm auch an.

Nach zwei Tagen voller Harmonie und Freude traf Brainard auf Ayliffe ein. Er war drei Jahre fort gewesen und kehrte als erwachsener Mann zurück. Anne war angenehm überrascht, als er sich höflich vor ihr verneigte und sie begrüßte. Er schien etwas von seiner jugendlichen Arroganz verloren zu haben, begegnete ihr jedoch weiterhin mit geringschätziger Ablehnung.

»Ach, Sir Clifton«, sagte Brainard mit eisiger Stimme. »Wie kommt Ihr mit Eurem neuen Schützling zurecht?«

Cliff verneigte sich mit starrem Gesicht. »Sehr gut, Sir«, antwortete er knapp.

»Ist er in den ritterlichen Tugenden so bewandert wie ich?« fragte Brainard spöttisch.

»Er wird Euch eines Tages ebenbürtig sein, Sir«, sagte Sir Clifton mit einem Lächeln, das Anne zu deuten suchte. Waren die beiden Freunde oder Feinde? Cliff hatte Sloan und sie mehrmals vor Brainards Feindseligkeiten in Schutz genommen. Er schien seinem ehemaligen Schützling mit Mißtrauen zu begegnen.

»Eine sehr diplomatische Antwort, Cliff. Ich werde den Jungen im Auge behalten und mir eine eigene Meinung bilden.«

Brainard benahm sich, als würde Ayliffe ihm bereits gehören, begegnete Anne jedoch in Brennans Gegenwart mit ausgesuchter Höflichkeit. Erst nach ein paar Tagen zeigte sich, daß er nur sein Benehmen, nicht aber seinen Charakter geändert hatte.

»Erzähl mir von Ramsford«, sagte Brennan während des Abendessens zu Brainard. »Was gibt's Neues von Baelfour und den Walisern?«

»Wie Ihr wißt, Milord, ist Ramsford nicht mit Reichtum gesegnet. Die Waliser sind genügsame und hart arbeitende Menschen, bei denen jeglicher Luxus verpönt ist. Euer Kastellan hat sich bestimmt darüber beklagt, daß ich mit dem Geld verschwenderisch umgegangen bin, aber ich habe auch dafür gesorgt, daß die Befestigungsanlagen der Burg verstärkt wurden. Er hat Euch sicher regelmäßig in seinen Briefen Bericht über mich erstattet.« Brainard biß ein Stück Brot ab und spülte es mit einem Schluck Wein hinunter. »Die erfreulichste Nachricht für Baelfour war wohl, daß ich nicht daran denke, nach Ramsford zurückzukehren.«

»Ach, tatsächlich? Ich habe dich nicht von deinen Pflichten entbunden.«

»Ich weiß, Milord«, antwortete Brainard trotzig. »Ich habe diesen Entschluß ohne Euer Einverständnis getroffen.«

»Du kehrst nach Ramsford zurück und bleibst dort, bis ich dich abberufe«, sagte Brennan verärgert.

»Können wir über dieses Thema unter vier Augen sprechen, Milord?« fragte Brainard mit erzwungener Höflichkeit. »Es gilt zu klären, ob ich meinen Aufenthalt auf Ramsford als ritterliche Pflichterfüllung ansehen soll oder ob Ihr mich dorthin in die Verbannung geschickt habt.« Sein gehässiger Blick glitt von Anne zu Sloan. »Die Waliser sind nicht für ihren höflichen Umgangston berühmt, dabei dachte ich, Ihr wolltet meine Erziehung zum Edelmann vervollständigen.« Er betrachtete seinen Vater aus schmalen Augen. »Ich weiß mich wie ein Edelmann zu benehmen. Das werde ich Euch beweisen.«

Brennan starrte seinen Sohn wortlos an, senkte dann den Blick und beendete schweigend die Mahlzeit. Anne nahm Deirdre auf den Arm, um sie zu Bett zu bringen, beugte sich zu Brennan und flüsterte ihm etwas ins Ohr. Dann brachte sie Deirdre ins Kinderzimmer, übergab sie dem Kindermädchen, ging in ihr Schlafzimmer, machte sich für die Nacht zurecht und wartete.

Brennan kam spät am Abend, als der Lärm und die Stimmen in der Halle verstummt waren. Er sah müde aus. Anne streckte ihm die Hand hin und sagte bittend: »Brennan, schlaf heute nacht in meinem Bett. Oder laß mich zu dir kommen. Bitte«, fügte sie leise hinzu. Zum erstenmal in ihrer neunjährigen Ehe richtete sie diese Bitte an ihn.

»Dafür ist es jetzt wohl etwas zu spät, nicht wahr, Anne?«

Sie schüttelte den Kopf. »Es geht mir nicht um die Befriedigung sinnlicher Bedürfnisse, Brennan. Ich brauche einfach nur deine Nähe. Bitte.«

Er setzte sich auf die Bettkante und nahm sie liebevoll in die Arme. »Was bedrückt dich, meine Liebe?«

»Ich habe Angst und bin einsam«, antwortete sie mit zitternder Stimme.

»Du hast doch mich und die Kinder«, sagte er tröstend.

»Ich mache mir Sorgen um Sloan und Brainard. Bitte, bleib bei mir.«

»Ich werde dich nie allein lassen, meine Liebe.«

»Bleibst du bei mir? Hältst du mich heute nacht in deinen Armen? Nur dieses eine Mal?«

»Wovor hast du Angst?« Er streckte sich neben ihr auf dem Bett aus und barg ihren Kopf an seiner Schulter.
»Mich quält ein Gefühl der Unsicherheit, Brennan. Wir haben uns alle so sehr verändert«, sagte sie und schmiegte sich in die Geborgenheit seines Armes. »Ohne dich bin ich ein Nichts.«
Er drückte sie fest an sich. »Das warst du nie. Auch nicht, ehe ich dich kennenlernte. Du warst schon als junges Mädchen etwas ganz Besonderes und bist zu einer sehr starken Persönlichkeit herangewachsen. Du, Anne von Ayliffe, bist eine bemerkenswerte und starke Frau. Meine Bewunderung für dich ist von Jahr zu Jahr gestiegen.«
Anne von Ayliffe. Der Name klang in ihr nach. War sie das jetzt für Brennan? Ihr Leben hatte in den vergangenen Jahren eine derart dramatische Wende genommen, daß sie kaum noch wußte, wer sie einmal gewesen war. Das junge Mädchen, das zu dem älteren, klugen und mächtigen Grafen aufgesehen hatte, hatte sich zu einer äußerlich selbstbewußten Frau entwickelt, die innerlich aus Furcht vor den Verpflichtungen, die ihr als Gräfin abverlangt wurden, zitterte.
Niemand kennt mich, dachte sie plötzlich. Überhaupt niemand. Meine Mutter ist eifersüchtig auf mich und hält mich für gerissen. Für Brennan bin ich unabhängig und stark, nicht hilfsbedürftig und schwach, wie ich mich selbst sehe. Dylan kennt mich vielleicht besser als jeder Mann, aber er ist so selten in meiner Nähe. Manchmal habe ich das Gefühl, mich selbst nicht zu kennen, und es gibt niemanden, der mir hilft, zu mir zu finden.
»Brennan, du hast mich zu der Frau geformt, die als Gräfin ihre Pflichten Ayliffe gegenüber wahrnimmt.«
»Ja, und ich erwarte von dir, daß du diese Aufgabe bis zu dei-

nem Tod erfüllst. Die Voraussetzungen dafür waren dir von Geburt an gegeben, ich habe nur die richtige Wahl getroffen. Gräfin Ayliffe, ich bin stolz auf Euch.«

»Anne von Ayliffe«, wiederholte sie nachdenklich.

»Schwöre mir, daß du Ayliffe niemals aufgeben wirst.«

»Das verspreche ich dir. Ich liebe Ayliffe.«

»Wie gut. Meine beiden früheren Frauen haben Ayliffe und mich auch geliebt, aber auf eine andere Weise. Ihnen bedeutete der Reichtum und das gesellschaftliche Ansehen, die mit dem Besitz und dem Titel verbunden sind, mehr. Beide waren gute Frauen, aber sie besaßen nicht die Persönlichkeit, die man braucht, um Ayliffes Ruhm zu bewahren. Du bist anders. Du scheinst die wahre Bedeutung erkannt zu haben.«

»Deine früheren Frauen, Brennan«, sagte Anne zögernd, »haben sie dich geliebt ... sehr geliebt?« Mehr als ich, wollte sie eigentlich fragen. Hast du sie mehr geliebt als mich? Habe ich dich so glücklich gemacht, wie du es erhofft hast?

Er schwieg eine Weile. Dann antwortete er mit sanfter Stimme: »Wir alle lieben auf unterschiedliche Weise, Anne. Das habe ich endlich begriffen.«

Brennan hatte mit gewisser Resignation die Form der Beziehung zwischen ihnen akzeptiert, die Anne ursprünglich geschaffen hatte. Er war der starke Mann, auf den sie sich stützen konnte; ein Freund, mit dem sie reden und ihre Sorgen teilen konnte, und ein liebevoller und großzügiger Ehemann. Er beklagte sich nicht mehr darüber, daß sie seine Leidenschaft nicht erwiderte. Brennan fand jetzt Trost in seiner Liebe zu Deirdre, die ihren Vater vergötterte.

»Liebst du mich noch, Brennan?« fragte Anne.

»Ja, Anne. In dich setze ich meine Hoffnungen für Ayliffe.«

»Liebst du mich um meiner selbst willen?«

»Ach, meine Liebe, ich liebe und respektiere dich, wie du bist.« Er gab ihr einen väterlichen Kuß auf die Stirn und schlief an ihrer Seite ein. Anne fühlte eine Anflug von Enttäuschung. Für den Mann, der sich einst in Sehnsucht nach ihrer Leidenschaft verzehrt hatte, war sie jetzt nur noch die Lebensgefährtin. Sie hatte das Gefühl, ihn enttäuscht zu haben. Der Kreis ihrer Liebe hatte sich nie geschlossen, denn sie hatte immer eine Lücke für Dylan offengehalten. Leidenschaft hatte sie nur für Dylan empfunden.

In dieser Nacht, als sie in Brennans Armen lag, glaubte sie, Unrecht getan zu haben, und bedauerte es zutiefst. Sie empfand keine Scham über ihren Ehebruch, denn sie konnte ihre Liebe zu Dylan nicht verleugnen, sondern bereute, Brennan nicht das gegeben zu haben, wonach er sich am meisten gesehnt hatte. Jetzt war es dafür zu spät.

An einem heißen Sommertag, als das Getreide auf den Feldern reifte und eine gute Ernte in Aussicht stand, hörte Anne die Tür zum Schlafzimmer ihres Mannes zuschlagen. Von der Halle aus blickte sie die Treppe hinauf und sah Brainard mit zornig gerötetem Gesicht herunterstürmen. Er blieb vor ihr stehen und durchbohrte sie mit mörderischen Blicken. Dieser Ausdruck des Hasses jagte ihr einen eisigen Schauder über den Rücken.

»Ich werde Euren teuflischen Plan durchkreuzen, *Milady*«, zischte er bösartig.

»Ich weiß nicht, wovon du sprichst, Brainard.«

»Ayliffes Reichtum soll also aufgeteilt werden? Unter drei ... nein, *vier!* Ich bin nicht länger der Alleinerbe, außer ich finde mich damit ab, den Titel irgendwann als alter Mann zu bekommen. Das werde ich zu vereiteln wissen, *Madam!*« Er musterte Anne von Kopf bis Fuß, als sei sie eine

käufliche Hure. Mit einem boshaften Grinsen fügte er hinzu: »Ich werde Euch Ayliffe streitig machen. Ihr seid mir nicht gewachsen.«
In diesem Augenblick kam Sloan in die Halle. Brainard stieß ihn grob beiseite, als er hinausstürmte. Anne sah ihm sorgenvoll hinterher.
»Madam, was ist geschehen?«
Annes Blick fiel auf das verängstigte Gesicht ihres Sohnes. Ihr wurde plötzlich bewußt, daß Brennans Unterstützung nicht genügte. Ihr Mann alterte zusehends und verlor sich in Sentimentalitäten und Sorgen. Sie mußte für sich und ihre Kinder kämpfen.
»Sloan, geh und hol Sir Clifton. Jetzt sofort, mein Junge.«
Sie wußte nicht, wen sie sonst um Hilfe hätte bitten können. Sie brauchte einen starken und loyalen Mann an ihrer Seite. Sir Clifton würde ihre Rechte verteidigen.

Dylans Streitmacht bestand jetzt aus tausend Kriegern und fünfhundert Männern, die er aus der Bevölkerung seines Lehnsguts rekrutieren konnte. Diese Gefolgsleute hatten ihm den Treueeid geschworen, und nur Sir Mark, Dylans rechte Hand, wußte, daß ihre Loyalität dem Grafen von Clarence und dem Herzog von Warwick gegenüber eine Finte war.
Er hatte mit seiner Truppe einen Aufstand der blutrünstigen Schotten niedergeschlagen und seinen Ruf als Anführer eines streitbaren Heeres verteidigt. Nach dem Erntedankfest und der Siegesfeier für die gewonnene Schlacht begrub er im Winter seinen totgeborenen Sohn und damit die letzte Hoffnung auf einen Erben. In den ersten Monaten des Jahres 1469 wurde ihm die Nachricht vom Tod seines Bruders überbracht.

Cameron war erst fünfunddreißig, als er an einer Grippe starb. Dylan konnte nicht begreifen, wie ein derart kräftiger und vitaler Mann vom Fieber dahingerafft werden konnte. Schweren Herzens ritt er zu Camerons Landgut. Er trauerte um seinen Bruder und Kampfgefährten, mit dem er die schweren Zeiten im Exil überlebt hatte und der gestorben war, ehe er wieder in seine alten Rechte eingesetzt worden war. Er trauerte auch um seinen toten Sohn, um seine verlorene Liebe.

Lady Raynia hatte sich seit der Totgeburt zur Weihnachtszeit nicht mehr von ihrem Krankenlager erhoben. Sie litt nicht unter dem Verlust des Kindes, das sie nie hatte haben wollen, sondern unter ihrer Ehe und krankte an dem Leben in einem fremden Land. Sie haßte England, und sie haßte Dylan. Sie verzehrte sich in Sehnsucht nach dem klaren, sonnigen Himmel von Calais, nach ihrer Mutter und ihrer Befreiung von den ehelichen Zwängen. Ihr Vater hatte sie gezwungen, Dylan zu heiraten, und nach dessen Tod hatte man Raynia zu ihrem Ehemann nach England geschickt.

Dylan empfand Mitleid mit seiner Frau und hatte ihr klägliches Flehen, nach Frankreich zurückkehren zu dürfen, mit dem Versprechen beantwortet: »Ich schicke dich nach Calais zurück, sobald ich dich hier entbehren kann. Du mußt deine Rolle als meine Ehefrau noch eine Weile spielen, denn ich brauche eine Herrin auf meinem Gut.«

Dylan wußte, er würde seine Mutter bei der Witwe ihres Sohnes antreffen. Er hatte seine Mutter seit einem Jahr nicht gesehen. Als sie ihn umarmte und küßte, überwältigte ihn seine Trauer, und er weinte wie ein kleiner Junge an ihrer Brust.

Daphne streichelte seinen Kopf, küßte die Tränen fort und gab dem einzigen ihr verbliebenen Sohn Kraft und Mut. Dylan bewunderte seine Mutter, die nie unter den Schicksalsschlägen, die ihr widerfahren waren, zusammengebrochen war. Er kannte einige ihrer Geheimnisse und wußte von ihrem jahrelangen Leid und ihrer verlorenen Liebe. Sie hatte ihren Mann und zwei Söhne begraben. Sie schien aus jedem Schmerz gestärkt hervorzugehen und flüsterte Dylan jetzt den Namen seines Neffen, Camerons Sohn, ins Ohr. »Justin. Justin braucht einen Vater.«

Cameron wurde auf dem Landgut seiner Frau, Bess, beerdigt, die aufrichtig um ihren verstorbenen Mann trauerte und Dylan ihre Angst vor der Einsamkeit anvertraute. Sie hatte Cameron geliebt und ihm einen Sohn geboren, aber ihr war nur geblieben, was sie in die Ehe eingebracht hatte — ein kleines Landgut im Süden Englands.

»Gib mir Justin«, hatte Dylan zu ihr gesagt. »Er ist fünf Jahre alt und braucht einen Vater. Ich werde ihn zu einem tapferen und aufrechten Edelmann erziehen. Du kannst als Kammerfrau in die Dienste von Lady Scales, Anthony Woodvilles Frau, treten, und ich werde die Königin bitten, für dich nach Ablauf der Trauerzeit eine Heirat mit einem wohlhabenden Mann zu arrangieren. Du bist jung und schön, Bess, und hast ein besseres Leben als hier auf dem Lande verdient.« Er griff nach der Hand seiner Schwägerin. »Mir ist ein Sohn versagt geblieben, Bess. Ich setze alle meine Hoffnungen in Justin.«

Dylan blieb einen Monat auf dem Gut seiner Schwägerin und fühlte sich dort mehr zu Hause als in seiner eigenen Burg, als deren rechtmäßiger Besitzer er sich noch immer nicht fühlte, denn er war zwar scheinbar ein loyaler Gefolgsmann von George von Clarence, insgeheim jedoch der getreue Verbündete des Königs.

Dylan hatte bald gemerkt, daß Edward zu Recht seinem

Bruder mißtraute. Richard Neville, der Graf von Warwick und »Königsmacher«, der Edward zum Thron verholfen hatte, unterstützte Herzog Clarence in seiner Rebellion gegen den König, denn bald kam es im ganzen Land zum Aufruhr. Edward sollte gestürzt werden, aber Dylan wußte nicht, wen Warwick als Nachfolger auf dem englischen Thron ausersehen hatte. Dylan konnte nicht begreifen, daß sich Herzog Clarence auf eine trügerische Allianz mit Warwick einließ, anstatt eine gesicherte Position an der Seite seines Bruders, des Königs, einzunehmen. Dylan schickte regelmäßig geheime Botschaften zum König. Falls Warwick oder Herzog Clarence den Verräter in ihren Reihen entdecken sollten, würde Dylan sofort hingerichtet werden.

»Mir gefällt deine Verbindung zu Herzog Clarence nicht«, sagte Daphne während ihres Ritts zu Dylans Lehnsgut.

»Was habt Ihr dagegen einzuwenden, Madam? Der Herzog ist ein mächtiger und großzügiger Mann, der dem Grafen von Warwick nahesteht — dem reichsten Mann Englands.«

Justin war bei ihnen. Da der Junge noch mütterliche Liebe brauchte, die Raynia ihm nicht geben konnte, hatte Daphne beschlossen, bei Dylan und Justin zu leben, bis der Knabe dem Kindesalter entwachsen war.

»Welchen Gewinn erhoffst du dir aus dieser Allianz? Reichtum? Macht?«

»Ja«, antwortete Dylan. »Und die Sicherung meines Besitzes für meine Familie.«

»Was für eine Familie?« fragte Daphne. »Sprichst du von deiner Frau, Raynia? Wenn du sie zwingst, in England zu bleiben, wird sie vor Kummer sterben. Ich bedaure dieses unglückliche Geschöpf. Du wirst sie nach Frankreich zurückschicken müssen.« Dylan schwieg. »Oder sprichst du von Justin? Willst du ihn an Sohnes statt annehmen und ihn zu deinem Erben machen?« Dylan antwortete noch immer nicht. »Oder meinst du mich? Ich brauche weder Reichtum noch Macht. Du und Justin, ihr seid alles, was mir im Leben geblieben ist. Dein Herz ist schwer, und du bist traurig, Dylan. Dabei habe ich mir immer gewünscht, du würdest dein Glück finden.«

Er sah seiner Mutter in die Augen, und ein geheimnisvolles Lächeln umspielte seine Lippen. »Es gibt nur zwei Frauen auf der Welt, denen ich die Wahrheit anvertrauen würde. Ihr seid eine davon, Madam. Ich trage die Bürde dieses Geheimnisses schon zu lange allein. Darf ich Euch ins Vertrauen ziehen, Madam?«

»Zwei Frauen?« fragte Daphne.

»Anne von Ayliffe«, antwortete Dylan nur.

Daphne bekreuzigte sich, und ihre Lippen bewegten sich wie in einem stummen Gebet.

»Anne wird mir eines Tages gehören, Mutter.« Daphne betrachtete ihren Sohn, sah sein Lächeln und fühlte seine Zuversicht und Entschlossenheit. »Ich will Euch dieses Geheimnis endlich anvertrauen, denn Ihr ahnt die Wahrheit schon seit langem.«

Der von Warwick geschürte Widerstand gegen das Königshaus führte im Frühjahr 1469 vor allem in Yorkshire und an der schottischen Grenze zum Aufruhr. Englands Bevölkerung protestierte gegen König Edwards Regentschaft, und es kam zu Kämpfen zwischen Rebellen und königstreuen Truppen.

Graf Ayliffe war mit seiner Familie in London. Die Pflichten als Vertrauter und Berater des Königs nahmen ihn Tag und Nacht in Anspruch, und er hatte kaum Zeit für Anne und die Kinder. Anne hoffte bei den gesellschaftlichen Emp-

fängen am königlichen Hof vergeblich darauf, Dylan wiederzusehen.
Geheime Treffen und Konspirationen waren ein so wesentlicher Bestandteil von Brennans Leben geworden, daß auch ein nächtlicher Besucher, der sie aus dem Schlaf riß, kaum noch Erstaunen auslöste. Brennans Kammerdiener verkündete die Ankunft eines königlichen Herolds, der den Grafen unverzüglich zu sprechen wünsche. Anne schlüpfte in ihren Morgenrock und ging ins Nebenzimmer, damit ihr Mann ungestört mit dem Besucher reden konnte. Aber sie konnte ihre Neugier nicht unterdrücken und lauschte an der Tür.
»Ihr seid ein wahrer Verkleidungskünstler, Dylan«, sagte Brennan überrascht.
»Bitte verzeiht die späte Störung, Milord«, antwortete Dylan. Seine Stimme klang gehetzt und ängstlich. »Einer meiner Kuriere wurde mit einer Botschaft für den König abgefangen und ermordet. In ein paar Tagen werde ich wissen, ob er meinen Namen verraten hat. Ihr werdet sicher früher erfahren, ob mein Geheimauftrag aufgedeckt wurde.«
»Das tut mir leid, Dylan«, entgegnete Brennan. »Ihr wußtet jedoch, welches Risiko Ihr eingeht.«
»Ja, darum geht es mir auch nicht. Ich habe schon andere gefährliche Situationen überlebt. Aber der König muß erfahren, daß unter den verschiedenen aufständischen Truppen eine Streitmacht ist, die von Robin von Redesdale angeführt ist, der sich als Kämpfer des Volkes ausgibt, in Wahrheit jedoch Warwicks Mann ist. Er befehligt ein großes Heer und wird gegen König Edward kämpfen.«
»Wer ist dieser Robin?«
»Ich bin mir nicht sicher. Den Gerüchten nach ist es Sir Wil-

liam Conyers, ein enger Freund von Lord Warwick. Ihr müßt den König warnen.«

»Und George? Auf wessen Seite steht er?«

»Auf Warwicks Seite. Er beabsichtigt, Warwicks Tochter, Isabel, zu heiraten. Anscheinend erhebt er keinen Anspruch auf den Thron und hat sich nur mit Warwick verbündet, weil er die Woodvilles haßt.«

»Was wißt Ihr über Richard von Gloucester?«

»Er konspiriert nicht mit Warwick, sondern hält zu Edward. Aber auch er haßt die Woodville-Familie, und es ist Vorsicht geboten, denn Richard ist noch jung.«

»Kennt Ihr die Angriffspläne?«

»Nein, Milord. Aber der Herzog sagte mir, ich solle meine Truppen bereithalten. Ich werde dafür sorgen, daß meine Männer irgendwie aufgehalten werden ... außer, ich werde noch vor Ablauf dieser Woche für meinen Verrat an Clarence gehängt.«

»Flieht, Dylan. Der König wird es verstehen.«

Hinter der Tür preßte Anne entsetzt die Hände gegen ihren Mund und kämpfte gegen ihre Tränen an. Flieh! hätte sie am liebsten gerufen. Flieh, Dylan, flieh! Nur mit größter Mühe gelang es ihr, ihre Fassung zu bewahren. Sie hatte Dylan seit zwei Jahren nicht mehr gesehen.

»Nein, Milord. Ich habe geschworen, für den König zu kämpfen, und das werde ich bis zum bitteren Ende tun. Erst wenn Warwick tot ist, wird wieder Frieden in England herrschen. Sagt meinem König, daß ich sein getreuer Vasall bin und bleibe.«

»Ja, sein tapferer und loyaler Ritter. Auch ich werde mit meinen Männern für Seine Majestät in den Krieg ziehen. Sollte ich fallen, bitte ich Euch, kümmert Euch um Ayliffe.«

Eine Weile herrschte Schweigen, dann sagte Dylan: »Milord, Eure Bitte ehrt mich, aber ich kann nicht ...«

»Ich habe nur wenige Freunde, denen ich vertrauen kann«, unterbrach ihn Brennan.

Dylan lachte leise auf und sagte: »Ihr scheint anzunehmen, daß ich lange genug lebe, um Eure Bitte zu erfüllen. Nun, ich nehme das als gutes Zeichen. Milord, Ihr müßt jedoch jemanden ins Vertrauen ziehen und ihm sagen, daß Ihr mich gebeten habt, Ayliffe zu verteidigen, sonst werden mich Eure Männer als Feind betrachten. Schließlich gelte ich als Verbündeter der Rebellen, und Ihr seid ein getreuer Anhänger des Königs.«

»Seid unbesorgt, man wird Euch die Tore öffnen. Ich danke Euch, Dylan. Ich werde Edward Eure Nachricht überbringen.«

Anne glaubte, daß sich die beiden Männer mit einem Händedruck voneinander verabschiedeten, und wäre erstaunt gewesen zu sehen, daß Graf Ayliffe Dylan wie einen Freund, den er vielleicht zum letztenmal sah, umarmte. Sie hörte, wie Dylan die Tür öffnete.

»Milord, ich muß Euch noch etwas sagen. Es schmerzt mich zutiefst, und ich würde Euch diese Nachricht gern ersparen. Unter den aufständischen Truppen, die Warwick um sich versammelt, befindet sich auch Euer Sohn, Brainard Forbes. Er reitet mit Redesdale gegen den König.« Nach einer kurzen Pause fügte Dylan hinzu: »Es tut mir leid.«

»Dieser Weg war ihm wohl vorgezeichnet«, entgegnete Brennan leise. Dann folgte ein wehmütiges Lachen. »Soll ich mich deswegen grämen? Der König wird von seinem Bruder verraten und ich von meinem Sohn. So ist der Lauf der Welt. Unser Weg ist schmerzvoll, und unsere Anstrengungen werden selten belohnt. Reitet mit Gott, Dylan.«

Kaum war Dylan gegangen, eilte Anne zu Brennan, warf sich in seine Arme und weinte. »Hast du unser Gespräch mit angehört?«

Sie nickte und fragte: »Was hat das alles zu bedeuten, Brennan?«

»Es bedeutet, meine liebe Anne, daß der König und mein geliebtes Ayliffe in Gefahr sind. Es wird wohl bald Krieg geben.«

»Brennan, du mußt nicht in den Krieg ziehen. Stelle dem König deine Truppen zur Verfügung, unterstütze ihn mit Geld, aber reite nicht mehr in die Schlacht. Dein Leben ist kostbarer als Ayliffe und der Thron des Königs.«

»Hast du etwa Angst um mich, meine Liebe? Das schmeichelt mir, aber meine oberste Pflicht ist es, mein Land und mein Heim zu verteidigen. Mit etwas Glück wird sich alles zum Guten wenden.« Er sah sie eindringlich an. »Wenigstens hältst du mir die Treue, und diese Loyalität werde ich dir eines Tages lohnen.«

Anne mied seinen Blick, damit er den schuldbewußten Ausdruck in ihren Augen nicht sehen konnte.

14

Nachdem Brennan König Edward Dylans Nachricht über die Bedrohung durch Robin von Redesdales Truppen überbracht hatte, brachte er seine Familie unverzüglich auf Ayliffe in Sicherheit und führte seine Streitmacht an der Seite von Edwards Heer in den Kampf gegen die Rebellen. Lord Forbes war überzeugt, daß der Krieg für die Krone nur kurz und erfolgreich verlaufen würde, aber er irrte sich gewaltig. Die aufständischen Truppen besiegten Edwards Heer, und der König wurde zum Gefangenen von George Neville, dem Erzbischof von York.

König Edward blieb nicht lange in Gefangenschaft, denn zwar war es Warwick gelungen, einige von Edwards Verbündeten zu besiegen, er konnte jedoch ohne den König kein Heer aufstellen. Deswegen sah er sich gezwungen, Edward aus der Gefangenschaft zu entlassen. Obwohl Edward noch immer König war, befand sich das Land in einem Aufruhr, der erst der Anfang eines lange andauernden Bürgerkrieges war.

Lord Forbes Ayliffe kehrte für kurze Zeit nach Ayliffe zurück, und traf dort Vorkehrungen für die Sicherheit der Burg. Er schickte Sloan zu einem Freund in Calais und hoffte, daß dieser sich nicht gegen König Edward wenden und zum Verbündeten Warwicks werden würde, denn dann wäre das Leben des Erben von Ayliffe in Gefahr.

Da Lord Forbes weitere Truppen von Ayliffe abziehen

mußte, zog er Sir Clifton ins Vertrauen und ernannte ihn zu seinem Stellvertreter, der für die Sicherheit der Burg und der Gräfin verantwortlich war. Er warnte Sir Cliff vor Brainard, der mittlerweile auf der Seite der Rebellen kämpfte. Sir Clifton fühlte sich geehrt über das Vertrauen, das der Graf in ihn setzte, und schwor ihm absolute Loyalität.

Die andauernden Kämpfe im Herbst und Winter erlaubten Brennan nur gelegentliche, kurze Besuche auf Ayliffe. Er war mit seinen Truppen ständig im ganzen Land unterwegs, um jeden Aufruhr zu unterdrücken. Anne flehte Brennan jedesmal an, sie und Ayliffe nicht mehr zu verlassen.

Im Sommer des Jahres 1470 herrschte heißes, schwüles Wetter. Die Ungewißheit und Angst schufen unter den Bewohnern der Burg eine angespannte Atmosphäre, und die Menschen begegneten einander mit Mißtrauen. Tag und Nacht waren die Wachposten auf den Burgmauern im Einsatz und hielten Ausschau nach feindlichen Truppen. Ayliffe war gegen einen eventuellen Überfall gut gerüstet, und Brennans Mannen würden die Burg bis zum bitteren Ende verteidigen.

Die Gräfin Ayliffe und Sir Clifton, der Oberkommandierende der Burgwehr, zeigten eine Zuversicht, die sie nicht empfanden. Anne inspizierte an Sir Cliffs Seite des öfteren die Truppen und kümmerte sich anstelle ihres Mannes um die Verwaltung von Ayliffe. Die Sorge um den Erhalt der Burg und das Wohlergehen der Bewohner schuf eine Atmosphäre des Vertrauens und der Freundschaft zwischen Anne und Sir Cliff.

Nach einem längeren Gespräch berührte Anne flüchtig den Arm ihres getreuen Vasallen und sagte: »Ohne Euch wäre ich verloren, Sir Cliff.«

Sie schien den leidenschaftlichen Blick in seinen Augen und

das Zittern, das ihre leichte Berührung ausgelöst hatte, nicht zu bemerken. »So Gott will, Milady, werdet Ihr nie verloren sein.«

Nur reisende Mönche und Kaufleute brachten Neuigkeiten in die Burg. Lord Forbes hatte strikt angeordnet, die Tore geschlossen zu halten, und Sir Clifton wagte auch nicht, Kundschafter auszusenden. Mitte Oktober 1470 überbrachte ein reitender Bote, der zu Brennans Truppe gehört hatte, die schreckliche Nachricht, daß Lord Forbes zusammen mit dem König in einer Schlacht Warwick unterlegen sei und beide außer Landes geflohen seien.

»Lord Forbes hat mich beauftragt, zurückzureiten und Euch die Nachricht zu überbringen, Ayliffe auf jeden Fall zu halten, Milady.«

Anne wurde schwindlig. Sie lehnte sich leicht gegen Sir Clifton, der sie mit seinem starken Arm nur allzu bereitwillig stützte. Der Gedanke war ihr unerträglich, daß Brennan nach einem Jahr unermüdlichen Kämpfens für den König geschlagen worden war und ins Exil hatte fliehen müssen. Sie hatte Angst, ihren Mann nie wiederzusehen.

»Was ist mit diesem Teufel Warwick?« fragte sie.

»Er hat König Heinrich aus dem Tower befreit und ihn gekrönt.«

Anne wußte, welche Gefahr Ayliffe drohte. Warwick besaß jetzt die Macht der Krone und würde umgehend alle bedeutenden Lehnsgüter in seinen Besitz bringen. Ayliffe war zwar nur zwei Tagesritte von London entfernt, durch seine Abgeschiedenheit aber von allen Nachrichten abgeschnitten. Gerüchte über bürgerkriegsähnliche Zustande im ganzen Land hatten Ayliffe erreicht. Auch hieß es, ganz London würde die Inthronisierung von König Heinrich feiern, und anderen Erzählungen zufolge wurde London von den Rebellen zerstört.

Briefe kamen nur selten nach Ayliffe. Quentin wurde im Kampf für Edward getötet. Er hinterließ keinen Erben. Bart erhielt von König Heinrich und Warwick Raedelle als Lehnsgut. Für ihn war endlich die Chance auf eine mächtige und einflußreiche Position nähergerückt. Trenton, Ayliffes und Edwards getreuer Vasall, versammelte Truppen um sich, um Bart aus Raedelle zu vertreiben. Marcella schrieb von Heathwick und beschuldigte Anne, ihre Brüder gegeneinander aufgehetzt zu haben, indem sie Trenton zu ihrem Beschützer erhoben hatte. Obwohl Anne Bart wegen seines illoyalen Verhaltens und seines maßlosen Ehrgeizes und mangelnden Ehrgefühls verachtete, entsandte sie doch nur schweren Herzens einen Trupp ihrer besten Krieger zu Trentons Unterstützung.
Im November erreichte endlich die Nachricht Ayliffe, daß Brennan lebte und mit Edward in Den Haag in Sicherheit sei. Sie hatte ihren Mann seit Juni nicht mehr gesehen und verbrachte viele Stunden im Gebet für ihn. Ihren Untertanen gegenüber gab sie sich zuversichtlich und voller Hoffnung, doch zwei Menschen wußten um ihre Verzweiflung: Sir Clifton und ihre Freundin Jane. Zwischen Jane und ihrer Herrin bestand schon seit Jahren ein inniges Vertrauensverhältnis, aber erst die gemeinsame Sorge um Ayliffe hatte ihr Sir Cliff nähergebracht. Er war der einzige Mann in diesen aufrührerischen Zeiten, dem sie vertrauen konnte. Ihr entging jedoch, daß diese enge Beziehung auch Gefahren barg. Sir Clifton konnte nur mit Mühe verbergen, daß er seine Herrin liebte. Obwohl er ein pflichtgetreuer Vasall des Grafen Ayliffe war, betete er insgeheim, Lord Forbes möge nicht nach Ayliffe zurückkehren.
An einem kalten Wintertag näherte sich eine Reiterschar mit dem Banner König Heinrichs den Toren Ayliffes. Unter

den Bewohnern und Wachposten brach Panik aus, denn alle befürchteten, Warwicks Trupp würde im Namen von König Heinrich Anspruch auf Ayliffe erheben und die Burg erstürmen.

Sir Clifton verbot den Wachen, das Feuer zu eröffnen, und wartete die Ankunft des Herolds ab, der allein zum Tor geritten kam und eingelassen wurde. Ein ungläubiges Lächeln erhellte Annes Gesicht, als sie den Reiter erkannte. Der Trupp, der von London geschickt worden war, um auf Ayliffe die Inthronisation von König Heinrich zu verkünden, stand unter dem Kommando des getreuen Verbündeten des Herzogs von Clarence — Lord deFrayne.

Anne wandte sich an Sir Cliff und flüsterte ihm etwas zu. In den Augen des Ritters flackerte Enttäuschung auf, die Anne irrtümlich als Argwohn deutete. Dann rief sie laut: »Lord deFrayne überbringt uns eine Nachricht vom Hof. Öffnet die Tore für seine Gefolgsleute.«

Mit klopfendem Herzen blickte sie Dylan entgegen. Seit drei Jahren hatte sie ihn nicht gesehen und seine Stimme zum letztenmal vor zwei Jahren gehört, als er die vertrauliche Unterredung mit Lord Forbes geführt hatte. Niemand, nicht einmal Jane, wußte, daß ihre Tränen und Gebete oft Dylan galten.

Mit verschleiertem Blick nahm sie seine stattliche Gestalt, sein stolzes Gesicht wahr und fand ihn mit zweiunddreißig Jahren noch besser aussehend als in seiner Jugend. Er näherte sich ihr festen Schrittes, öffnete die Pergamentrolle und verlas die Botschaft, daß Edward des Landes vertrieben worden sei und Heinrich König von England sei. Mißbilligendes Gemurmel folgte auf diese Nachricht. Dylans Gefolgsleute hatten, noch immer hoch zu Roß, hinter seinem Rücken Aufstellung genommen.

Nach der Verkündung der Botschaft wandte sich Dylan an die Gräfin Ayliffe, hob die Pergamentrolle hoch und zerriß sie mit einer dramatischen Geste mitten entzwei. Dylans Männer brachen in Hochrufe für König Edward aus, in die Ayliffes Burgwehr erleichtert einstimmte. Dylans Geheimauftrag, als Abgesandter des Königs in Warwicks Reihen zu dienen, war beendet. Er würde dem Herzog von Warwick die Botschaft schicken, daß sich Ayliffe ohne Widerstand ergeben habe. Dann würde er als Statthalter Lord Forbes' mächtigen Besitz verwalten, bis dieser ... und König Edward aus dem Exil zurückkehrten.
Die Tore von Ayliffe wurden geschlossen. Dylan reichte Sir Clifton die Hand und sagte: »Würdet Ihr meine Männer verköstigen und beherbergen, Sir? Mir scheint, uns ist die Rückkehr nach London verwehrt.«
Sir Clifton war völlig verwirrt und stammelte: »Aber ... ich dachte ... Milord ... seid Ihr denn nicht für Lancaster?«
Dylan grinste fröhlich. »Ihr habt es also auch geglaubt, Sir? Wie hätte denn König Edward derart gut über Warwicks und seines Bruders Machenschaften unterrichtet sein können?«
»Ihr seid ...«
»Wird mein Geheimnis hier gut gehütet?« fragte Dylan. »Bis Seine Majestät aus dem Exil zurückkehrt?«
Sir Clifton fühlte sich geschmeichelt und lächelte verständnisvoll. »Seid willkommen, Milord. Ich versichere Euch unserer Dankbarkeit und Loyalität.«

Im Januar bezog Brainard unter dem Banner Lancasters Stellung vor Ayliffe und begehrte Einlaß. DeFrayne ritt mit seiner ansehnlichen Streitmacht vor die Tore und informierte Brainard, daß er Statthalter der Lancasters auf Ayliffe sei und der König strikte Anweisung erteilt habe, niemandem, auch nicht Freund oder Familienmitglied, Einlaß zu gewähren. Brainard wagte törichterweise einen Angriff und wurde von Ayliffes Truppen in die Flucht geschlagen.

Sir Clifton konnte der Versuchung nicht widerstehen und verfolgte Brainard mit einem Trupp von zweihundert Rittern. Spät am Abend des darauffolgenden Tages kehrte er zurück und bestand darauf, der Gräfin sofort Bericht zu erstatten.

Jane führte ihn in Annes Schlafgemach. Geduldig hörte sie sich Sir Cliffs begeisterte Schilderung über die erfolgreiche Vertreibung Brainards an und sagte schließlich lächelnd: »Ihr seid mein getreuester Diener, Sir Clifton. Ohne Eure Tapferkeit wäre Ayliffe längst in Feindeshand gefallen. Lord Forbes wird Euch entsprechend belohnen. Aber jetzt geht und ruht Euch von den Strapazen aus. Ich segne Euch für Eure Tapferkeit.« Er fiel vor ihr auf die Knie, küßte ihre Hand und schwor ihr ewige Treue. Als er endlich gegangen war, schloß sie die Tür, verriegelte sie und lehnte sich mit einem tiefen Seufzer dagegen.

Sofort wurde die Tür zum Wohnraum geöffnet, und Dylan kam, nur mit Hosen bekleidet, zitternd herein. Er stellte sich vor das nur noch glühende Kaminfeuer, um sich zu wärmen. »Dein getreuer Ritter hat nicht nur mein wohlverdientes Vergnügen gestört, sondern seinetwegen wäre ich beinahe erfroren«, sagte er grinsend.

»Komm, Geliebter, ich will dich wärmen.«

Dylan entfachte das Kaminfeuer, damit es behaglich warm wurde, und schlüpfte dann neben Anne ins Bett. Tagsüber vermieden sie es sorgfältig, einander auch nur anzusehen, und Dylan nahm selten mit der Gräfin gemeinsam die Mahlzeiten ein. Er hatte im Nordflügel der Burg Quartier bezogen und war ausschließlich in der Gesellschaft seiner Ritter und Sir Cliftons anzutreffen. In den Augen der Burgbewohner war er ein getreuer Vasall des Grafen und zeigte keinerlei Interesse für die Gräfin. Er begegnete ihr mit höflicher Zurückhaltung und zerstreute jeglichen Verdacht, indem er mit verschiedenen Frauen oberflächlich flirtete. Spät in der Nacht jedoch schlich er durch die Korridore und wurde von Jane in Annes Schlafgemach eingelassen.

Jetzt lehnten sie in den Kissen, hatten die Bettdecke bis zum Hals hochgezogen, und Dylan neckte Anne: »Du hast viele Männer, die für dich sterben würden.«

»Außer dir«, entgegnete sie. »Du schleichst dich einfach in mein Bett und denkst nicht daran, welcher Gefahr du mich aussetzt.«

Dylan lachte und drückte sie an sich. »Der Wolf hütet die Hühner. Sir Clifton würde aus der Haut fahren, wenn er es wüßte.« Dann fügte er in ernsterem Ton hinzu: »Du weißt doch über Sir Clifton Bescheid, nicht wahr? Oder willst du es nicht wahrhaben...«

»Ich weiß«, antwortete sie. »Ich versuche, ihn so höflich wie möglich auf Abstand zu halten, Dylan. Aber was soll ich tun? Ohne ihn kann ich Ayliffe nicht verteidigen.«

»Sei nur vorsichtig, Anne. Behalte ihn im Auge. Paß auf, daß dir aus deiner Abhängigkeit von seiner Stärke kein Nachteil entsteht.«

»Ich bin vorsichtig. Solange er mir treue Dienste leistet, sehe ich keinen Grund, ihn durch einen anderen Mann zu ersetzen.«

»Könnte ich nur bei dir bleiben, Anne«, sagte Dylan wehmütig.

»Machst du dir je Sorgen, daß wir für unser gestohlenes Vergnügen bestraft werden, Dylan?«

»Bestraft? Von wem? Von Gott? Von den Engeln? Nein, ich habe nur Angst, daß wir entdeckt werden könnten.« Er küßte sie auf die Stirn. »Seit zwölf Jahren liebe ich dich jetzt schon und kann nicht glauben, daß der Fluch Satans auf unserer Liebe liegt. Für mich ist diese Liebe ein Geschenk, das einzig wirklich Wichtige in meinem Leben.«

»Ja«, flüsterte sie und schmiegte sich an ihn. »Auch für mich ist sie ein Geschenk.«

»Wie gern würde ich an Cliffs Stelle für deine Sicherheit sorgen, bis der Graf zurückkehrt.«

»Dagegen hätte wohl Lady Raynia etwas einzuwenden«, neckte sie ihn.

»Ach, Raynia, das arme Wesen«, sagte er seufzend. »Was ist sie doch für eine unglückselige Frau? Ich empfinde nur Mitleid für sie.«

»Hat sich ihr Gesundheitszustand denn nicht gebessert?«

»Im Gegenteil, sie verfällt zusehends. Ich werde sie nach Calais zurückschicken. Sie haßt England, mich und ihre ganze Umgebung.«

»Wie geht es Justin?«

»Gott sei Dank kümmert sich meine Mutter um den Jungen. Ich verbringe soviel Zeit wie möglich mit ihm. Er wird zu einem starken und tapferen Mann heranwachsen, durch den die Familie deFrayne weiterlebt. Ich bin stolz auf Justin.« Dann fügte er betrübt hinzu: »Leider blieb mir ein eigener Sohn versagt.«

Annes Herz zog sich krampfhaft zusammen. »Hast du je daran gedacht, was passiert, sollte ich von dir schwanger werden?«

»Du weißt, daß ich alles tue, um das zu verhindern. Jedesmal, wenn du deine Blutung bekommst, schicke ich ein Dankgebet zum Himmel. Zwei Monate lang hatten wir Glück. Hoffen wir, daß es uns nicht verläßt.«

»Was würdest du tun, Dylan, falls ich schwanger würde?«

»Unter den gegebenen Umständen?« fragte er. Sie nickte und sah ihm in die Augen. Er antwortete lächelnd: »Ich würde darum beten, daß der Graf glaubt, es sei sein Kind. Da du eine verheiratete Frau bist, ist Diskretion angesagt, und ich könnte keinen Anspruch auf das Kind erheben. Nach der Geburt würde ich jede Möglichkeit wahrnehmen, dem Kind nahe zu sein, und wenn es ein Sohn wäre, würde ich ihn zu meinem Knappen machen, um wenigstens Einfluß auf seine Erziehung zu nehmen. Würde mir das verwehrt, könnte ich seinen Werdegang noch immer aus der Ferne beobachten und mich daran erfreuen, wie er zu einem prächtigen Mann heranwächst. Er würde wahrscheinlich Ayliffe erben und damit mehr bekommen, als ich ihm je geben könnte.«

»Das würdest du nicht fertigbringen«, entgegnete Anne mit heftig pochendem Herzen. »Du bist zu stolz, um zuzusehen, wie dein Sohn als Erbe eines anderen Mannes heranwächst.«

»Ach, glaubst du wirklich?« Er lachte, denn für ihn war diese Unterhaltung nur ein Phantasiegebilde. »Du täuschst dich, Anne. Allein das Wissen, daß ich ein Kind habe, würde mir unendliche Freude bereiten. Zu wissen, daß du mein Kind geboren hast, wäre für mich ein Segen. Später, wenn aus dem Sohn ein Mann geworden wäre und wir vielleicht Freunde würden, könnte ich ihm von meiner Liebe zu seiner Mutter erzählen und ihm erklären, daß mein Schweigen ihm und ihr zum Vorteil gereicht hat. Vielleicht würde er mich verstehen ... und lieben lernen.«

Tränen liefen über Annes Wangen und auf Dylans Arm.

»Wein doch nicht, Liebes. Wir haben nur phantasiert. Sei unbesorgt, ich werde dich nicht in diese Situation bringen.«

»Ich glaube fast, du hast die Wahrheit gesagt, Dylan. Wenn wir einen Sohn bekämen, vielleicht würdest du dann wieder eine Flucht mit mir in Erwägung ziehen.«

»Hältst du mich für einen Feigling, weil ich diesen Gedanken damals verworfen habe? Hätten wir auch nur die geringste Chance gehabt, ein einigermaßen angenehmes Leben zusammen verbringen zu können, wäre ich das Risiko eingegangen. Doch die Gefahr ist zu groß. Ich kann dich nicht dem sicheren Tod aussetzen. Die Stunden des heimlichen Glücks, die wir hatten, bedeuten mehr als ein Leben in ständiger Furcht. Nein, unser Heil liegt nicht in der Flucht. Ich habe mich auch damit abgefunden, daß ich nie einen Sohn haben werde.«

Anne glaubte, an ihren Tränen ersticken zu müssen. »Ist es für einen Mann wirklich so wichtig, einen Sohn zu haben?«

»Daß ein Teil von ihm über seinen Tod hinaus weiterlebt? Gibt es etwas Wichtigeres?«

»Viele Adelige haben Bastarde in die Welt gesetzt. Mit einer Mätresse könntest du...«

»Ja, ich könnte einen Bastard zeugen, Anne. Aber ich liebe nur dich und will keine andere Frau.« Er küßte sie zärtlich. »Wein nicht, Liebes. Du bist immer bei mir, denn ich habe deine Liebe. Ich komme auch ohne Sohn zurecht.«

»Dylan, meinst du das wirklich? Könntest du Stillschweigen bewahren, wenn dein Kind als das Kind des Grafen aufwachsen würde?«

»Anne«, sagte er plötzlich argwöhnisch, »du hast mir doch gesagt, alles sei in Ordnung.« Er setzte sich auf und musterte sie prüfend. »Hast du mich belogen? Bist du schwanger?«

Sie schüttelte den Kopf und wischte sich die Tränen ab. »Dylan, bitte verzeih mir, aber...«

»Was ist?« fragte er beunruhigt.
»Es geht um Sloan«, antwortete sie schluchzend.
»Um Sloan? Was ist mit Sloan?«
»Er ist dein Sohn, Dylan.«
Ungläubig und schockiert starrte er sie an.
»Gezeugt im Kerker«, flüsterte sie.
Seinem Gesicht war anzusehen, wie er nachdachte, die Jahre zählte und Erinnerungen in sich wachrief. Dann nahm er sie sanft in die Arme. Ein freudiges Lächeln umspielte seine Lippen.
Eines Tages, dachte er, wenn wir Freunde geworden sind, kann ich meinem Sohn erzählen, daß unsere Liebe rein und aufrichtig war und wir nur durch die traurigen Umstände gezwungen wurden, getrennte Wege zu gehen. Ich werde ihm sagen, daß ich vor Verzweiflung beinahe gestorben wäre und daß unsere Liebe nie nachgelassen hat. Obwohl wir die Hoffnung auf ein gemeinsames Leben nie aufgegeben haben, mußten wir Stillschweigen bewahren, damit unser Sohn ohne das Stigma eines Bastards aufwachsen konnte. Sloan ist ein Kind der Liebe. Ich habe einen Sohn. Einen Sohn.
Dylan küßte Annes Tränen fort. Er dankte ihr für ihre Tapferkeit, für die Liebe, mit der sie seinen Sohn aufgezogen hatte. Er schwor ihr, Stillschweigen über Sloans Identität zu bewahren. Er dankte ihr, daß sie ihm die Wahrheit gesagt hatte, denn jetzt konnte er – wenn auch nur aus der Ferne – Anteil am Schicksal seines Sohnes nehmen. Für Dylan gab es plötzlich wieder eine Zukunft. Sein Herz drohte vor Glück zu bersten.
Im Überschwang dieser Gefühle liebte er Anne mit verzehrender Leidenschaft und vergaß, daß sie mit einem anderen Mann verheiratet war. Für ihn zählte nur das Glück dieses

Augenblicks. Er hielt die Frau, die er liebte, in den Armen, während irgendwo da draußen sein Sohn heranwuchs, durch den er weiterleben würde. Alle Last schien plötzlich von ihm abzufallen. Das Schicksal meinte es gut mit ihm. Er hatte einen Sohn.

»Bleib in deinen Gemächern, wenn du mich nicht fortreiten sehen kannst, ohne deine Gefühle zu verraten. Das ist der Augenblick, auf den wir gewartet haben, Anne. König Edward und Graf Ayliffe kehren nach England zurück und werden das Land retten.«

»Was wird jetzt geschehen, Dylan?« fragte Anne ängstlich.

»Edward wird sich die Krone zurückholen, und Warwick wird sterben. Davon bin ich überzeugt.«

»Endlich wirst du an der Seite des Königs reiten«, sagte Anne und verdrängte ihre Trauer über den Abschied von Dylan. Wieviel Zeit wird wohl verstreichen, ehe ich ihn wiedersehe? dachte sie.

»Ja, ich werde ihm dabei helfen, sein Reich wieder zu erobern und die Verräter zu bestrafen. Dazu gehört nicht nur König Edwards Bruder, der Herzog von Clarence, sondern auch dein Bruder Bart. Verzeih mir, falls mein Schwert ihn niederstrecken sollte, und denk daran, es geschieht zum Wohle Englands und nicht einer alten Fehde wegen.«

»Ich kann Bart nicht mehr helfen«, sagte sie bedrückt. »Er hat immer nur aus Eigennutz gehandelt. Es tut mir leid um ihn.«

Dylan küßte Anne zum Abschied und sagte eindringlich: »Ich liebe dich. Vergiß das nie.« Mit einem strahlenden Lächeln fügte er hinzu: »Ich danke dir für Sloan.« Dann ging er.

Dylan führte seine Streitmacht, zu der auch Ayliffes Männer gehörten, nach Yorkshire. Edward hatte die Nachricht verbreiten lassen, daß er die Regentschaft König Heinrichs anerkenne und nur Anspruch auf sein Herzogtum York erhebe. Dann ritt er nach Coventry, versammelte unterwegs Truppen um sich und versöhnte sich öffentlich mit seinem Bruder George, dem Herzog von Clarence. Als Anne diese Neuigkeiten hörte, mußte sie an Dylans Worte denken – Edward wird sich die Krone zurückholen.

Ende März kam eine Nachricht vom Grafen Ayliffe. Edwards Heer hatte London zurückerobert, und König Heinrich war wieder Gefangener im Tower. Jetzt stand noch die entscheidende Schlacht gegen Warwicks Truppen bevor.

Reiter mit dem Banner Ayliffes brachten Anne schließlich die freudige Botschaft, daß Edward am Ostermontag seine Gegner bei Barnet besiegt habe. England gehörte wieder Edward. Viele Männer hatten in diesem Kampf ihr Leben gelassen, auch Bart und Warwick. Brennan würde heimkehren.

Als er im Triumph durch Ayliffes Tore ritt, erwartete ihn Anne im Burghof und warf sich ihm weinend in die Arme. Ihre Tränen waren aber nicht nur Ausdruck der Freude über seine Heimkehr. Sie hatte Dylan, ihre Liebe, wieder einmal verloren. Doch dieses Mal empfand sie keine Freude darüber, daß ihr sein Kind geblieben war.

15

Die Anstrengungen der vielen Kämpfe und Intrigen, die Monate im Exil hatten Brennan Forbes' Kräfte aufgezehrt. Er war jetzt beinahe sechzig Jahre alt, und obwohl noch immer stattlich, verrieten die tiefen Falten in seinem Gesicht, wie erschöpft er war.

Er hatte Sloan mit nach Hause gebracht, doch seine größte Wonne war die fünfjährige Deirdre. Obwohl Brennans Gesundheit angegriffen war, gönnte er sich kaum Ruhe und übernahm sofort die Verwaltung von Ayliffe. Anne fand ihn eines Tages an seinem Schreibtisch bei der Überprüfung der Bücher, die sie in seiner Abwesenheit geführt hatte. Sein Lob über die gute Arbeit, die sie geleistet hatte, weckte in ihr gemischte Gefühle, und sie sagte: »Brennan, bitte, du solltest dir etwas Ruhe gönnen.«

»Mach dir um mich keine Sorgen, Anne. Ich bin zwar alt, kann aber meine Pflichten noch erfüllen.«

»Soll ich dir einen Becher gewürzten Wein bringen?«

»In meiner Abwesenheit hast du mit Hilfe von Sir Clifton wirklich eine außerordentliche Leistung vollbracht. Ayliffe hat in dir eine wahre Herrin gefunden.«

Anne seufzte. »Du wirst sentimental, Brennan. Ruh dich jetzt aus, bitte, sonst werde ich noch frühzeitig Herrin von Ayliffe.«

»Eine klügere Frau würde sich wünschen, der Alte möge endlich sterben. Du hingegen tust alles, um mich am Leben zu erhalten.«

»Brennan Forbes, spiel nicht mit mir. In deiner Abwesenheit habe ich zusammen mit Sir Clifton deine Truppen befehligt und Ayliffe verteidigt. Wenn du die Arbeit nicht sofort niederlegst, lasse ich dich von den Wachen in dein Schlafgemach tragen.«

Er blickte von den Büchern auf und lächelte über den Befehlston in ihrer Stimme. Gehorsam legte er den Federkiel beiseite. »Dazu bist du imstande, Anne von Ayliffe. Na gut. Ruf Sloan und Deirdre, damit sie uns in der Halle Gesellschaft leisten.«

Später am Abend gingen sie gemeinsam die Treppe zu ihren Schlafzimmern hinauf. Vor ihrer Tür stellte sich Anne auf die Zehenspitzen und gab Brennan einen Kuß auf die Wange. Er hielt sie kurz fest und schaute ihr tief in die Augen. »Du bittest mich nicht mehr, die Nacht in deinem Bett zu verbringen.«

»Oh, bitte, komm zu mir«, antwortete sie freudig.

Das kurze Aufflackern in seinen Augen erlosch, und er sagte mit einem leisen Auflachen: »Mich überkam nur eine flüchtige Erinnerung, meine Liebe. Dafür bin ich zu müde und zu alt. Ich brauche Ruhe.«

»Ich werde ganz still neben dir liegen«, flüsterte Anne, denn sie wollte ihn glücklich machen. Sie hatte Angst, Brennan zu verlieren — nicht seine Liebe, sondern ihn.

»Hat sich Milord deFrayne gut um dich und Ayliffe gekümmert?«

Sie senkte den Blick und zuckte die Schultern. »Sir Clifton hat unsere Truppe befehligt, während sich Lord deFrayne hauptsächlich in seinen Gemächern aufhielt. Er hat jedoch gegen deinen Sohn gekämpft und ihn besiegt.«

»Ja, Brainard schmückte sich mit Lancasters Banner. Ich fürchte jedoch, er wird bald nach Ayliffe zurückkehren. Ich habe von ihm eine Nachricht erhalten. Er wünscht, daß ich ihm verzeihe und ihn wieder aufnehme.« Brennan lachte verbittert auf. »Nachdem Edwards Feinde jetzt bestraft werden, scheint sich sogar mein Sohn mit einem anteiligen Erbanspruch an Ayliffe zu begnügen. Ist es nicht erstaunlich, wie der Krieg die Gier eines Mannes dämpft?«

»Brennan, bitte laß nicht zu, daß er dir weh tut.«

Er tätschelte ihre Hand. »Mach dir keine Sorgen, Anne. Er kann meine Gefühle nicht mehr verletzen.«

»Ich habe Angst vor ihm, Brennan. Er ist wankelmütig und hinterlistig.«

»Ja. Irgendwie habe ich das Gefühl, bei Brainards Erziehung versagt zu haben«, bekannte Brennan bedrückt. Dann ging er in sein Schlafzimmer.

Anne beobachtete mit Sorge, wie ihr Mann zusehends verfiel. Voller Angst dachte sie an eine Zukunft ohne ihn, denn Dylan blieb ihr nach wie vor verwehrt.

Lord Forbes war kaum vierzehn Tage zu Hause, als Brainard ankam. Anne begrüßte ihn an Sir Cliftons Seite im Burghof.

Brainard verneigte sich mit einem unverschämten Grinsen vor Anne und sagte: »Eure Mutter, die Gräfin Heathwick, läßt Euch grüßen.«

»Meine Mutter?« fragte Anne erstaunt. »Wo hast du meine Mutter getroffen?«

»Als mich Lord deFrayne aus Ayliffe vertrieb, habe ich ihr einen Besuch abgestattet. Da Euer Bruder für König Edward kämpfte, hat mich Eure Mutter überaus herzlich empfangen. Unsere Gespräche waren sehr aufschlußreich.« Annes Reaktion entlockte ihm die spöttische Bemerkung: »Wenigstens besitzt Ihr soviel Anstand zu erröten.«

Brainard wollte an ihr vorbeigehen, doch sie hielt ihn am

Ärmel zurück und sagte: »Brainard, dein Vater braucht Ruhe. Bitte, tu ihm nicht weh.«
»Ich beabsichtige nicht, *ihm* zu schaden, Madam«, antwortete er schneidend. Er entriß ihr seinen Arm und eilte mit großen Schritten in die Halle. Anne hatte sich von dem Schock noch nicht erholt und starrte ihm fassungslos hinterher. Hatte Marcella sie wirklich verraten? Jetzt, nachdem sie jahrelang geschwiegen hatte?
»Was hat das zu bedeuten, Milady?« fragte Clifton. Als sie nicht antwortete, umfaßte er mit festem Griff ihren Ellbogen. »Milady Anne«, flüsterte er ihr zu. »Welche Gefahr droht Euch von Brainard?«
Anne sah Clifton in die Augen. »Er wird mir Schwierigkeiten machen, Sir Cliff. Auf jede erdenkliche Weise.«
Zorn flackerte in Cliffs Augen auf. »Ich werde ihn töten, wenn er Euch etwas antut, Milady. Das schwöre ich.«
»Ihr werdet ohne meine Zustimmung nichts tun«, entgegnete sie streng. »Aber ich danke Euch«, fügte sie sanfter hinzu. Sie ließ ihn im Burghof stehen und folgte Brainard in die Halle.

Während des nicht endenwollenden Nachmittags und Abends saß Anne reglos in einem Stuhl vor dem Kamin in ihrem Schlafzimmer. Soll ich leugnen oder gestehen? fragte sie sich immer wieder. Soll ich mich gegen die Anschuldigungen wehren, die unweigerlich auf die Enthüllung der Wahrheit folgen werden, oder soll ich die Behauptungen als Intrige meiner Feinde — meiner Mutter und des Sohnes meines Mannes — darstellen? Daß gerade diese beiden Menschen eine unheilvolle Verbindung gegen sie eingegangen waren, ängstigte sie zutiefst.
Ihr Mitleid galt vor allem Brennan, dem sie durch ihr Ver-

halten weh getan hatte, denn er verdiente den Verrat nicht, den sie an ihm begangen hatte. Warum hatte sie nicht früher über die Konsequenzen ihres Verhaltens nachgedacht? Unter ihre Eigensucht mußten ausgerechnet die Menschen leiden, die sie liebte. Obwohl sie Angst vor einer Bestrafung hatte, fürchtete sie vor allem, Brennan könnte ihr die Kinder wegnehmen.

Ach, Dylan, dachte sie, wir haben Unrecht getan. Schreckliches Unrecht. Wie konnten wir uns nur vormachen, ein Recht auf unsere Liebe zu haben?

Erst spät in der Nacht kam Brennan in Annes Schlafzimmer. Sie hatte sich geweigert, am Abendessen teilzunehmen und erwartete wie erstarrt Brennans Schuldspruch. Als ihr Mann eintrat, fragte sie sich verwundert, warum sie Angst vor ihm gehabt hatte. Er hatte sie nicht ein einziges Mal während ihrer Ehe seine Wut spüren lassen. Nur seine geröteten Augen und sein finsterer Gesichtsausdruck verrieten den Gefühlsaufruhr, der in ihm herrschte.

»Arme Anne«, sagte er, »was hat dich nur zu dieser Unbesonnenheit getrieben?«

Er schenkte aus einem Krug erkalteten gewürzten Wein in zwei Becher und reichte ihr einen. Mit glasigem Blick und zitternden Lippen wartete sie stumm auf seine Anschuldigungen. Brennan setzte sich in den Sessel ihr gegenüber, streckte seine Beine aus und lehnte sich müde zurück.

»Mir scheint, der wahre Krieg findet zwischen dir und Brainard statt. Ich habe ihn fortgeschickt. Leider haben meine Bemühungen, dich zu schützen, zu keinem Ergebnis geführt. Er ging voller Zorn und Rachsucht.«

Sie führte ihren Becher mit zitternder Hand an die Lippen und bat: »Bitte, erzähl mir, was geschehen ist.« Ihre ängstli-

che Verkrampfung löste sich allmählich, denn Brennans Verhalten zeigte, daß ihr weder Schläge noch böse Worte drohten. Sein Blick verriet keinen Schmerz über ihren Verrat, sondern ruhte mit einem Ausdruck der Trauer und des Mitgefühls auf ihr.
»Brainard hat mir eine Geschichte erzählt«, antwortete er. »Ist dir bewußt, daß ich in einem Monat sechzig werde? Ich habe alle Höhen und Tiefen menschlichen Lebens kennengelernt. Mein Vater starb, als ich noch ein junger Mann war, und ich mußte den Titel und die damit verbundenen Pflichten übernehmen. Meine erste Frau, Elizabeth, war siebzehn und ich fünfundzwanzig, als wir heirateten. In den kurzen Jahren unserer Ehe habe ich wahre Liebe und Leidenschaft kennengelernt. Leider ist sie allzu früh im Kindbett gestorben. Es hat zehn Jahre gedauert, bis ich ihren Verlust einigermaßen überwunden hatte. Manchmal sehne ich mich noch heute nach ihrer Liebe.«
Tränen liefen über Annes Wangen. In Brennans Kummer spiegelte sich ihr eigenes Leid.
»Ich habe Elizabeth nie vergessen. Ich habe sie in anderen Frauen — auch in dir — gesucht, aber nicht gefunden. Trotzdem habe ich wieder geheiratet, denn Grafen brauchen Söhne, an die sie ihren Titel weitervererben können. Für diese Vernunftehe wählte ich eine reiche, junge Witwe namens Charise. Sie war weder hübsch noch klug und schenkte mir auch nicht den ersehnten Erben. Aber ihre Liebe zu mir grenzte an Verehrung, und sie verzieh mir meine Untreue, meine Nachlässigkeit ihr gegenüber und sogar meine gelegentlichen Grausamkeiten.«
Anne hatte Brennan manchmal Fragen über seine früheren Frauen gestellt, worauf er stets ausweichend geantwortet hatte. Noch nie zuvor hatte er seine Seele auf derart scho-

nungslose Weise vor ihr entblößt. Stumm und mit Tränen in den Augen hörte sie ihm zu.

»Und dann begegnete ich dir. Du ähnelst Elizabeth ein wenig, hast dieselbe schlanke Gestalt, schwarzes Haar und dunkle Augen. Dein Anblick weckte als erstes Erinnerungen in mir und dann eine jugendliche Leidenschaft, die ich längst vergangen wähnte. Für einen beinahe fünfzigjährigen Mann habe ich dich mit erstaunlicher Leidenschaft geliebt.«

»Brennan, ich …«

Er hob Schweigen gebietend die Hand, leerte seinen Becher und sprach weiter.

»Ich habe dich leidenschaftlich geliebt. Deine Schönheit und Jugend erfüllten mich mit neuem Leben.« Er lächelte sie an. »Lange Zeit war ich enttäuscht und verärgert, weil du meine Leidenschaft nicht erwidert hast. Es gereichte dir zum Vorteil, meine Liebe, daß ich kein junger Mann mehr war, denn mein Alter und meine Erfahrung ließen mich deine anderen Qualitäten erkennen, die ich zu schätzen weiß. Oh, mir ist deine innige Zuneigung keineswegs entgangen. Du hast mich auf deine Weise geliebt. Wenn ich nach monatelangen Kämpfen nach Hause kam und du dich in meine Arme warfst, hatte ich die Gewißheit, daß du mich wirklich vermißt hast und dir meine Nähe viel bedeutet. Das weiß ich, Anne.«

»Es war unfair von mir«, sprach er weiter, »von dir zu erwarten, daß du die Vorzüge meiner beiden ersten Frauen in dir vereinst.«

Anne schluchzte leise auf und versuchte, ihre Tränen zurückzuhalten.

»Diese Unterhaltung war längst fällig, Anne«, sagte er mitfühlend. »Wir müssen gewisse Schwierigkeiten überwinden. Du darfst ihn natürlich nicht wiedersehen.«

Anne schluckte krampfhaft und wischte sich die Tränen von den Wangen. Sie führte den Becher mit Wein mit zitternden Händen an ihre Lippen und trank einen großen Schluck, von dem ihr fast übel wurde.
»Du brauchst keine Angst zu haben, Anne. Zumindest nicht vor mir. Ich bin alt genug, um zu verstehen und zu vergeben. Wir haben alle unsere Schwächen und sind gegen Sünden nicht gefeit.«
»Brennan«, fragte sie mit bebender Stimme. »Was hat dir Brainard erzählt?«
»Leider habe ich meinen Sohn wieder einmal enttäuscht. Er glaubte, mich zu überraschen, dabei hatte ich eine unangenehme Überraschung für ihn. Er hat natürlich erwartet, ich würde dich in einem Anfall von Wut auspeitschen lassen und dich mit Schimpf und Schande aus der Burg jagen. Doch die Geschichte, die er mir erzählte, hat mich nicht weiter berührt. Ich weiß von deiner Liebe zu Dylan deFrayne.«
Er machte eine bedeutungsvolle Pause und sah sie an. Anne ließ sich ihre Betroffenheit nicht anmerken, obwohl sie am liebsten geschrien hätte: Wie lange weißt du es schon? Wann hast du es erfahren? Warum hast du meinen Verrat geduldet?
»Deinetwegen habe ich ihn gebeten, nach Ayliffe zu kommen. Du hattest eine Belohnung verdient ... für deine hingebungsvolle Liebe zu mir und weil du mir Deirdre geschenkt hast – meine einzige legitime Erbin.«
Anne konnte einen entsetzten Aufschrei nicht unterdrücken. Mit weit aufgerissenen Augen starrte sie ihn ängstlich an. »Was ... was sagst du da?«
In seinen Augen lag jetzt ein Ausdruck, den sie nicht zu deuten wußte. War es Abwehr, Enttäuschung oder Zorn? Sie bedauerte sofort, Sloans Illegitimität nicht geleugnet zu haben. Brennan stand auf, ging ins Nebenzimmer und bat

Jane, die trotz der späten Stunde noch auf war, ihnen heißen, gewürzten Wein zu bringen.

»Ich war nicht immer ein getreuer Ehemann, Anne. Als ich mit Charise verheiratet war, habe ich eine andere Frau geschwängert. Charise, die mir keinen Erben schenken konnte, erbot sich, das Kind aufzunehmen und als unseren Sohn zu erziehen. Zusammen mit meiner Mätresse gingen wir nach Ramsford — den Besitz hatte Charise mit in die Ehe gebracht —, und kehrten mit *unserem* Sohn nach Ayliffe zurück. Brainard ist nicht mein legitimer Erbe.«

»Brainard hat mir erzählt, daß Sloan und Deirdre Früchte deiner Liebe zu Dylan seien. Bezüglich Sloans Abstammung hatte ich schon lange meine Zweifel, auch sein Aussehen bestärkte mich darin. Sloan zuliebe solltest du ihn von Dylan deFrayne fernhalten. Von Deirdre hingegen weiß ich, daß sie meine Tochter ist. Sie ist kein Kind der Leidenschaft, der du nicht widerstehen konntest, sondern ein Kind unserer Liebe.«

»Ach, Brennan«, seufzte Anne. Es war ihr unbegreiflich, wie er sie mit diesem Wissen um ihren Verrat weiterhin hatte lieben können und ihr sogar ein Zusammensein mit Dylan ermöglicht hatte.

»Am liebsten würde ich Brainard nach Ramsford verbannen. Es macht mir nichts aus, daß er keinen Respekt vor mir hat, aber ich empfinde es als unverschämt, daß er nicht zu würdigen weiß, was Charise für ihn getan hat. Wahrscheinlich stimmt es, daß Kinder die Charaktereigenschaften ihrer Eltern erben — seine Mutter war keine ehrbare Frau.«

»Natürlich würde ich Sloan am liebsten zu seinem Vater schicken und ihn aus meinem Leben verbannen. Aber den Jungen trifft keine Schuld. Er liebt mich, als wäre ich sein Vater, und bringt mir den Respekt entgegen, den mein eigener

Sohn mir verwehrt. Ich muß zugeben, der Gedanke ist sehr verlockend, mit der Vergangenheit aufzuräumen und Deirdre als Erbin von Ayliffe einzusetzen.«
Da klopfte es leise. Brennan öffnete die Tür und nahm Jane den Weinkrug ab. Er goß die dampfende Flüssigkeit in ihre Becher.
»Natürlich werde ich das nicht tun«, sprach er weiter und setzte sich wieder Anne gegenüber in den Sessel. »Ich meine, Brainard und Sloan zu enterben. Das wäre nicht gut für Deirdre. Ein derartiger Familienskandal würde ihrem Ruf schaden.«
»Brennan, warum hast du nie ...«
»Dich mit den Tatsachen konfrontiert? Warum hätte ich das tun sollen? Du hast dich im Überschwang deiner ersten großen Liebe Dylan deFrayne hingegeben. Ich bewundere dich noch heute für die Stärke, mit der du die Zeit damals durchgestanden hast. Ich kann mich noch gut an diese Wochen erinnern — an deinen Kummer, deine Angst und deine Lügen. Trotz deiner Jugend warst du unglaublich tapfer. Da deFrayne für lange Zeit außer Landes war, wußte ich, daß du mir gehörtest. Natürlich wäre es besser gewesen, wenn du ihn hättest vergessen können ... und dich ihm verweigert hättest, als er zurückkam. Als mir bewußt wurde, daß er deine große Liebe ist, kannte ich ihn bereits. Wärst du meine Tochter, hätte ich mir gewünscht, du würdest einen Mann wie ihn lieben. Du hast nie aufgehört, in mir einen väterlichen Freund zu sehen, wogegen ich vergeblich gekämpft habe.«
»Brennan, du warst mir mehr als ...«
»Ich weiß, daß du mich geliebt hast, Anne. Das sagte ich bereits. Du bist mir auch auf deine Weise treu geblieben. Jetzt gilt es, größte Vorsicht walten zu lassen. Da Brainard glaubt,

euer Geheimnis entdeckt zu haben, darfst du Dylan deFrayne nie wiedersehen. Du mußt ihn bei Hof meiden und darfst ihm bei keinem Turnier mehr zusehen. Er hat dem König einen unschätzbaren Dienst erwiesen und wird es zu beträchtlichem Ruhm und Wohlstand bringen. Aber du mußt fortan seine Nähe meiden. Ihr hattet ein paar Monate des Glücks, in denen er deine Sehnsucht nach Leidenschaft befriedigte, aber damit ist jetzt Schluß. Das schuldest du Deirdre.«

Anne starrte auf ihre im Schoß verkrampften Hände. Seltsamerweise waren ihre Tränen versiegt. Brennan war ihr liebster Freund auf der Welt. Sie wollte ihm von ihrer Liebe zu Dylan erzählen, daß ihre Leidenschaft für ihn wie eine unvergessene Melodie war. Aber diese Liebe hatte ihre Liebe für Brennan nicht geschmälert, sie war einfach von Anfang an Bestandteil ihres Lebens gewesen.

»Du hättest ihn nicht nach Ayliffe schicken dürfen«, sagte sie leise.

»Ich dachte, du würdest mir dafür danken.«

Sie sah ihn zaghaft an. »Ich erwarte ein Kind.«

Brennans Gesicht erstarrte, und in seinen Augen war ein flüchtiges Aufflackern des Zorns zu sehen. »Ich dachte ... ach, ich hielt Dylan für klüger. Das ist natürlich eine unglückselige Situation. Du kannst dieses Kind nicht behalten.«

Anne folgte Brennan mit ihrem furchtsamen Blick. Er stapfte rastlos auf und ab und dachte angestrengt nach.

»Ich muß im Auftrag des Königs für eine Weile fort von Ayliffe. Versuche möglichst, deinen Zustand geheimzuhalten. Wenn ich zurückkomme, bringe ich dich von hier fort. Nach der Geburt des Kindes geben wir es sofort zu Pflegeeltern. Ich werde dafür sorgen, daß es ihm an nichts mangelt. Es kommt nicht in Frage, daß du das Kind Dylan gibst. Ich war monatelang fort. Die Wahrheit ließe sich nicht verheimlichen.«

Anne versuchte Ordnung in das Chaos ihrer Gedanken zu bringen. Ihre Sorge galt weniger dem ungeborenen Kind als ihren gegenwärtigen Schwierigkeiten.

»Was wird mit Brainard?« fragte sie.

Brennan zuckte die Schultern. »Die Situation ist unverändert bis auf die Tatsache, daß ich ihn über seinen irrtümlichen Anspruch auf das Erstgeburtsrecht aufgeklärt habe. Dadurch stehst du im Mittelpunkt des Kampfes. Er kann sein Wissen um Sloans Illegitimität nicht preisgeben, ohne Gefahr zu laufen, daß auch seine eigene Abstammung aufgedeckt wird.

Meine Pläne für Ayliffe bleiben unverändert. Du bleibst die Gräfin Ayliffe. Heathwick plus einem beträchtlichen Vermögen an Landbesitz und Geld ist Deirdres Erbe. Sloan hat sein Baronat, und ich habe eine Petition beim König hinterlegt, daß Trenton, der immer mein loyaler Verbündeter gewesen ist, Raedelle bekommt.

Was dich betrifft, meine liebe Anne, wirst du dich mit dem Gedanken vertraut machen müssen, daß dein Leben in Gefahr ist, denn Brainard wird Mittel und Wege suchen, dich aus dem Weg zu räumen, um Graf Ayliffe zu werden.«

»Hast du seinen Verdacht bezüglich Sloans Abstammung bestätigt?« fragte Anne zögernd.

»Natürlich nicht. Ich habe es bestritten. Aber Brainard ließ sich nicht beirren und wird diese Vermutung zu seinem Vorteil nutzen. Sloans Ähnlichkeit mit seinem Vater ist ein unglückseliger Umstand. Dir steht kein leichtes Leben bevor, Anne.«

Sie schüttelte verwundert den Kopf. »Ich hatte befürchtet,

du würdest mich bestrafen ... verstoßen ... Ich wagte nicht, mir die Konsequenzen für meine Kinder vorzustellen.«

Er blickte sie mit väterlicher Fürsorge an. Sie fragte sich wieder, womit sie die Nachsicht und das Mitgefühl dieses Mannes verdient hatte, den sie auf so schmähliche Weise verraten hatte.

»Du besitzt viele hervorragende Eigenschaften, Anne«, sagte er sanft. »Vor allem bist du eine gute Mutter. Deirdre wird es an nichts mangeln.« Sie senkte beschämt den Blick.

»Ich wünschte«, fügte er bedrückt hinzu, »es wäre anders gekommen.«

Anne stand auf und ging zu ihm. Wie oft hatte sie ihn mit einer Berührung besänftigt und getröstet. Sie streckte ihre Hand nach ihm aus, aber er wich zurück und sagte: »Nein, berühr mich nicht. Ich habe vieles ertragen, ermöglichte dir sogar ein Zusammensein mit deinem Geliebten, aber zwischen uns wird es keine Zärtlichkeit mehr geben.«

Sie schreckte zurück, als hätte ihre Hand ihm einen Stich ins Herz versetzt.

»Du solltest meine Nachsicht und Großzügigkeit zu schätzen wissen, denn nur um Deirdres willen werde ich mich auch noch um den Bastard kümmern, den du in dir trägst. Bete zu Gott, Anne, daß niemand die Wahrheit erfährt. Und finde dich mit der Tatsache ab, daß deFrayne dir nie gehören wird. *Nie wieder.*«

Er leerte seinen Becher, verbeugte sich knapp vor ihr und sagte: »Gute Nacht, Milady. Ihr könnt unbesorgt schlafen, es wird Euch nichts geschehen.«

»Es tut mir leid«, flüsterte sie.

»Das glaube ich dir. Es ist nur schade, daß du nicht klüger und vorsichtiger gehandelt hast. Dein Leid ist wohl so groß wie meins.«

Als er gegangen war, stand Anne lange wie gelähmt da. In ihr herrschte ein derartiger Aufruhr, daß sie sich auf keinen einzigen Gedanken konzentrieren konnte. Ihr war nur bewußt, daß Brennan sie verschont hatte, damit Deirdre nicht ohne ihre Mutter aufwachsen mußte. Warum hatte er ihr verziehen? Würde er eines Tages seine Meinung ändern und sie doch noch in Schimpf und Schande davonjagen? Verübeln könnte sie es ihm nicht.

Eine Woge der Übelkeit stieg in ihr auf, an der sie zu ersticken drohte. Würgend übergab sie sich in die Waschschüssel auf der Kommode. Ein stechender Schmerz zuckte durch ihren Leib. Ihr Kopf dröhnte, und ihr wurde kalt und schwindlig. Vielleicht brauchte sie nicht fortzugehen, um Dylans Kind heimlich zu gebären und wegzugeben. Sie zitterte am ganzen Körper vor Angst und Verzweiflung. Sie hielt sich an den Wänden und Möbeln fest, als sie zur Tür zum Wohnraum wankte, der zwischen ihrem und Brennans Schlafzimmer lag.

Jane, die dort in einem Sessel ausgeharrt hatte, eilte zu ihrer Herrin, die eine Hand gegen ihren Mund und die andere gegen ihren Leib preßte. Jane wußte Bescheid. Jane hatte alles gehört. Ihr Gesicht war vor Angst und Sorge verzerrt.

Da hörten sie in Brennans Zimmer Glas zerbrechen. Die beiden Frauen sahen sich entsetzt an. Es folgte ein lautes qualvolles Stöhnen, das in herzzerreißendes Schluchzen überging. Anne hatte Kriege erlebt, Menschen sterben sehen und Schicksalsschläge in ihrem Leben überstanden, die viel Mut und Stärke erforderten. Aber dieses qualvolle Schluchzen eines aufrechten Mannes, dem schreckliches Unrecht widerfahren war, drohte ihr Herz zu zerbrechen.

Da wußte sie plötzlich die Wahrheit. Brennan hatte bis

heute keine Gewißheit gehabt. Erst ihr Schweigen hatte ihm bestätigt, daß Sloan nicht sein Sohn war. Hätte er von ihrem Verrat und Ehebruch gewußt, würde er jetzt nicht voller Qual in seinem Schlafzimmer weinen.

Brainards Verleumdung hatte den schrecklichen Verdacht in ihm geweckt, und während sie in ihrem Zimmer auf ihn wartete, hatte er wohl in Gedanken die Jahre an sich vorbeiziehen lassen und überlegt, zu welchem Zeitpunkt Dylan und Anne an einem Ort gewesen waren. Er hatte ihren Geliebten nicht nach Ayliffe geschickt, um sie zu belohnen. Erst im Laufe ihrer Unterhaltung hatte er entdeckt, daß er von seiner Frau und einem jungen Mann, dem er vertraut und den er gemocht hatte, betrogen worden war.

Brennan war nicht der kühle, abgeklärte Mann, der er in ihren Augen hatte sein wollen. Er hatte aus Stolz gehandelt und seinen Schmerz vor ihr verborgen. Er hatte sie nicht um Deirdres wegen verschont, sondern weil er selbstlos und gut war — weil er sie noch immer liebte.

»Bring mich ins Bett«, flehte sie mit schwacher Stimme.

Am frühen Morgen kam ein königlicher Bote und rief Brennan zu den Waffen. Vielleicht war er froh darüber. In seinen traurigen Augen flackerte kurz Erleichterung auf. Er würde wieder an der Seite des Königs kämpfen. Nach seiner Rückkehr würden sie bis zur Geburt des Kindes nach Frankreich gehen.

Margarete von Anjou war mit ihren Truppen in England gelandet. Edward hatte zwar Warwick besiegt und Heinrich wieder im Tower gefangengesetzt, aber der Thron war noch nicht gesichert.

Brennan ritt mit zweitausend Männern davon. Eine Woche später, an einem warmen Mainachmittag, kehrten zweihundert Reiter mit dem Leichnam des Grafen Ayliffe zurück. Lord Forbes war in der für König Edward siegreichen Schlacht bei Tewkesbury gefallen. Anne stand blaß an der Seite von Sir Clifton im Burghof, als ihr Mann heimkehrte. Er war tot. Anne, die Gräfin Ayliffe, sank ohnmächtig zu Boden. Sie fühlte, wie ihr Kopf aufschlug, und hörte gedämpfte und besorgte Stimmen.

»Nimm mich zu dir«, murmelte sie, als starke Arme sie aufhoben und davontrugen. Diese Worte waren aber nicht an Sir Clifton gerichtet. Anne bat Gott, sie zu sich zu nehmen. Sie von diesem Leben zu erlösen.

16

Sir Clifton Warner hatte keine Illusionen bezüglich seiner Fähigkeiten, seines Standes und seiner Grenzen. Da er vom niederen Landadel abstammte, hatte er mit aller Energie daran gearbeitet, ein zuverlässiger und streitbarer Ritter zu werden. Für die Ausbildung von Truppen und die Verteidigung von Ayliffe gab es kaum einen geeigneteren Mann. Er strebte weder nach Reichtum noch nach einem Adelstitel, und für die Belange des königlichen Hofes oder des Parlaments hatte er wenig Interesse. Auf Ayliffe war er ein angesehener Mann, der Hunderte von Männern trainiert hatte und jetzt befehligte. Ayliffe bot ihm alles, was er sich vom Leben gewünscht hatte — jetzt wollte er noch die Frau haben, die er liebte.

Er hatte sich Lady Annes Lebensgeschichte aus Vermutungen und zufällig Gehörtem zusammengereimt. Er hatte die Ohnmächtige vom Burghof in ihr Schlafgemach getragen und ihren wie im Fieberwahn gestammelten Sätzen entnommen, daß sie in ihrer Einsamkeit den amourösen Verführungen des edlen Ritters, Lord Dylan deFrayne, nachgegeben hatte. Sir Clifton machte sich Vorwürfe, daß er nicht früher gemerkt hatte, wie sehr sich die Gräfin nach der Liebe eines Mannes sehnte. Der Graf war schließlich ein alter Mann und hatte jahrelang nicht mehr mit seiner jungen, verführerischen Frau geschlafen. Aber dieser Narr, deFrayne, hatte sie geschwängert.

Sir Cliff wagte erst nach gründlichen Überlegungen, der Gräfin einen Heiratsantrag zu machen. Er wollte ihr nicht enthüllen, daß er sie seit Jahren liebte und begehrte, denn sie sollte in ihm den edlen Ritter sehen, der sie aus einer Notlage befreite. Er würde sie vor Brainard beschützen. Er würde ihr illegitimes Kind als seines anerkennen und großziehen. Hatte er nicht schon den Sohn des Grafen mit väterlicher Liebe und Fürsorge erzogen? Dabei gestand er sich ein, daß er diese Aufgabe nur übernommen hatte, um stets in der Nähe der Gräfin sein zu können. Clifton hatte bescheidene Bedürfnisse. Er wollte seine Truppen ausbilden und kommandieren, ein angenehmes Leben auf Ayliffe führen und Anne zur Frau haben.

»Meiner Meinung nach bleibt Euch keine andere Wahl, Milady. Ihr müßt sofort heiraten und solltet einen Mann nehmen, dem Ihr vertraut.«

»Es gibt vieles, was Ihr nicht versteht«, seufzte Anne. Seit vor vier Tagen Lord Forbes' Leichnam nach Ayliffe gebracht worden war, hatte sie ihr Bett nicht verlassen. Aber allmählich kehrten ihre Kräfte wieder zurück, denn der Kampf ums Überleben war zu Annes zweiter Natur geworden.

»Dann sagt mir, was ich für Euch tun kann«, bat Sir Cliff flehend.

»Ich weiß, daß nur Ihr und Jane mich während meines Fieberwahns gepflegt habt. Ich vermute, Ihr wißt mehr, als ich Euch freiwillig anvertraut hätte. Kurz vor seinem Tod erfuhr mein Mann, den ich innig geliebt habe, von meinem Ehebruch. Ich erwarte das Kind eines anderen Mannes. Mit dieser Bürde muß ich fertig werden, die kann ich Euch nicht auflasten, Clifton.«

»Die Auswirkungen Eures Ehebruchs könnt Ihr nicht verbergen. Denkt nach, Milady. Wäre es nicht besser, man würde annehmen, Ihr hättet ein Verhältnis mit dem Kommandanten Eurer Truppen gehabt, als mit Lord deFrayne? Graf Ayliffe war monatelang fort, und Ihr wußtet nicht einmal, ob er noch lebte. Ihr habt nur die Sünde einer einsamen Frau begangen — Ihr sehntet Euch nach der Liebe eines Mannes.« Nach einem kurzen Zögern griff er nach Annes Hand. »Ich würde mich zu dem Kind bekennen.«

»Clifton, glaubt Ihr wirklich, das würde akzeptiert werden?« fragte sie mit einem traurigen Lachen. »Brainard hat mich des Ehebruchs mit Lord deFrayne beschuldigt. Meine eigene Mutter hat ihm diesen Verdacht in den Kopf gesetzt, und er wird dieses angebliche Wissen dazu benützen, sich Ayliffe anzueignen. Er hofft, mich dadurch derart in Mißkredit zu bringen, daß Deirdre und Sloan ihren Erbanspruch verlieren.«

Clifton schüttelte verwirrt den Kopf. »Lord deFrayne hätte mich gegen Brainard kämpfen lassen sollen. Nur so hat dieser Bastard erfahren, daß deFrayne auf Ayliffe weilte. Er könnte Euch kein ehebrecherisches Verhalten nachweisen, wenn Ihr nicht schwanger wärt.«

Er kennt die Wahrheit nicht, dachte sie. Obwohl er Dylan gut kennt und Sloans Freund und Lehrer ist, ist ihm die Ähnlichkeit zwischen den beiden nicht aufgefallen.

»Überlegt es Euch gut, Milady. Wer von Euren Gefolgsleuten würde denn anzweifeln, daß *ich* Euer Geliebter war?«

»Laßt mich nachdenken«, flüsterte sie. »Gebt mir Zeit.«

Clifton faßte sich ein Herz, beugte sich vor und küßte Anne auf die Stirn. »Ich habe geschworen, Euch zu dienen, Milady. Ich bürge mit meinem Leben für mein Wort. Lord deFrayne hat Euch verführt, aber er kann Euch keinen Schutz gewähren. Begebt Euch in meine Obhut.«

»Welchen Vorteil erhofft Ihr Euch davon?« fragte Anne zynisch.
»Allein an Eurer Seite zu sein ist mir eine Ehre. Euer angetrauter Mann zu sein wäre keine Schande, sondern eine Freude für mich.«
»Wie könnt Ihr Euch dessen denn so sicher sein?« fragte sie leise.
Clifton nickte energisch. »DeFrayne ist ein guter Mann, und es ehrt mich, ihn Freund nennen zu dürfen. Hätte ich nur gewußt, wie einsam und traurig Ihr seid, hätte ich nicht gezögert, Euch mit meiner Liebe zu trösten. Er hat unrecht gehandelt, denn er kann Euch jetzt in diesen schwierigen Zeiten nicht beistehen. Ich sehne mich schon seit Jahren danach, Euch berühren und küssen zu dürfen.«
»Ach, Clifton, Ihr solltet nicht ...«
»Euch meine Liebe und mein Begehren gestehen? Wenn Ihr mir nicht gestattet, Euch aus dieser unglückseligen Situation zu retten, werde ich Ayliffe verlassen. Ich bin Euer loyaler Untertan, habe aber auch meine Ehre zu verteidigen. Nie würde ich mich Euch gegen Euren Willen nähern. Aber ich kann nach dem Eingeständnis meiner Liebe zu Euch auch nicht mehr Eure Männer kommandieren, während Ihr mit einem anderen Mann das Bett teilt.«
»Und wo bleibt die Liebe, Sir Cliff?« fragte sie sanft.
»Der Mann, den Ihr geliebt habt, ist tot«, antwortete er gleichmütig. »Ich möchte Euch zur Frau haben. Ihr verlaßt Euch seit Jahren auf meine Dienste und respektiert mich. Das ist eine gute Grundlage für eine Ehe.«
»Aber ... wird das immer genügen?«
Wieder nickte er entschlossen. »Ich habe Ayliffe, meine Männer, einen gutgedeckten Tisch, ein bequemes Bett und meine Arbeit. Solltet Ihr meine Frau werden, haben sich

alle meine Wünsche erfüllt. Denkt darüber nach, Milady. Ich weiß, Ihr werdet mir zustimmen.«

Nach diesen Worten ließ er sie allein und bedrängte sie auch nicht weiter. Entgegen ihrer Befürchtung, er würde sie beharrlich mit seinem in ihren Augen unverschämten Vorschlag belästigen, blieb er fortan ihrem Schlafgemach fern.

Anne quälte sich mit Selbstvorwürfen und bereute zutiefst, durch ihre Liebe zu Dylan das Leben ihres Mannes zerstört und die Zukunft ihrer Kinder in Gefahr gebracht zu haben. Ihre Leidenschaft für Dylan hatte ihren Blick für die Realität getrübt, der sie sich jetzt endlich stellen mußte. Erst an dem Tag, an dem sie und Dylan ungebunden waren, durften sie ihre Liebe leben. Bis dahin mußten sie einander meiden, wie Brennan gesagt hatte. Das war sie ihren beiden Kindern schuldig, deren Zukunft nicht durch einen Skandal beeinträchtigt werden durfte. Die Wahrheit über die Identität ihres ungeborenen Kindes zu enthüllen würde allen nur Schaden zufügen. Dylan war verheiratet und konnte ihr nicht helfen.

Sie spielte kurz mit dem Gedanken, ihr Kind an einem geheimen Ort zur Welt zu bringen, wußte aber gleichzeitig, daß es ihr unmöglich war, Ayliffe zu verlassen. Der König würde sofort Anspruch auf diesen Besitz erheben und ihn einem seiner getreuen Verbündeten zum Lehen geben. Er würde auch nicht lange zögern, die Witwe des reichen und angesehenen Grafen Ayliffe wieder mit einem Mann nach seinem Gutdünken zu vermählen. Bei Hof gab es genügend Adelige, die begehrliche Blicke auf ihren Titel, ihren Besitz und ihr streitbares Heer werfen würden.

»Ihr habt keine Zeit zu verlieren, Milady«, sagte Jane eines Tages zu ihr. »Sir Clifton ist Eure einzige Chance.«

»Niemand wird glauben, daß ich mit ihm herumgetändelt

habe«, wandte Anne ein. »Ganz England wird über mich lachen. Außerdem habe ich Angst davor, Clifton eine derartige Macht über mich zu geben. Ich bezweifle seine Fähigkeiten und seine Aufrichtigkeit.«

»Er verehrt Euch seit Jahren, Milady, und hat sich Euch nicht ein einziges Mal ungebührlich genähert. Zeugt das nicht von seiner Ehrenhaftigkeit? Ich weiß, er besitzt weder Lord Forbes' Intelligenz noch seine Charakterstärke, aber wo wollt Ihr auf die Schnelle einen geeigneten Mann finden? Wenn Ihr nicht bald heiratet, geratet Ihr in größte Schwierigkeiten, Milady. Sir Cliff ist Euch in geistiger Hinsicht nicht gewachsen, aber er wird Ayliffe mit seinem Blut verteidigen.«

»Ich sollte mit meinen Kindern fliehen«, sagte Anne resigniert.

»Welches Erbe hätte dann Sloan zu erwarten? Flieht, und Ihr werdet Ayliffe verlieren. Heiratet und verteidigt das Erbe Eurer Kinder. Brainard wartet nur auf eine günstige Gelegenheit, Euch Ayliffe streitig zu machen.«

»Du hältst Cliff also für den geeigneten Mann, Jane?«

»Mir fällt kein besserer ein.«

Nach reiflicher Überlegung beschloß Anne, Cliftons wahre Beweggründe auf die Probe zu stellen.

»Ich habe über Euren Heiratsantrag nachgedacht, Sir Clifton. Ehe ich mich entscheide, will ich Eure Antwort auf eine ziemlich ungewöhnliche Frage hören. Ihr habt mein Versprechen, daß ich Euch eine gute und vor allem treue Ehefrau wäre, denn niemand hat die qualvollen Konsequenzen eines Ehebruchs schlimmer erfahren als ich. Aber ich möchte Lord deFrayne die Wahrheit sagen. Er soll erfahren, daß ich sein Kind gebären und großziehen werde.«

Cliftons Augen verengten sich zu schmalen Schlitzen. »Zu welchem Zweck?«

»Nun, Lord deFrayne kann schließlich zählen«, entgegnete sie unwirsch, beherrschte sich aber gleich wieder, denn sie wollte ihren zukünftigen Mann nicht vor den Kopf stoßen. Gelassen sprach sie weiter: »Seine Frau kann ihm keine Kinder schenken, worunter er sehr leidet. Er hat mir anvertraut, daß er sich nichts sehnlicher als einen Sohn wünscht, durch den er nach seinem Tod weiterleben kann. Lord deFrayne ist ein ehrenhafter und verschwiegener Mann, Clifton. Er hat unter Einsatz seines Lebens für den König gekämpft, und ich möchte ihm dieses Geschenk machen. Laßt mich ihm die Wahrheit sagen.«
»Wenn er es an den Fingern abzählen kann«, sagte Clifton mit einem Schulterzucken, »wozu müßt Ihr es ihm dann noch mitteilen?«
Anne wunderte sich über die Naivität und Beschränktheit ihres aufrechten Ritters. Als Kommandant einer Streitmacht besaß er überragende Fähigkeiten, doch in den Fragen des Lebens schien er ziemlich unbedarft zu sein. Ihr wurde bewußt, daß Clifton nicht übermäßig intelligent war. Mit dieser Tatsache mußte sie sich abfinden. Ihm mangelte es an Vorstellungsvermögen und Einsicht. Er war ein guter Soldat, von schlichtem Gemüt, etwas ungehobelten Umgangsformen und folgte seinem eigenen Ehrenkodex.
Sie berührte leicht seine Hand. »Ich hätte mit Lord deFrayne nicht leichtfertig ein Verhältnis angefangen, nur weil ich mich einsam fühlte und mich nach einem Mann sehnte. Ich kenne Lord deFrayne schon seit Jahren, und er stand Lord Forbes nahe. Ich versichere Euch, er ist ein ehrenhafter Mann. Da er mir anvertraut hat, wie sehr er sich nach einem Kind sehnt, will ich ihm sagen, daß sein Wunsch in Erfüllung gehen wird. Sir Cliff, erlaubt mir, daß

ich ihm erkläre, warum ich Euch heiraten werde. Er wird es verstehen.«

»Nun gut«, antwortete Clifton etwas gönnerhaft. »Wenn das Euer Wunsch ist, so will ich ihn Euch gewähren. Aber als Euer zukünftiger Ehemann stelle ich zwei Bedingungen: Erstens, Lord deFrayne wird von dem Kind erst erfahren, wenn Ihr ihm einmal zufällig begegnet. Denn solltet Ihr jetzt ein Treffen mit ihm vereinbaren, würde das zu gewissen Spekulationen führen, und ich möchte mich keinen Klatschgeschichten aussetzen.

Zweitens, ich nehme Euch zur Frau, obwohl Ihr das Kind eines anderen tragt, weil ich Euch begehre und Ihr mich braucht. Doch nach unserer Heirat werde ich Euch mit keinem anderen Mann teilen. In dieser Hinsicht bestehe ich auf absolutem Gehorsam. Schwört, daß Ihr mir treu sein werdet.«

Anne lächelte. Er hatte diese Bedingung gestellt, als würde er von seinen Knappen den Treueeid auf Ayliffes Banner verlangen. »Als mein zukünftiger Ehemann, Clifton, solltest du mich Anne nennen ... vor allem in unserem Schlafzimmer.« Sie hob ihm ihr Gesicht entgegen, und er küßte sie etwas linkisch. Die Zärtlichkeiten dieses Mannes würde sie mit Gleichgültigkeit ertragen, denn da sie um des reinen Überlebens willen auf Dylan verzichtete, gab es auch keine Leidenschaft mehr für sie. Sie hoffte nur, Clifton würde sich als rücksichtsvoller und einfühlsamer Ehemann erweisen. Sie war überaus dankbar dafür, daß ihr die Ehe mit Clifton die Möglichkeit gab, Dylans Kind auf Ayliffe zu gebären und großzuziehen. »Ich schwöre dir Treue, Cliff«, sagte sie. »Willst du mich zu meiner Mutter nach Heathwick begleiten? Ich muß sie endgültig in ihre Schranken verweisen.«

Elizabeth hatte König Edward während seines Aufenthalts im Exil einen Sohn geboren — er würde eines Tages König Edward V. sein. Im ganzen Land wurden weiterhin Machtkämpfe ausgetragen. In Kent herrschte Aufruhr, und Thomas Neville, genannt der Bastard von Fauconberg, segelte mit einer Flotte die Themse hinauf nach London. Die Geburt eines Erbprinzen und die Erfolge des Königs im Kampf um den Thron festigten Elizabeths Position, und als Anne der Königin ihre Heiratsabsichten vortrug, stieß sie auf Mitgefühl und Verständnis für ihre schwierige Lage. Elizabeth versprach Anne, sich beim König für sie zu verwenden, warnte sie jedoch davor, daß ihre Entscheidung bei Hof zu Spekulationen und Klatsch führen würde. Der Grafentitel würde auf Graf Ayliffes Erstgeborenen übergehen, Sir Clifton blieb Ritter.

Anne ließ heimliche Erkundigungen anstellen, doch Dylan deFrayne war nicht in London. Ehe sie bei einer einfachen Zeremonie in Westminster mit Sir Clifton die Ehe schloß, fühlte sie einen Anflug von Panik in sich aufsteigen, den sie jedoch rasch verdrängte.

Als Begleitschutz nach London und für ihre anschließende Reise nach Heathwick hatte Clifton fünfhundert Reiter mitgenommen. Auch nach der Eheschließung behandelte er Anne höflich und fürsorglich, forderte jedoch sofort die Erfüllung der ehelichen Pflichten. Seine Begierde übertraf Annes Erwartungen bei weitem, doch Clifton schien nicht zu merken, daß er keine Leidenschaft in Anne weckte. Er war stolz darauf, endlich die Frau zu besitzen, nach der er sich jahrelang gesehnt hatte, und würde ihr ein getreuer Ehemann und Beschützer sein.

Nach ihrem kurzen Aufenthalt in London ritten sie nach Heathwick. Als Anne ihren Bruder Trenton nach der langen Trennung endlich wieder umarmte, fühlte sie sich plötzlich schwach und verletzlich. Schluchzend lag sie in seinen Armen und wünschte, sie hätte Ayliffe aufgegeben und wäre zu ihrem Bruder geflohen, um sich unter seinen Schutz zu stellen. Ihre Kinder hätten zwar auf ihr Erbe verzichten müssen, aber ihr wäre das Opfer einer Ehe mit Clifton erspart geblieben. Doch Anne besiegte diesen flüchtigen Schwächeanfall und gewann ihre Fassung wieder. Nachdem sie Trenton ihren Ehemann vorgestellt hatte, bat sie ihren Bruder um eine Unterredung unter vier Augen mit ihrer Mutter.

Lady Marcella erwartete ihre Tochter in ihren Gemächern. Anne wußte, daß sie ihrer Mutter mit aller Entschiedenheit gegenübertreten und Marcella zeigen mußte, daß ihre Herrschaft endgültig gebrochen war. Sie betrat das Gemach mit hocherhobenem Haupt und postierte sich selbstbewußt vor Lady Marcella.

»Da Ihr trotz aller Warnungen Euer Schweigen gebrochen habt, Madam, seid Ihr jetzt endgültig erledigt und besitzt keine Macht mehr über mich«, sagte Anne beherrscht.

Marcella wurde bleich und ließ sich wieder in den Sessel zurücksinken, aus dem sie sich halb erhoben hatte.

»Ihr habt Euch mit Brainard verbündet, der das Gerücht meines Ehebruchs dem Grafen Ayliffe überbrachte und somit indirekt zu seinem Tod beitrug. Um Ayliffe für meine Kinder zu erhalten, habe ich wieder geheiratet.« Anne sah voller Zufriedenheit den überraschten Ausdruck im Gesicht ihrer Mutter. »Jetzt ist Sir Clifton, mein Ehemann, der Statthalter Ayliffes.

Ich habe Euch jahrelang davor gewarnt, Euer Geheimnis gegen mich einzusetzen … nun habt Ihr alles verloren. Versteht Ihr mich? Ich bin in Sicherheit und habe mein Erbe gerettet. Bis zu meinem Tode werde ich Gräfin Ayliffe bleiben.

Mein jetziger Mann, Sir Clifton Warner, ist mir treu ergeben und wird meine Rechte verteidigen. Niemand kann mehr meine Autorität anfechten. Es liegt allein in meiner Hand, ob ich Euch in die Verbannung schicke oder weiterhin auf Heathwick wohnen lasse.«
Marcella starrte ihre Tochter mit böse funkelnden Augen an und sagte: »Es ist dir also gelungen, mich zu ruinieren. Ich kann mir vorstellen, was für ein Vergnügen dir das bereitet. Du warst schon immer ein böses Kind.«
»Böse?« fragte Anne und ließ ihren Blick durch das luxuriös ausgestattete Gemach schweifen. »Habt Ihr Heathwick einem bösen Kind zu verdanken? Nein, Madam, Ihr wart eine schreckliche Mutter, die weder Liebe noch Mitgefühl für ihre Kinder empfand. Ihr habt uns nur für Eure eigensüchtigen Zwecke mißbraucht. Jetzt sind nur noch Trenton und ich übrig, und wir werden uns Eurer Grausamkeit nicht mehr beugen. Ihr habt sinnlos Euch ergebene Menschen in den Tod geschickt, aber wie ich sehe, empfindet Ihr darüber keine Scham, sondern gebt mir weiterhin die Schuld an Eurem Versagen.«
»Es ist dir also gelungen, dir wieder einen Lakai zu angeln, der dir gefügig ist, wie?« höhnte Marcella.
Anne schüttelte traurig den Kopf. »Ich habe nie verstanden, warum Ihr mich so haßt.«
»Du bist wie sie, aber das ist mir nicht gleich aufgefallen. Du bist wie Daphne deFrayne. *Sie* hätte dich gebären sollen.«
»Ihr habt immer gehofft, mir und Daphne deFrayne zu schaden. Aber ...«
»Für deinen Vater war ich nur eine Zuchtstute, nicht mehr. Während ich vergeblich versuchte, seine Liebe zu gewinnen, hat er sich nur nach *ihr* gesehnt. Wußtest du, daß er Daphne hatte heiraten wollen? Aber ihr Vater hat sie Lord

deFrayne zur Frau gegeben, wodurch sie Gräfin wurde.« Marcella lachte höhnisch. »Genau wie du, meine Tochter, hat sie die naive Unschuld gespielt und wollte keinen Grafen heiraten. Dann hatte sie beides: einen reichen Mann und einen Geliebten, der sich in Sehnsucht nach ihr verzehrte.«
In Annes Augen brannten Tränen, aber sie durfte keine Schwäche zeigen. Ihre Mutter sprach weiter. »In dir hat sich Lady Daphnes Schicksal wiederholt. Graf Ayliffe hat dich über die Maßen geliebt, aber wie hast du ihm diese Liebe vergolten? Du hast ihn mit Dylan deFrayne betrogen und sein Leben zerstört, so wie mich dein Vater durch seine unerfüllte Liebe um mein Leben betrogen hat.
Und du willst mir etwas von Liebe erzählen, Anne? Du machst mir Vorwürfe, daß ich keine gute Mutter gewesen bin? Wie schnell hast du Lord Forbes' Tod überwunden und sicherst dir mit Hilfe eines willfährigen Vasallen deinen Anspruch auf Ayliffe.« Marcella kicherte spöttisch. »Du willst mich also in die Verbannung schicken? Wie soll denn deine Strafe aussehen, meine liebe Tochter? Mein Leben war schon Strafe genug.«
»Ihr habt mit Eurer Eifersucht nur Unheil angerichtet, Madam. Wie könnte ich Euch das je verzeihen?«
»Ich brauche deine Vergebung nicht! Mein ganzes Leben habe ich darum gekämpft, daß meine Kinder mehr Reichtum und Ansehen gewinnen als … als *ihre.* Und ich wollte sie leiden sehen, so wie ich gelitten habe. Du hast mich immer der Habsucht beschuldigt, dabei wollte ich nur Gerechtigkeit. Dir ist immer alles in den Schoß gefallen, du hattest einen Mann, der dich abgöttisch liebte, und zum Lohn hast du ihn skrupellos hintergangen. Hat dir die Liebe eines Mannes nicht genügt? Ich hätte mein Leben dafür gegeben, einmal so wie du geliebt zu werden.«

Anne schloß kurz die Augen. Die Wahrheit tat ihr weh. Es stimmte, sie hatte alles gehabt und es um ihrer Leidenschaft willen verraten. Unwillkürlich empfand sie Mitleid mit ihrer Mutter.

»Arme Divina!« rief Marcella schluchzend.

»Eure Tränen kommen zu spät«, entgegnete Anne schroff. »Ihr habt Euer Leben und mein Glück der Eifersucht auf Lady Daphne geopfert. Ihr haßt jede Frau, der ein scheinbar besseres Leben beschieden war als Euch. Dabei vergeßt Ihr, welches Leid Lady Daphne ertragen mußte. Ich bedaure Euch, Madam, weil Ihr kein Mitgefühl besitzt. Hättet Ihr mich als Kind ein wenig geliebt, wäre ich Euch eine aufopfernde und hingebungsvolle Tochter gewesen. Aber Ihr habt mich immer beiseite gestoßen und habt mich später mit Eurem Neid verfolgt, weil mir ein Leben beschieden war, das Euch verwehrt geblieben ist.«

»Anne«, sagte Marcella spöttisch, »willst du mich wieder über die Liebe belehren? Erspar mir dein Mitgefühl!«

»Ihr werdet Euer Leben in Einsamkeit beschließen, denn bei Hof seid Ihr nicht mehr willkommen«, sagte Anne gleichmütig. »Auf Heathwick werden nur Besucher empfangen, die Trenton gutheißt. Ihr habt mein Vertrauen mißbraucht, also werde ich Euch um der Sicherheit meiner Kinder willen hier auf Heathwick gefangenhalten.« Anne wandte sich zum Gehen. Sie wußte, daß sie sich mit ihrer Mutter nie würde verstehen können, und sie wußte auch, daß sie ihre Mutter nie wieder lebend sehen würde.

Als Annes Hand schon auf dem Türgriff lag, hörte sie ihre Mutter mit ungewohnt sanfter Stimme sagen: »Möge dir mein Schicksal erspart bleiben, Anne.«

Anne widerstand der Versuchung, ihre Mutter noch einmal anzusehen. »Ich verstehe Eure Worte als Wunsch, daß mir ein glücklicheres Leben als Euch bevorsteht, Madam. Es war der freundlichste Satz, den ich je von Euch gehört habe.«

Sie kehrte zu Trenton und Sir Cliff zurück, die sich noch immer im Burghof aufhielten. »Bitte, verzeih, Trenton«, sagte sie zu ihrem Bruder. »Ich muß sofort abreisen. Ich kann keine Nacht hier verbringen.«

»Anne, du hast geweint... Was hat sie...«

»Mach dir keine Sorgen, Trenton. Nach meiner Rückkehr nach Ayliffe werde ich dir schreiben und alles erklären. Ich bitte dich nur, weiterhin unsere Mutter in sicherem Gewahrsam zu halten. Achte vor allem darauf, daß Brainard Forbes der Zutritt zu ihr verwehrt wird. Lady Marcella würde jede Gelegenheit nutzen, um mir zu schaden.«

Trenton warf einen flüchtigen Blick auf Cliff, der etwas abseits stand. »Anne, diese überstürzte Heirat...«

»Mit dem Besitz von Ayliffe ist Reichtum und Macht verbunden«, antwortete Anne gelassen. »König Edward hätte nicht lange gezögert, mich mit einem seiner Höflinge zu verheiraten, damit er seinen Einfluß vergrößern kann. Graf Ayliffe...« Ihre Stimme stockte, und sie bemühte sich, ihre Fassung zu bewahren. »Lord Forbes hat mir die Verantwortung für den Erhalt von Ayliffe übertragen. Diesen letzten Wunsch muß ich ihm erfüllen.«

Trenton sah sie besorgt an. »Bist du dieser Aufgabe gewachsen, Anne? Du kannst auf Heathwick bleiben, solange du willst.«

Anne lächelte ihren Bruder liebevoll an und war ihm dankbar für seine Loyalität. »Nein, mein Lieber, ich muß nach Ayliffe zurückkehren. Aber ich danke dir für deine Fürsorge. Ich liebe dich.«

Anne ritt in Gedanken versunken von Heathwick fort. Sie zweifelte nicht daran, daß ihre Mutter ihr die Wahrheit über die Beziehung ihres Vaters zu Lady Daphne gesagt hatte. Ihr Leben ähnelte auf gewisse Weise dem Leben Lady Daphnes. Hatte sich ihr Vater in Sehnsucht nach Daphne verzehrt? Hatten sie sich heimlich getroffen, um ein paar Stunden des Glücks zu genießen? Oder hatten sie einander gemieden, um der Versuchung nicht zu erliegen? Wie sehr mußte ihr Vater gelitten haben. Armer Ferris. Arme Daphne.

Anne erklärte ihrem Mann, daß Lady Marcellas intrigantes Verhalten auf ihrer Eifersucht auf Lady Daphne beruhe und ihr Neid und ihre Verbitterung auch ihrer eigenen Tochter gelte. »Also deswegen kommt ihr nicht miteinander aus«, sagte Cliff. »Die Eifersucht einer Frau kann Leben zerstören. Lord deFrayne wurde wohl ein Opfer dieser Rachsucht.«

Anne seufzte. Sir Clifton war wirklich nicht sehr klug, wofür sie recht dankbar war, denn er würde ihr ein getreuer und willfähriger Gefährte sein. »Damit ist es jetzt vorbei«, sagte sie nachsichtig.

»Nein, noch nicht. Denk an Brainard. Sobald wir in Ayliffe sind, werde ich mit einem stattlichen Heer nach Ramsford reiten.«

»Das darfst du nicht tun«, protestierte Anne entsetzt.

»Doch«, widersprach er entschieden. »Ich werde dafür sorgen, daß Brainard für uns keine Bedrohung mehr ist. Sei unbesorgt, Anne. Ich bin stärker als Brainard.«

Annes Sorge galt jedoch weniger der kriegerischen Stärke der beiden Männer, sondern wie König Edward reagieren würde, sollte Clifton Brainard töten. Diese Sorge jedoch erwies sich als unbegründet, denn Clifton kehrte nach einem vierzehntägigen Feldzug gegen Ramsford unversehrt nach Ayliffe zurück und verkündete stolz, er habe Brainard zwar nicht getötet, seine Truppen jedoch wesentlich dezimiert und Lord Forbes' Sohn den Schrecken seines Leben eingejagt. Clifton war sehr zufrieden mit sich und bezweifelte, daß Brainard je seinen Anspruch auf Ayliffe geltend machen würde.

Der November begann mit stürmischen Winden. Trotz des schlechten Wetters näherte sich eines Tages ein Trupp Reiter dem Burgtor von Ayliffe. Sir Clifton empfing Dylan deFrayne hoch zu Roß. »Ihr seid uns willkommen, Milord. Kommt mit Euren Männern ans warme Kaminfeuer in der Halle.«

»Ist Lady Anne wohlauf?« fragte Dylan nach einem kurzen Zögern.

»Meiner Gemahlin geht es gut, aber sie liegt noch im Kindbett. Vor vier Tagen hat sie einen Sohn geboren.«

Clifton entging das leichte Lächeln, das Dylans Mund umspielte, nicht.

»Lady Anne wußte, daß Ihr bezüglich der Legitimität dieses Kindes keinerlei Zweifel haben würdet. Sie stellte die Bedingung, Euch die Wahrheit zu sagen, und da ich ein Mann des Wortes bin, dürft Ihr sie sehen.« Dann fügte er warnend hinzu: »Nur dieses eine Mal.«

Dylan nickte. An Cliftons Seite ritt er zur Burg und ließ sich von ihm in die Halle begleiten. Nachdem er sich am Kamin aufgewärmt und trockene Kleider angezogen hatte, durfte er zu seiner größten Überraschung allein in Annes Schlafgemach gehen. Nachdem er die Tür hinter sich geschlossen hatte, ging er zögernd zu ihrem Bett.

Da Clifton Anne Dylans Besuch angekündigt hatte, blickte sie ihm gefaßt entgegen. Ihr Kind ruhte in ihrem Arm. Dylan betrachtete zuerst das Gesicht seines Sohnes und sah dann Anne in die Augen.

»Meine Geliebte, was ist nur mit uns geschehen?« flüsterte er.
»Du hast jetzt zwei Söhne, Dylan«, antwortete sie sanft. »Über Sloan weiß Clifton nicht Bescheid, und dieses Kind wird er als seins ausgeben, um von uns allen Schaden abzuwenden.«
Dylan setzte sich auf die Bettkante und berührte leicht die Wange seines Sohnes. »Trotzdem darf ich dich sehen? Noch dazu allein?«
»Ich habe ihm die Bedingung gestellt, dir die Wahrheit zu sagen. Aber hüte dich, Dylan. Clifton ist nicht wie Brennan. Er wird keinen weiteren Besuch dulden. Ich gehöre jetzt ihm, und er hütet mich wie seinen Augapfel.«
»Als ich von Lord Forbes' Tod erfuhr ...«
»Ich mußte schnell heiraten. Es galt das Gerücht zu bestätigen, daß ich mit dem Statthalter von Ayliffe in Abwesenheit des Grafen ein Verhältnis angefangen hatte. Hätte ich Cliftons Heiratsantrag abgelehnt, hätte ich dir einen unehelichen Sohn geboren und Ayliffe, das Erbe meiner Kinder, wäre an Brainard oder einen Schützling des Königs gefallen. Ich habe getan, was ich tun mußte.«
»Ich verstehe. Die Schuld liegt bei mir, Anne. Ich wollte dich nicht ...«
»Es wird keine sehnsüchtigen Blicke mehr geben«, sprach Anne weiter. »Brennan hat vor seinem Tod von unserem Verhältnis erfahren. Meine Mutter hat dieses Geheimnis Brainard verraten, der es umgehend seinem Vater mitteilte. Er wußte auch von meiner erneuten Schwangerschaft und zog mit dem Wissen um mein ehebrecherisches Verhalten in seine letzte Schlacht.« Sie sah Dylans ärgerlichen Blick, sprach jedoch unbeirrt weiter. »Jetzt habe ich wieder geschworen, meinem Mann eine treue Frau zu sein, und dieses

Mal werde ich meinen Schwur nicht brechen. Wir beide haben genug Unheil angerichtet.«

»Anne, dich trifft doch keine Schuld an Brennans Tod...«

»Das werden wir nie wissen, Dylan.«

Er schüttelte betroffen den Kopf. »Es war nie meine Absicht, dir Leid zuzufügen, Geliebte. Ich habe mir immer gewünscht, unsere Liebe würde uns stark machen. Jetzt bitte ich dich um Verzeihung.«

Anne lächelte wehmütig und betrachtete die verblaßte Narbe auf ihrer Hand. »Ich bereue nichts, außer Brennans Tod. Aber ich werde es nicht zulassen, daß mich meine Schuldgefühle zu einer haßerfüllten und verbitterten Frau machen. Meine Liebe gilt jetzt nur noch meinen Kindern. Bitte, versteh mich, Dylan. Wir dürfen nie wieder von unserer immerwährenden Liebe sprechen. Sie gehört der Vergangenheit an und bleibt nur eine Erinnerung. Such dir eine Frau, die deine Liebe erwidern kann. Du bist jung genug, um eine eigene Familie zu gründen. Ich gehöre nur noch meinen Kindern.«

Anne streckte ihm das Baby entgegen, und er nahm es vorsichtig in die Arme. Während ihrer Schwangerschaft hatte sie sich schweren Herzens zu einem Entschluß durchgerungen. Da Dylan sich nicht von seiner Liebe zu ihr lösen konnte, mußte sie ihn davon befreien.

»Such dir eine Frau, die dir Kinder schenken kann«, sagte sie. »Du siehst gut aus, bist jung und stark. Trenne dich von Raynia und schick sie nach Frankreich zurück. Der König wird eure Ehe auflösen. Dir steht ein langes Leben bevor, Dylan. Zögere nicht mehr und vergiß unsere kindischen Träume von einem gemeinsamen Leben. Diese Illusion, die nie Wirklichkeit werden kann, hat mich einen hohen Preis gekostet und mir unsägliches Leid bereitet. Ich liebe dich nicht mehr.«

»Das glaube ich dir nicht«, sagte er.
»Hör auf, weiterhin einer Hoffnung hinterherzulaufen, die nie in Erfüllung gehen wird. Ich möchte nicht, daß du unglücklich bist. Es wäre besser für uns beide, du würdest ein neues Leben anfangen. Als wir uns ewige Liebe und Treue schworen, waren wir jung und glaubten, den Traum eines jeden Minnesängers verwirklichen zu können. Wir hätten unserer Liebe nicht nachgeben dürfen. Jetzt bin ich älter und auch klüger.«
»Anne, was sagst du da?«
»Ja, meine jugendliche Leidenschaft für dich ist verflogen, Dylan.«
»Unsere Liebe wird nie enden, Anne...«
»Für mich gibt es nur noch meine Kinder«, flüsterte sie. »Ich werde Sir Clifton treu sein. Er hat mir geholfen, als ich niemanden hatte.«
»Du vertraust ihm? Er war von Anfang an hinter dir her und hat jetzt deine Notlage ausgenutzt, um dich zu bekommen. Er verehrt dich zwar, aber er liebt dich nicht, Anne.«
»Er ist mein Mann«, flüsterte sie und betonte jedes Wort. Dann deutete sie auf das Baby und sagte: »Er heißt Gage. Ich verspreche dir, ihn zu einem anständigen und tapferen Mann zu erziehen.«
Dylan küßte den winzigen Kopf. Er sah das entschlossene Glitzern in Annes Augen, ließ sich davon jedoch nicht täuschen.
»Hör mir zu, Anne, und vergiß nicht, was ich dir jetzt sage. Ich gebe dir mein Wort darauf, daß ich deine Entscheidung, mich nicht mehr sehen zu wollen, respektiere. Aber ich liebe dich nach wie vor. Solltest du je in Schwierigkeiten geraten, dann mußt du zu mir kommen. Laß nicht zu, daß Sir Clifton dir oder den Kindern weh tut.«

»Er ist ein aufrechter, vertrauenswürdiger Mann, Dylan. Er...«
»Er wird skrupellos seinen Vorteil nutzen, Anne. Zögere nicht, mich zu rufen, wenn du Schwierigkeiten hast.«
»Ich glaube, du täuschst dich...«
»Ich kann es nur hoffen. Solltest du je einsam und voller Furcht sein, dann denk daran, daß ich dich immer lieben werde. Ich glaube deinen Worten nicht, daß unsere Liebe zu Ende ist. Du leugnest deine Liebe, um mir ein Leben ohne dich zu ermöglichen. Du bist eine starke Frau, Anne. Meinetwegen hast du sehr viel Leid ertragen, dabei wollte ich nichts sehnlicher als dein Glück. Ich liebe dich und werde dich immer lieben. Bis zu meinem Tod werde ich davon träumen, eines Tages mit dir zusammen zu sein. Unser Schwur gilt für die Ewigkeit.«
Anne biß sich auf die Lippe, um nicht mit der Wahrheit herauszuplatzen und ihm ihre Liebe zu gestehen. Sie hatte eine Entscheidung getroffen und würde sich daran halten. Dylan mußte sich von seiner Liebe zu ihr befreien, auch wenn es ihr das Herz brechen sollte. Zu ihrer Erleichterung wurde in diesem Augenblick die Tür geöffnet, und Clifton trat ein.
Dylan, der noch immer das Kind in den Armen hielt, stand auf und stellte sich vor Clifton. Er küßte zärtlich die Stirn seines Sohns, drückte ihn noch einmal fest an sich und reichte ihn dann Clifton. »Ich danke Euch, Sir. Es war mein sehnlichster Wunsch, ein Kind zu zeugen, auch wenn es nie erfahren wird, daß ich sein Vater bin. Ich vertraue meinen Sohn Eurer Obhut an und verspreche Euch, seine wahre Identität nie zu enthüllen. Gottes Segen sei mit ihm und mit Euch.«
»Ihr habt eine kluge Entscheidung getroffen, Milord. Ich werde Euer Geheimnis hüten. Ihr werdet es mir aber gewiß

nicht verübeln, wenn ich meiner Gemahlin weitere qualvolle Erfahrungen ersparen möchte, die sie durch Eure Zuneigung erlitten hat.«
»Oh, ich versichere Euch, Sir Cliff, meine Anwesenheit wird Euch erspart bleiben. Ich werde mich Eurer Gemahlin nicht mehr nähern.« Er blickte Anne über seine Schulter hinweg an. »Ich achte Lady Annes Treuegelübde, das sie Euch vor Gott gegeben hat. In Zukunft werde ich nur noch ein Fremder sein.« Er berührte noch einmal seinen Sohn und flüsterte: »Gott segne euch alle.«
Nachdem Dylan gegangen war, trat Cliff an Annes Bett. Er reichte ihr das Kind, und obwohl ein Lächeln seine Lippen umspielte, war sein Blick hart und unerbittlich, als er sagte: »Ich habe Wort gehalten und deine Bitte erfüllt. Jetzt gehörst du mir.«

TEIL III

2. Mai 1482

17

Dylan deFrayne wurde 1478 zum Grafen von Nowlan ernannt. Die Gründe für diese Ernennung wurden öffentlich verlesen, und Dylans Ruhm als überragender Kriegsherr verbreitete sich im ganzen Land. Nur die Eingeweihten im engsten Kreis um König Edward wußten, welche Verdienste er sich im Kampf gegen Warwick und das Haus Lancaster erworben hatte.

Die zwei Brüder des Königs, Richard von Gloucester und George von Clarence, mit Töchtern Nevilles verheiratet, stritten um die Aufteilung des riesigen Warwick-Besitzes. Der Herzog von Clarence stiftete auch nach Warwicks Tod Unruhe in den von ihm besetzten Gebieten und mißachtete die Anordnungen des Königs. Dylan wurde schließlich im Jahr 1478 Zeuge von Georges Hinrichtung im Tower. Kurz darauf wurde Dylan deFrayne der Grafentitel verliehen, und der König belohnte ihn mit Gütern, die in der Nähe der Besitzungen Richard von Gloucesters lagen, dem einzigen noch lebenden Bruder Edwards.

Die größte Veränderung in seinem Leben bewirkte jedoch nicht die Verleihung des Titels, sondern seine Trennung von Raynia, die er zusammen mit ihrer Zofe nach Calais zurückschickte. Er bedauerte, daß er diesen Schritt nicht schon viel früher getan hatte, denn danach führte er zusammen mit seiner Mutter und seinem Neffen Justin ein glückliches und ausgefülltes Leben. Er war bei seinen Untertanen beliebt und bei Hof angesehen. Er besuchte Raynia einmal im Jahr in Calais und wurde dabei jedesmal von Justin begleitet. Jetzt, vier Jahre nach ihrer Trennung, reiste er zu Raynias Beerdigung. Ihr kurzes, unglückseliges Leben hatte nur vierunddreißig Jahre gedauert.

Dylan stand zusammen mit dem achtzehnjährigen Justin an Raynias Grab und verlor sich in traurigen Erinnerungen an seine unglückliche Ehe mit dieser Frau. Dann sagte er zu seinem achtzehnjährigen Neffen: »Dein Vater und ich haben im Exil in die entfernte Verwandtschaft des Königs eingeheiratet. Es waren Vernunftehen, wie sie größtenteils geschlossen werden. Doch zwischen deinem Vater und deiner Mutter entstand daraus Liebe, und sie waren glücklich miteinander.« Er dachte eine Weile nach und fragte dann: »Wie geht es Bess jetzt?«

Justin lächelte mitfühlend und legte Dylan die Hand auf die Schulter. »Meine Mutter führt mit ihrem Mann und ihren Kindern ein zufriedenes Leben. Ihr braucht Euch keine Sorgen um sie zu machen. Sie würde sich über Euren Besuch freuen. Kommt jetzt fort von hier.«

»Geh schon voraus. Ich habe noch etwas zu erledigen.«

Justin ging zu den Pferden. Dylan betrat Raynias Haus und stieg die Treppe in den zweiten Stock hinauf. Dort klopfte er an die Tür von Raynias Schlafzimmer. Als niemand antwortete, öffnete er leise die Tür und trat ein. Jeannette stand neben dem Bett und faltete ein Leintuch.

Er sah sie voller Mitgefühl an und sagte: »Ihr habt nichts zu befürchten, Madam. Ich bin zum letztenmal in diesem Haus. Wohin werdet Ihr gehen?«

»Ins Kloster von Fontevrault, Milord«, antwortete sie leise.

»Ach, zu den Nonnen«, sagte er und senkte den Blick. »Das ist nicht nötig«, sprach er schließlich weiter und sah

die Frau an. »Dieses Haus gehört Euch, wenn Ihr es haben wollt.«
Er sah die Tränen in ihren Augen. »Euer Angebot ist überaus großzügig«, entgegnete sie, »aber ohne sie kann ich hier nicht bleiben.«
Dylan erwiderte lächelnd: »Das kann ich verstehen.« Jeannette hatte Raynia geliebt, alles weitere entzog sich seiner Kenntnis. »Nehmt mit, was Ihr haben wollt. Ich werde das Haus verkaufen. Hier ist ein Beutel mit Goldstücken für Euch ...«
»Ihr braucht mir wirklich nichts ...«
»Ich bitte Euch ... Raynia hätte es so gewünscht.« Jeannette senkte demütig den Kopf. Dylan konnte verstehen, daß sie ihm ihre Trauer um Raynia nicht zeigen wollte. »War sie je ... glücklich? Wenigstens ein bißchen?«
Jeannette nickte mit zusammengepreßten Lippen. Dylan konnte ihren Anblick nicht mehr ertragen. »Ich danke Euch. Lebt wohl.« Er floh aus dem Zimmer und aus dem Haus.
Ohne ein Wort zu seinem Neffen zu sagen, bestieg er sein Pferd und preschte im Galopp zur Stadt zurück. Erst nach ein paar Meilen ließ er sein Reittier in Trab fallen und ritt mit Justin an seiner Seite weiter. »Milord, Calais ist voller schöner Frauen«, versuchte ihn sein Neffe aufzuheitern.
Dylan grinste und antwortete: »Hast du mir denn eine übriggelassen?«
»Ihr tut mir unrecht«, entgegnete Justin mit gespielter Empörung. »Ich wurde zur Ritterlichkeit den Frauen gegenüber erzogen und behandele sie mit ausgesuchter Höflichkeit.«
Dylan lachte schallend. »Ach, wirklich? Hast du denn noch nicht bemerkt, daß die meisten hinter deiner Geldbörse her sind oder dich in eine Ehe locken wollen?«

»Die Frau muß erst noch geboren werden, die mich einfängt. Jetzt gilt es vor allem, für Euch eine Ehefrau zu finden.«

»Für mich? Nein, ich bin mit dem Leben zufrieden, das ich jetzt führe.«

»Ihr habt doch gesagt, Eure Ehe mit Raynia war von Anfang an ein Fiasko. Ihr seid noch jung und könntet Söhne haben.«

Dylan lächelte melancholisch und antwortete: »Ich habe doch dich, Justin.«

»Ein Neffe kann keine Söhne ersetzen. Ihr braucht eine Frau, die Euch liebt und verwöhnt und Euer Blut in Wallung bringt.«

Dylan lachte wieder schallend. »Hast du eigentlich nur Frauen im Kopf? Außerdem hat meine Mutter die Herrschaft in meinem Haus übernommen und würde es nicht dulden, daß eine andere Frau ihre Autorität beschneidet.«

»Großmutter ist alt, Milord«, entgegnete Justin. »Ich möchte nicht, daß Ihr einsam und unglücklich seid.«

»Es macht mir nichts aus, allein zu leben, mein Junge. Im Gegenteil, ich ziehe es einem unglücklichen Zusammenleben vor.« Er gab seinem Neffen einen Klaps auf die Schulter.

Ach, was könnte ich diesem jungen Spund von wahrer Liebe erzählen, dachte er wehmütig. Von der Sehnsucht nach einem einzigen Blick, einem flüchtigen Kuß, einer gestohlenen Umarmung. Die einzige Frau, die ich je geliebt habe und nach der ich mich noch immer sehne, ist mit Sir Clifton verheiratet und lebt auf Ayliffe.

Er hatte mit Anne seit elf Jahren kein Wort gewechselt. Noch heute bereute er, die Chance, Anne nach Lord Forbes' Tod zu heiraten, nicht genutzt zu haben. Er hätte seine Ehe mit Raynia annullieren lassen können, doch als er damals nach London zurückgekehrt war, hatte Anne bereits Sir Clifton geheiratet, um ihrem Sohn eine legitime Geburt zu ermöglichen. Hätte er gewußt, daß Anne sein Kind erwartete, wäre er nach Lord Forbes' Tod sofort zu ihr geeilt und hätte die nötigen Schritte in die Wege geleitet.

Während der vergangenen elf Jahre war er Anne natürlich öfter bei Hof begegnet. Ihre Schönheit, ihre unvergleichliche Würde, aber auch ihre Vergangenheit gaben nach wie vor Anlaß zu Spekulationen und Klatschgeschichten. Dylan hatte oft nur mühsam den Impuls unterdrücken können, Anne zu verteidigen, wenn er Zeuge eines Gesprächs wurde, in dem hinter vorgehaltener Hand geflüstert wurde, sie habe ihren Ehemann, den Grafen von Ayliffe, in die Schlacht geschickt, um ihn mit einem einfachen Ritter zu betrügen. Die schöne Gräfin, hieß es, könne es keinen Tag ohne Mann aushalten, und deswegen wich Sir Clifton wohl nie von ihrer Seite.

Dylan wußte, daß Cliftons besitzergreifende Präsenz wenig mit Leidenschaft zu tun hatte. Bei ihrer ersten Begegnung bei Hof hatte er Cliftons finsteren, mißtrauischen Blick bemerkt und sorgfältig darauf geachtet, Anne weder anzusehen noch in ihre Nähe zu kommen. Fortan war er mit wechselnden Begleiterinnen in der Öffentlichkeit aufgetreten, um Clifton keinen Anlaß zur Eifersucht zu geben, worunter Anne sicherlich hätte leiden müssen.

Ich frage mich, ob Anne weiß, warum ich mich mit schönen Frauen umgebe, hatte er oft gedacht. Erinnert sie sich an mein Versprechen, daß ich nur sie lieben werde? Es fällt mir nicht schwer, dieses Versprechen zu halten ... ich werde nie frei sein. Anne liebt Clifton nicht. Ihr Leben mit ihm ist eine Qual, das sehe ich an dem dumpfen, leidvollen Blick ihrer Augen. Sie hat Sir Clifton geheiratet, um den Fortbestand von Ayliffe und das Leben ihrer Kinder zu sichern — meiner Söhne. Wie könnte ich je eine andere Frau lieben?

»Ihr solltet eine Familie gründen«, unterbrach da Justin seine schwermütigen Gedanken.

»Ich habe eine Familie, mein Junge, auf die ich sehr stolz bin.«

»Ich meine nicht Großmutter und mich«, antwortete Justin.

Dylan lächelte und ritt stumm weiter ins Zentrum von Calais.

In der Nähe der Werften hielten sie vor einer Schenke und kehrten ein. Justin fand sofort gleichaltrige Gefährten, mit denen er lachend und scherzend an einem Tisch saß, während Dylan allein seinen Gedanken nachhing.

Dylan war stolz auf seinen Neffen. Er war zu einem starken, aufrechten Mann herangewachsen, der sich mehr für Schwertkämpfe und Ritterturniere als für die Politik interessierte. Das war ganz normal für einen Jungen seines Alters. Er würde noch früh genug in die Pflicht genommen werden. Dylan war froh, daß Justin in relativ friedlichen Zeiten aufgewachsen war, denn England hatte unter Edwards Regentschaft elf Jahre ohne kriegerische Auseinandersetzungen erlebt. Mit vierundvierzig wußte Dylan, wie kostbar und segensreich eine derartige Friedensperiode war. Er hoffte, sie würde noch lange dauern.

»Milord, ich würde Euch gern einen Freund vorstellen.« Dylan hob den Kopf und blickte in zwei türkisfarbene Augen, die sein Gesicht widerspiegelten. Sein Herz machte einen Sprung. »Sloan Forbes, Sohn des Grafen von Ayliffe.«

»Es ist mir eine Ehre, Milord«, sagte der junge Mann und verneigte sich. »Ich ... hm ... ich habe soviel über Euch gehört und Euch auf Turnieren bewundert.« Sloan war einundzwanzig, von muskulöser Gestalt, gutaussehend und höflich. Sein scheues, aber bezauberndes Lächeln hatte er von Anne, die Augen von seinem Vater geerbt.

Dylan erinnerte sich daran, was er einst zu Anne gesagt hatte: »Vielleicht werden wir eines Tages Freunde. Dann kann ich ihm von meiner tiefen Liebe zu seiner Mutter erzählen und ihm erklären, daß ich nur aus Liebe zu ihm geschwiegen und seine wahre Identität geheimgehalten habe. Er wird mich verstehen.«

»Das Vergnügen ist auf meiner Seite, mein Junge. Ich kenne Schloß Ayliffe, war aber seit Jahren nicht mehr dort. Setz dich. Ruf den Schankkellner, laß dir einen Krug Bier bringen und erzähl mir von deinem Zuhause und von deiner Familie.«

»Aber ich bin mir nicht sicher, ob ich an den Hof will«, sagte Deirdre. Anne bürstete das wunderschöne, goldfarbene Haar ihrer Tochter und sah deren traurige, ängstliche Augen im Spiegel. »Ich war noch nie von Euch getrennt und möchte auf Ayliffe bleiben.«

»Ich weiß, mein Schatz. Doch es ist einfach notwendig. Du wirst bei Hof eine herrliche Zeit verbringen.«

»Ich habe dort keine Freunde.«

»Noch nicht, aber gute Freunde, die ich dort habe, werden sich um dich kümmern.«

»Pah!« Deirdre schmollte. »Meint Ihr damit die Königin? Sie hat keine Freunde, sondern nur Kammerfrauen und Bedienstete ...«

»Deirdre, es ist beschlossene Sache. Du bist längst im heiratsfähigen Alter. Elizabeth wird einen passenden Ehemann für dich aussuchen.« Sie drehte ihre Tochter zu sich um und hob ihr Gesicht empor. Ach, was für eine Schönheit sie ist, dachte Anne. Ihr Liebreiz und ihre Klugheit werden die Männer bezaubern. Deirdre ist jetzt sechzehn; in ihrem Alter habe ich Sloan geboren. Es wird höchste Zeit, daß Deirdre Ayliffe verläßt. Mir gefällt der Ausdruck in Cliftons Augen nicht, wenn er seine Stieftochter ansieht. Zumindest ihre Verlobung ist längst fällig.

»Deirdre, du kannst dich auf Elizabeth verlassen«, sagte sie eindringlich. »Meide jedoch möglichst die Nähe des Königs.«

»Was kümmert mich der fette alte König?« murrte Deirdre und wandte sich wieder dem Spiegel zu. Anne schüttelte seufzend den Kopf. Der fette *alte* König war nur drei Jahre älter als sie, und er war noch immer ein mächtiger, gutaussehender Mann.

»Damit meine ich nicht, daß der König ein Auge auf dich werfen könnte, sondern er steht in dem Ruf, ohne Rücksicht auf Gefühle Ehen zu stiften, die ihm zum Vorteil gereichen. Wenn du dich nicht vorsiehst, vermählt er dich mit einem seiner Höflinge. Doch der Königin wird dabei dein Wohl am Herzen liegen. Außerdem werde ich dir bald an den Hof folgen. Spätestens im Winter bin ich bei dir. Das ist ein Versprechen.«

»Kommt doch gleich mit«, flehte Deirdre. »Bitte ...«

»Nein, Liebling. Du mußt lernen, allein zurechtzukommen.«

Da trat Clifton, ohne anzuklopfen, in Deirdres Schlafzimmer. Er hielt eine Pergamentrolle in der Hand. »Ein Schreiben von Sloan«, brummte er mißmutig. Als sein Blick auf Deirdre fiel, flackerte es kurz in seinen Augen auf. Dann fragte er stirnrunzelnd: »Wann reist du nach Westminster?«

»Morgen«, antwortete Deirdre mit verängstigter Stimme.

»Sprich ohne die Erlaubnis der Königin mit keinem Mann. Dein Aufenthalt wird nur von kurzer Dauer sein.«

Deirdre sah ihre Mutter hilfesuchend an, die jedoch Clifton zornig anstarrte. Ihr Entschluß, Deirdre für ein paar Monate an den Hof zu schicken, hatte zwischen ihrem Mann und ihr zu einem heftigen Streit geführt. Anne hatte schließlich gewonnen, denn jede Entscheidung, die Lord Forbes' Kinder betrafen, mußte Clifton letztendlich akzeptieren.

»Geh zu deinen Kammerfrauen, Deirdre«, befahl Anne. Als ihre Tochter gegangen war, sagte sie zu Clifton: »Die Bemerkung hättest du dir sparen können.«

»Du solltest den Brief deines Sohnes lesen, Anne. Er hat interessante Neuigkeiten zu berichten«, antwortete er ausweichend und reichte ihr die Schriftrolle. Anne warf ihm einen belustigten Blick zu. Da Clifton weder lesen noch schreiben konnte, ließ er sich Briefe und andere Schriftstücke von einem Schreiber vorlesen.

Anne überflog die erste Seite, auf der Sloan von seinen Erlebnissen und Begegnungen mit alten Freunden erzählte. Dann blieb ihr Blick an einem Satz hängen, und ihr Herz setzte einen Augenblick lang aus. Sloan hatte die Bekanntschaft des berühmten Grafen von Nowlan gemacht, dessen Neffe, Justin deFrayne, zu seinen Freunden zählte. Er erging sich in dem Brief in Schwärmereien über die Klugheit, Sanftmut und das erstaunliche Interesse des Grafen, der jede Einzelheit von seinem Leben wissen wollte. Er warf die Frage auf, ob seine Mutter und Sir Cliff vielleicht in Betracht ziehen würden, Gages Ausbildung zum Junker diesem hervorragenden und vorbildlichen Ritter anzuvertrauen. Dylan, schrieb Sloan und benutzte die vertraute Anrede, habe ein trauriger Anlaß nach Calais geführt. Er sei zur Beerdigung seiner Frau, die nach langer Krankheit gestorben war, nach Frankreich gereist.

Anne las den Brief zu Ende und gab ihn mit vorgetäuschtem Gleichmut Cliff zurück. »Es ist nicht zu vermeiden, daß Sloan und eines Tages auch Gage Lord deFrayne irgendwo begegnen. England ist zwar groß, aber der Kreis der Adeligen bei Hof ist klein.«

»Du kannst Deirdre an den königlichen Hof schicken, aber du wirst ihr dorthin nicht folgen.«

Anne seufzte tief und setzte sich auf den Stuhl vor der Frisierkommode. »Clifton, in dieser Hinsicht hat sich nichts geändert. Du wirst mich begleiten und mich nicht aus den Augen lassen. Du weißt genau, daß die Königin verärgert sein wird, wenn ich ihr Deirdre schicke, selbst aber fernbleibe. Elizabeth verläßt sich auf meine Freundschaft. Und da Lord deFrayne in Calais weilt, gibt es doch keinen Grund, sich Sorgen zu machen, oder?«

Clifton entgegnete mit versteinertem Gesicht: »Es gefällt mir nicht, daß Sloan anscheinend viel Zeit in seiner Gesellschaft verbringt.«

Anne begann ihr langes Haar zu bürsten. An den Schläfen zeigten sich die ersten grauen Strähnen, aber die störten sie nicht. »Sloan ist begeistert, die Bekanntschaft eines derart berühmten Edelmannes zu machen. Da unterscheidet er sich nicht von anderen Junkern.«

»Seine Frau ist jetzt tot«, warf Clifton ein.

Anne erwiderte darauf nichts. Es gab dazu nichts zu sagen. Was spielte es für eine Rolle, daß Dylan jetzt frei war? Sie war es nicht. Außerdem hatte sie Dylan bei Hof oft in Begleitung schöner Frauen gesehen, worauf Clifton sie nur zu gern hinwies. Sie hatte sorgfältig darauf geachtet, ihre Qual vor Cliff zu verbergen. Schließlich hatte sie Dylan fortgeschickt, und er war gegangen. Vielleicht würde er jetzt eine Frau heiraten, die ihm Kinder — legitime Söhne — gebären würde.

»Willst du etwa leugnen, daß dich diese Nachricht freut?« polterte Cliff.

»Nein, sie freut mich«, murmelte Anne. »Der arme Mann hat schließlich Jahre seines Leben mit einer Frau verbracht, die ihn weder liebte noch ihm Kinder schenkte.« Sie betrachtete eingehend ihr Spiegelbild. Lag in ihren Augen ein Hoffnungsschimmer? »Vielleicht wird er wieder heiraten — eine Frau, die ihm Erben schenkt.«

»*Du* hast ihm in dieser Hinsicht ja alles gegeben, nicht wahr?«

Anne schloß gequält die Augen und ermahnte sich, nicht die Fassung zu verlieren. Sie holte tief Luft. Wie oft war ihre Beziehung zu Dylan Anlaß zu erbitterten Auseinandersetzungen gewesen! Cliftons ursprüngliches Versprechen, ihr Beschützer und Statthalter von Ayliffe sein zu wollen, hatte nur kurze Zeit gedauert. Er war bald in krankhafte Eifersucht verfallen und quälte sie ständig mit seinem Mißtrauen und seinen unberechtigten Vorwürfen. Wenn er in dieser Stimmung war, konnte ihn kein Argument überzeugen.

»Sloan sollte die Gesellschaft dieses Mannes meiden«, beharrte Cliff störrisch.

»Clifton, beruhige dich. Sloan hat die Bekanntschaft eines Mannes gemacht, den er seit Jahren aus der Ferne bewundert. Das ist gut für ihn. Er wird Lord deFrayne nacheifern, ihm zuhören und von ihm lernen. Auch du hast einst Dylan deFrayne bewundert und als aufrechten, guten Mann geachtet. Im Grunde genommen hat sich nichts geändert.«

»Vielleicht wird Sloan bewußt ...«

»Nur wenn du der ganzen Sache zuviel Bedeutung bei-

mißt, wird er sich Fragen stellen. Laß es auf sich beruhen.«
»Er wird mir meine Jungen nicht wegnehmen«, wütete Clifton. Anne zuckte zusammen. Im Lauf der Jahre hatten diese unkontrollierten Wutausbrüche zugenommen. Früher, als er noch ein junger, im Turnier unbesiegbarer Ritter gewesen war, hatte sie ihn leichter beschwichtigen können. Je mehr seine Kampfkraft nachließ und je öfter er sich im Wettstreit geschlagen geben mußte, um so schwieriger wurde sein Charakter. Jetzt packte er Anne bei den Armen und riß sie hoch. »Sloan gehört mir mehr als jedem anderen Mann. Ayliffe hat sich nie um den Jungen gekümmert — ich habe ihn erzogen! DeFrayne hat ihn nicht einmal gekannt.«
Anne zitterte am ganzen Körper und legte beschwichtigend ihre Hand auf Cliftons Brust. »Sloan liebt dich, Cliff. Alle Jungen wachsen heran, bewundern ihre Helden und nehmen die Liebe ihrer Väter als selbstverständlich hin... aber er wird dich weiterhin lieben.«
»Sag mir, daß du nichts mehr für ihn empfindest!« befahl er. »Sag mir, daß du deFrayne nicht mehr liebst und nicht hoffst, ihn bei Hof wiederzusehen!« In Cliffs Augen lag ein Ausdruck, der an Panik grenzte.
»Clifton, ich habe die Beziehung zu ihm beendet. Und da sich Lord deFrayne bei Hof gern in Gesellschaft schöner Frauen zeigt, dürfte auch sein Interesse an mir erlahmt sein.«
»Ich will die Wahrheit wissen!«
»Ich spreche die Wahrheit.«
»Du bist nicht immer ehrlich.«
»Doch, mein Gemahl, denn ich kenne die Strafe für Lügen.«
Er ließ sie abrupt los und wandte sich ab. Wenigstens schämt

er sich für sein brutales Verhalten, dachte Anne. Bei ihrer ersten Begegnung mit den deFraynes bei Hof hatte sich Clifton plötzlich den drei Männern — Dylan, Sloan und Gage — gegenüber gesehen und ihre Ähnlichkeit bemerkt. Später, im Schlafgemach, hatte er die Wahrheit aus ihr herausgeprügelt, und sie mußte wegen ihrer Verletzungen fluchtartig Westminster verlassen.

Anne hatte ihm geschworen, daß nur sie die Wahrheit über Sloan kenne, der Lord Forbes für seinen Vater hielt. Sir Clifton würde dieses Geheimnis hüten wie seinen Augapfel, denn wenn bekannt wurde, daß Sloan nicht der Sohn des Grafen war, verlor er auch seinen Erbanspruch auf Ayliffe — Cliftons Existenzgrundlage.

»Clifton, meine Söhne streben nach Anerkennung und Ruhm wie alle jungen Männer. Sie bewundern ihre Helden aus der Ferne, werden aber nicht vergessen, was du für sie getan hast. Du quälst nur dich mit deiner Eifersucht und deinen Selbstzweifeln.«

Er sah sie mit einem leidvollen Blick an und sagte: »Du hast mir keine Söhne geboren.«

»Dafür kann ich nichts«, erinnerte sie ihn. Sie hatte drei Kinder geboren, und sogar Clifton mußte einsehen, daß es nicht an ihr gelegen hatte, daß ihnen Kinder versagt geblieben waren. Ihre Monatsblutung hatte aufgehört, obwohl sie erst siebenunddreißig war, und ihre Zeit des Kindergebärens war vorbei. Clifton hatte mit etlichen Frauenzimmern Verhältnisse gehabt, doch keine war von ihm schwanger geworden.

»Laß dich von mir scheiden, Cliff. Nimm dir eine andere Frau.«

»Ist das dein Wunsch?«

»Nein. Ich halte mich an das Ehegelübde und werde bei dir bleiben, bis der Tod uns scheidet. Aber du darfst mir nicht

weh tun, Clifton«, sagte sie sanft. »Du hast mich einmal geliebt.«
»Zu mir hast du das nie gesagt«, entgegnete er vorwurfsvoll.
»Ich habe dir gegeben, was ich zu bieten hatte, Clifton, und habe mein Versprechen gehalten. Du hast mir einen Heiratsantrag gemacht, weil du glaubtest, auf dieser Grundlage eine Ehe aufbauen zu können. Ich habe mich auf deine Ritterlichkeit und deine Stärke verlassen. Du sagtest, es wäre dir eine Ehre, mein Gemahl zu sein. Ich habe dich gewarnt, daß das eines Tages nicht mehr genügen könnte, doch du wolltest davon nichts hören. Ich habe dir geglaubt.«
Er senkte beschämt den Kopf.
»Willst du Gage zu ihm schicken?«
»Nein«, antwortete Anne und lächelte besänftigend. »Sloan machte diesen Vorschlag nur aus der Begeisterung heraus, die Bekanntschaft eines so berühmten Ritters wie Lord deFrayne gemacht zu haben. Lord deFrayne würde niemals diese Forderung stellen. Er hat uns sein Wort gegeben. Du hieltest ihn für einen ehrenhaften Mann. Hat er je sein Versprechen gebrochen?«
Clifton ging wortlos hinaus. Anne atmete erleichtert auf. Würde sich Cliftons Verhalten noch verschlimmern, da er jetzt wußte, daß Dylans Frau tot war?
Inzwischen war ihr Zusammenleben mit Clifton beinahe unerträglich geworden. Nach elfjähriger Ehe war von seiner anfänglichen Zuneigung und Leidenschaft nur noch unberechenbare Eifersucht geblieben. Vielleicht hatte ihn das angenehme Leben auf Ayliffe verweichlicht und anmaßend gemacht.
Anne erschauderte. Ihre Intuition warnte sie vor etwas Unheilvollem. Ihrer Entscheidung, Deirdre an den Hof zu

schicken, war kein sorgfältiger Plan vorausgegangen, sondern sie war einem Impuls gefolgt. Ihren Vorschlag, Gage als Knappen in die Obhut eines Edelmannes zu geben, hatte Clifton stets vehement abgelehnt. Er wollte den Jungen allein erziehen. Anne merkte, daß Gage Cliff ständig daran erinnerte, unter welchen Umständen er gezeugt worden war, und das prägte sein unduldsames und schroffes Verhalten dem Jungen gegenüber. Anne war bezüglich ihrer Kinder von einer merkwürdigen Unruhe erfüllt. Sie wollte sie versorgt wissen. Sloan würde wohl noch den Winter über in Calais bleiben. Deirdre begab sich unter den Schutz der Königin. Blieb nur noch Gage, den sie der Obhut eines Edelmannes anvertrauen mußte.

Anne hatte geglaubt, durch den Abbruch ihrer Beziehung zu Dylan und ihre Heirat mit Sir Clifton ihre größten und schwierigsten Probleme gelöst zu haben. Aber ihre Ehe war von Anfang an ein Fehlschlag gewesen. Cliftons wachsende Eifersucht und seine unberechenbaren Launen enthielten eine Warnung, die sie nicht ignorieren konnte. Sie wußte, daß ihr schwere Zeiten bevorstanden.

Anne hatte sich ernsthafte Sorgen gemacht, ob Clifton ihr nicht gestatten würde, nach London zu gehen, um bei ihrer Tochter zu sein, als er durch eine Aufforderung von Richard, Herzog von Gloucester, gezwungen wurde, seine Pläne zu ändern. Es war Herbst, die Ernte eingebracht, und Gloucester rief Clifton mit Ayliffes Streitmacht zu den Waffen für einen Feldzug in Schottland. Außerdem forderte Gloucester die Gräfin Ayliffe auf, als Kammerfrau in den Dienst der Königin zu treten.

»Wir lehnen mit der Begründung ab, daß du krank bist«, hatte Clifton gesagt.

Anne überwand ihre Angst vor einem Wutausbruch Cliftons und protestierte vehement: »Meine Tochter ist am königlichen Hof, und ich habe Deirdre und der Königin versprochen, den Winter in Westminster zu verbringen. Es ist wohl besser, du begleitest mich dorthin, als mich allein mit einer Eskorte nach London reisen zu lassen. Meine Tochter braucht mich. Ich werde unter allen Umständen zu ihr reisen.«

Clifton wußte, daß Anne für das Wohl ihrer Kinder auch seinen schlimmsten Wutausbrüchen die Stirn bieten würde. Er packte sie an den Oberarmen, schüttelte sie und drohte ihr schärfste Strafen an, sollte ihm auch nur die leiseste Kritik über ihr Benehmen bei Hof zu Ohren kommen. Clifton beschloß, Gage auf Ayliffe zu lassen, denn Anne würde kein Risiko eingehen, das die Sicherheit ihres Sohnes gefährden könnte.

Anne und Clifton reisten gemeinsam nach London und verbrachten ein paar Wochen in Westminster. Deirdre wohnte nicht bei ihnen, sondern versah zusammen mit anderen Mädchen ihren Dienst bei der Königin. Deirdre machte einen glücklichen Eindruck, was Anne nicht überraschte. Ihre Tochter umgab eine Aura stiller Zufriedenheit, ihr Lächeln war verklärt, und in ihren Augen lag ein Leuchten, dessen Ursache für Anne ein Geheimnis blieb.

Lord deFrayne und seine Mutter, Lady Daphne, weilten ebenfalls am Hof, doch Anne wagte nicht, auch nur ein paar Worte mit ihnen zu wechseln. Aus der Ferne beobachtete sie Dylan, der stets in Begleitung von Elise Debarge war — einer der schönsten und begehrtesten Frauen Londons. Es war ein qualvoller Anblick für Anne, doch sie verbarg ihren Schmerz hinter heiterer Gelassenheit. Eines Abends, während eines Empfangs, kreuzten sich Annes und Dylans

Blicke, doch sie wußte den Ausdruck in seinen Augen nicht zu deuten und wandte sich bebend ab. Es war gefährlich, in Cliftons Anwesenheit irgendeine Reaktion zu zeigen, aber dieser Blick verfolgte sie bis in ihre Träume.

Zehn Tage später verließ Clifton an der Seite des Herzogs von Gloucester Westminster. Endlich konnte Anne wenigstens in der Privatsphäre ihrer Gemächer ihren Gefühlen nachgeben, ohne ständig Cliftons Mißtrauen ausgesetzt zu sein. Der Gedanke, daß Dylan eine andere Frau lieben könnte, war beinahe so schmerzvoll wie die Vorstellung, daß er den Rest seines Lebens ihrer Liebe nachtrauerte und einsam blieb. Sie versuchte, Dylans Blick zu deuten, rief sich den Ausdruck seiner Augen in Erinnerung und fragte sich wohl zum hundertstenmal: Liebt er diese Frau wirklich? War das ein Blick des Abschieds gewesen? Sie hatte ihm vor elf Jahren gesagt, daß sie ihn nicht mehr liebe. Kein noch so tiefes Gefühl konnte diese Zeitspanne überdauern. Dylan hatte sicher begriffen, daß es keinen Sinn hatte, eine Hoffnung aufrechtzuerhalten, die nie in Erfüllung gehen würde. Clifton war ein Mann in den besten Jahren und wußte seinen Besitz zu verteidigen.

In den folgenden Tagen widmete sie ihre ganze Aufmerksamkeit Deirdre und hoffte insgeheim, Dylan sei ebenfalls mit Gloucester nach Schottland geritten. Allein der Gedanke war ihr unerträglich, ihn wieder an der Seite von Elise Debarge sehen zu müssen.

Deirdre war erst seit ein paar Monaten am königlichen Hof, hatte sich aber in dieser Zeit zu einer strahlenden Schönheit entwickelt. Im November wurde in Anwesenheit der Königin im Anschluß an eine Hochzeit ein besonders großartiges Fest gefeiert. Die adeligen Gäste amüsierten sich bei köstlichen Speisen und Getränken, Spielen, Musik und Tanz.

Anne hatte weder Dylan noch Lady Daphne im Ballsaal entdeckt und erfreute sich am Anblick der jungen Adeligen, die gerade einen Tanz aufführten.
Deirdre wurde von einem gutaussehenden jungen Höfling auf die Tanzfläche geführt. Anne beobachtete voller Stolz, wie graziös ihre Tochter dahinschwebte. Die Eleganz ihrer Bewegungen hat sie sicherlich bei Hof gelernt, dachte Anne. Mit ihrer schlanken, biegsamen Gestalt, ihrem goldfarbenen Haar, den strahlenden braunen Augen und roten Lippen ist sie wirklich eine Schönheit, dachte Anne voller Bewunderung. Deirdre hatte den Kopf leicht in den Nacken gelegt, blickte mit einem strahlenden Lächeln zu ihrem Tänzer auf, und in ihren Augen lag ein Leuchten, das in Anne Erinnerungen weckte.
Da entdeckte sie auf der Galerie Dylan und Lady Daphne an seiner Seite. Heute abend war er anscheinend nicht in Begleitung von Elise Debarge. Anne wurde schwindelig. Sie hatte plötzlich die Vision, daß Dylan, Lady Daphne und sie einen Kreis um das tanzende Paar bildeten und es mit traurigen und schmerzvollen Blicken betrachteten. Die Musik, die Stimmen und die Geräusche dröhnten in ihrem Kopf. Ihre Hände begannen zu zittern, und sie fragte sich: Warum, warum, warum?
»Madam, ich möchte Euch Sir Justin deFrayne vorstellen«, sagte Deirdre lächelnd.
Es war wieder geschehen. Zuerst mit Ferris und Daphne, dann mit Anne und Dylan und jetzt mit Deirdre und Justin.
»Madam ... Mutter ...« sagte Deirdre eindringlich, die Annes Geistesabwesenheit bemerkte.
»Ach«, seufzte Anne verwirrt und wachte aus ihrer Trance auf. »Es ist mir eine Freude, Herr Ritter«, sagte sie und

streckte dem jungen Mann die Hand hin. Deirdre warf ihrer Mutter einen amüsierten Blick zu, schüttelte leicht den Kopf und entfernte sich mit ihrem Begleiter.
Eine Berührung an ihrem Ellbogen ließ Anne den Kopf wenden, und sie blickte direkt in Lady Daphnes mitfühlende Augen. »Es gibt nur einen Weg, diese alte Fehde endlich zu beenden, meine Liebe«, sagte sie mit ihrer sanften Stimme, die noch immer klar und kräftig klang, obwohl Lady Daphne beinahe siebzig war. Trotz ihrer kleinen Gestalt strahlte sie Macht und Stärke aus. Anne war zu schockiert und überrascht, um zu antworten. »Ich weiß nicht, warum es immer wieder geschieht. Es scheint der Reiz des Verbotenen zu sein. Wer kann das Schicksal schon deuten?«
»Aber ... Deirdre weiß nicht ...«
Lady Daphne nahm neben Anne Platz. Beide betrachteten das junge Paar. Deirdre und Justin wirbelten über die Tanzfläche, lachten fröhlich und waren völlig ineinander versunken. Von der Galerie aus beobachtete auch Dylan das Paar. Er wagte nicht, sich Anne zu nähern, obwohl er von Cliftons Abwesenheit wissen mußte.
»Welche schrecklichen Auswirkungen diese verbotenen Lieben haben können«, sagte Daphne. »Wohin wird diese Geheimnistuerei noch führen? Ja, wir dachten, wir wären die einzig Unglücklichen, die hoffnungslos Verzweifelten, aber seht nur ... Werden sich eines Tages Bruder und Schwester ineinander verlieben? Wenn Dylan eine Tochter hätte, würde sich Sloan in sie verlieben?«
Anne starrte Lady Daphne entgeistert an. Sie *weiß* es, dachte sie. Aber Lady Daphne reagierte nicht auf Annes Bestürzung.
»Vielleicht wird es Deirdres Kind oder ihre Enkelin sein. Es

scheint eine höhere Macht zu geben, die unsere verfeindeten Familien zueinanderführt. Macht dieser Tragödie ein Ende, Anne. Laßt diese beiden jungen Menschen Erfüllung in ihrer Liebe finden.«

Anne hörte stumm zu. Ihr Blick ruhte auf Dylan, dessen Mund ein verwundertes Lächeln umspielte, als würde auch er sich fragen: Wie kann es nur immer wieder geschehen?

»Mein Gemahl«, sagte Anne schließlich mit bebenden Lippen. »Er wird nie zulassen ...«

»Manchmal müssen wir ein großes Risiko eingehen. Vielleicht gibt es wirklich eine höhere Macht, eine Art Vorsehung, der wir uns beugen müssen.«

Annes Blick schweifte von dem jungen Paar wieder zu Dylan.

»Er wird nicht Eure Nähe suchen«, sagte Daphne. »Er bat mich, Euch auszurichten, daß er jederzeit bereit ist, Euch zu helfen, solltet Ihr seiner Hilfe bedürfen.«

Er bietet mir seine Hilfe an, dachte Anne. Nicht seine Liebe ... Aber sie brauchte seine Liebe wie nie zuvor. Nach all den Jahren meiner unglücklichen Ehe mit Clifton, meiner Einsamkeit und Verzweiflung sehne ich mich nach Liebe. Dylan bietet mir seine Hilfe an, weil ich ganz allein für das Wohl seiner Söhne sorge. Dylan ist noch immer ein Ehrenmann, obwohl er sicherlich den Treueschwur unserer Jugend vergessen hat.

Anne gewann ihre Fassung wieder und sagte mit leidenschaftlicher Vehemenz: »Madam, es darf nicht sein!«

»Meine liebe Anne, es wird bis in alle Ewigkeit immer wieder geschehen.« Daphne lachte leise auf. »Zweifelt Ihr daran, daß diese beiden jungen Menschen einen Weg finden werden, um ihre Liebe zu leben? Sollen wir Gott dafür danken oder verfluchen? Oder beugen wir uns einfach dieser magischen Kraft?«

»Madam, mir sind die Hände gebunden. Sir Clifton wird diese Beziehung um jeden Preis unterbinden.«

Lady Daphne runzelte besorgt die Stirn und drückte leicht Annes Arm. »Seid vorsichtig, meine Liebe. Ich könnte es nicht ertragen, wenn Euch ein Leid geschehen würde.«

18

Sir Clifton kehrte von seinem Feldzug nach Schottland in Hochstimmung zurück. Als Statthalter von Ayliffe und Beschützer von Anne hatte er sich in den vergangenen Jahren von jedem Ruf zu den Waffen freigekauft und nur Truppen und Geld geschickt. Gloucesters Aufforderung, an seiner Seite wieder in den Kampf zu ziehen, war zu einem Zeitpunkt gekommen, da sich Clifton bereits am Ende seiner aktiven Ritterlaufbahn wähnte. Von seinem erfolgreichen Feldzug nach Schottland kehrte er als strahlender Held und Krieger zurück. Gloucester ernannte ihn zum Baron von Wressel, und obwohl mit dem Kastell kaum Reichtum verbunden war, hatte es durch seine nördliche Lage an den Grenzen zu Schottland eine strategisch wichtige Bedeutung. Nach Jahren der Mißachtung hatte Sir Clifton endlich Anerkennung bei Hof gefunden und sonnte sich in seinem Ruhm. Außerdem hatte er in dem jungen Herzog, dem Bruder des Königs, einen Freund gefunden.

Clifton hatte keine Lust, in die Abgeschiedenheit von Ayliffe zurückzukehren. Im Norden war er Statthalter des Herzogs von Gloucester, und in Westminster stand er in Diensten des Königs. Anne beobachtete die Veränderung in Clifton mit Mißtrauen. Sein Interesse an der Politik und den höfischen Intrigen enthüllten ihr eine völlig neue und unbekannte Seite seines Charakters.

»Welche Pläne hast du für Wressel? Gehören Ländereien zum Kastell?« fragte sie ihn eines Tages.

»Wressel ist kaum mehr als eine Befestigung, aber es kann tausend Männer aufnehmen und verköstigen. Die Burg bietet keinerlei Komfort und eignet sich nicht für die Unterbringung einer Familie. Ich denke daran, Gage als Statthalter nach Wressel zu schicken.«

»Ist deine Anwesenheit dort nicht erforderlich?« fragte Anne.

Er lachte. »Nein. Meine Aufgabe besteht darin, Truppen aufzubieten und Land zu erobern. Richard verläßt sich jetzt ganz auf meine Dienste. Ich werde einen Teil von Ayliffes Truppen nach Wressel schicken. Vielleicht sollte ich Sloan nach Hause beordern. Ich brauche ihn jetzt.« Er lachte wieder und fügte hinzu: »Er wird mich brauchen.«

Anne runzelte besorgt die Stirn. Der Ruhm schien Clifton zu Kopf gestiegen zu sein, denn er entwickelte mehr Ehrgeiz, als sie ihm zugetraut hätte. Aber sie wollte seine Hochstimmung und seine Zuversicht nicht beeinträchtigen und hörte sich stumm seine hochfliegenden Zukunftspläne an. Seit seiner Rückkehr nach Westminster hatte er ihr keine einzige Frage bezüglich Dylan deFrayne gestellt. Durch die Anerkennung, die ihm jetzt die königliche Familie zollte, schien seine krankhafte Eifersucht geschwunden zu sein. Anne nutzte die Gunst der Stunde und brachte das Gespräch auf Deirdre.

»Meiner Tochter wird von einem jungen, wohlhabenden und angesehenen Mann der Hof gemacht, Clifton«, sagte sie vorsichtig. Ihr Mann hob fragend die Brauen und sah sie erwartungsvoll an. »Es ist Sir Justin deFrayne«, fügte sie hastig hinzu.

Ein hartes Glitzern trat in seine Augen, und er starrte sie

eine Weile wortlos an. »Nein«, sagte er schließlich barsch. »Kein deFrayne.«

»Du hattest nie Streit mit ...«

»Nein!«

Annes Magen zog sich schmerzhaft zusammen. Sie senkte den Kopf. Bedrückendes Schweigen herrschte zwischen ihnen, bis Clifton das Thema wechselte und sagte: »Ayliffe kann auf einen Teil der Truppen verzichten. Ich werde Männer abziehen und sie auf der Burg stationieren, die der Graf Sloan vermacht hat. Es wird Zeit, daß er sich als Heerführer bewährt. Wenn ich die Unterstützung seiner Truppe brauche, muß er bereit sein. Er ist jetzt alt genug ... bald werde ich das Kommando über meine beiden Jungen und ihre Armeen führen.

In Sloans Alter war ich bereits Kommandant eines ansehnlichen Heeres«, erzählte er weiter. »Kannst du dich erinnern? Damals habe ich Brainard in die Flucht geschlagen. Seitdem hat dieser Bastard nicht mehr gewagt, einen Fuß nach Ayliffe zu setzen. Das hast du mir zu verdanken.«

Anne wollte ihn fragen, ob er je daran gedacht hatte, was passieren würde, wenn sie starb. Aber sie hielt es für richtiger zu schweigen. Brainards Titel war gesichert, solange König Edward an der Macht war. Brainard würde vielleicht eines Tages mit königlicher Unterstützung nach Ayliffe zurückkehren und Clifton daraus vertreiben. Außer Brainard wußte nur Anne Bescheid über dessen illegitime Abstammung. Und sie schwieg, um Sloan nicht zu gefährden. Sie hatte geglaubt, Clifton besäße kein Verständnis für die größeren Zusammenhänge, aber sie hatte sich getäuscht.

»Zu einem geeigneten Zeitpunkt werde ich mit Richard über den Erben von Ayliffe sprechen. Brainard hat meiner Meinung nach durch sein verräterisches Verhalten — indem er für Warwick kämpfte — seinen Erbanspruch verwirkt. Eigentlich steht Sloan der Titel zu. Ich glaube, ich kann das arrangieren.«

Clifton erging sich weiter in Zukunftsplänen. Er würde eine Weile in des Königs Diensten bleiben, währenddessen Sloan von Calais nach Hause beordern und in Gages Begleitung seine Truppen auf den verschiedenen Familiengütern, die verstreut über ganz England lagen, stationieren. Alle diese Güter gehörten Anne und ihren Kindern — außer Wressel.

Während er redete, goß sie Wein in einen Becher und brachte ihn zu ihm. Er unterbrach kurz seinen Redestrom, um einen Schluck zu trinken, und Anne nutzte diese Pause und sagte: »Deirdre ist meine Tochter. Ich werde sie mit diesem jungen Mann verheiraten. Auch Lord Forbes hätte eine solche Verbindung gutgeheißen.«

Cliftons Augen wurden dunkel vor Zorn. Er stand auf und schlug ihr mit der flachen Hand so fest ins Gesicht, daß sie zurücktaumelte und ihren Becher Wein fallen ließ, dessen blutroter Inhalt sich über ihr Kleid ergoß.

»Kein deFrayne!« brüllte er. »Niemals!«

Clifton verbrachte Weihnachten am königlichen Hof. Gloucester hatte sich nach Yorkshire zurückgezogen, und der Sohn des Königs war bei Anthony, Lord Rivers, auf Ludlow Castle. Dylan hatte Justin mit nach Nowlan genommen, um die beiden jungen Liebenden zu trennen, ehe ein Unglück geschah. Clifton erging sich weiterhin in hochfliegenden politischen Plänen, und dieser Ehrgeiz erschreckte Anne mehr als seine frühere krankhafte Eifersucht, denn ihre ganze Familie würde unter seinem rücksichtslosen Vorgehen zu leiden haben.

»Wenn Richard Woodville, durch die Heirat seiner Tochter

Lord Rivers, und Anthony, ein einfacher Ritter, den Titel seines Vaters übernehmen und Herrscher von Ludlow werden konnte, wird es auch mir gelingen, als Statthalter von Ayliffe und geschickt arrangierte Ehen für Deirdre und vielleicht sogar durch Sloan und Gage in den Hochadel aufzusteigen.«

Anne machte sich nicht die Mühe, Cliftons Phantastereien durch den Hinweis zu bremsen, daß es weder für den König noch für Richard von Gloucester von Bedeutung war, wen Deirdre heiraten würde. Solange Anne lebte, hatte Clifton das Kommando über die Truppen von Ayliffe.

»König Edward hat Lord Forbes hochgeschätzt ... ich halte es nicht für ratsam, ihn darum zu bitten, an der Erbfolge von Ayliffe etwas zu ändern ...«

»Lord Forbes ist schon lange tot. Glaubst du etwa, ich werde mich zeit meines Lebens damit begnügen, den Lakaien zu spielen? Nein, ich bestimme fortan, was geschieht. Und du wirst es akzeptieren.«

Im Laufe des Winters war Clifton zu einem engen Verbündeten des Königs geworden und fand immer mehr Gefallen an höfischen Sitten und Trinkgelagen. Anne suchte Hilfe bei Elizabeth.

»Mein Gemahl läßt die alte Fehde zwischen den Giffords und den deFraynes wiederaufleben«, erzählte sie der Königin. »Er haßt die deFraynes, obwohl sie für ihre Loyalität dem König gegenüber hochgeachtet sind. Er sollte einer Verbindung zwischen den Familien zustimmen, verbietet sie jedoch mit aller Vehemenz.«

»Euer Gemahl«, sagte Elizabeth verächtlich. »Er ist in letzter Zeit aus der Gesellschaft des Königs nicht mehr wegzudenken. Ich hatte gedacht, ich würde Euch helfen, als ich Euch meine Zustimmung zur Heirat mit ihm gab, doch

jetzt zweifle ich an der Klugheit dieser Entscheidung. Er hat sich sehr zu seinem Nachteil verändert. Wie könnt Ihr seinem Ehrgeiz Einhalt gebieten?«
»Ich besitze keinen Einfluß auf Sir Clifton. Ich kann nur für meine Tochter, Deirdre, kämpfen. Ich möchte, daß sie Justin deFrayne heiratet... doch ohne Eure Hilfe, Majestät, haben die beiden keine Chance.«
»Meine Hilfe?« antwortete die Königin mit einem wehmütigen Lachen. »Wie wird Sir Clifton reagieren, wenn er merkt, daß Ihr ihn hintergeht? Fürchtet Ihr nicht seine Strafe?«
»Vielleicht könnte der König...«
»Wenn Shores Frau den König durch ihre Gunstbezeigungen wieder einmal gnädig gestimmt hat, werde ich ihn eine Heiratsgenehmigung unterschreiben und besiegeln lassen.« Mistress Jane Shore war die derzeitige Mätresse des Königs, und Anne mußte bei dem Gedanken lächeln, daß Elizabeth klug genug war, die Situation zu ihrem Vorteil auszunutzen, anstatt ihre Eifersucht zu zeigen. »Ich würde es vorziehen, Ayliffe durch eine Heirat mit den deFraynes zu verbinden, als Sir Clifton noch mehr Macht zuzugestehen. Ich muß auch an die Zukunft meines Sohnes denken, der in den deFraynes getreue Vasallen haben wird.«
Vierzehn Tage später wurde Anne ein Dokument mit dem königlichen Siegel überbracht. Justin deFrayne hielt sich nicht in London auf, und Anne ließ die liebeskranke Deirdre in dem Glauben, daß ihr eine Ehe mit ihrem geliebten Ritter verwehrt bleiben würde. Für Anne ergab sich erst im Frühjahr eine Gelegenheit, Deirdre und Justin zusammenzubringen.
Nach seiner Rückkehr von einem Jagdausflug im März wurde König Edward krank und starb am 9. April 1483. Clifton sah dadurch seine ehrgeizigen Pläne gefährdet. Für

Anne war es ein besonders schwerer Schlag, denn sie hatte ihre Tochter nicht rechtzeitig verheiraten können.
»Ich muß zu Gloucester«, informierte Clifton seine Frau. »Er ist der Beschützer der Prinzen, und ich muß ihm als treuer Verbündeter beistehen. Es gilt, keine Zeit zu verlieren.«
»Wozu die Eile, Clifton?« fragte Anne. »Die Prinzen sind noch jung, und Richard wird lange Jahre ihr Beschützer sein.«
»*Mir* läuft die Zeit davon«, erklärte Clifton ungeduldig. »Ich bin älter, als Edward geworden ist, und ich möchte nicht als einfacher Ritter sterben.«
»Aber du bist doch jetzt Baron«, wandte Anne ein.
Er spuckte ins Feuer. »Wressel genügt mir nicht. Seit über zehn Jahren bin ich für dich der Statthalter von Ayliffe. Solltest du sterben, ehe ich den Erbanspruch geändert habe, kann ich nur ein ärmliches Dasein auf Wressel fristen. Nein, das genügt mir nicht.«
Anne machte sich große Sorgen. Clifton hatte sich in absurde Pläne verrannt und würde alles daran setzen, sie zu verwirklichen. Er wollte Brainard als Erben ausschalten, den Grafentitel übernehmen und Sloan als seinen Erben einsetzen.
»Ayliffe muß mir gehören«, sagte er.
»Aber Sloan ist Lord Forbes' Erbe ... Wenn Brainard ausgeschaltet wird, kann Sloan den Titel und Ayliffe jetzt übernehmen.«
»Nein, Anne, das werde ich nicht zulassen. Aber sei unbesorgt. Mit Gottes Hilfe wird Ayliffe eines Tages an deine Söhne fallen. Vorausgesetzt, sie halten mir die Treue.«
Anne konnte in Clifton wie in einem aufgeschlagenen Buch lesen. Nur Brainard stand zwischen ihm und Ayliffe, falls er

durch eine königliche Verfügung den Titel verliehen bekommen sollte. Und zwischen seiner Zuneigung zu ihren Söhnen und ihrer Loyalität ihm gegenüber stand nur Dylan.

Edwards Tod und die darauffolgenden Ereignisse stürzten England in schlimme Erbfolgekriege. Der Kronprinz war ein erst zwölfjähriger Knabe und völlig hilflos den Intrigen ausgeliefert.

Richard von Gloucester nahm an der Beerdigung seines Bruders nicht teil, sondern ließ auf dem Weg nach London Anthony Woodville und Prinz Edward gefangennehmen und im Tower einsperren. Elizabeth floh mit ihren anderen Kindern in ein Versteck in Westminster, wo Anne sie heimlich besuchte, wann immer sich eine Gelegenheit bot. Clifton gehörte zu der Truppe, die im Juni in der Gefolgschaft von Richard in Elizabeths Zufluchtsort eindrang und ihren zweiten Sohn, den zehnjährigen Richard, zu seinem Bruder in den Tower sperrte.

Richard von Gloucester ließ die Ehe Edwards IV. für ungültig und dessen Kinder für illegitim erklären und wurde mit Zustimmung des Parlaments zum König gekrönt. Er ließ Edward V. und dessen jüngeren Bruder, Richard, im Tower heimlich ermorden.

Und Clifton, Lord Wressel, zählte zu den getreuesten Verbündeten von König Heinrich III.

Während dieser Zeit war Anne mit Deirdre in Westminster geblieben, Sloan hielt sich noch immer in Calais auf, und Gage war auf Ayliffe. Das Dokument, in dem König Edward vor seinem Tod der Ehe zwischen Deirdre und Sir Justin deFrayne zugestimmt hatte, besaß keine Gültigkeit mehr. Eine Woche nach Richards Krönung erhielt Anne von ihrem Bruder Trenton die Nachricht, daß ihre Mutter gestorben sei. Anne versteckte diesen Brief vor Clifton und schmiedete Pläne für eine Verschwörung.

Am 6. Juli 1483 wurde Richard in Westminster gekrönt, aber erst Ende August begleitete Clifton Richard nach York. Anne bat ihren Gemahl um die Erlaubnis, mit Deirdre nach Ayliffe zurückkehren zu dürfen. Clifton gab seine Zustimmung, überließ ihr zwanzig Mann als Eskorte und sagte prahlerisch: »Richard braucht mich jetzt. Vielleicht kehre ich als Graf nach Ayliffe zurück.«

»Clifton, ich habe dich immer als Herr von Ayliffe und als Gemahl geachtet«, sagte Anne.

»Gezwungenermaßen, meine Liebe. Ich weiß, wonach du dich insgeheim gesehnt hast. Wage jedoch nicht, meine Pläne zu durchkreuzen und gegen mich zu intrigieren.«

Nach Cliftons Abreise traf Anne ihre Vorbereitungen, schickte Boten aus, bestach einen Priester und vertraute dem Kommandanten ihrer Eskorte an, sie habe Nachricht vom Tod ihrer Mutter erhalten und müsse vor ihrer Rückkehr nach Ayliffe Heathwick einen Besuch abstatten. Da die Männer Sir Cliftons Befehl Folge leisten mußten, stellte sie es jedem frei, ihr den Dienst zu verweigern.

»Ihr seid die Gräfin von Ayliffe«, sagte der Kommandant. »Aufgrund Eures Befehls stehen wir in Sir Cliftons Diensten.« Zum erstenmal in ihrer Ehe mit Clifton hatte sie die Loyalität der Truppen Ayliffes auf die Probe gestellt und war erstaunt und erleichtert, daß diese Männer *ihre* Autorität anerkannten.

Deirdre, die glaubte, ihre Mutter wolle sie auf Heathwick in die Obhut ihres Onkels Trenton geben, war während der Reise niedergeschlagen und bedrückt. Aber als sie in den Burghof von Heathwick einritten und sie Justin entdeckte, weinte sie Tränen der Freude und rief schluchzend: »Ach, Mutter, ich danke Euch.« Mit gerafften Röcken lief sie auf Justin zu und warf sich in seine Arme.

Dylan, der seinen Neffen nach Heathwick gebracht hatte, stand neben Trenton Gifford und begrüßte Anne. Unwillkürlich schweiften ihre Blicke zu dem jungen verliebten Paar, und in beider Augen stand die Frage: Warum war uns dieses Glück nicht vergönnt? Lady Daphne hatte recht gehabt. Deirdre und Justin hätten ihre Trennung irgendwie überwunden und zueinander gefunden.

Anne umarmte ihren Bruder und ging dann zwischen den beiden Männern, die einst Feinde gewesen waren, in die Halle.

»Es gehört viel Mut dazu, dein Vorhaben zu verwirklichen, Anne«, sagte Dylan. »Ich hatte Angst, dein Plan würde scheitern.«

»Er ist noch nicht erfolgreich zu Ende gebracht«, antwortete sie mit einem nervösen Lachen. Als sie gemeinsam vor dem Kamin saßen, erklärte sie Dylan und Trenton ihre Absichten. »Dieses Zusammenkommen auf Heathwick ist offiziell eine Wiedersehensfeier. Ich habe für Deirdre und Justin König Edwards Genehmigung zur Heirat bekommen.« Trenton beugte sich erstaunt vor. »Ich habe in London einen Priester bestochen, der beschwören wird, die Eheschließung im Februar vollzogen zu haben. Trenton, ich hoffe, du hast einen Priester ins Vertrauen gezogen, der jetzt im geheimen die Trauung vollziehen wird. Für die Bewohner von Heathwick werden wir eine verspätete Hochzeitsfeier veranstalten und verkünden, daß die Trauung bereits in London — vor König Edwards Tod — vollzogen wurde.«

Dylan lächelte bewundernd und sagte: »Mein Gott, was bist du doch für eine kluge Frau!«

Anne sprach mit leicht zitternder Stimme weiter: »Wenn Sir Clifton erfährt, daß Deirdre und Justin verheiratet sind, wird mich sein Zorn mit aller Gewalt treffen.«
»Wo ist der tapfere Ritter denn jetzt?« fragte Trenton.
»Bei König Richard in York.«
»An der Seite dieses Bastards«, schimpfte Trenton. Ein Dienstmädchen brachte drei Becher mit rotem Wein.
»Bist du gegen seine Regentschaft?« fragte Anne, als das Mädchen außer Hörweite war.
»Nur wenige unterstützen Richard«, antwortete Trenton. »Dylan und ich haben darüber gesprochen. Richard hält Dylan für einen getreuen Vasallen, aber im engsten Kreis des Königs gibt es viele Andersdenkende.«
»Clifton ist auf der Seite des Königs.«
»Wie ich«, sagte Dylan. »Zumindest nach außen hin.«
»Ich habe dich bei der Krönung gesehen«, sagte Anne entsetzt.
»Natürlich habe ich daran teilgenommen. Es gilt schließlich, den Schein zu wahren.«
»Oh, Dylan, hast du dich wieder auf eine Verschwörung eingelassen?«
»Ja«, antwortete er, hob den Becher und prostete Trenton zu. »Es gibt viele tapfere Männer, die für Englands Wohl kämpfen.«
Anne sagte voller Freude: »Ihr seid Verbündete.«
»Das sind wir schon seit langer Zeit, Anne«, antwortete Trenton. »Als ich unsere Mutter nach Heathwick brachte und mehr über ihre haßerfüllten Intrigen erfuhr, erkannte ich, wer die alte Familienfehde aufrechterhielt und uns allen schadete.«
»Und jetzt bist du in eine gefährliche Verschwörung verwickelt«, sagte Anne bedrückt. Der Gedanke, daß Trenton

und Dylan in einer Rebellion gegen den König ihr Leben verlieren könnten, war ihr unerträglich. »Seid vorsichtig«, sagte sie nur.

»Was wird aus Ayliffe, Anne?« fragte Trenton.

»Clifton will Richard überreden, Brainard den Titel abzuerkennen und ihm zu verleihen. Da Lord Brennan verfügt hat, daß mir das Witwenrecht zusteht, kann Brainard die Grafschaft nicht erben, solange ich lebe. Clifton hofft, den Titel gemeinsam mit mir übertragen zu bekommen, um ihn an Sloan weitergeben zu können.« Mit einem Schulterzucken fügte sie hinzu: »Vielleicht gelingt ihm das.«

»Dann mußt du hierbleiben«, sagte Trenton. »Ayliffe ist es nicht wert, daß du dein Leben für den Erhalt des Titels opferst. Clifton wird vor nichts zurückschrecken.«

Anne lächelte ihrem Bruder zu. »Gage ist auf Ayliffe, Trenton.«

»Wir können ihn hierherholen ...«

»Ich muß Sloans Rückkehr abwarten«, sprach Anne weiter. »Nein, ich werde meine Kinder nicht im Stich lassen. Vor allem darf ich sie nicht Clifton ausliefern. Erst wenn sie fern von Ayliffe in Sicherheit sind, kann ich auf Heathwick Zuflucht suchen.« Sie sah das stolze Lächeln auf Dylans Gesicht, und ihre Augen wurden feucht. Trenton hatte diesen Blick gesehen und stand auf.

»Entschuldigt mich bitte. Ich muß noch mit dem Priester sprechen und mich um die Vorbereitungen für das Hochzeitsfest kümmern.« Er küßte seine Schwester auf die Wange. »Überrede sie dazu, hierzubleiben, Dylan«, sagte er, ehe er ging.

Lange Zeit herrschte Schweigen zwischen den beiden, bis Dylan sagte: »Vor zwölf Jahren hätten wir nicht so lange gezögert, einander in die Arme zu fallen.«

»Die Zeiten haben sich geändert, Dylan. Du suchst jetzt Liebe bei anderen Frauen. Du bist frei und solltest wieder heiraten.«
»Als verheirateter Mann wäre ich dir keine große Hilfe in deiner Auseinandersetzung mit Sir Cliff. Anne ...«
»Unsere Kinder sind in Schwierigkeiten«, wechselte Anne rasch das Thema. »Sir Clifton steht dem König nahe und kann seine Macht gegen uns verwenden. Er ist eifersüchtig auf dich, Dylan. Ich kenne seine Pläne. Wenn der König ihm den Grafentitel verweigert, wird er zuerst Brainard und dann mich ausschalten, um Ayliffe zu bekommen. Dann bist du an der Reihe, denn er wird niemals auf Sloan und Gage verzichten.«
Dylan stützte die Ellbogen auf seine Knie und beugte sich vor. »Irgendwie kann ich ihn sogar verstehen«, sagte er ernst.
Anne sprach weiter. »Vielleicht wird er mich verschonen. Für ihn bin ich ein Besitz, auf den er stolz ist. Dylan, du hast ihn damals richtig eingeschätzt. Wäre ich nach Heathwick, zu Trenton, geflohen und hätte auf Ayliffe verzichtet, wäre uns allen viel Leid erspart geblieben. Ohne ihren Erbanspruch auf Ayliffe wären meine Kinder jetzt in Sicherheit. Clifton hatte es von Anfang an nur auf Ayliffe abgesehen, das er durch die Ehe mit mir bekam. Erst kürzlich hat er mich gefragt, ob ich glaube, er wolle ewig mein Lakai bleiben. Sein Ehrgeiz ist für uns weit bedrohlicher, als es seine Eifersucht je gewesen ist. Dylan, er weiß über Sloan Bescheid. Er hat mich gezwungen, die Wahrheit zu sagen.«
Dylan zuckte zusammen. Erst jetzt begriff er Annes Beweggründe.
»Ich konnte es nicht verhindern, Dylan. Bitte, glaube mir. Ich habe immer versucht, meinen Sohn ... unseren Sohn zu beschützen.«

»Ich weiß«, sagte er leise. »Ich habe Sloan kennengelernt. Er sieht mir sehr ähnlich.«

»Und Gage ähnelt Sloan«, sagte Anne kopfschüttelnd. »Die Vergangenheit hat uns eingeholt. Jetzt geht es nur noch um das Wohl unserer Kinder, mein oder dein Leben zählt nicht mehr.«

»Ja«, stimmte er leise zu.

»Damit ich meinen Söhnen helfen kann, mußt du zusammen mit Trenton für Deirdres Sicherheit sorgen. Schick Truppen nach Heathwick, um die Verteidigung zu stärken. Für Deirdre kann ich in Zukunft nichts mehr tun. Ihr müßt sie vor Clifton beschützen. Ich werde nach Ayliffe zurückkehren, um für meine Söhne zu kämpfen.«

»Anne, dort ist es zu gefährlich für dich.«

»Verstehst du denn nicht, daß ich keine Wahl habe? Wenn ich nicht zurückkehre, kann Clifton meine Söhne gegen mich aufhetzen. Er hat noch immer viel Einfluß auf Sloan, der in ihm den fürsorglichen Lehrer und Beschützer sieht. Sloan würde nicht glauben, daß Clifton seine Macht mißbraucht. Und Gage braucht mich.«

»Der Gedanke erschreckt mich, was Clifton dir und Gage antun könnte.«

Anne lächelte zuversichtlich. »Solange der König ihm nicht den Titel überträgt, droht mir keine Gefahr von Cliff. Er befehligt meine Truppen, aber ich hoffe, die Männer werden im Ernstfall zu mir halten. Nur auf Ayliffe bin ich in Sicherheit, denn Clifton könnte Heathwick unter dem Vorwand angreifen, man hielte mich hier als Geisel gefangen. Auf Ayliffe kann ich mich ihm widersetzen und stehe unter dem Schutz der Krone, solange ich mir nichts gegen König Richard zuschulden kommen lasse.«

Dylan beugte sich vor und sagte eindringlich: »Laß mich dir

helfen, Anne. Ich könnte dich und Gage an einem geheimen Ort verstecken und Sloan eine Nachricht schicken …«
Wieder bot er ihr nur seine Hilfe an. Ihre Kehle war wie zugeschnürt, und sie schluckte krampfhaft, ehe sie sagte: »Ich weiß, du sorgst dich um die Sicherheit deiner Söhne, Dylan. Deswegen ist es unbedingt erforderlich, daß ich nach Ayliffe zurückkehre. Sollte ich deine Hilfe brauchen, werde ich es dich wissen lassen.«
»Ich bin vor allem um *deine* Sicherheit besorgt. Ich möchte …«
»Es gibt jetzt andere Frauen in deinem Leben. Du …«
»Andere Frauen?« wiederholte er. »Die Frauen, mit denen du mich bei Hof gesehen hast? Diese Frauen dienten nur dem Zweck, Sir Cliftons Eifersucht zu dämpfen, damit er dir nichts antut.«
Annes Herz begann plötzlich heftig zu pochen, und sie bat leise: »Sprich nicht …«
»Wovon soll ich nicht sprechen? Von meiner Liebe zu dir? Sag mir die Wahrheit, Anne. Wie sieht es in deinem Herzen aus?«
»Du verlangst zuviel … meine Kinder … Ich enthebe dich des Versprechens, das wir uns als törichte junge Menschen gegeben haben.«
»Und was ist mit dem Versprechen, das ich dir gab, als ich meinen zweiten Sohn in den Armen hielt? Damals habe ich dir geschworen, nie an das Ende deiner Liebe zu mir zu glauben.«
Anne sah ihm fassungslos in die Augen. Liebte er sie wirklich noch? Hatte auch seine Liebe all die Jahre überdauert? Sie öffnete den Mund, wollte schreien: Ich liebe dich! Ich brauche dich mehr denn je! Gib mir Hoffnung und Liebe!
Da kam ein Dienstmädchen herein und sagte: »Milady, Seine Lordschaft bittet Euch, in die Kapelle zu kommen.«

Anne gelang es nur unter Mühe, ihre Fassung wiederzugewinnen. »Danke. Wir kommen«, sagte sie und stand auf. Sie zitterte am ganzen Körper.
Dylan berührte leicht ihren Arm und flüsterte: »Anne, Geliebte …«
»Jetzt gilt es, die beiden jungen Menschen zu verheiraten«, sagte sie mit bebender Stimme. »Danach bleibt uns noch Zeit, über unsere Schwierigkeiten zu sprechen.«
Dylan neigte stumm den Kopf und geleitete sie in die Kapelle. Bei der hastig durchgeführten Trauung waren nur Trenton, Dylan und sie als Zeugen anwesend. Anschließend wurde in der Halle die angeblich verspätete Hochzeitsfeier abgehalten, bis Anne spät am Abend ihre Tochter in ihr Brautgemach führte.
»Dein Vater hätte dir sicherlich eine großartigere Feier gewünscht«, sagte Anne wehmütig.
Deirdre streifte ihr Nachtgewand über und fragte ihre Mutter dann: »Er wäre damit einverstanden gewesen, daß ich Justin deFrayne heirate, nicht wahr?«
In Annes Augen schimmerten Tränen, als sie an Brennans Worte dachte: Wenn du meine Tochter wärst, würde ich dir einen Mann wie Dylan deFrayne wünschen. Jetzt heiratete Deirdre einen deFrayne. Brennan hätte seinen Segen dazu gegeben. Sie nickte und sagte: »Dein Vater war ein wunderbarer Mann, Deirdre. Er hat dich über alles geliebt.«
»Was hat Sir Clifton gegen mich?« fragte sie.
»Er ist ein ehrgeiziger Mann«, erwiderte Anne ausweichend, denn sie konnte zu ihrer Tochter weder von Cliffs Eifersucht noch von seiner Habgier sprechen. »Denk jetzt nicht an Sir Cliff, Deirdre. Dein Gemahl wartet darauf, zu dir zu kommen.«
Begleitet von Gelächter und witzigen Zurufen aus der Halle,

kam Justin in ihr Gemach. Anne konnte nur mühsam den Impuls unterdrücken, Justin zu bitten, ihrer Tochter nur Liebe und Fürsorge angedeihen zu lassen und sie für den Rest ihres gemeinsamen Lebens zu beschützen. Ein Blick in Justins Augen, die so sehr Dylans ähnelten, zerstreuten ihre Bedenken. Dieser junge Mann liebte ihre Tochter von Herzen.

Trenton begleitete Anne zu ihrem Schlafgemach, und ehe sie die Tür schloß, sah sie ihn zusammen mit Dylan vor dessen Schlafzimmer stehenbleiben. Unten in der Halle wurde bis zum Morgengrauen weitergefeiert.

Anne schlüpfte in ihr Nachthemd, zog sich einen Morgenrock über, griff nach einer Kerze und schlich leise über den dunklen Gang zu Dylans Zimmer. Ohne zu klopfen, öffnete sie die Tür und trat ein. Dylan saß vor dem Kamin und starrte in die Flammen. Er drehte sich langsam um und sah sie an.

»Dein Neffe und meine Tochter sind jetzt ein Paar«, sagte Anne.

Dylan lachte leise auf. »Noch vor zwei Jahren hatte er nur Amouren im Kopf. Damals wollte er mir nicht glauben, daß so bald schon ein Mädchen sein Herz einfangen könnte, dem er ewige Liebe und Treue schwören würde. Wie habe ich ihn beneidet! Ach, Anne, wären wir doch an ihrer Stelle gewesen. Aber vielleicht kommt der Tag noch ...«

Sie senkte den Blick und flüsterte: »Hast du gewußt, daß ich kommen würde?«

»Es gibt wohl Dinge in unserem Leben, die stärker sind als wir«, entgegnete er lächelnd und nahm sie in die Arme. »Anne, Geliebte, ich habe nie aufgehört, mich nach dir zu sehnen.«

Wir sind nicht mehr die Menschen, die wir einmal waren, dachte Anne. Unser Körper sind älter, die Muskeln schlaffer, die Haut welker geworden. Sogar ihre Angst, entdeckt zu werden, hatte nach so vielen geheimen Begegnungen, in denen sie stets in Lebensgefahr gewesen waren, nachgelassen. Aber Dylans Zärtlichkeiten weckten in ihr dieselben Gefühle wie in ihrer Jugend. Leidenschaft bleibt nicht nur jungen Menschen vorbehalten. Leidenschaft dauert ein Leben lang.

Hier, in Dylans Armen, konnte sie an die guten Jahre ihres Lebens zurückdenken. Alles in allem hatte sie viel Glück gehabt. Sie hatte drei Kinder geboren, die zu aufrechten, starken und entschlossenen Menschen herangewachsen waren. Dylan, der in den schlimmsten Perioden ihres Lebens nie hatte bei ihr sein können, war immer zu ihr zurückgekehrt. Im Grunde ihres Herzens hatte sie nie geglaubt, er würde ihren Rat befolgen und ihre Liebe vergessen. Die Stunden mit ihm waren zu kostbar, an Schlaf war nicht zu denken.

»Innerhalb eines Jahres kann ich Großmutter sein. Eine alte Frau ...«

»Pah«, antwortete er lachend und streichelte sie zärtlich. »Dein Körper ist, wie ich ihn in Erinnerung habe ... keinen Tag älter geworden.«

»In meiner Einsamkeit und Verzweiflung lag ich nachts oft wach, und habe an deine Worte gedacht ... daß du nie aufhören würdest, mich zu lieben. Diese Gewißheit war jahrelang mein einziger Trost.«

»Auch für mich, Geliebte.«

»Aber ich habe dich doch fortgeschickt ...«

»Ja. Wie hättest du sonst überleben können? Trotzdem habe ich nie an deiner Liebe gezweifelt. Ich hatte nur manchmal Angst, unsere Zeit würde nie kommen.«

»Ach, Dylan, die Barrieren, die uns trennen, werden immer höher. Zuerst waren es unsere Eltern — jetzt sind es unsere Kinder. Vor allem dürfen wir Clifton nicht unterschätzen.«

»Geh nicht zu ihm zurück«, sagte er eindringlich.

»Dann müßte ich meine Söhne aufgeben, und das kann ich nicht.«

»Dann werde ich also weiter auf dich warten.«

»Du könntest ein alter Mann sein, ehe ...«

»Pst«, fiel er ihr ins Wort. »Mit dir in meinen Armen bleibe ich ewig jung. Wir könnten die ganze Nacht hindurch reden, aber mir steht der Sinn nach etwas anderem ...«

»Ich fühle mich so jung wie damals im Kerker«, murmelte sie.

»Mir geht es ebenso. Meine Leidenschaft hat niemals nachgelassen, doch jetzt kommt noch die Sehnsucht nach dauerhafter Liebe hinzu. Ich möchte stundenlang einfach nur bei dir sein, mit dir reden, lange Spaziergänge machen und frei von Problemen und Bedrohungen sein. Anne, ich liebe dich wie nie zuvor. Meine Liebe wächst mit jedem Jahr, das wir getrennt sind. Trauerst du um unsere verlorene Jugend? Ich nicht. Die Gefühle, die wir jetzt füreinander haben, sind tiefer und stärker geworden. Obwohl uns ein gemeinsames Leben verwehrt blieb, haben wir doch Erfüllung in unserer Liebe gefunden. Jetzt habe ich nur noch den Wunsch, mit dir alt zu werden. Unsere Kinder — einschließlich Deirdre — sind jetzt erwachsen, aber an meiner Liebe zu dir hat sich nichts geändert. Ich warte auf den Tag, an dem wir zusammen leben können.«

Anne küßte ihn zärtlich. Der Kuß wurde leidenschaftlicher, und ihre Körper fanden in einer Harmonie zusammen, die sie nur mit Dylan erleben konnte.

Wie wird es weitergehen? fragte sie sich später, als sie erschöpft in seinen Armen lag. Wie können meine Söhne mich, die Ehebrecherin, lieben? Wird meine Tochter mich verachten? Eine Liebe, die so viele Schwierigkeiten überwunden hat, kann doch kein Unrecht sein.

»Dylan, werden unsere Kinder unter der Schande unserer Sünde leiden müssen? Müssen wir unsere Liebe weiterhin leugnen, oder müssen unsere Söhne erfahren, wer wirklich ihr Vater ist? Sloan ist jetzt ein erwachsener Mann.«

»Ja. Du hast ihn zu einem aufrechten, guten Menschen erzogen. Ich bin sehr stolz auf ihn. Ich danke dir, Anne.«

»Er ist meiner Obhut entwachsen und wird seinen eigenen Weg gehen.«

Dylan drückte sie an sich. »Deirdre ist jetzt verheiratet. Bleibt nur noch Gage, der in Sir Clifton keinen fürsorglichen Betreuer mehr hat.«

»Uns stehen schwierige Zeiten bevor, Dylan«, flüsterte Anne.

»Für uns war es nie leicht, Geliebte. Sag mir, was ich tun soll.«

»Bring Gage in Sicherheit, wenn Gefahr droht.«

19

Anne kehrte in Begleitung von Jane und ihrer Eskorte im Herbst nach Ayliffe zurück. Buckinghams Rebellion war von König Richard, an dessen Seite Sir Clifton kämpfte, niedergeschlagen und die Anführer exekutiert worden. Anne hörte voller Entsetzen diese Nachricht, doch weder Trentons noch Dylans Name fiel im Zusammenhang mit der Verschwörung gegen den König. Clifton ließ ihr durch einen Boten mitteilen, daß er Weihnachten am königlichen Hof verbringen würde. Anne atmete erleichtert auf. Solange Clifton seinen eigenen Interessen nachging und an der Seite des Königs weilte, drohte ihr keine Gefahr von ihm.
Reisende Kaufleute brachten Neuigkeiten nach Ayliffe und erzählten von den pompösen Weihnachtsfeiern in Westminster. Im Januar kam es trotz des schlechten Wetters wieder zu Kämpfen zwischen den Rebellen und König Richards Truppen. Sir Clifton schickte Reiter nach Ayliffe und beorderte Ritter und Bogenschützen an seine Seite, um für die Sache des Königs zu kämpfen. Anne hoffte vergeblich auf eine Nachricht von Dylan. An einem warmen Frühlingstag im April 1484 kehrte Clifton nach Ayliffe zurück.
Wutentbrannt stürmte er in die Halle und brüllte: »Wo ist sie? Was hast du mit ihr getan?«
Anne saß vor dem Kamin. Außer ihr waren nur ein paar Dienstboten und zwei Ritter mit ihren Knappen anwesend.
Clifton war von dem langen Ritt erschöpft. Außerdem war

er betrunken. Er sah schlecht aus, sein Gesicht war aufgedunsen, und er hatte Fett angesetzt.
»Wer, Milord?« fragte Anne.
»Wer, Milord?« äffte er sie nach. »Eure Tochter, Madam! Deirdre!«
»Die Gräfin von Heathwick«, entgegnete Anne. »Ich habe sie auf ihre Burg gebracht, Milord. Nach König Edwards Tod und Elizabeths Flucht wähnte ich Deirdre in Westminster nicht mehr in Sicherheit.«
Mit ein paar langen Schritten war Clifton bei ihr und schlug ihr mit der flachen Hand so hart ins Gesicht, daß ihre Lippen aufplatzten. Gage, der gerade die Treppe herunterkam, blieb vor Entsetzen wie erstarrt stehen. Er hatte ein paarmal von Clifton Prügel bezogen, aber nie gesehen, wie seine Mutter geschlagen wurde. Die beiden Ritter sprangen auf, wagten jedoch nicht einzugreifen.
»Du hast sie mit diesem deFrayne verheiratet«, brüllte Cliff. »Gegen meinen ausdrücklichen Befehl!«
Anne bot ihrem Mann mutig die Stirn und stand hochaufgerichtet vor ihm. »Deirdre ist meine Tochter, Milord«, sagte sie ruhig. »Es war meine Verpflichtung, sie gemäß dem Wunsch der Königin zu vermählen.«
»Anne Neville ist jetzt die Königin.«
»Deirdre wurde heimlich vor König Edwards Tod in London getraut. Gegen Euren Wunsch, aber mit der Zustimmung des Königs und der Königin.«
»Sie ist schon seit einem Jahr verheiratet?« rief Clifton außer sich vor Wut.
»Ja«, antwortete Anne.
»Du lügst«, schrie er und schüttelte Anne wie besessen. »Du hast mich hintergangen! Ich habe dir verboten, sie mit diesem deFrayne zu verheiraten!«

Ehe er wieder zuschlagen konnte, wurde er von den Rittern gepackt und zurückgerissen. Gage lief zu seiner Mutter und starrte verängstigt Clifton an.
»Ich habe getan, was ich für richtig hielt, Milord«, sagte Anne. »Lord Forbes wäre mit Deirdres Wahl einverstanden gewesen.«
»Pah! Du lügst! Forbes hätte nie einen deFrayne als Mann für seine Tochter akzeptiert.«
»Ich sage die Wahrheit, Clifton.«
»Laßt mich los!« befahl er den beiden Männern, die ihn noch immer festhielten.
»Ihr werdet Lady Anne nicht mehr schlagen, Milord?«
»Ich bin ihr *Mann*«, entgegnete er drohend.
Anne versuchte ihn zu beruhigen und sagte: »Geht nicht zu weit, Milord, ich bitte Euch. Mißbraucht nicht die Macht, die Ihr über mich habt.« Dann fügte sie leiser hinzu: »Laßt meinen Gemahl los.«
»Macht?« wiederholte Clifton mit einem grausamen Lachen und stieß die beiden Ritter beiseite. »Noch besitze ich diese Macht nicht, aber bald werde ich sie haben.«
»Er hat mich um Geduld gebeten«, wechselte Clifton plötzlich das Thema. »Nach allem, was ich für ihn getan habe, befiehlt er mir, meine Habgier zu zügeln und *geduldig* zu sein! Ich hatte gehofft, durch Deirdres Verheiratung mehr Einfluß am Hof zu gewinnen. Hast du gewußt, daß Richards Sohn tot ist?«
Anne begriff Cliftons wirre Reden nicht. Sprach er vom Tod der Prinzen? Hatte er in Richards Auftrag einen Kindermord begangen, um dessen Anspruch auf den Thron zu sichern?
»Clifton, was redet Ihr da?«
»Er hat mir versprochen, Ayliffe würde eines Tages mir ge-

hören, aber er vertröstet mich dauernd. Das Parlament hat neue Gesetze zur Regelung von Besitzansprüchen erlassen. Solange Gefangenen nicht der Prozeß gemacht wird, kann kein Eigentum übertragen werden. Jetzt muß ich warten. Ich habe ihm Brainard ausgeliefert.«

Anne starrte ihn entgeistert an. »Was habt Ihr getan?«

»Die Rebellion wurde niedergeschlagen. Richard ist König. Wir sind von Devon nach London marschiert und haben die Aufrührer niedergemetzelt. Ha! Der Gemahl deiner Tochter und sein Onkel – die deFraynes haben für die falsche Seite gekämpft. Sie sind erledigt, Madam. Erwartet aus dieser Richtung keine Unterstützung.«

Erledigt? In Annes Kopf überschlugen sich die Gedanken, aber sie wagte Clifton keine Fragen zu stellen. Waren die deFraynes geflohen? Oder tot? Arme Deirdre.

»Wir haben Brainard auf Ramsford gefangengenommen und in den Tower geworfen. Ich hatte Gelegenheit, ihn zu töten, habe ihn aber dem König lebend ausgeliefert.«

Anne nahm ihren ganzen Mut zusammen und fragte: »Hat der König Euch gesagt, warum er Brainard lebend haben wollte?«

»Er braucht meinen starken Arm und meine Truppen, um die Krone gegen Aufrührer zu verteidigen, und verspricht mir eine großzügige Belohnung. Pah! Bis jetzt habe ich nur Wressel bekommen. Der Erbe von Ayliffe war in meiner Gewalt, und ich hätte ihn töten können. Wie kann Ayliffe mir gehören, solange Brainard lebt? Dabei hat Richard mir den Titel versprochen. Er hat mir sein *Versprechen* gegeben!«

Anne atmete erleichtert auf. Cliftons heimtückischer Plan war gescheitert. Brainard war noch immer Erbe von Ayliffe.

»Er hat mich betrogen«, schwatzte Clifton weiter. »So wie du mich betrogen hast. Du hast mir Gehorsam und Treue geschworen, hintergehst mich jedoch bei der ersten sich bietenden Gelegenheit. Betrügt mich denn hier jeder?« Er machte drohend einen Schritt auf Anne zu. Gage stand hinter seiner Mutter. Clifton schnaubte verächtlich und sagte: »Und du? Du willst ein Mann sein und versteckst dich hinter den Röcken deiner Mutter?«

»Laßt den Jungen in Ruhe, Clifton. Ihr verwirrt und verängstigt uns alle mit Eurem Zorn.« Er wandte sich ab, trat an den Tisch und füllte einen Becher mit Wein, den er mit einem Zug leerte.

»Niemand hier hintergeht Euch, Milord«, sagte Anne.

Clifton starrte Anne mit einem bösartigen Glitzern in den Augen an und fragte: »Du hast Deirdre nach Heathwick gebracht?«

Anne nickte und antwortete: »Damit sie endlich mit ihrem Gemahl vereint ist.«

»War *er* auch dort?«

Anne schloß kurz die Augen und entgegnete schließlich: »Lord deFrayne hat seinen Neffen nach Heathwick begleitet.«

»Du bist eine Hure«, zischte Clifton mit zusammengepreßten Zähnen. Gage wollte mit geballten Fäusten auf Cliff losgehen, aber Anne hielt ihn zurück.

»Jeder weiß das«, sprach Clifton weiter. »Bei Hof kursieren die übelsten Klatschgeschichten über dich. Und ich bin der schamlose Verräter, der dem alten, halbtoten Forbes die Frau weggenommen hat. Sind wir nicht ein schönes Paar?« höhnte er.

Anne hob entsetzt die Hände. Clifton würde sie alle ins Verderben stürzen. Beinahe hoffte sie, er würde ihr Geheimnis herausschreien, dann wäre ihr diese Last endlich von den Schultern genommen. Ihr ganzes Leben lang war sie damit erpreßt worden.

»Clifton, Ihr dürft ...«

»Sag mir nicht, was ich tun darf! Du bist nur eine Frau — *meine* Frau! Als Herrin von Ayliffe hast du natürlich eine gewisse Macht über deine Gefolgsleute, aber meine Autorität wirst du nicht untergraben. Du wirst mich nie wieder hintergehen — du bist mir Gehorsam schuldig. Du bist meine Leibeigene und hast für deinen Verrat Strafe verdient!«

Anne versteifte sich, wahrte jedoch ihre Würde und hob stolz den Kopf. »Für welches Verbrechen wollt Ihr mich bestrafen, Milord? Weil ich meine Tochter gegen Euren Willen verheiratet habe?«

»Du wirst wegen Ehebruchs bestraft«, knurrte er.

»Den ich nicht begangen habe«, log sie, da er keine Beweise hatte. Sie war nur vier Tage bei Deirdre auf Heathwick geblieben, und niemand wußte von ihren heimlichen Treffen mit Dylan.

»Du wirst für einen Ehebruch bestraft, den du vor langer Zeit begangen hast. Du hast den Grafen von Ayliffe betrogen, und ich werde mich an seiner Stelle dafür rächen.«

Selbst in seiner Trunkenheit verriet Clifton nicht die wahre Identität ihrer Söhne, denn damit hätte er seine eigene Existenz zerstört. Er goß wieder Wein in einen Becher, leerte ihn und stellte ihn polternd auf den Tisch zurück.

»Geht in Euer Gemach, Madam und wartet, bis ich Euch rufe«, befahl Clifton. »Ihr seid fortan meine Gefangene.«

Ich bin all die Jahre deine Gefangene gewesen, dachte Anne voller Verzweiflung. Aber jetzt willst du mich zerstören. Sie legte ihren Arm um Gages Schultern. Clifton stapfte wütend

aus der Halle und ging zu seinen Männern in den Burghof.
»Madam, warum ist Vater so außer sich?« fragte der dreizehnjährige Junge völlig verwirrt.
»Halte dich von ihm fern, Gage«, flüsterte sie ihm zu. Dann wandte sie sich an die beiden Ritter, die zu ihrem Schutz dageblieben waren. »Ich bin auf Eure Loyalität angewiesen, Sirs. Laßt Riegel an meiner Tür anbringen und stellt Wachen davor auf. Beschützt Ayliffe und beschützt mich vor Sir Clifton.«
»Aber, Milady ...« sagte einer zögernd.
»Sir Clifton besitzt absolute Macht über mich, aber er ist nicht der Herrscher von Ayliffe, solange der König ihm den Titel nicht zuerkennt.«
Die beiden Männer verneigten sich und gingen, um ihre Befehle auszuführen.
Anne legte Gage die Hände auf die Schultern, sah ihm in die Augen und sagte eindringlich: »Du mußt mir vertrauen, Gage. Du darfst Ayliffe nicht mit deinem Vater verlassen. Notfalls werde ich dich in ein sicheres Versteck bringen. Geh ihm möglichst aus dem Weg. Ich glaube nicht, daß er lange auf Ayliffe bleiben wird. Sein Ehrgeiz wird ihn bald wieder an die Seite des Königs treiben. Er ist besessen von dem Gedanken, Ayliffe in seinen Besitz zu bringen.«
»Was ist nur mit Vater geschehen? Warum liebt er uns nicht mehr?«
Anne lächelte ihren Sohn mitfühlend an. Eines Tages wird er die Wahrheit erfahren, und ich hoffe, er wird sich darüber freuen, dachte sie. Du hast einen Vater, der dich liebt und für dich sorgen wird. Und ich werde dich nie verlassen.
»Er ist enttäuscht, weil ich Deirdre gegen seinen Willen verheiratet habe«, sagte sie beschwichtigend.

»Sollte er je wieder die Hand gegen Euch erheben ...«
»Nein, mein Lieber. Das geht nur Clifton und mich etwas an. Du hast damit nichts zu tun. Zwischen Mann und Frau gelten andere Gesetze. Doch nimm dir deinen Vater nicht zum Vorbild.«
»Aber wenn er Euch wieder schlägt?«
»Ich bin stark, Gage. Er kann mir nicht wirklich weh tun.«
»Ich weiß nicht, was ich tun soll. Sloan müßte hier sein, um Euch zu beschützen, Mutter. Sagt mir, wie ich Euch helfen kann ...«
Anne war stolz auf ihren Sohn und lächelte ihn zärtlich an. »Ich brauche nur dein Vertrauen und deine Liebe. Mit der Zeit werden auch diese Wunden heilen.«

An der Tür zu Lady Annes Gemächern wurden Riegel angebracht. Sie blieb den ganzen Nachmittag dort. Gage versteckte sich im Wachturm vor seinem Vater. Kurz vor Sonnenuntergang begann Sir Clifton mit etwa drei Dutzend Rittern ein Trinkgelage in der Halle. Er schickte einen Dienstboten zu Anne, die mit den schlimmsten Befürchtungen der Aufforderung folgte, in die Halle hinunterzukommen.
Clifton rekelte sich angetrunken in einem Sessel vor dem Kamin und musterte mit glitzernden Augen seine Frau von Kopf bis Fuß. »Ach, Madam, wie hübsch und liebreizend Ihr seid ... Ihr ward immer stolz auf Eure Schönheit, nicht wahr, Lady Anne?«
Anne starrte zu Boden.
»Antworte mir gefälligst!« schrie er.
»Nein, Milord. Ich halte mich nicht für eitel.«
Clifton richtete sich mühsam auf, stützte die Ellbogen auf seine Knie und starrte sie mit glasigem Blick an. Er rülpste laut. Anne zuckte vor Scham zusammen. Dieser einst so

stolze und aufrechte Ritter richtete sich selbst zugrunde. Sie bemitleidete ihn; sie haßte ihn.

»Leugnest du noch immer, daß du mich hintergangen hast?«

Anne straffte die Schultern und hob stolz den Kopf. »Ich leugne es, Milord«, antwortete sie würdevoll.

»Sprich lauter, damit alle dich hören können.«

»Bitte, Milord. Ich...«

»Du hast mich hintergangen. Sprich endlich die Wahrheit.«

»Nein, Milord. Ich habe nur meine Tochter gegen Euren Willen verheiratet.«

»Du hast Deirdre nach Heathwick gebracht...«

»Ist das ein Verhör, Milord?« fragte sie.

»Antworte!« brüllte er.

»Ja. Ich habe meine Tochter zu ihrem Gemahl gebracht.«

»War Lord deFrayne auf Heathwick?«

»Ja, Milord. Er hat seinen Neffen, Sir Justin, begleitet.«

»Aha!« rief er triumphierend und lachte hämisch. »Seid Ihr mit ihm ins Bett gegangen, Madam?«

»Nein, Milord.« Clifton hatte nie zuvor Dylan deFrayne in der Öffentlichkeit in irgendeinen Zusammenhang mit ihr gebracht. Mit diesem Schweigen hatte er wohl ihre Söhne schützen und seine Würde als Ehemann wahren wollen. Aber jetzt schreckte er nicht mehr davor zurück, ihr Geheimnis zu lüften und ihr Leben zu zerstören.

Clifton sagte beinahe sanft: »Du hast ihn geliebt, nicht wahr? Vor vielen Jahren?«

Anne war sich nur zu gut der begierigen Neugier der anderen bewußt, die dieser häßlichen Szene beiwohnten. Würde Clifton sie jetzt der Schande preisgeben und in aller Öffentlichkeit ihr Geheimnis verraten? Sie wußte, daß er dazu fähig war.

Anne stammelte: »Ich war damals erst fünfzehn... Es war eine Kindheitsliebe, die...«
»Wißt Ihr, was mit Jane Shore geschehen ist, Madam?«
Jane Shore, die Mätresse König Edwards, war öffentlich wegen Hurerei bestraft worden.
»Natürlich, Milord«, antwortete Anne.
»Nun«, sagte er. »Wenn ich Euch schlage, verliere ich den Respekt der Männer von Ayliffe, die in Euch eine ehrenwerte Gräfin sehen, weil sie nicht wissen, wie hinterhältig und ruchlos Ihr wirklich seid. Aber Ihr seid meine Frau, und ich habe das Recht, Euch zu bestrafen.«
»Wofür wollt Ihr mich bestrafen, Milord?«
»Ihr habt mir den Gehorsam verweigert und habt Euch hinter meinem Rücken mit Eurem Geliebten getroffen. Außerdem bestrafe ich Euch für das, was Ihr Lord Forbes angetan habt. Ihr seid eine Hure, was nur wenige wissen.«
Anne wäre vor Scham am liebsten in den Boden versunken.
»Ihr wünscht mich weit fort, nicht wahr, Madam? Ich muß Euch enttäuschen. Es gefällt mir sehr gut auf Ayliffe, und es findet sich jederzeit ein Frauenzimmer, das mein Bett wärmt, da Ihr Euch ja in Euren Gemächern einschließt. Noch bin ich Euer Gemahl.« Er starrte sie haßerfüllt an und befahl dann: »Zieht Euer Kleid aus.«
Sie starrte ihn fassungslos an. »Wie bitte, Milord?«
»Ich werde Euch bestrafen, wie Shores Frau bestraft wurde. Bei Sonnenuntergang geht Ihr barfuß und nackt mit einer Kerze in der Hand durch die Dorfstraßen. Alle sollen Eure Schande sehen. Zieht Euer Kleid aus!«
»Ihr habt nicht das Recht...«
»Ich nehme mir das Recht. Tut, was ich sage!«
Anne wußte, daß Clifton ihre Söhne als Bastarde hinstellen

würde, wenn sie sich seinem Befehl widersetzte. »Ihr wollt mich zwingen, im Unterkleid durchs Dorf zu gehen, so wie Lady Shore durch Londons Straßen gehen mußte?«
»Nein«, sagte er und grinste hämisch. »Ihr braucht kein Unterkleid.«
»Milord, Ihr könnt nicht …«
»Ihr habt die Bedingungen für unser eheliches Zusammenleben gestellt, woran Ihr mich oft genug erinnert habt. Ich darf über Euren Körper verfügen, aber die Herrschaft über Ayliffe besitzt Ihr allein. Nun, ich werde Euch eine Lektion erteilen und den Leuten zeigen, wer die wahre Macht besitzt. Zieht Euch aus!«
Anne warf einen verzweifelten Blick in die Runde. Viele der anwesenden Ritter und Dienstboten sahen betreten zu Boden. Jane stand in der Tür und sah ihre Herrin entsetzt an. Niemand schien Gefallen an dieser demütigenden Szene zu finden.
Vertrauen und Stärke sind meine einzigen Waffen, sagte sie sich. Seit meinem sechzehnten Lebensjahr lebe ich auf Ayliffe, und ich war meinen Untertanen immer eine gerechte Herrin. Clifton zeigt jetzt sein wahres Gesicht und wird die Achtung und den Respekt seiner Gefolgsleute verlieren. Seine Machtgier treibt ihn dazu, seine Existenz zu zerstören.
»Jane«, rief sie und ihre Zofe eilte herbei. »Schnüre mein Kleid auf«, befahl Anne.
»Milady, Ihr dürft nicht zulassen …«
»Tu, was ich dir sage. Mein Gemahl will mich nackt durch die Straßen gehen lassen. Ich wage nicht, ihm den Gehorsam zu verweigern.«
Ihre Freundin und Vertraute öffnete mit zitternden Fingern ihr Kleid. Es fiel zu Boden, und Anne stand im Unterkleid

da. Clifton hatte mittlerweile Mühe, seine Augen offenzuhalten. Hoffentlich übermannt ihn bald der Schlaf, dachte Anne verzweifelt.
»Darf ich wenigstens mein Unterkleid anbehalten?« fragte sie leise.
»Ihr seid unverschämt«, lallte Clifton.
»Vergeßt nicht, den Bewohnern von Ayliffe verkünden zu lassen, daß die Gräfin nackt durch die Straßen gehen wird«, sagte Anne.
»Ja!« schrie er und machte eine ausholende Geste. »Sagt den Leuten, daß die Gräfin von Ayliffe kommt.«
»Was ist mit der Kerze? Mistress Shore trug eine Kerze.«
»Jane«, bellte er. »Bring Lady Anne eine Kerze.«
Sir Gravis, der schon seit Brainards Geburt auf Ayliffe lebte, reichte ihr eine Kerze, wobei er kurz ein Auge zukniff. Anne begriff, daß er ihr damit ein Zeichen geben wollte.
»Sir Gravis«, sagte sie. »Verkündet im Dorf mein Kommen.«
»Wie Ihr befehlt, Madam«, antwortete der alte Mann.
Ihm kann ich vertrauen, dachte Anne. Aber wie viele meiner Gefolgsleute werden sich im Notfall auf meine Seite und gegen Clifton stellen?
»Was ist mit dem Unterkleid?« fragte sie.
»Behaltet es an«, knurrte Clifton. »Ihr seid nicht schlimmer als diese Shore-Hure.«
Anne atmete erleichtert auf.
»Zieht Eure Schuhe aus. Ihr sollt barfuß gehen.«
Anne schlüpfte aus ihren Schuhen. Ihr langes Haar bedeckte Brüste und Rücken, aber sie fühlte sich entsetzlich entblößt. Ihr Gesicht brannte vor Scham.
»Geht!« befahl Clifton und schwelgte in seiner Selbstherrlichkeit.

Anne schritt hocherhobenen Hauptes durch die Menge, die vor ihr zurückwich, in den Burghof hinaus und zum Dorf hinunter. Den Blick starr zu Boden gerichtet, ging sie mitten auf der Straße dahin. Der Burghof schien leer zu sein, und als sie endlich wagte aufzusehen, entdeckte sie niemanden. Im Dorf waren die Fenster und Türen der Häuser geschlossen. Keine neugierigen Blicke folgten ihr. Es kam ihr nicht in den Sinn, ihren demütigenden Gang abzubrechen und in die Burg zurückzukehren, denn Clifton war in der Halle geblieben. Stolz schritt sie dahin, um ihren Gefolgsleuten zu zeigen, wie sie von ihrem Gemahl mißhandelt wurde.

Ach, Clifton, dachte sie. Es gab einmal eine Zeit, da hättest du dein Blut für meine Ehre und mein Leben vergossen. Jetzt machst du uns beide zum Gespött der Menschen, deren Achtung und Respekt uns gebühren. Warum tust du das? Um Ayliffe zu bekommen? Für König Richard? Um deine Macht über mich zu demonstrieren?

Ein Junge, der dich Vater nennt und der für dich durch die Hölle geritten wäre, wird dich jetzt für die Demütigung seiner Mutter hassen. In der Demut liegt mehr Stärke als in brutaler Gewalt. Hüte dich, Clifton.

Hinter einem Fenster des Wachturms zeichnete sich schemenhaft ein Gesicht ab, das Anne nicht sah. Es hätte ihr das Herz gebrochen, Gage dort stehen zu sehen. Ihr Sohn weinte bitterlich, als er die einsame Gestalt mit der Kerze in der Hand durch die Dämmerung gehen sah. Er konnte die Unmenschlichkeit nicht begreifen, die einen Mann dazu brachte, seine Frau auf diese Weise zu demütigen. Er schwor sich, nie mehr zuzulassen, daß Clifton seine Mutter mißhandelte.

Die Sonne war längst untergegangen, als Anne mit bluten-

den Füßen in die Halle zurückkehrte. Niemand war mehr da, nur ihr Mann hing betrunken in seinem Sessel und schnarchte.
Mit Schmerzenstränen in den Augen ging sie die Treppe hinauf. Die beiden Wächter vor ihrem Gemach vermieden es, sie anzusehen, und einer öffnete ihr die Tür. Jane kam ihr entgegen und umarmte sie weinend.
»Sei tapfer, Jane«, tröstete sie ihre Freundin. »Verbinde mir die Füße und bringe mir Essen. Weine nicht. Dafür ist es jetzt zu spät.«

Die Sonne stand hoch am Himmel, als Clifton aufwachte. Er sah sich verwirrt um, bis er begriff, daß er betrunken in der Halle eingeschlafen war. Er rieb sich die Augen, kniff sie gegen das grelle Sonnenlicht zusammen und stand stöhnend auf. Sein Kopf drohte vor Schmerzen zu bersten. Er fluchte. Früher hatte ein Trinkgelage keine Nachwirkungen hinterlassen. Ich werde alt, dachte er. Mit siebenundvierzig bin ich dem Tod wohl näher als dem Leben. Schwankend ging er in den Vorratsraum, zapfte einen Krug Bier und trank ihn zur Hälfte leer. Er stellte den Krug auf den Tisch in der Halle und wankte die Treppe hinauf. Vor Annes Schlafzimmer standen zwei Wachen mit gekreuzten Hellebarden. Eine vage Erinnerung dämmerte in ihm auf. Seine Frau hatte etwas getan, worüber er wütend geworden war, aber es fiel ihm nicht ein.
»Ich möchte zu meiner Frau«, krächzte er.
Die Wachen musterten ihn argwöhnisch. Einer der Männer klopfte leise, die Riegel wurden zurückgeschoben und die Tür geöffnet. Clifton blieb schwankend im Rahmen stehen und betrachtete seine Frau.
Anne lag auf dem Ruhebett, ihre Füße waren bandagiert.

Ihr Haar war im Nacken mit einer Schleife zusammengebunden. Ihre linke Gesichtshälfte war geschwollen und blau angelaufen. Clifton zuckte leicht zusammen. Er konnte sich vage daran erinnern, daß er eine mörderische Wut gehabt hatte, wußte aber nicht, was er getan hatte.
»Wünscht Ihr etwas von mir, Milord?« fragte sie. Die Worte klangen wegen ihrer aufgeplatzten Lippen undeutlich.
»Ich ... hm, du bist ...« Er verstummte.
»Ich bleibe in meinen Gemächern, bis die Wunden verheilt sind«, sagte sie. »Es sei denn, Ihr verbietet es mir.«
»Nein«, brummte er. »Mach, was du willst. Was ist mit deinen Füßen?«
»Ich habe sie mir auf den Steinen blutig gelaufen. Ihr habt mich gezwungen, durchs Dorf zu gehen, Milord«, erinnerte sie ihn. »Wie es König Richard mit Shores Frau tat.«
Clifton versteifte sich und warf den Wachen vor der Tür einen argwöhnischen Blick zu. Er konnte sich nicht erinnern, aber den Männern würde der Vorfall im Gedächtnis haftenbleiben. Er verspürte einen flüchtigen Anfall von Reue, aber nicht über das, was er Anne angetan hatte. Wahrscheinlich hatte er sich wieder einmal wie ein Narr benommen, wie es in den vergangenen Jahren oft vorgekommen war. Dafür würde er eine Weile den Respekt seiner Erfolgsleute einbüßen.
Er nickte Anne kurz zu und ging. In seinem Schlafzimmer ließ er sich aufs Bett fallen. Ich muß vorsichtiger sein, sagte er sich. Diese Erinnerungslücken können gefährlich werden. Ich muß das Vertrauen und den Respekt meiner Männer wiedergewinnen.

»Es könnte ihm ein Unglück zustoßen, Milady«, flüsterte Jane.

»Mein Gott, daran dürfen wir nicht einmal denken«, entgegnete Anne vehement. »Clifton hat mich auf die schlimmste vorstellbare Weise gedemütigt und damit die Achtung seiner Männer verloren. Sie werden ihm in Zukunft nicht mehr vertrauen. Aber, Jane, meine Liebe, als Witwe könnte ich Ayliffe nicht halten. Brainard sitzt im Tower, und Richard würde mich sofort mit einem seiner Gefolgsleute vermählen, um Ayliffe zu bekommen.«

»Sir Clifton könnte Euch töten«, warnte Jane.

»Nein, das wird er nicht tun. Verstehst du denn nicht, Jane? Clifton kann mich zwar peinigen, aber er ist nicht intrigant genug, um mir wirklich schaden. Nein, jetzt hat König Richard alle Fäden in der Hand. Brainard, der Erbe von Ayliffe, ist in seiner Gewalt, und Clifton, Lord Wressel, steht ihm mit seiner ganzen Streitmacht zur Verfügung, weil er hofft, eines Tages Graf Ayliffe zu werden. Sollte Clifton sterben, wird auch Brainard sterben, und dann bin ich Richard ausgeliefert.«

»Was sollen wir nur tun, Madam? Ihr könnt doch nicht stillschweigend Sir Cliftons Wutausbrüche erdulden.«

»Gebt ihm genug zu essen und zu trinken, das wird ihn besänftigen. Und wenn sich eine günstige Gelegenheit ergibt, schick Sir Gravis zu mir.«

20

Eines Tages werden wir vereint sein.
Dylans Worte verfolgten Anne bis in den Schlaf. Manchmal schalt sie sich eine Närrin, weil sie sich mit vierzig noch wie ein junges Mädchen nach ihrem Geliebten sehnte. Und manchmal dachte sie, nur diese Hoffnung bewahre sie davor, wahnsinnig zu werden. Ihre Liebe hatte alle Tragödien überdauert, aber der Zeitpunkt ihrer endgültigen Vereinigung schien mit jedem Jahr in größere Ferne zu rücken.
Clifton Warner hatte sich ein Jahr lang fast ausschließlich auf Ayliffe aufgehalten und die Burg nur zu kurzen Jagdausflügen verlassen. Auch im April 1485 brachten reisende Kaufleute, Mönche und Bauern Neuigkeiten über die politischen Unruhen nach Ayliffe, die im ganzen Land herrschten.
Heinrich Tudor, Graf von Richmond, der einzige lebende Sproß des Hauses Lancaster, versprach, Edwards IV. Tochter Elizabeth zu heiraten, um so die Ansprüche beider Häuser zu vereinigen. Er landete in England. Und im Zusammenhang mit Gerüchten über eine Verschwörung gegen König Richard fiel immer wieder der Name Dylan deFrayne.
Obwohl Dylan von den Truppen des Königs wegen Hochverrats gesucht wurde, ritt er — den Gerüchten nach — weiterhin furchtlos durchs Land und verbündete sich mit den Rebellen gegen König Richard. Die Besitztümer der

deFraynes – Nowlan, Ewele und Creighton – waren von der Krone konfisziert worden. An der Seite von Dylan ritt Justin deFrayne, Annes Schwiegersohn. Deirdre lebte allein auf Heathwick; Anne hatte seit über einem Jahr keine Nachricht von ihr erhalten.

Clifton verbrachte seine Tage meist übelgelaunt und betrunken in der Halle, wagte jedoch nicht mehr, seine Frau zu schlagen oder auf irgendeine Weise demütigen. Er spürte wohl den schwindenden Respekt seiner Ritter und bemühte sich, ihr Vertrauen wiederzugewinnen. Er lauschte ebenso aufmerksam wie Anne den Neuigkeiten, die Reisende nach Ayliffe brachten, und wenn der Name Dylan deFrayne fiel, sah er Anne mit glitzernden, haßerfüllten Augen an. Einmal sagte er: »Wenn ich diesen Verräter gefangennehme, ist mir Richards Wohlwollen sicher, und er wird sein Versprechen, mir Ayliffe zu übertragen, einlösen.« Früher hätte eine derartige Drohung Anne in Angst versetzt, aber Clifton war nur noch ein Maulheld, der völlig der Trunksucht verfallen war.

Anne beobachtete oft Gage mit qualvoller Sorge, wenn er im Burghof mit den Rittern die Schwerter kreuzte. Für seine vierzehn Jahre war er groß und stark und bereits ein geübter Kämpfer. Clifton begegnete er nur noch mit Haß und Verachtung. Anne hoffte nur, daß Gage nicht eines Tages den Mann töten würde, den er Vater nannte.

Als sie an einem Aprilmorgen von der Frühmesse in die Halle zurückkam, packte Clifton ihren Arm und drückte ihr einen Brief in die Hand. »Von Sloan«, knurrte er. »Lies ihn mir vor.«

Anne rollte das Pergament auf. Schon nach den ersten Zeilen weiteten sich ihre Augen vor Entsetzen.

»Milady Anne und Sir Clifton«, begann das Schreiben.

»Eurer Aufforderung zufolge werde ich Anfang Juni, vielleicht früher, nach Hause kommen, um an Eurer Seite gegen die Rebellen zu kämpfen. Es erfüllt mich mit tiefem Schmerz, daß Edelmänner, die ich bewundert und deren Freundschaft ich gern erworben hätte, Verrat am König begehen. Einen von ihnen habe ich geschätzt wie einen Bruder. Als Mann der Ehre werde ich meinem Treueeid Folge leisten und für Ayliffe und England kämpfen. Lang lebe König Richard. Euer Sohn und ergebener Diener, Sloan.«
Clifton hatte Anne mit einem boshaften Glitzern in den Augen beobachtet.
»Was hast du getan, Cliff?« fragte sie.
»Ich habe Sloan nach Hause beordert. Ich habe ihm Briefe geschrieben.«
»Du kannst nicht schreiben, Clifton. Wer hat das für dich getan?«
»Spielt es eine Rolle? Glaubst du etwa, ich habe keine loyalen Vasallen mehr auf Ayliffe? Ich werde nach London reiten, bei Sloans Ankunft allerdings wieder hier sein. Dann wird mein Anspruch auf Ayliffe und Sloans Erbe gesichert sein.«
»Du rufst Sloan im Namen des Königs zu den Waffen gegen Dylan und Justin deFrayne?« fragte Anne entgeistert und gleichzeitig erstaunt über Cliftons geschickten Schachzug. Clifton würde sich Sloans Loyalität zunutze machen und mit dessen Hilfe Dylan und Justin aufspüren und töten. Diese Tragödie konnte sie nur verhindern, wenn sie ihrem ältesten Sohn die Wahrheit sagte — und damit ihren Anspruch auf Ayliffe aufgab. »Glaubst du wirklich, Ayliffe bedeutet mir oder Sloan so viel?« fragte sie leise.
»Ihr vergeßt Gage, Milady. Wenn Sloan zurück ist, werden wir zu dritt für die Sache des Königs kämpfen.« Mit diesen

Worten stapfte er aus der Halle. Anne folgte ihm und sah im Burghof etwa zwanzig Ritter hoch zu Roß. Ein Knappe brachte Cliftons Pferd.

»Wohin reitet Ihr, Milord?« rief Anne und lief zu ihm.

»Nach Westminster«, antwortete er schroff. »Um Richards Befehle entgegenzunehmen.«

»Hat er die Männer von Ayliffe zu den Waffen gerufen?«

»Laßt das nur meine Sorge sein, Milady«, sagte er barsch und schwang sich etwas schwerfällig in den Sattel.

»Clifton, Ihr dürft Brainard nichts antun! Bitte, verschont ihn.«

Sein Pferd bäumte sich auf, und er rief: »Aus dem Weg, Anne. Bereite alles für die Ankunft deines Sohnes vor.«

Die Zugbrücke war bereits heruntergelassen worden. Clifton mußte seit geraumer Zeit ohne ihr Wissen Vorbereitungen getroffen haben. Keiner der Ritter hatte sie davon informiert, daß Clifton nach London reiten würde. Er schien mehr treue Vasallen auf Ayliffe zu haben, als sie ahnte. Ein Jahr lang hatte sie gehofft, die Männer von Ayliffe würden in einer kritischen Situation hinter *ihr* stehen und Clifton den Gehorsam verweigern. Plötzlich hatte sie nur noch zwei Menschen, denen sie bedingungslos vertrauen konnte: Jane und Sir Gravis.

Anne war klar, daß Clifton nach London ritt, um König Richard dazu zu bewegen, sein Versprechen einzulösen. Er konnte nur in den Besitz von Ayliffe kommen, wenn Brainard tot war. Clifton hatte ihr ein Ultimatum gestellt: Entweder sie erzählte ihren Söhnen die Wahrheit und sagte ihnen, wer ihr Vater war, wodurch beide ihren Anspruch auf Ayliffe verlieren und sie völlig in Cliftons Abhängigkeit geraten würden, oder sie hielt die Lüge aufrecht und riskierte Dylans Tod — vielleicht sogar durch die Hand seiner Söhne.

Vor den Toren von Ayliffe hatten reisende Kaufleute und Bauern ihre Karren mit Waren aufgestellt. Ein alter Mann schob einen Karren, der mit Lederwaren beladen war, in den Burghof, näherte sich Anne mit vielen Verbeugungen und fragte unterwürfig: »Darf ich der Burgherrin meine Waren zeigen?«
»Ich habe jetzt keine Zeit«, antwortete Anne schroff und wandte sich ab.
»Milady, ich flehe Euch an, seht Euch meine Lederwaren an«, hörte sie die krächzende Stimme des Alten.
»Laßt mich in Ruhe«, sagte sie schroff und ging mit großen Schritten zur Burg zurück. Sie brauchte Zeit, um nachzudenken. In ihrem Kopf überschlugen sich die schrecklichsten Gedanken.
Ihre erste Sorge hatte der Gefahr gegolten, Sloan oder Gage könnten ihren leiblichen Vater töten, doch jetzt wurde sie von einer noch schlimmeren Vision gequält: Dylan könnte sich gezwungen sehen, seine Söhne zu töten, um sein eigenes Leben zu retten. Nein, das würde er nie tun, dachte sie entschieden. Er würde sein Leben für das seiner Söhne opfern.
Wenn sie ihren Söhnen jedoch sagte, daß Dylan ihr Vater war, wie würde das deren Leben beeinflussen? Sloan hatte Dylan einmal bewundert, und Gage sehnte sich nach Vaterliebe. Aber Bastarde blieben sich selbst überlassen und konnten auf keine Unterstützung hoffen. Und auf Ehebrecherinnen wartete nur ein Leben in Schimpf und Schande. Dylan war zu weit weg und selbst in Gefahr. Er konnte ihr nicht helfen.
»Milady«, sagte Sir Gravis da hinter ihrem Rücken. »Ihr solltet Euch die Lederwaren ansehen.«
Ihr Blick schweifte über die Karren auf dem Burghof. Hin-

ter dem Karren mit den Lederwaren stand jetzt ein Mann mit einem breitkrempigen Hut. Anne sah Sir Gravis fragend an. Er nickte ihr zu. Sie raffte ihre Röcke und schlenderte durch die Menge kauflustiger Frauen, die sich um die Karren drängte. Der Mann bei den Lederwaren hob langsam den Kopf, und sie blickte in türkisfarbene Augen. Dylan! Ihr Herz machte einen Sprung. Sie schnappte hörbar nach Luft. Nur mit Mühe konnte sie ihre Fassung bewahren. Ein verräterisches Wort konnte ihrer aller Untergang bedeuten.

»Du hast schöne Sachen, Händler. Welches ist dein kostbarstes Stück?« fragte Anne mit gepreßter Stimme.

Dylans Augen funkelten, als er sie strahlend anlächelte und schnell wieder den Kopf senkte.

»Diese Börse aus Hirschleder wird Euch sicher gefallen, Milady«, sagte er leise.

»Kommst du von weit her? Ist es nicht sehr gefährlich, heutzutage über Land zu reisen?«

»Ja, man muß sich vor allerhand Räubern hüten, Milady. Ich reise weiter nach Huntington. Ich habe dort in der Nähe eine Farm.«

Eine Farm in der Nähe von Huntington, wiederholte sie stumm. Dylan ritt trotz der Gefahr, die ihm von Richards Truppen drohte, quer durchs Land, um den Aufruhr gegen den König zu schüren. Jetzt hielt er sich wohl in der Nähe von Huntington versteckt.

»Auf den Straßen kann man sicher nur bei Tageslicht unbehelligt reisen«, plauderte Anne weiter.

»Ja, Milady. Heute nachmittag mache ich mich auf den Weg, damit ich vor Sonnenuntergang zu Hause bin.« Flüsternd fügte er hinzu: »Schick ihn zu mir ... Anne.«

Sie griff nach der Börse und spürte, daß etwas darin war.

»Was kostet die Börse?«
»Gebt mir, was Ihr für richtig haltet, Milady.«
Sie nahm eine Silbermünze aus ihrer Tasche und legte sie in Dylans Hand. Ihre Finger streichelten flüchtig über seine Handfläche. »Deirdre?« wisperte sie.
Ehe er mit einem beruhigenden Lächeln antwortete, betrachtete er die Münze und sagte: »Ihr seid sehr großzügig, Milady. Ich danke Euch. Besucht doch eines Tages Huntington. Es ist eine interessante Stadt.«
»Im Augenblick habe ich keine Zeit. Ich warte auf die Rückkehr meines ältesten Sohnes. Ich wünsche dir gute Geschäfte, Händler.«
»Meinen ergebensten Dank, Milady. Möget Ihr lange leben.« Er verneigte sich tief.
Alles in ihr drängte danach, in Dylans Nähe zu bleiben, aber sie folgte der Vernunft und ging geradewegs zur Burg. Wird das nie enden? fragte sie sich verzweifelt. Muß ich mich immer mit ein paar geflüsterten Worten und heimlichen Blicken begnügen? Sie würde Gage zu ihm schicken, aber wann kann *ich* endlich bei ihm sein? Werden diese Lügen und Heimlichkeiten nie aufhören? Sie war so tief in ihre Gedanken versunken, daß sie in der Halle mit Sir Gravis zusammenprallte. Sie blickte sich vorsichtig um und flüsterte ihm zu: »Wieso habt Ihr es gewußt?«
»Es gibt Gerüchte, Madam, die weit zurückreichen. Schon zu Zeiten von Warwicks Regentschaft gab es Geheimnisse.«
»Was wissen die Leute von Ayliffe?« fragte sie. Sir Gravis schien mehr zu wissen, als sie all die Jahre geahnt hatte.
Der alte Ritter antwortete mit einem Schulterzucken: »Die Leute klatschen gern. Ihr habt Lord Forbes geliebt, doch Sir Clifton konnte uns nie über seine wahren Absichten hinwegtäuschen. Wir sind der Gräfin von Ayliffe treu ergeben.«

Anne atmete erleichtert auf. Sir Gravis hatte ihr Vertrauen nicht enttäuscht. »Wollt Ihr Gage nach Huntington bringen, Sir Gravis? Heute nacht, wenn der Mond aufgegangen ist?«
»Ich stehe Euch zu Diensten, Milady.«

Gage protestierte heftig dagegen, Anne zu verlassen, und verlangte von seiner Mutter eine Erklärung, die sie ihm nicht geben konnte. Ihr brach es beinahe das Herz, Gage nur in Begleitung des alten Sir Gravis in der Dunkelheit der Nacht zu einem Trupp Rebellen zu schicken, die sich vor dem König versteckt halten mußten. Aber Gage war ein kräftiger, aufgeweckter junger Mann und würde in Zukunft an der Seite seines Vaters reiten.
In der Börse aus Hirschleder hatte sie einen grob gezeichneten Plan gefunden, auf dem nur vier Städte eingetragen waren. Die gepunkteten Linien sollten wohl eine Reiseroute darstellen, doch Anne wurde nicht klug daraus und weinte beinahe vor Verzweiflung, denn sie konnte mit dem Plan nichts anfangen. Warum hatte Dylan ihr diesen Hinweis zugesteckt? Wollte er Gage an einen Ort bringen, der darauf vermerkt war?
Zum Abschied sagte sie zu Gage: »Eines Tages wirst du mich verstehen. Hab Vertrauen zu mir. Ich schicke dich zu einem Mann, in dessen Obhut du sicher bist.«
Gravis kehrte am folgenden Morgen nach Ayliffe zurück und berichtete Anne, daß er Gage sicher zu dem Lederhändler gebracht habe. Weder er noch Anne erwähnten Dylans Namen.
»Dieser Mann hat mir gesagt, ich soll Euch den Plan erklären. Ich kenne die Reiseroute. Sie führt zu einem Versteck, wo Ihr vor Sir Clifton in Sicherheit sein werdet.«

Anne lächelte Gravis dankbar an und reichte ihm die Börse aus Hirschleder. »Ich habe nicht geahnt, daß ich auf Ayliffe seit Jahrzehnten einen treuen Verbündeten habe. Könnt Ihr mich dorthin bringen?«
»Ja, Milady. Geht, ehe Sir Clifton zurückkommt.«
»Nein«, widersprach sie ernst. »Ich warte auf Sloan.«
»Wir leben in gefährlichen Zeiten«, sprach Sir Gravis mehr zu sich selbst. »Aber Sir Clifton kann ich nicht dienen... und König Richard kann ich nicht anerkennen.«
»Wollt Ihr zu mir halten?«
»Ja, Milady. Ihr seid die Gräfin von Ayliffe. Der Treueeid, den ich Lord Forbes geschworen habe, gilt über sein Grab hinaus. Weder Sir Clifton noch Brainard kann ich als Herren akzeptieren. Ich tue es für Euch... und für Ayliffe.«
Annes Augen wurden feucht. Sie berührte leicht Sir Gravis' Arm. »Ich danke Euch für Eure unverbrüchliche Treue.«
In den nächsten Wochen hielt sie jeden Tag Ausschau nach Cliftons Banner. Die Kaufleute brachten beunruhigende Neuigkeiten über Kämpfe und Aufruhr im ganzen Land.
Clifton kehrte Ende Mai mit Sloan nach Ayliffe zurück.
Das Wiedersehen fand in einer angespannten Atmosphäre statt. Sir Clifton erzählte sofort von seinen Zukunftsplänen und was er in London erreicht habe. Nachdem Sloan in England gelandet war, hatte er ihn unverzüglich nach Westminster gebracht, damit er in die Dienste König Richards treten konnte. Sloan berichtete aufgeregt von seinem Besuch beim König und von seinem Auftrag, die Rebellen niederzuschlagen. Es war offensichtlich, daß Clifton die gemeinsamen Wochen mit Sloan dazu benutzt hatte, Annes Sohn für sich einzunehmen.
Während Anne Sloan zuhörte, musterte sie ihren Sohn, der zu einem stattlichen Mann herangewachsen war. Er war

jetzt vierundzwanzig und wie jeder junge Ritter in seinem Alter voller Tatendrang und begierig darauf, Ruhm und Ehre zu gewinnen. Sie fragte sich, ob er nur vom Ehrgeiz angetrieben wurde oder auch die Werte hoch schätzte, die sie ihn gelehrt hatte: Ehre, Aufrichtigkeit und Mitgefühl.

Ach, Dylan, dachte sie. Unser Sohn ist stark und tüchtig. Aber wir wissen nicht, was das Schicksal für ihn bereithält. Wird er sich zu dir bekennen, oder wird er dich töten?

»Du bist also bereit, gegen die Aufrührer und für die Krone zu kämpfen«, sagte sie. »Was ist mit Brainard?«

»Brainard«, schnaubte Sloan verächtlich. »Sir Cliff und ich haben den König dazu gebracht, ihn wegen Hochverrats hinrichten zu lassen. Ich werde das Erbe meines Vaters antreten und Ayliffe übernehmen. Brainard stirbt nächste Woche.«

»So bald schon«, flüsterte Anne. Was Clifton nicht gelungen war, würde ihr Sohn ausführen. Richard hatte sich geweigert, Clifton den Titel zuzusprechen, aber in Sloan, dem zukünftigen Grafen von Ayliffe, hatte er einen loyalen Verbündeten gefunden. Sie beobachtete Cliff, der rastlos in der Halle auf und ab ging und sich schließlich einen Becher Wein eingoß. Er hatte zu seinem früheren autoritären Gebaren zurückgefunden und wurde von Sloan mit Respekt behandelt. Anne hatte gehofft, ihr Sohn würde Cliftons wahren Charakter erkennen, aber dazu war er wohl zu unerfahren.

»Leider kann ich nicht lange bei Euch bleiben, Madam«, sagte Sloan. »Ich muß nach Westminster zurück, um Brainards Hinrichtung beizuwohnen.«

»Und danach?« fragte sie, schloß kurz die Augen und schickte ein stummes Gebet zum Himmel.

»Dann reiten wir gegen Tudor, der mit Hilfe der deFraynes Truppen gegen den König versammelt. Madam, seht Ihr, welche großartige Möglichkeit sich mir bietet?« fragte Sloan aufgeregt. »Eine Rebellion niederzuschlagen wird mir die Gunst des Königs gewinnen. Ich habe den Treueeid auf die Krone geschworen.«

»Du hast einst König Edward Treue geschworen. Was ist mit seinen Erben?«

»Sie halten sich in einem sicheren Versteck auf. Ihre Freilassung würde die Woodvilles nur dazu ermutigen, erneut Anspruch auf die Krone zu erheben.«

»Glaubst du das wirklich?« fragte sie leise.

Sloan warf ihr einen argwöhnischen Blick zu. Sie erinnerte sich an ihre Unterhaltung mit Dylan: Sloan ist jetzt ein erwachsener Mann und trifft seine eigenen Entscheidungen. Ich habe keinen Einfluß mehr auf ihn.

»Natürlich«, entgegnete er schroff. »Sie können nicht freigelassen werden. Hegt Ihr irgendwelche Zweifel an König Richards Legitimität, Madam?«

Anne schüttelte leicht den Kopf. In der Halle war gut ein Dutzend Ritter anwesend, und sie hätte für diese Unterredung mit ihrem Sohn lieber ein Gespräch unter vier Augen geführt. Vielleicht ist es besser, daß Zeugen anwesend sind, dachte sie.

»Edwards Erben wurden seit zwei Jahren nicht mehr gesehen. Sie sind tot, wurden im Tower hingerichtet. Frag Sir Clifton, er weiß, was mit ihnen geschehen ist.«

Sloan starrte seine Mutter ungläubig an und richtete den Blick dann auf Sir Clifton, der ihm den Rücken zuwandte.

»Er kennt die Wahrheit«, beharrte Anne. »Sloan, mein Gemahl benutzt dich nur, um einen üblen Plan auszuführen. Er hat dich nur zum König gebracht, um durch dich seinen Anspruch auf Ayliffe zu sichern.«

»Sir Cliff?« entgegnete Sloan lachend. In diesem Augenblick

ließ Clifton seinen vollen Weinbecher fallen und starrte Anne mit vor Zorn gerötetem Gesicht haßerfüllt an.
»Ihr verbreitet Lügen, um Eure Tochter zu schützen, Madam!« brüllte er ärgerlich.
»Was soll das?« fragte Sloan verwirrt. »Was geht hier vor? Streitet Ihr wegen Edwards Erben? Richard ist...«
»Clifton möchte, daß du gegen Dylan deFrayne kämpfst und ihn tötest... weil Dylan deFrayne dein Vater ist.«
Anne ließ Clifton nicht aus den Augen. In der Halle herrschte plötzlich angespanntes Schweigen.
»Deine Mutter lügt, Sloan. Sie will nicht, daß du mit mir gegen die Rebellen reitest. Sie will die deFraynes schützen... wegen Deirdre.«
Anne sah ihren Sohn an. Er war blaß geworden. In seinen Augen stand ein entsetzter, ungläubiger Ausdruck.
»In meiner Jugend war ich heimlich mit Dylan deFrayne verlobt. Wir hatten gehofft, heiraten zu können. Aber damals herrschte Bürgerkrieg zwischen den Häusern Lancaster und York, und wir wurden getrennt. Als ich Lord Forbes' Frau wurde, erwartete ich ein Kind von Dylan deFrayne – dich. Lord Forbes wußte, daß du nicht sein Sohn bist.
Viele Jahre später kam Lord deFrayne nach Ayliffe. Er war Edwards Spion und gab vor, die Sache des Herzogs von Clarence und Warwicks zu vertreten. Er hat Ayliffe im Namen des Königs verteidigt. Damals habe ich mich ihm wieder hingegeben und empfing Gage. Sir Clifton hat mich geheiratet, um mich vor Schande zu bewahren und um Ayliffe zu erhalten. Sir Clifton hat gewußt, wer Gages Vater ist, und hat später die Wahrheit über deine Identität aus mir herausgeprügelt. In den ersten Jahren unserer Ehe genügte es Sir Clifton, der Statthalter von Ayliffe und dir und Gage ein väterlicher Beschützer zu sein. Jetzt hat er

andere Pläne — er will Ayliffe besitzen und Rache nehmen.«

»Lügen!« brüllte Clifton und schlug mit der Faust auf den Tisch.

Sloan starrte fassungslos zuerst Sir Clifton und dann seine Mutter an, die weitersprach: »Brainard muß sterben, damit Clifton bekommt, was er haben will. Und was kommt danach? Vielleicht hat er auch schon meinen Tod geplant... Wer weiß? Sloan, ich erzähle dir das alles, um zu verhindern, daß er dein Vertrauen mißbraucht und dich dazu bringt, deinen eigenen Vater zu töten.«

»Nein«, protestierte Clifton lautstark. »Der alte Graf kam nicht mehr in ihr Bett, und sie hatte Sehnsucht nach einem Mann. Sie hat sich mit mir vergnügt. *Ich* habe Gage gezeugt und sie geheiratet, nachdem Lord Forbes gestorben war, damit ich meinen Sohn und dich großziehen konnte.«

Sloan sah sich verwirrt um, doch keiner der Anwesenden begegnete seinem Blick. Nur seine Mutter sah ihm in die Augen, als sie weitersprach: »Ich habe Lord Forbes geliebt und bereue es, ihm weh getan zu haben. Sloan, ich sage die Wahrheit — Lord Forbes wußte, daß ich Dylan deFrayne seit meiner Jugend geliebt und zwei Söhne von ihm empfangen habe. Er hätte mich bestrafen, mich verstoßen können, aber er hat mir verziehen. Clifton hingegen, der kein Recht hatte, mich für ehemalige Vergehen zu strafen, hat mich auf die schlimmste Weise gedemütigt und will dich für seine Rache mißbrauchen.«

Sloan sah seiner Mutter in die Augen und wußte, daß sie die Wahrheit sprach. Sein Blick schweifte von ihr zu Clifton und wieder zurück. Mit einem schmerzlichen Lächeln schüttelte er den Kopf und fragte: »Wie konntest du das nur tun?«

Anne hob stolz den Kopf. »Für die Liebe gibt es keine Erklärung. Ich habe mich als junges Mädchen in Dylan deFrayne verliebt, und diese Liebe war stärker als alles andere. Vielleicht solltest du fragen, wie ich die Trennung und die hoffnungslose Liebe zu deinem Vater ertragen konnte. Vielleicht solltest du fragen, wie ich Cliftons Schläge und Demütigungen ertragen konnte. Er hat mich gezwungen, fast nackt durch die Straßen Ayliffes zu gehen, um mich für Sünden zu bestrafen, die ich nicht gegen ihn begangen habe.« Clifton trat mit geballten Fäusten auf sie zu. »Nein!« rief sie und hob abwehrend die Hände. »Tötet mich nicht, bevor Brainard hingerichtet wurde, sonst werdet Ihr wegen Verrats gehängt. Die hier anwesenden Ritter sind meine Zeugen und haben das Recht, Euch gefangenzunehmen. Ich bin die Gräfin von Ayliffe.«

Einer der Ritter hatte sich erhoben und schien bereit einzugreifen. Anne wußte jedoch nicht, wen er verteidigen würde.

»Hättet Ihr mir diese Geschichte nicht unter vier Augen anvertrauen können?« fragte Sloan wütend.

»Nein. Die Zeit der Geheimnisse ist vorbei, Sloan. Du mußtest die Wahrheit wissen, um die richtige Entscheidung treffen zu können. Eigentlich gehört Ayliffe keinem von uns. Nur Deirdre hat einen rechtmäßigen Anspruch auf Lord Forbes' Erbe. Dylan deFrayne kämpft für England, und wenn er Richards Anspruch auf den Thron anzweifelt, dann glaube ich ihm.

Sir Clifton will dich nur für seine eigensüchtigen Pläne mißbrauchen. Er kämpft weder für England noch für den König, sondern nur für sich selbst. Ich mußte dir die Wahrheit vor Zeugen sagen, denn dein Leben ist ebenso in Gefahr wie meins. Ich konnte nicht zulassen, daß du gegen deinen Vater kämpfst und ihn tötest.«

»Warum habt Ihr nicht geschwiegen?« fragte Sloan kaum hörbar. »Wäre es nicht besser gewesen, ich hätte es niemals erfahren?«

»Da du jetzt die Wahrheit kennst, trägst du allein die Verantwortung für dein Handeln.«

Sloan ging rastlos auf und ab und versuchte, Klarheit in seine Gedanken zu bringen. Als er vor seiner Mutter stehenblieb, war sein Gesicht angespannt, und in seinen Augen glitzerten Tränen. »Ihr seid eine Hure«, flüsterte er mit zusammengepreßten Zähnen.

Instinktiv hob sie die Hand und gab ihm eine Ohrfeige. Ihre Augen funkelten vor Zorn.

»Es ist mir gleich, wie du über mich denkst«, schrie sie ihn an. »Aber ich will dir eins sagen, mein kleiner Junge: Dein Vater hat aus Liebe zu *dir* geschwiegen, damit dir deine Legitimität und dein Erbe erhalten bleiben, obwohl er sich danach gesehnt hat, dich als Sohn anzuerkennen. Und Lord Forbes hat für dich gesorgt und dir ein angenehmes Leben in Reichtum ermöglicht — weil er *dich* liebte. Und ich habe Leid, Terror und Mißhandlungen ertragen, weil ich *dich* liebte. Damit *du* als Edelmann aufwachsen konntest und *dir* Ayliffe erhalten bleibt, haben Dylan und ich viele Opfer auf uns genommen.« Anne schwieg erschöpft.

»Mach, was du willst«, sprach sie dann weiter. »Verachte und beschimpfe mich, wenn du glaubst, ich hätte es verdient. Auch Ayliffe ist keine weitere Lüge wert. Du kennst jetzt die Wahrheit. Solltest du uns allen im Zorn den Rücken kehren oder Sir Cliftons üble Machenschaften unterstützen, liegt die Verantwortung allein bei dir.« Sie holte tief Luft. »Wenn du deinen Vater tötest, einen Mann, den du einmal verehrt und bewundert hast, wirst du wenigstens wissen, was für eine schreckliche Sünde du begehst. Außerdem ...« Ihr

Blick schweifte zu Clifton, ehe sie hinzufügte: »Außerdem ist Gage bereits bei ihm.«
»*Was!*« brüllte Clifton. »Was habt Ihr getan?« Er stürmte mit ausgestreckten Händen auf Anne zu, als wollte er sie erwürgen. Anne wich keinen Schritt zurück. Sie wollte die Wahrheit erfahren.
Sloan trat dazwischen, den Rücken Anne zugewandt, und Clifton blieb abrupt stehen. »Nein«, sagte Sloan. »Vielleicht ist sie keine anständige Frau, aber sie ist meine Mutter. Ihr werdet sie nicht mißhandeln. Ihr habt nicht länger das Recht dazu.« Zu Anne sagte er: »Außerdem ist es unnötig. Ich werde nicht als Bastard eines Rebells leben.«
»Denk gut darüber nach, Sloan«, sagte Anne eindringlich.
»O ja, Madam«, antwortete er und kämpfte um seine Fassung. Mit bebender Stimme sprach er weiter. »Ihr hättet das niemals geschehen lassen dürfen, Madam. Ihr hättet mich nicht im Namen eines Mannes gebären und großziehen dürfen, der nicht mein Vater ist. Jetzt überlaßt Ihr und Sir Clifton die schmutzige Arbeit mir.« Er seufzte resigniert und fügte hinzu: »Ich werde Gage nach Hause holen.«
Annes Lippen zitterten. Sie ballte ihre Fäuste so fest, daß sich die Fingernägel in ihre Haut bohrten. Wortlos sah sie ihrem Sohn in die Augen und betete, er möge seine Meinung ändern.
»Bittet Ihr mich nicht, Lord deFraynes Leben zu schonen, Mutter?«
»Nein«, flüsterte sie. »Wenn du ihn töten willst, wird es dir gelingen. Er wird das Schwert nicht gegen dich erheben, Sloan. Er liebt dich. Er hat deinetwegen geschwiegen.«
»Er ist des Hochverrats angeklagt und einer der führenden Rebellen Englands. Solange er lebt, bin ich sein Sohn — sein illegitimer Sohn.«

»Du bist, wer du bist, ganz gleich, ob Dylan lebt oder tot ist.«
»Ich glaube, ich hasse Euch, Madam«, flüsterte Sloan, drehte sich auf dem Absatz um und stürmte aus der Halle.
Anne starrte Clifton eine Weile stumm an und ging dann langsam zur Treppe. Als sie ein paar Stufen hinaufgestiegen war, hörte sie hinter sich das Aufeinanderprallen von Hellebarden. Sie blieb wie angewurzelt stehen und hörte Clifton empört sagen: »Beschützt ihr sie vor mir? Sogar jetzt noch?« Die Ritter hatten ihn wohl daran gehindert, ihr zu folgen.
»Ja, Milord. Sogar jetzt noch«, antwortete eine Stimme.

Anne scheute die Begegnung mit den Schloßbewohnern von Ayliffe. Daß die Gräfin Ayliffe während ihrer zwei Ehen einen heimlichen Geliebten gehabt und Schande über ihre Kinder gebracht hatte, war die skandalöse Neuigkeit des Tages. Nachdem Sloan überstürzt Ayliffe verlassen hatte, blieb Anne drei Tage in ihren Gemächern und verbot Jane, ihr die Klatschgeschichten zu erzählen.
Dann kam Clifton zu ihr. Die Wachen erlaubten ihm, einzutreten, und er schickte Jane mit der Bemerkung fort: »Du brauchst dir um deine Herrin keine Sorgen zu machen. Ich will mich nur mit ihr unterhalten.«
Als Anne und Clifton allein waren, stellte er sich vor den Kamin und starrte in die Flammen. Nach einer Weile drehte er sich um. Anne entdeckte in seinen Augen einen Ausdruck, der selten geworden war. Clifton war nüchtern und nachdenklich. »Was ist nur mit uns geschehen?« fragte er ernst. »Ich wollte doch nur dich haben.«
»Warum hast du das alles getan? Nur um Ayliffe in deinen Besitz zu bringen?« entgegnete Anne. »Warum willst du dich

an Dylan rächen — durch seinen eigenen Sohn? Du mußtest doch wissen, daß ich das nicht zulassen würde.«
»Du hast mich nie geliebt«, sagte er.
»Ich habe dir gegeben, was ich dir versprochen habe«, antwortete sie. »Ich war dir treu und habe immer zur dir gehalten. Ich war eine Närrin zu glauben, daß dir genügen würde, was du mir am Anfang unserer Ehe versprochen hast. Dabei wolltest du Ayliffe besitzen und dich an Dylan rächen, weil ich ihn und nicht dich liebte. Du hättest skrupellos Sloan ins Verderben geschickt, nur um deine Rachegelüste zu befriedigen.« Sie schüttelte den Kopf. »Wir hatten keine gute Ausgangsbasis für unsere Ehe, Cliff, aber sie hätte glücklicher sein können. Du gabst vor, dich nach meiner Liebe zu sehnen, dabei hättest du nicht einmal gemerkt, wenn ich angefangen hätte, dich zu lieben. Dir stand der Sinn nach Trinkgelagen, Völlerei und Ausschweifungen. Glaubtest du, durch dieses Verhalten könntest du meine Liebe gewinnen?«
»Ich habe dich geliebt«, sagte er und sah sie flehend an. »Ich wollte dir nicht weh tun, sondern dich zwingen, mich zu lieben. Du bist eine kluge und einfühlsame Frau, Anne. Warum hast du nicht gemerkt, daß ich verzweifelt war?«
»Was hätte ich dagegen tun können, Clifton? Ich habe mich bemüht — bis es zu spät war.«
Er starrte auf seine Hände, die leicht zitterten.
»Richard hat mich mit Ayliffes Streitmacht zu den Waffen gerufen. Ich werde nach Westminster reiten. Die Männer, die ich auf Ayliffe zurücklasse, sind dir treu ergeben und werden dir die Flucht ermöglichen. Ich rate dir zu fliehen. Ich möchte dir keinen Schaden mehr zufügen, aber solltest du noch hier sein, wenn ich gemeinsam mit Richard die Rebellen besiegt habe, kann ich dir nicht versprechen, dir ein

nachsichtiger und rücksichtsvoller Gemahl zu sein. Verstecke dich gut vor mir.«
Ohne sie noch einmal anzusehen, ging er zur Tür.
»Es gab Jahre, die nicht so schmerzlich für uns beide waren, Clifton«, sagte Anne leise. »Ich habe deine Stärke und deine Fürsorge für meine Söhne immer zu schätzen gewußt. Dafür danke ich dir. Es tut mir leid, daß unsere Ehe so endet. Ich werde versuchen, nur die ersten Jahre in guter Erinnerung zu behalten.«
Er neigte leicht den Kopf und ging.

21

Clifton Warner ritt nach London, um an Brainards Hinrichtung teilzunehmen, aber der König war unschlüssig und verschob die Exekution mit der Begründung, auf Sloans Rückkehr warten zu wollen. Da wurde Clifton zum erstenmal mit aller Deutlichkeit bewußt, daß der König nie daran gedacht hatte, ihm Ayliffe zu übereignen. Er sah in Sloan, dem jungen, intelligenten Ritter, einen loyalen Verbündeten und den künftigen Grafen von Ayliffe.

Der Tag, an dem Brainard hätte hingerichtet werden sollen, ging vorüber. Der Gefangene blieb im Tower, denn Sloan, der vor seiner überstürzten Abreise aus Ayliffe geschworen hatte, niemals als illegitimer Sohn von Dylan deFrayne, dem Verräter, zu leben, blieb verschwunden. Und der König, der damit beschäftigt war, die Rebellion niederzuschlagen, um Regent von England zu bleiben, würde Brainard verschonen, bis Sloan sein Erbe angetreten hatte. Clifton fühlte sich vom König verraten und beschloß, Brainard im Tower aufzusuchen.

Da Brainard kein wichtiger politischer Gefangener war, hatte man ihm eine geräumige Einzelzelle zugestanden, die über einen gewissen Komfort verfügte. Vor der Tür stand keine Wache. Da Clifton als Vertrauter des Königs galt und den Wachen im Tower bekannt war, konnte er ungehindert die Posten passieren. In einer unbesetzten Wachstube fand er einen Ring mit Schlüsseln, wovon einer in

das Schloß von Brainards Zelle paßte. Er sperrte auf und trat ein.
Brainard saß am Tisch und schrieb. Er blickte erstaunt auf. Das Leben im Tower bekam ihm nicht. Sein Gesicht war fahl, und er hatte dunkle Ringe unter den Augen. Das schüttere, rötliche Haar hing ihm in fettigen Strähnen auf die Schultern. Seine einst prunkvolle Kleidung war jetzt zerschlissen und schmutzig.
»Mein Erzieher«, sagte er mit einem spöttischen Lächeln. »Diese Position hat Euch nie behagt, nicht wahr, Sir Clifton? Lange Zeit sah ich in Lady Anne und ihrem Bastard meine Feinde, dabei wart Ihr es.«
Clifton schwieg.
»Hat *sie* Euch geschickt?« fragte Brainard.
»Nein. Niemand hat mich geschickt.«
Brainard lachte. »Auch nicht der *König*? Was ist mit meiner Exekution? Der Tag meiner geplanten Hinrichtung ist verstrichen, und nichts geschah. Warum muß ich eigentlich sterben? Was habe ich getan? Ach, natürlich ... mein Vergehen ist, daß ich lebe. Das ist es doch, nicht wahr? Ich bin eine Bedrohung für Ayliffe.«
»Nein«, antwortete Clifton grimmig. »Ihr seid keine Bedrohung mehr. Sloan ist der künftige Graf von Ayliffe.«
Brainard schüttelte traurig den Kopf. »Ich habe nie verstanden, warum Ihr mich verraten habt«, sagte er. »Wir waren doch einmal Freunde. Als junger Mann habe ich Euch verehrt und zu Euch aufgeblickt.«
Clifton lachte. »Daran kann ich mich nicht erinnern. Schon mit sechs habt Ihr mich Euren Lakaien genannt und befahlt mir, im Stall bei Euren Pferden zu schlafen. Nicht einmal Lady Anne hat mich derart gedemütigt.«
»Ach? Hat sie Euch gut behandelt?«

»Ja«, antwortete Clifton und dachte daran, daß Anne ihn sogar »Milord« genannt hatte, als er sie in Anwesenheit der Ritter geschlagen hatte.
»Wollt Ihr Euch an meinem Unglück weiden? Warum seid Ihr zu mir gekommen? Ich bin ein Gefangener, der Euch nicht mehr schaden kann.«
»Ich komme ihretwegen.«
»War diese Frau es wert, Cliff?« fragte Brainard leise.
Cliftons Augen wurden feucht, und er knirschte mit den Zähnen, um seine Rührung zu unterdrücken. »Sie wollte nur in Frieden leben. Sie wollte, daß niemand ihr oder ihren Kindern Schaden zufügt.«
»DeFraynes Kindern«, sagte Brainard mit einem häßlichen Grinsen.
»Ihr hättet Lady Annes Leben zerstört, ganz gleich, wer der Vater ihrer Kinder ist. Ihr habt sie vom ersten Augenblick an, als sie nach Ayliffe kam, gehaßt. Ich kann mich gut daran erinnern.«
Brainard lachte nervös. »Wenn Ihr mir um ihretwegen nach dem Leben trachtet, Sir Clifton, seid Ihr ein größerer Narr, als ich angenommen habe. Sie wird es Euch nicht danken. Auf Ayliffe ist Platz ...«
Er verstummte, als Clifton unter seinen Waffenrock griff und langsam auf Brainard zuging. Brainard stand auf und schob den Tisch als Schutzschild zwischen sich und Clifton. Mit einer geschmeidigen Bewegung zog Clifton einen Dolch aus seinem Gürtel und stieß ihn Brainard in den Bauch. Die Augen des jungen Mannes weiteten sich vor Entsetzen, aber der Stoß war so unerwartet und schnell gekommen, daß er sich nicht hatte zur Wehr setzen können. Seine Hände waren noch auf die Tischplatte gestützt, und ein Blutschwall ergoß sich über die daraufliegenden Papiere. Brainard hustete und sank zu Boden.

Clifton zog den Dolch aus der Wunde und wischte die Klinge an Brainards Hemd ab. Dabei sah er in die blicklosen Augen des Toten. Das Gesicht war eine Grimasse des Entsetzens.
»Du hast mich nie verstanden«, murmelte Clifton. »Ja, sie war es wert. Sie hat nie mehr von mir verlangt, als ich ihr geboten habe. Und sie würde mir noch heute gehören, hätte ich sie nicht verraten.«
Er steckte den Dolch in den Gürtel zurück, ging aus der Zelle und versperrte die Tür. Brainard würde bei der nächsten Essensausgabe gefunden werden. Clifton verließ den Tower durch den Hinterausgang und ging nach Westminster zurück. Unterwegs warf er die Schlüssel weg.
Anne hätte nie von ihm verlangt, einen Mord zu begehen. Sloan war der rechtmäßige Erbe von Ayliffe. Brainard war jetzt keine Gefahr mehr für Anne und ihre Söhne.
Clifton fieberte mit Ungeduld dem nächsten Feldzug entgegen.

In Schutz der Dunkelheit, noch vor Sonnenaufgang, verließ Anne zusammen mit Jane und Sir Gravis heimlich Ayliffe. Da sie nicht wußte, wer mittlerweile neuer Herr von Ayliffe war — Clifton, Sloan oder Brainard —, hatte sie dem Kastellan die Anweisung gegeben, nach eigenem Gutdünken zu entscheiden, für wen er die Burgtore öffnete.
»Ihr nehmt wenig Gepäck mit«, hatte Sir Gravis bemerkt, als er ihr die Reisetasche abnahm.
Anne hatte nur ein paar schlichte Kleider, den Schmuck, den Brennan ihr geschenkt hatte, und einen Beutel mit Silbermünzen für die Reise mitgenommen.
Der Abschied von Ayliffe fiel ihr schwer. Seit ihrer Heirat mit Brennan war dieses Schloß ihr Heim gewesen, in dem

sie sich geborgen gefühlt hatte, auch während der schwierigen letzten Jahre mit Clifton. Eine Vorahnung sagte ihr, daß sie nie wieder nach Ayliffe zurückkehren würde. Anne verdrängte ihre wehmütigen Gedanken und versuchte, sich ihren Zufluchtsort vorzustellen. Dort hoffte sie etwas über das Schicksal ihrer Kinder — Deirdre und Gage — zu erfahren.

Nach einem Dreitagesritt erreichten sie Harwich und segelten mit einem Schiff nach Calais. In dem fremden Hafen war es schwierig, ein Schiff zu finden, mit dem sie zur Südküste von England fahren konnten. Sir Gravis fand schließlich ein Handelsschiff, dessen Kapitän sich gegen eine beträchtliche Summe bereit erklärte, die drei Passagiere nach Portsmouth mitzunehmen. In Portsmouth trieb Sir Gravis einen Fischkutter auf, der sie trotz stürmischen Wetters nach Plymouth brachte. Mit einem kleineren Boot fuhren sie eine Flußmündung hinauf, bis sie endlich ihren Zufluchtsort erreicht hatten. Anne weinte vor Erschöpfung und Erleichterung, als sie endlich wieder festen Boden unter den Füßen hatte. Sir Markham, der von Dylan gebeten worden war, für die Sicherheit der Flüchtenden zu sorgen, kam ihr mit ausgestreckten Händen entgegen und führte die drei zum Haus. Er öffnete die Tür, und Anne sah sich Lady Daphne und Deirdre gegenüber. Die Begrüßung wurde von Freudenschreien und Tränenausbrüchen begleitet, und erst nachdem sich der Gefühlsaufruhr etwas gelegt hatte, wurde für Anne ein Bad gerichtet, und Jane brachte ihr frische Kleider. Nach einer stärkenden Mahlzeit gesellte sich Anne zu Lady Daphne und Deirdre in den gemütlichen Wohnraum. Alle ließen sich mit einem Krug süßen Weins vor dem Kamin nieder, in dem ein Feuer brannte, obwohl es Mitte Juli war. Zum erstenmal seit Jahren hatte Anne wieder das Gefühl, geborgen und in Sicherheit zu sein. Ihre erste Frage war, ob eine Hebamme zur Verfügung stünde, da Deirdre hochschwanger war.

»Und Justin kämpft auf der Seite der Rebellen«, sagte Anne.

»Hatte ich Euch nicht gesagt, die beiden würden zueinanderfinden?« sagte Lady Daphne lachend. »Gott sei Dank ward Ihr klug genug, die zwei zu verheiraten.«

»Ich war erst sechzehn, als Sloan geboren wurde«, sagte Anne versonnen. »Du bist beinahe zwanzig, Deirdre. Daran merke ich, daß ich alt werde.«

»Ich kann Gott nur danken, daß ich die Geburt meines Urenkels noch erleben darf«, sagte Lady Daphne und lachte. »Wie geht es dir, Deirdre? Hast du keine Probleme?«

»Nein, Madam. Ich sorge mich nur um Justin und seinen Onkel. Ich habe seit Wochen keine Nachricht von ihnen erhalten. Sir Markham reitet jede Woche nach Plymouth, um Vorräte einzukaufen, hat aber bis jetzt keine Neuigkeiten mitgebracht. Ich habe Angst um meinen Gemahl, aber nicht um sein Kind.«

»Und um deine Brüder«, sagte Anne leise.

»Was ist mit meinen Brüdern? Sloan ist doch in Calais, und Gage ...«

Anne schüttelte den Kopf. »Es ist höchste Zeit für ein klärendes Gespräch«, sagte sie und fing an, die ganze Geschichte zu erzählen. Merkwürdigerweise hatte sie keine Angst, von ihrer Tochter verachtet und verstoßen zu werden.

»Mein Schatz, es war Dylan deFrayne, dem ich all die Jahre treu geblieben bin. Er ist der Vater meiner Söhne, deiner Halbbrüder. Trotzdem habe ich deinen Vater, Lord Forbes, geliebt, der die Wahrheit kannte und mir verziehen hat. Deirdre, bitte versuche, mich zu verstehen. Meine Liebe zu

Dylan war stärker als alles andere. Ich hoffe, du verzeihst mir. Jedenfalls habe ich Gage zu Dylan geschickt, damit er vor Sir Clifton in Sicherheit ist. Nachdem ich Sloan die Wahrheit gesagt habe, hat er Ayliffe verlassen. Er haßt mich für das, was ich getan habe.«

Deirdre lächelte ihrer Mutter zu. »Es gibt nichts zu verzeihen, Madam. Lady Daphne hat mir die tragische Geschichte erzählt. Ihr habt sehr viel Mut und Stärke bewiesen. Wie könnte ich mich Euretwegen schämen?«

Anne begegnete Lady Daphnes Blick, die achselzuckend sagte: »Man hat hier sehr viel Zeit zum Schwatzen. Das werdet Ihr bald merken.«

»Ich danke Euch. Ihr habt mir vieles erleichtert. Ich möchte Euch nur eine Frage stellen: Seit wann wißt Ihr von der Liebe zwischen Dylan und mir?«

Daphne lachte und begann zu erzählen. »Dylan war noch ein Junge, als ich zum erstenmal diesen leuchtenden Ausdruck in seinen Augen sah. Es war dasselbe Leuchten, das einst mir gegolten hat — Anne, Euer Vater liebte mich. Aber Sir Ferris Gifford und mir war es nie vergönnt, Erfüllung in unserer Liebe zu finden. Ich wurde mit Lord deFrayne verheiratet, ehe wir Fluchtpläne schmieden konnten. Danach galt meine ganze Liebe meinen Söhnen. Ich habe kein trauriges Leben geführt, Anne. Es hat mir nur weh getan, daß Ferris so leiden mußte.

Und als ich dieses Leuchten in Justins Augen sah, wußte ich, daß wir diese unglückselige Familienfehde endlich begraben müssen. Wir dürfen unsere Kinder nicht mit diesem sinnlosen Haß quälen. Seid gesegnet, Lady Anne, daß Ihr Eure Tochter mit meinem Enkel vermählt habt.«

»Deirdre«, sagte Anne ernst. »Ich habe Lord Forbes, deinen Vater, geliebt. Du hast ihm alles bedeutet.«

Deirdre nickte. Ihre Augen waren feucht, denn sie empfand unendliches Mitgefühl für ihre Mutter, die um ihrer Kinder willen ihre Liebe hatte opfern müssen. Es war ihr unvorstellbar, ohne Justins Liebe leben zu müssen. »Ich ... ich glaube, ich weiß, wie Ihr gelitten habt, Madam.«

»Was ist mit Heathwick?« wechselte Anne das Thema.

»Trenton hält dort die Stellung, aber König Richard hat es wie alle Besitztümer der deFraynes beschlagnahmen lassen.«

»Auch Ayliffe wird uns bald nicht mehr gehören«, seufzte Anne. »Jedenfalls wird mir der Zutritt verwehrt bleiben.« Sie blickte sich in dem behaglich eingerichteten Wohnraum des hübschen kleinen Hauses um. »Wir haben alles verloren bis auf unser Leben. Aber ich wäre zufrieden, den Rest meines Lebens hier verbringen zu können.«

Die drei Frauen hingen eine Weile ihren Gedanken nach, bis Deirdre ängstlich fragte: »Was wird jetzt geschehen, Mutter?«

»Jetzt?« sagte Anne und tätschelte beruhigend die Hand ihrer Tochter. »Wir können nur warten. Ich vermute, Sloan reitet mit einem Herzen voller Rachsucht zu seinem Vater, in dessen Obhut Gage bereits ist. Sir Clifton verfolgt seine eigenen ehrgeizigen Pläne. Wir wissen nicht, was das Schicksal für uns bereithält. Ich werde für Justin beten, mein Schatz. Ihr seid so jung und sollt ein glückliches Leben führen.«

Für sich selbst erwartete Anne nichts.

Da es weder eine Kapelle noch einen Priester gab, suchte Anne für ihre Gebete die Einsamkeit der weiten Moorlandschaft und das Flußufer auf, an dem sie oft stundenlang blieb. Die Frau des Verwalters und Jane kümmerten sich um den Haushalt. Sir Gravis und Sir Markham gingen auf die Jagd oder ritten nach Plymouth, um Neuigkeiten zu erfahren und Vorräte einzukaufen. Zum erstenmal seit sechsundzwanzig Jahren war Anne frei von den Sorgen und Verpflichtungen, die ihr als Gräfin von Ayliffe aufgebürdet gewesen waren. Sie genoß die Einsamkeit und Schönheit der unberührten Natur.

Sie hatte ein Stadium ihres Lebens erreicht, in dem sie nur noch wenig für sich ersehnte. Ihr würde es genügen zu wissen, daß ihre Söhne am Leben und wohlauf waren. Wenn ihr noch das Glück beschieden war, ihr Enkelkind in den Armen halten zu dürfen, wollte sie Gott dankbar sein. Sie betete darum, daß Dylan unbeschadet den Aufruhr in England überleben möge, hoffte aber nicht mehr auf eine gemeinsame Zukunft. Durch Deirdres und Justins Heirat war die alte Familienfehde endlich beendet worden. Anne hoffte, daß Sloan eines Tages seinen Zorn und Haß auf sie überwinden möge. Aber diese Entscheidung lag bei ihm allein.

In Gedanken dankte sie oft Brennan für seine selbstlose Liebe und Großzügigkeit. Sie wünschte, Sir Clifton möge Frieden finden und sich von dem zerstörerischen Haß befreien, der die letzten Jahre ihrer Ehe zur Tortur hatte werden lassen.

Im ersten Monat ihres Aufenthalts in dem abgeschiedenen Haus fand Anne ihre Kraft und ihren Frieden wieder. Ihre seelischen Wunden heilten, und sie dachte voller Dankbarkeit an die schönen Jahre zurück, die ihr trotz allem vergönnt gewesen waren. Sie war jetzt einundvierzig und fühlte sich um viele Jahre jünger. Vielleicht bleibe ich hier in diesem Haus oder suche Zuflucht in einem Kloster, dachte sie oft. Ich kann jetzt ohne Reue und Scham auf mein Leben zu-

rückblicken. Ich bin nur eine Frau voller Schwächen und Stärken und habe stets das getan, was ich für richtig hielt.
Als die Blätter sich verfärbten, gebar Deirdre einen Sohn. Als Anne dann im frühen Morgengrauen ihren Enkel in den Armen hielt, wurde sie von Erinnerungen an Sloans Geburt überwältigt, und ihr liefen Tränen über die Wangen. Lady Daphne nahm ihr das Baby ab und legte es an Deirdres Brust. Dann sagte sie voller Mitgefühl zu Anne: »Geht ein wenig hinaus, ich kümmere mich um Deirdre und das Kind. Ich weiß, was in Euch vorgeht.«
Anne empfand Lady Daphnes Zuneigung wie ein Geschenk, da sie wahre Mutterliebe nie kennengelernt hatte. Bei dieser wunderbaren Frau hatte sie stets Trost und Unterstützung gefunden. Mit tränenerstickter Stimme flüsterte sie: »Ich danke Euch, Milady.«
Anne ging hinaus. Die ersten goldenen Sonnenstrahlen funkelten auf dem Wasser, aber sie lenkte ihre Schritte in Richtung Moor, über dem ein leichter Nebelschleier hing. Vögel zwitscherten in den Bäumen, und eine Brise vom Meer trieb den Salzgeruch über die weite Ebene. Sie atmete tief die klare, prickelnde Luft ein und setzte sich auf einen Baumstamm.
Plötzlich verstummten die Vogelstimmen, und Anne hörte in den Büschen hinter sich ein Rascheln. Sie zuckte zusammen und blickte sich ängstlich um. Unter einem Busch entdeckte sie Stiefel. Ihr Herz machte vor Schreck einen Sprung. Sie dachte sofort daran, daß königstreue Truppen ihren Unterschlupf entdeckt hatten. Ein Ritter im Waffenrock trat hinter dem Busch hervor. Er führte sein Pferd am Zügel. Ihm folgten weitere Männer, die noch hoch zu Roß saßen.
Dylan kam leicht hinkend auf sie zu. Sein Gesicht drückte

gleichzeitig Trauer und Freude aus. Er blieb ein paar Schritte vor ihr stehen.

»Die Schlacht wurde bei Bosworth geschlagen. König Richard fiel durch Heinrich Tudors Schwert. Auch Sir Clifton fand in der Schlacht den Tod.«

Mit zitternder Hand berührte sie seine Brust, als wollte sie sich vergewissern, daß er noch lebte. »Und meine Söhne?« fragte sie flüsternd.

Dylan machte einen humpelnden Schritt auf sie zu und nahm ihre zitternde Hand in seine. »Deine Familie ist zu Hause, Geliebte«, flüsterte er. »Alle sind zu Hause.«

Sie schaute ihm über die Schulter und sah drei Reiter nahen, die nun von den Pferden stiegen. Ihre Konturen waren kaum im Nebel zu erkennen, doch sie wußte, es waren Justin, Gage und Sloan. Wieder sah sie Dylan an. Dylan neigte den Kopf und lächelte. »Wie es scheint, ist Sloan zu einem Mann geworden, der die Liebe versteht, noch nicht sehr gut, aber gut genug, um die Qualen, Schmerzen und Pflichten eines Vaters zu verstehen.«

Anne lehnte sich gegen ihn und berührte seinen Bart und seine rauhen Wangen mit ihren Händen. Sie schluchzte seinen Namen, und gleichzeitig verlangte sie nach seiner Stärke, um aufrecht stehen zu können. »Verlaß mich nicht, Dylan. Verlaß mich nie wieder.«

»Nein, geliebte Anne«, flüsterte er. »Niemals wieder.«

Knaur

Romane von Daphne DuMaurier

(781)

(1006)

(1292)

(1742)

Weitere Romane von Daphne DuMaurier bei Knaur:

Plötzlich an jenem Abend (539)
Nächstes Jahr um diese Zeit (824)
Träum erst, wenn es dunkel ist (1070)
Die standhafte Lady (1150)
Des Königs General (1268)
Ich möchte nicht noch einmal jung sein (1381)